Andreas Hermann, Anfang 40, bewirbt sich in der Berliner Charité um die Teilnahme an einem Langzeit-Schlafprojekt für künftige Raumflüge. Beim Aufnahmegespräch erzählt er dem Arzt sein Leben. Aufgewachsen im Osten Deutschlands, hat er nach der Wende vieles ausprobiert, weniges hat geklappt. Am Ende arbeitete er als Ein-Euro-Jobber für eine Berliner Beschäftigungsagentur an einem Kulturprogramm zum zwanzigsten Jahrestag des Mauerfalls, das in Altenheimen aufgeführt werden soll.
Andreas Hermanns Beschäftigungsagentur grenzt an eine Siedlung moderner weißer Townhäuser, die am Königstor für wohlhabende Bewohner errichtet wurde. Dort lebt Ulrike, die als Designerin in einem der vielen neuen Ladenbüros der Stadt arbeitet. Jeden Morgen beobachtet sie Andreas Hermann von ihrem Fenster aus. Als ihr Mann zu einer Dienstreise aufbricht, beginnen sie eine Affäre: Andreas Hermann betritt das weiße Townhaus wie eine neue Welt.

Alexander Osang, geboren 1962 in Berlin, studierte Journalistik in Leipzig und arbeitete nach der Wende als Chefreporter der Berliner Zeitung. Für seine Reportagen erhielt er mehrfach den Egon-Erwin-Kisch-Preis und den Theodor-Wolff-Preis. Nach sieben Jahren als Reporter für den Spiegel in New York lebt er heute wieder in Berlin. Alexander Osangs erster Roman ›die nachrichten‹ wurde verfilmt und mit zahlreichen Preisen, darunter dem Grimme-Preis, ausgezeichnet. Im S. Fischer Verlag und Fischer Taschenbuch Verlag liegen darüber hinaus vor der Roman »Lennon ist tot«, der Erzählungsband »Lunkebergs Fest«, die Glossen »Berlin – New York« sowie die Reportagensammlungen »Neunundachtzig« und »Im nächsten Leben«.

Weitere Informationen, auch zu E-Book-Ausgaben, finden Sie bei www.fischerverlage.de

Für einen alten Freund

If I were the man you wanted,
I would not be the man that I am
Lyle Lovett

Die Sonne scheint auf die hohe Stirn des Arztes, der vor der Einstiegsluke des Raumschiffes steht. Draußen vor dem Charité-Hochhaus stampfen und kreischen Baugeräte. Das ist die schlimmste Kombination in der Stadt, Sonne und Baulärm. Es hört nie auf, es dreht sich immer weiter. Überall Bilder, Risse, Figuren, aber kein System, kein Muster. Kein Zipfel, kein Anfang, wo man in die Geschichte schlüpfen könnte wie in ein Bett. Bett. Meine Lider werden schwer, aber ich muss noch einen Moment wach bleiben.

Dieses eine Projekt noch, dieses eine Projekt. Dann habe ich Ruhe. So geht das natürlich schon seit Jahren, aber diesmal werde ich wirklich nur stillliegen. Nur liegen. Sie wollen hier herausfinden, was mit unseren Körpern passiert, wenn wir ins All fliegen. Zum Mars. Sie nennen es Marsflugexperiment, aber natürlich ist es ein Projekt. Es dauert drei Monate, wie fast alle meine Projekte. Es scheint die Dosis zu sein, auf die sie sich geeinigt haben. Die Infusion, die ich brauche. Und ich brauche sie. Schlaflabor, das klingt wie das Paradies. Es geht nur um den Körper, nicht um den Kopf. Ich bin ihr Mann, auch wenn sie das noch nicht wissen. Ich bin ihr Mann.

Der Arzt, der zwischen mir und dem Marsflug steht, ist bestimmt zehn Jahre jünger als ich. So läuft das jetzt. Menschen, die nicht einmal eingeschult waren, als ich in die zehnte Klasse gegan-

gen bin, stellen die Weichen für mein Leben. Dahin geht die Reise am Ende natürlich immer. Rentner werden von Leuten herumkommandiert, die mit der Trommel um den Weihnachtsbaum liefen, als sie bereits Häuser bauten. Die noch Quark im Schaufenster waren, als sie schon ihre Doktorarbeiten geschrieben haben.

Der Patientenstuhl liegt etwas tiefer als der von meinem Arzt, wahrscheinlich um seine Autorität zu erhöhen. Der Mann hat zwar weitaus weniger Haare auf dem Kopf als ich, aber damit kann man sich nicht ewig trösten.

»Die Leberwerte«, sagt er und reibt mit einem behaarten Finger auf dem Blatt mit den Laborergebnissen herum. Ein Teufelsfinger ist das, wahrscheinlich steht ein Pferdefuß unterm Schreibtisch. Quark im Schaufenster, so wurde das doch damals genannt. Quark im Schaufenster. Die Trommel und der Weihnachtsbaum, ehrlich mal.

Der verdammte Lärm da draußen macht mich noch wahnsinnig. Wenn sich wenigstens eine Wolke vor die Sonne schieben würde.

»Der GGT-Wert hier, der ist höher, als er sein sollte«, sagt der Arzt. Er hat einen Akzent, schwäbisch oder sächsisch, ich kann das nicht genau unterscheiden, aber es ist auch egal. Es ist seine Welt, nicht meine, das ist alles, was im Moment zählt.

»GGT-Wert«, sage ich. An meinem Hemd kleben noch ein paar Ascheflocken. Ich wage nicht, sie wegzureiben.

»Ein sensibler Wert«, sagt der Arzt.

»Sensibel bin ich auch«, sage ich und deute ein Lächeln an.

»Schon klar, schon klar«, sagt der Arzt zerstreut. »Es könnte sein, dass Sie eine Erkältung hatten oder vielleicht ein, zwei Glas Bier zu viel am Abend vorm Blutabnehmen. Oder Wein … Wein. Für eine Gelbsucht sind die Werte eigentlich zu gering. Nehmen Sie Drogen?«

»Was für Drogen?«
»Das weiß ich doch nicht.«
»Sagen wir, es war eine Erkältung«, sage ich. Mir fallen die vielen Fluctine ein, die mir Dr. Brock verschrieben hat, aber damit will ich jetzt nicht anfangen, so kurz vorm Ziel. Noch ein Doktor würde diesen hier nur verunsichern, zu viele Köche verderben den Brei. So sagt man doch. Die Asche auf meinem Hemd irritiert mich, sie lenkt mich von meiner Weltraummission ab, das ist nicht gut.
»Und dann sind Sie ja auch schon 42 … 42«, sagt der Arzt, und dann noch mal: »42«, als wolle er mich quälen. Aber er will nur älter und ernsthafter wirken, als er ist, glaube ich. Er erinnert mich an meinen Chefredakteur Horst, der sich auch immer wiederholte. Erst: Die tschechischen Genossen, die tschechischen Genossen, die tschechischen Genossen sind unsere Freunde. Und später: Wir verlieren Auflage. Auflage. Auflage. Horst war 60, vielleicht 70, was weiß ich. Irgendwann fängt man eben an, jeden zweiten Satz mit einem »nicht wahr« zu beenden, zu große Brillen aufzusetzen, die Hosen überm Bauch zu tragen und sich ständig zu wiederholen.
»Leider«, sage ich und habe ein weiteres »leider« auf den Lippen, und dann noch eins, eine unendliche Leiderkette hängt an meinem Hals und zieht mich nach unten.
»Eigentlich sollten sich ja Kandidaten zwischen 25 und 40 für das Experiment bewerben«, sagt der Arzt.
»Schon klar, aber was passiert mit all den alten, erfahrenen Menschen? Müssen die auf der Erde bleiben, wenn wir losfliegen?«, frage ich.
Der Arzt schaut ernst, wahrscheinlich zählt er mich in diesem Moment schon dazu, zum Heer der älteren, erfahrenen Menschen, das es nicht mehr schafft bis zum Mars. Ich hab das selbst ins Spiel gebracht, sicher, aber so war das nicht gemeint. Ich bin

doch noch ein Junge, ich suche doch noch, ich will mich nur ein bisschen ausruhen.

»Ich könnte Ihr Kapitän sein«, sage ich.

»Kapitän«, sagt der Arzt und reibt weiter auf meinen Leberwerten herum, vermutlich hat er diesen Flug nie so konkret vor Augen gehabt. Ich schon.

»Ja, alt genug wär ich.«

»Captain Kirk, was?«, sagt er, und seine Miene hellt sich plötzlich auf. »Sie machen uns unseren Commander Kirk.«

Ich nicke. Er ist doch eher Schwabe als Sachse, glaube ich, so wie er Commander Kirk ausspricht, das klingt eindeutig schwäbisch, und es passt auch besser. Wahrscheinlich wohnt er ganz bei mir in der Nähe, Vorderhaus allerdings und auch weiter oben oder unten, Dachgeschoss oder Beletage, je nachdem, was ihm wichtiger ist, Blick oder Deckenhöhe. Zwei-, dreimal im Jahr kommen seine Eltern, Steppjacken, gutes, festes Schuhwerk, sorglose Haut im Gesicht, und er erklärt ihnen den Prenzlauer Berg, die Möglichkeiten, das Unberührte, die Vielfältigkeit. Die Eltern tragen karierte Mützen und Schals, dezent kariert, Braun- und Rottöne, ihre GGT-Werte sind in Ordnung, ein Glas Rotwein am Abend, höchstens zwei, aber guter.

»Jaja«, sagt der Arzt und wird schnell wieder ernst, weil er hier nicht der Clown ist, sondern der Doktor.

Er trägt eine randlose Brille, deren linkes Glas verschmiert ist. Sie erinnert mich an die Brille von Mareike Kleinschmidt aus meiner zweiten Klasse, ihr linkes Glas war immer mit weißer Folie abgeklebt, vermutlich weil Mareike schielte. Das machen sie sicher heute auch nicht mehr, dieses Abkleben. Schielewipp, der Käse kippt, sagten wir. Schlimm genug. Mareike Kleinschmidt ist weggezogen, als wir in die dritte Klasse kamen. Keine Ahnung, was danach aus ihr wurde, vielleicht ist sie tot. Für mich fängt sicher auch bald die Lesebrillenzeit an.

»Und warum wollen Sie an dem Experiment teilnehmen?«, fragt der Arzt.
Ich schaue in die sonnenbestrahlten Schlieren auf dem linken Brillenglas meines Gegenübers wie in die Milchstraße. Hätte ich Angst dort draußen im All, in der Dunkelheit, der Kälte, der Stille?
»Ja?«, fragt der Arzt.
»Ich möchte dieser Welt entfliehen«, sage ich und weiß natürlich sofort, dass das klingt wie aus einem Schlagertext, aber scheiß drauf. Es stimmt ja. Ich werde in die Unendlichkeit fallen wie in eine weiches Bett. Ich werde lächelnd zusehen, wie sich die Erde unter mir im All auflöst und mit ihr dieses verdammte Berlin, das nie aufhört sich zu drehen. Überall Baustellen, Straße auf, Straße zu, Straße auf, ohne erkennbaren Grund. Wunden, die nie heilen. Ich habe ein Leben lang in die Stadt geschaut wie in ein Hamsterrad und bin dabei immer langsamer geworden. Einfach liegen bleiben, das will ich. All die Helmfrisuren, die eckigen Brillen, die Trainingsjacken, die gerade noch altmodisch waren und in diesem Moment wahrscheinlich schon wieder altmodisch sind, die bescheuerten Ostmopeds, die ich vor zwanzig Jahren nicht mal mit dem Arsch angeguckt hätte, ist doch wahr. Die Bars, die zumachen, bevor ich überhaupt von ihnen gehört habe. Dinge, auf die sich Menschen hinter meinem Rücken einigen, Hertha BSC. All das werde ich hinter mir lassen im All, ich werde so viel Spielraum haben wie nie, unendlich viel Spielraum.
Ich würde die Asche auf meinem Hemd gern loswerden, ohne sie abzuklopfen.
»Der Welt entfliehen … entfliehen«, sagt der Arzt. »Entfliehen. Aber warum?«
»Eine lange Geschichte.«
»Ich habe Zeit«, sagt der Arzt, nimmt seine verschmierte Brille ab, legt sie auf den Zettel mit meinen Blutwerten, reibt sich die

Augen und lässt sich in seinen Stuhl zurückfallen, als sei er bereit für eine Geschichte, wie lang auch immer sie ist. Vielleicht fliegt er ja mit. Wenn ich Captain Kirk bin, ist er vielleicht Pille auf unserem Flug durchs All, Pille, der Borddoktor.
Samstagnachmittage in den verdammten 70ern. Enterprise, Daktari, Tarzan, denke ich, aber es gibt nur einen Fernseher, auf dem mein Vater die bescheuerte Sportschau sehen will, nach dem Spiel ist vor dem Spiel, es geht immer weiter. Immer weiter.
Ich frage mich, wie lang die Geschichte wirklich ist. Ich hatte in meinem Leben oft Probleme, einen Anfang zu finden, den richtigen Ausschnitt zu wählen. Ich habe Schwierigkeiten, das Wesentliche im Chaos der Erscheinungen zu erkennen, das Allgemeine aus dem Meer des Einzelnen zu fischen, wie Professor Kranepuhl immer gesagt hat, mein Lehrer in dialektischem und historischem Materialismus, DhM. Ich glaub bis heute, dass ich es deswegen nie geschafft habe, mich aus dem Alltag herauszuwühlen. Kranepuhl hatte recht, ein Mann, der einen Vollbart trug, aber nach Rasierwasser roch und mal eine Vorlesung mit offener Hose hielt, anderthalb Stunden lang Hegel mit offener Hose. Ich gehe im Einzelnen verloren, ich ertrinke in der Flut der Erscheinungen.
Aber nicht jetzt, nicht jetzt bitte. Die Asche auf meinem Arm macht mich völlig fertig, ich will sie loswerden, darf mich aber nicht von ihr trennen. Sie gehört zu meiner Geschichte, ich brauche sie noch, später. Asche zu Asche, so sagt man doch.
Auf der Stirnglatze des Arztes fängt sich die weiße Berliner Sonne. Hoffentlich erkenne ich dieses eine Mal, wo das Wesentliche liegt und wo das Allgemeine, hoffentlich. Es ist wohl kein Zufall, dass die Maschinen dort draußen für einen Moment schweigen. Wenn sie denn schweigen, vielleicht verliere ich auch nur das Bewusstsein.
»Können Sie die Jalousien schließen, bitte«, frage ich den Arzt.

»Sicher«, sagt er, nimmt eine kleine, graue Fernbedienung von seinem Schreibtisch und lässt damit die Lamellen zu einer Wand zusammensurren. Ich bin erschöpft. Es ist die letzte Geschichte vorm Einschlafen.

Es war Frühling in Berlin, aber Ulrike trug bereits ein hellblaues Sommerkleid. Natürlich fängt die Geschichte nicht mit einem hellblauen Sommerkleid an, sondern mit einem ausrangierten Hellerau-Schreibtisch. Die wenigsten Geschichten fangen mit einem hellblauen Sommerkleid an, aber es ist das, was wir uns wünschen.

Traumfabrik

Andreas Hermann war eine Zigarettenlänge zu früh da, um die Wohnung des toten Professors leer zu räumen, und genauso hatte er es gern. Es gab ihm Spielraum.
Er klappte das kleine, mit schwarzem Leder bespannte Zigarettenetui auf, das er sich vor fünfzehn Jahren in London gekauft hatte, wo er für einen Job bei Eurosport vorgesprochen hatte, und entnahm ihm die zweite Zigarette des Tages. Er steckte sie sich mit dem schmalen, mattschwarzen Zippofeuerzeug an – ein Geschenk von Bernhard zum 35. Geburtstag – und sah die Rietzestraße hinunter. Es war dienstagmorgens, kurz vor sieben, es war nicht viel los auf der Rietzestraße. Zwei Häuser weiter stand eine alte Frau mit einem Hund vor einem Fenster im Parterre, aus dem eine andere alte Frau schaute, am Ende der Straße bewegte sich ein orangefarbener Müllwagen. Die Rietzestraße war nur kurz und bestand aus Häusern, die seine Mutter Hitlerbauten genannt hätte. Vierstöckige grüngraue Gebäude mit winzigen Fenstern, die ihn ein bisschen deprimierten. Es gab keine Bäume in der Rietzestraße, und so konnte man nicht sehen, dass der Mai begonnen hatte. Es gab auch keine Geschäfte. Als er hierher gelaufen war, hatte er im Erdgeschoss eines der Häuser einen älteren Mann gesehen, der im Halbdunkel langsam auf einem Bürostuhl zwischen drei altmodischen Computermonitoren hin und her rollte wie der

Keyboarder einer Bombastrockband. Der Mann war sicher an irgendeinem nutzlosen Projekt beteiligt wie er selbst. Andreas Hermann schnippte seine Kippe auf den Bürgersteig, als Kowalski, den alle nur Captain nannten, mit seinem alten Damenrad um die Ecke bog und Andreas Hermanns Spielraum beendete.

»Scheißkalt«, sagte Kowalski, und Andreas Hermann nickte, obwohl ihm eigentlich nicht besonders kalt war. Er glaubte auch nicht, dass Kowalski fror, so verschwitzt im Gesicht wie der war. Es war nur eine Bemerkung, um ein bisschen in Schwung zu kommen.

Kowalski stellte sein Damenrad an die Hauswand, schloss es an und kramte eine Schachtel F6 aus seiner Anoraktasche. Andreas Hermann klappte sein Etui auf, entnahm ihm die dritte Zigarette des Tages. Sie rauchten erst mal eine und warteten auf den Lieferwagen.

»Bücher, bis zum Abwinken«, sagte Kowalski.

»Wofür war der eigentlich Professor, Captain?«, fragte Andreas Hermann.

»Pfff«, machte Kowalski, was natürlich viel heißen konnte, vermutlich aber, dass er es auch nicht wusste.

»Den janzen Brecht hab ick mir gestern schon mal aussortiert«, sagte Kowalski, um wieder ein bisschen in die Offensive zu kommen. Er inspizierte die Wohnungen, die das Projekt »Stattumzug« leer räumte, immer im Voraus.

»Mit Brecht machst du nie einen Fehler«, sagte Andreas Hermann, nicht, weil er das meinte, sondern weil er Kowalski bei Laune halten wollte und damit sich selbst.

»Meine Rede«, sagte Kowalski und lächelte, als habe er in ihm einen Geistesverwandten gefunden, zwischen all den Idioten ihrer Projektagentur.

Und das genau war seine Rolle hier, dachte Andreas Herr-

mann. Er spielte den Geistesverwandten von Kowalski zwischen den Idioten der Projektagentur.
Kowalski war zehn Jahre lang Brotfahrer im Berliner Backwarenkombinat Bako gewesen, und dann noch mal fünf Jahre Dispatcher, was danach passiert war, hielt er im Ungefähren. Er hatte sich, vermutlich aus seinen Dispatcherjahren, eine gewisse Autorität bewahrt. Deshalb nannten sie ihn bei »Stattumzug« den Captain und auch, weil er gelegentlich einen Begriff aus einer Seeschlacht des Zweiten Weltkriegs einstreute. »Totale Torpedokrise«, sagte Kowalski oder auch »Unternehmen Paukenschlag, wa?« oder »Dit war jetzt 'n Kreisläufer, wie bei olle Jünther Priem«. Sie nannten ihn den Captain, aber er sah aus wie jemand, der hier in der Rietzestraße wohnen könnte. Er war Mitte fünfzig, hatte ein verschwollenes, gelbes Gesicht, einen kleinen Bauch, unter dem er das immergleiche Paar schwarze Wrangler trug und darüber einen dunkelblauen Anorak. Auf dem Kopf hatte Kowalski eine Helmut-Schmidt-Mütze, die er nie abnahm, auch nicht im Kabuff der »Stattumzug«-Besatzung, wo nun wirklich gut geheizt war.
Andreas Hermann lächelte zurück. Er wusste, dass sie die Brechtdiskussion nicht vertiefen würden und war froh darüber. Er hatte Brecht nie gemocht und auch nicht richtig verstanden, und wahrscheinlich hing das eine mit dem anderen zusammen. Paula war eine Brechtliebhaberin gewesen, und es war kein Zufall, dass sie in Wirklichkeit gar nicht Paula hieß, sondern Petra. Sie hatte sich den Namen zugelegt wie Brecht seine chinesischen Uniformen, dachte Andreas Hermann, sie waren Rechthaber gewesen alle beide, Brecht und Paula, Aufdreher und Besserwisser, seine Gedanken verquirlten sich. Brecht und Paula verspannten ihn nur, das konnte er jetzt ganz und gar nicht gebrauchen. Er schaute auf Kowalskis Anorak wie in einen dunklen, kühlen Waldsee. Bestimmt ging auch

der Captain nicht mit einem Lyrikband von Brecht ins Bett. Brecht war nur ein Wort an diesem Maimorgen, an dem sich der Captain ein bisschen wärmte, bis Bernd und Olli mit dem Lieferwagen kamen. Neulich hatte Kowalski erwähnt, dass er »'n Sack voll alte Russen« sichergestellt hatte, »Puschkin und allet«, hatte er gesagt. Und jetzt eben Brecht, warum nicht.

»Iss aber noch jenug für dich da, Andi«, sagte Kowalski. »Schönet Regal och.«

»Super, Captain«, sagte Andreas Hermann, der kein Regal brauchte und auch kein Buch. Er las seit zehn Jahren keine Bücher mehr. Das, was er bis dahin gelesen hatte, das, woran er sich erinnerte, und das, was er täglich erlebte, füllte seinen Kopf bis zum Rand, und er hatte auch keinen Platz für Regale. In seiner winzigen Wohnung war nicht mal Raum für ein Bett. Er hatte das Hochbett des Vormieters übernommen. Er war 42 Jahre alt und schlief auf einem IKEA-Hochbett, an der Seite war noch der Aufkleber des Kindes, das vor seinem Vormieter in diesem Bett gelegen hatte. Ein Krokodil in einer gestreiften Hose, das man nicht mehr abbekam. 150 Euro Abstand hatte sein Vormieter für das Bett verlangt, das neu 175 gekostet hatte. Er kam aus Baden-Württemberg und hatte nicht gehandelt. Es gab sehr wenige Wohnungen im Prenzlauer Berg, die nur 260 Euro kosteten, und Andreas Hermann klammerte sich an diesem Bezirk fest wie an einem Schiffsmast, er wollte nicht in eines der Meere fallen, die dort draußen tobten, Hellersdorf oder Lichtenberg oder Moabit oder Tempelhof. All das wusste Kowalski natürlich nicht oder wollte es nicht wissen, vor zwei Wochen hatte er ihm mal einen Esstisch mit zwölf Stühlen angeboten.

»Stattumzug« war ein öffentliches Projekt, aber Kowalski hatte sich darin ein kleines, eigenes Projekt geschaffen, das keinen Namen trug. In einer Ecke des Ladenbüros, in dem die

Gruppe ihre Entrümpelungen plante, hatte Kowalski einen Vorhang gespannt, hinter dem er die Sonderstücke seiner Inspektionen aufbewahrte. Manchmal kam ein Interessent vorbei und verschwand mit Kowalski hinterm Vorhang. Er hielt dort keine Wertsachen versteckt. Die Leute, deren Wohnungen »Stattumzug« leer räumte, waren eher so wie sie selbst.
Andreas Hermann fragte sich, was aus seinem Besitz es hinter Kowalskis Vorhang schaffen könnte. Für seine beiden Lieblingshemden von Paul Smith und agnès b. oder die Wildlederjacke von Givenchy hatte der Captain sicher kein Auge. Seine Pappmöbel würde er für Müll halten. Bestimmt interessierten ihn das Londoner Zigarettenetui, das Zippofeuerzeug und die schmale Digitalkamera, die sich Andreas Hermann vor zwei oder drei Jahren mal in einer seiner hellen, emsigen Phasen angeschafft hatte, als er dachte, der FC Bayern München würde seine Daumenkinoidee kaufen. Der FC Bayern hatte sich dann nie gemeldet, vermutlich wurde damals gleich ein Öffentlichkeitsarbeiter damit beauftragt, Andreas Hermanns Plan zu verwirklichen, und in diesem Moment wurden gerade Zehntausende Daumenkinos mit den schönsten Toren des FC Bayern München hergestellt. Ein Riesengewinn, geschöpft aus seiner Idee, aber auch daran wollte er nicht denken, weil ihn Gedanken an seine Erfindungen genau wie die an Paula oder an Brecht in die Tiefe zogen, aus der er erst vor zweieinhalb Monaten aufgetaucht war, als der Frühling begann und die »Einschleichzeit der Fluctine« endete, wie es Dr. Brock vom Potsdamer Platz nannte.
Andreas Hermann war eigentlich ganz zufrieden, jetzt, da der Tag noch nicht richtig begonnen hatte. Alles lag vor ihnen oder doch vieles, dort oben in der Wohnung des toten Professors und auch sonst. Es war Frühling, und es war morgens. Die Welt war überschaubar, wenn man sie von der Rietzestraße

aus betrachtete. Er schnippte seine Kippe auf den Fußweg, fast genau in dem Moment, als der »Stattumzug«-Lieferwagen mit Olli und Bernd um die Ecke bog.

Der Professor hatte im ersten Stock gewohnt. Sie klingelten, eine alte, dicke Frau in einer braunen Strickjacke öffnete die Tür. Die Witwe, dachte Andreas Hermann, aber die Wohnung sah eigentlich nicht so aus, als hätten dort zwei Menschen reingepasst. Es gab eine winzige Diele, von der aus man alles überblicken konnte. Eine kleine Küche, ein fensterloses Klo, ein Wohnzimmer mit Couch, Couchtisch und Schrankwand sowie ein Zimmer, in dem ein schmales Bett stand und ein Schreibtisch, den seine Mutter gutes, altes Hellerau genannt hätte. Die »Stattumzug«-Crew lief ins Wohnzimmer, Andreas Hermann blieb einen Moment im Flur stehen und folgte dann der Frau in das Schlafzimmer, weil da einfach mehr Platz war.

»Ick hol bloß ein paar Diplomarbeiten«, sagte sie.

»Ach so«, sagte Andreas Hermann.

»Auf der Beerdigung waren ein paar seiner Studenten, und die haben sich für die Arbeiten interessiert«, sagte sie.

»Klar«, sagte er und sah der Frau zu, die ein paar sperrige graue Pappordner, die sich auf dem Schreibtisch stapelten, in eine Plastetüte stopfte.

Hellerau hin und her, der Schreibtisch sah gut aus. Es war ein schmaler Schreibtisch mit schlanken Beinen, der vielleicht unter sein Hochbett passte. Es war nicht so, dass er einen Schreibtisch gebraucht hätte, aber der hier sah wirklich gut aus. Er sah nicht so nach Arbeit aus. Er würde seiner Mutter gefallen, dachte Andreas Hermann, auch wenn das nicht so wichtig war. Seine Mutter kam nicht nach Berlin, aus politischen und privaten Gründen, wie sie behauptete, und weil es in Berlin früher immer H-Milch gegeben hatte, in Neustrelitz aber nur selten.

»Wann war denn die Beerdigung?«, fragte er.

»Na, gestern«, sagte die Frau.

»Richtig«, sagte er. Es war ihm ein bisschen peinlich, in der Wohnung eines Mannes herumzustehen, der gerade erst begraben worden war.

»Sind Sie eine Verwandte?«, fragte er.

»Nee, nee. Eine Nachbarin. Ich hab mich ein bisschen um ihn gekümmert, zum Schluss, als es ihm so schlechtging. Ich kenn' ihn ja schon seit dreißig Jahren, nee, fünfunddreißig, Wahnsinn«, sagte sie.

»Ach so«, sagte Andreas Hermann wieder.

»Nicht wat Sie denken«, sagte die Frau, obwohl er eigentlich gar nichts gedacht hatte. »Der Professor stand mehr auf Männer. Sein Freund wohnt zwei Aufgänge weiter, aber der hatte im vorigen Jahr nen schweren Schlaganfall.«

Die Frau hatte jetzt etwa vier Aktendeckel in der Tüte, mehr gingen nicht rein, dachte Andreas Hermann, aber sie versuchte es trotzdem, und so fiel eine der Mappen auf den Fußboden. Er hob sie auf, klopfte sie ab und schlug den Pappdeckel zurück. Die blassblaue, leicht ausfransende Schrift erinnerte ihn an die Vordrucke seiner Schulzeit, die oft nach Alkohol gerochen hatten. Er musste sich regelrecht zwingen, nicht an dem alten Papier zu schnüffeln. Die Arbeit war aus dem Jahr 1983. Der Titel lautete: »Das Rechtssystem der Vereinigten Staaten von Amerika.« Wahrscheinlich wurde bereits auf der ersten Seite Lenin mit Foucault verknüpft. Er klappte die Mappe wieder zu und gab sie der Frau, die erneut versuchte, sie in die Tüte zu stopfen.

»Er hat Recht unterrichtet«, sagte er.
»Bei Humboldts«, sagte sie.
»Klar«, sagte Andreas Hermann und bekam eine Gänsehaut, wie immer, wenn jemand »Humboldts« sagte oder »Prenzlberg« oder »Meckpomm«. Die Mappe passte definitiv nicht in die Tüte. Die Frau legte sie zurück, stellte die Tüte auf den Boden und sah sich um.
»So viele Sachen.«
»Ja«, sagte Andreas Hermann, obwohl er fand, dass es eigentlich gar nicht so viel war. Er hätte gedacht, ein Rechtsprofessor würde mehr zurücklassen. Aber andererseits war er ja ein DDR-Rechtsprofessor gewesen, und das DDR-Recht gab es nicht mehr, wenn es es jemals gegeben hatte. Vielleicht hatte der Professor das meiste weggeworfen, als die Wende kam, dachte Andreas Hermann. Es war total niederschmetternd alles. Die Straße, die Wohnung, der Mann, der nichts zurückließ, für das sich jemand interessierte, außer ein paar Diplomarbeiten über das Rechtssystem der USA, in denen garantiert nur Unsinn stand.
Andreas Hermann verspürte das Bedürfnis, irgendetwas aus diesem Leben zu retten. Er nahm ein Buch in die Hand, es war braungrün und hieß: »Das Verwaltungsrecht der Bundesrepublik Deutschland, Band 2«. Es war ziemlich dick und sah nicht so aus, als habe der Professor oft darin geblättert, er hatte es sicher nur gekauft, um irgendwie mitzuhalten. Andreas Hermann wog es in der Hand, legte es wieder weg und nahm sich ein hellblaues Buch, das ihm bekannt vorkam. Es hieß »Der Gaukler« und war von Harry Thürk, einem ostdeutschen Thrillerautor, an den er sich vage erinnerte. Das Buch sah ziemlich zerlesen aus, aber das verstärkte nur noch sein Gefühl, dass nichts mehr übrig blieb von so einem Leben. Er stellte sich vor, wie der alte, kranke Mann zuletzt an diesem

Fenster im ersten Stock gesessen hatte, vor dem nie was passierte, und einen Schinken aus dem Kalten Krieg las, in dem die Welt noch einfach und überschaubar gewesen war.
»Wie alt ist er denn geworden, der Professor?«, fragte er.
»Na sechsundsiebzig«, sagte die Frau, und dann polterte es im Nebenzimmer und Kowalski schrie: »Verdammte Scheiße, Mensch!«
Er legte das Buch zurück und lief mit der Frau ins Wohnzimmer, wo Kowalski schwankend in einem Haufen aus Brettern und Büchern stand. Er hielt sich den Kopf, der ungeschützt wirkte, nackt beinah. Offenbar war die Schrankwand über Kowalski zusammengebrochen und hatte auch die Helmut-Schmidt-Mütze mitgerissen.
Links und rechts des Bretterhaufens standen Olli und Bernd mit unschuldigen Gesichtern.

Eine Stunde später stand Andreas Hermann neben seinem neuen Schreibtisch auf dem Bürgersteig der Kopenhagener Straße und sah sich nach jemandem um, der ihm helfen konnte, das Ding hoch in seine Wohnung zu tragen. Olli und Bernd hatten gesagt, sie müssten den Captain »schnell zurück zur Firma bringen, weil er Behandlung braucht«. Kowalski hatte mit einem feuchten Handtuch des toten Professors um den Kopf und seiner Helmut-Schmidt-Mütze im Schoß wie ein sterbender König zwischen ihnen in der Fahrerkabine gesessen. Andreas Hermann hätte gern gefragt, was sie mit »Firma« meinten und wie sie ihn in der Buchte von »Stattumzug« behandeln wollten, hatte es dann aber gelassen. Manche Diskussionen brachten einfach nichts.
Die Kopenhagener Straße war hier oben, nach dem Knick, wie

leergefegt. Es war noch ein bisschen früh, vielleicht auch schon ein bisschen spät, je nachdem, dachte Andreas Hermann, setzte sich auf die Kante seines Schreibtischs und klappte sein Zigarettenetui auf.
Nach zwei Zügen entdeckte er im Pflaster des Bürgersteiges eine Figur, die das schräg einfallende Vormittagslicht auf eine verwaschene, weiße Farbspur malte. Ein startender Reiher, dachte Andreas Hermann, der häufig solche Figuren entdeckte, im Mauerwerk, auf dem Asphalt, im Gestrüpp, auf Bauplanen oder in Pfützen, diese hier war besonders schön. Er legte die Zigarette auf die Kante des Schreibtischs, holte seine Digitalkamera aus der Jackentasche und kniete sich auf den Bürgersteig, um den Reiher zu fotografieren. Es dauerte eine Weile, denn im Display der Kamera verlor sich die Form des aufsteigenden Vogels erst mal. Als Andreas Hermann wieder aufstand, halbwegs zufrieden mit dem Bild, war die Zigarette fast heruntergebrannt. Er nahm sie vorsichtig auf und sah den kleinen braunen Streifen, den sie auf der Arbeitsplatte seines Schreibtischs hinterlassen hatte, der damit nun wirklich ein bisschen seiner war, dachte er und zog noch einmal an der Zigarette.
Eine Mutter mit einem Kind an der Hand lief an ihm vorbei, sie schaute ihn an, unsicher, interessiert, genervt, aggressiv, in dieser Reihenfolge. Drei Minuten später folgte ein Rentner, der ihn ansah, als sei er an allem schuld, inklusive Zweiter Weltkrieg. Das war der Querschnitt der Kopenhagener hinter dem Knick um diese Zeit, dachte Andreas Hermann. Schlechtgelaunte Rentner, gestresste Mütter, von denen war keine Hilfe zu erwarten. So wurde das nichts mit dem Schreibtisch. Er holte sein Handy heraus und rief Bernhard an, der am Helmholtzplatz wohnte, wieder eine ganz andere Welt, aber immer noch Prenzlauer Berg, keine fünf Minuten von hier entfernt,

mit dem Auto. Bernhard arbeitete bei einer Filmfirma in Mitte, er war meistens bis mittags zu Hause.
»Hallo«, sagte Bernhard, und Andreas Hermann hörte Stimmengewirr und Verkehrsgeräusche im Hintergrund, offenbar war er doch schon unterwegs.
»Ich bin's, Andreas«, sagte er.
»Andy«, sagte Bernhard in diesem jubelnden, aufgekratzten Ton, den Andreas Hermann auf den Tod nicht ausstehen konnte. Bernhards *Andy* klang wie das Andy in Andy Warhol. Sie hatten zusammen studiert, aber früher hatte Bernhard nicht so geredet. Damals war er für ihn noch Hermi gewesen, nicht Andy. Diese Filmfritzen hatten ihn total versaut.
»Ja«, sagte Andreas Hermann. »Ich stehe hier mit einem Schreibtisch vorm Haus und dachte, du kannst vielleicht mal schnell rüberkommen, um mir zu helfen, ihn hochzuschleppen.«
»Schnell mal rüberkommen«, sagte Bernhard und kicherte.
»So isses«, sagte Andreas Hermann.
»Ich bin in Cannes, Andy.«
Andreas Hermann hörte, wie viel Spaß es Bernhard machte, diesen Satz auszusprechen. *Ich bin in Cannes, Andy.* Wahrscheinlich standen irgendwelche Typen in schwarzen Rollkragenpullovern um ihn herum, dachte er, oder in weißen Hemden, oder was immer sie da gerade trugen, in Cannes.
»Na, dann geht's wohl nicht«, sagte Andreas Hermann.
»Nee, Andy, nee, nee. Aber ich melde mich, wenn ich zurück bin, übermorgen.«
»Okay, Bernhard. Tschüs.«
»Tschüs, Andy, Tschüs, Tschüs, Tsch ...«, sagte Bernhard, dann klappte Andreas Hermann sein Handy zu.
Er überlegte, ob er vielleicht neidisch war. Sie hatten immerhin zur selben Zeit ihr Studium abgebrochen. Aber Bernhard

hatte es bis nach Cannes gebracht, und er stand hier mit einem Stück Sperrmüll auf der Kopenhagener rum, aber ehrlich gesagt, hätte Andreas Hermann im Moment nicht gewusst, was er in Cannes machen sollte. Er war vor achtzehn Jahren mal in Nîmes gewesen, wo ein Sack voll Ostjournalisten den neuen 3er BMW testen durfte. Er war damals Kinoredakteur, aber weil er ein bisschen Französisch sprach, hatte ihn sein Chefredakteur zum Autotest geschickt. Sie waren mit den Autos auf einer stillgelegten Formel 1-Strecke herumgefahren. Er war ziemlich rumgeholpert auf der Rennbahn, denn er hatte nie richtig Autofahren gelernt. Er hatte seine Fahrerlaubnis bei der Nationalen Volksarmee gemacht, auf einem uralten Ural, bei dem man beim Hoch- und Runterschalten zwischenkuppeln musste, was bei dem neuen BMW natürlich nicht nötig gewesen war. In seinem Bericht für den Nordkurier war die Formulierung »hakelige Kupplung« vorgekommen, die er mal in irgendeinem anderen Autotest gelesen hatte. Wenn er es sich recht überlegte, war das der Anfang vom Ende gewesen. Es gab keinen Neuanfang beim Nordkurier, jedenfalls nicht für ihn und höchstwahrscheinlich auch nicht für die anderen, und so hatte er gekündigt, wenn auch erst anderthalb Jahre später. Er wusste nicht genau, ob Nîmes in der Nähe von Cannes lag, aber es klang so. Nein, eigentlich musste er jetzt nicht unbedingt in Cannes sein.

Gerade als er sich eine weitere Zigarette anbrennen wollte, weil die letzte ja eigentlich nicht richtig gezählt hatte, kam Dennis aus dem Haus, der Junge, der seit zwei Monaten ihr Treppenhaus wischte. Dennis strahlte ihn an. Er wohnte in Hohenschönhausen und hielt Andreas Hermann aus irgendeinem Grund für einen Künstler, wahrscheinlich, weil er oft mit großformatigen Drucken seiner seltsamen Fotos durch die Gegend lief, die er sich auf dem neuen Laserdrucker der Agentur anfertigte, der eigentlich für die Intellektuellenprojekte angeschafft worden war. Aber im Grunde war auch seine Geisterfotografie eine Art Projekt, wenn auch kein öffentliches.

»Hi Dennis, sag mal, kannst du mir vielleicht helfen, den Schreibtisch nach oben zu tragen?«, fragte Andreas Hermann.

»Klar«, sagte Dennis.

In seiner Wohnung sah der Schreibtisch nicht mehr so zierlich aus wie im Schlafzimmer des Professors, was ihn ein bisschen überraschte, weil das Schlafzimmer des Professors nun auch nicht gerade groß gewesen war. Aber in seinem Zimmer wirkte der Tisch wuchtig, er schien auf dem Weg hierher gewachsen zu sein. Einen Moment lang wusste Andreas Hermann nicht, wie es weitergehen sollte. Er stand am vorderen Ende, halb in seinem Zimmer, Dennis wartete am hinteren Ende im Flur und schaute unsicher. Wahrscheinlich hatte er gedacht, Andreas Hermann, der Künstler, hause hier oben in einem geräumigen Atelier. Das war natürlich ziemlich unwahrscheinlich in einem Hinterhaus in der Kopenhagener Straße, aber Dennis wischte ja nur den Flur und nicht die Wohnungen, außerdem war er aus Hohenschönhausen. Wahrscheinlich brach in diesem Moment sein Bild von der geheimnisvollen Prenzlauer-Berg-Boheme zusammen.

»Danke, Denny, wir lassen ihn erst mal hier stehen«, sagte Andreas Hermann, als habe er irgendeinen Plan.

»Okay dann, Andreas«, sagte Dennis und zog sich vorsichtig zurück. Die Wohnungstür konnte er nicht schließen, die wurde durch den Schreibtisch blockiert. Andreas Hermann nickte dem Jungen so würdevoll zu, wie es ihm, eingeklemmt in seinem Wohnzimmer, möglich war. Als Dennis' Schritte im Treppenhaus verklungen waren, ruckelte er den Schreibtisch noch ein bisschen weiter in sein Zimmer hinein, so weit, bis wenigstens die Wohnungstür wieder frei war. Dann schaute er auf die Uhr. Es war kurz nach zehn, wenn er jetzt zurück in die Agentur laufen würde, wäre er gerade vor der Pause da. Er könnte eigentlich auch gleich zum Café Fröhlich gehen, wo sie normalerweise zum Mittag waren. Andererseits war nicht klar, ob die anderen ohne ihn zum »Fröhlich« gehen würden. Er dachte einen Moment nach, dann zwängte er sich an dem Schreibtisch des toten Professors vorbei und machte sich auf den Weg zur Agentur.

Das Gebäude, in dem ihre Projektagentur »contact« untergebracht war, gehörte zu einer ehemaligen Hinterhoffabrik am Ende der Greifswalder Straße, dort, wo sie aufs Königstor stieß. Warum das Königstor Königstor hieß, wusste Andreas Hermann nicht. Es war kein Tor zu sehen, kein Königsdenkmal, nichts, nur ein chinesisches Restaurant, in dem nie jemand saß. Er hatte sich immer mal vorgenommen, im Internet nachzuschauen oder jemanden zu fragen, woher der Name kam, aber es hatte sich nie ergeben und eigentlich war es ihm auch egal. Der Fabrikhof lag wie eine Insel zwischen Mietskasernen und einer Siedlung aus weißen Townhäusern, die »Prenzlauer Gärten« hieß, obwohl gar keine Gärten zu sehen waren, nur die weiße Wand der Reihenhäuser, von deren Balkons manchmal Menschen in den Hof ihres Projektzentrums »contact« schauten wie auf ein fremdes Land.

In den Hofgebäuden gab es eine verwaiste Werbeagentur, ein Musikstudio und eine Autowerkstatt, die sich, wenn Andreas Hermann nicht ganz falsch lag, am Rande der Legalität bewegte. Die Autos, die hier versorgt wurden, hatten oft relativ exotische Nummernschilder, neulich stand da ein brauner

Porsche Carrera mit irischem Kennzeichen. Außerdem war auf dem Hof Kowalskis »Stattumzug«-Mannschaft untergebracht, die zur Projektagentur »contact« gehörte. Im Namenerfinden waren sie alle ziemlich gut, die Stadtplaner, die Townhausbauer und auch die Fritzen vom Arbeitsamt, das ja auch nicht mehr Arbeitsamt hieß, sondern Jobcenter, dachte Andreas Hermann. Von den ganzen mit Milchglasfolie beklebten Ladenbüros, die an jeder Ecke des Prenzlauer Bergs aufmachten und »Nachrichtendienst«, »Schreibfabrik«, »Onion«, »Druckerkolonne«, »Planbar« und so weiter hießen, gar nicht zu reden, manchmal hatte er den Eindruck, dass die Hälfte der Arbeitszeit des modernen Menschen fürs Namenerfinden draufging. Er konnte das schon verstehen, prinzipiell. Wenn man nicht genau wusste, wie es weiterging, schrieb man erst mal ein Wort hin, das war ein Anfang. Viele Erfindungen begannen mit einem Wort, dafür hatte Andreas Hermann Verständnis, er war im Herzen ein Erfinder, wenn auch kein besonders erfolgreicher.

Er wusste nicht genau, wer sich den Namen »Stattumzug« ausgedacht hatte, aber er fand, dass er, sicher ungewollt, sehr exakt beschrieb, was sie hier trieben. Nichts. Ihre Projektagentur hätte auch »Statt Arbeit« heißen können. Die Agentur war für Arbeitslose das, was Methadon für Heroinabhängige war, dachte er, andererseits hatte er weder Erfahrungen mit Heroin noch mit Methadon, und so würde er den schönen Vergleich für sich behalten müssen.

»Stattumzug« hatte ein kleines Büro und einen Raum, in dem die Sachen ausgestellt waren, die sie aus den Wohnungen holten. Der Plan war, dass sich sozial Bedürftige unter Vorlage ihrer Papiere hier kostenlos Möbel, Geschirr, Lampen, Bücher und so weiter abholen durften. Dinge, die länger als eine Woche in dem Lager herumstanden, wurden auf den Müll gebracht. Die einzigen Kunden, die Andreas Hermann jemals in dem Lagerraum angetroffen hatte, waren irgendwelche Kumpels der »Stattumzug«-Crew oder Leute aus dem Projektzentrum, allerdings sahen die alle ziemlich bedürftig aus, und so ging die Sache wohl in Ordnung.

Er steckte kurz den Kopf ins Büro, wo Marianne, Ingrid, Olli und Bernd in ihrem Zigarettenqualm an einem Tisch saßen, der über und über mit Papieren bedeckt war. Am Kopf des Tisches, im Präsidium gewissermaßen, saß Kowalski, ein großes Pflaster auf der Stirn, die Helmut-Schmidt-Mütze trug er im Nacken wie ein angetrunkener Unteroffizier.

»Alles klar, Captain?«, rief Andreas Hermann in den Raum.

»Wat denn?«, fragte Kowalski zurück, obwohl er natürlich genau wusste, was gemeint war. Der schroffe Ton war Teil seiner Inszenierung, als Captain, als Autorität. Ohne das wäre er nur ein Mann gewesen, der in der Rietzestraße wohnen könnte. Kowalski erinnerte ihn an Berlin, die ganze Stadt holte sich ihre Autorität aus ihrer gespielten schlechten Laune.

»Der Kopf, meine ich«, sagte Andreas Hermann und tippte sich an die Stirn.

»Ach dit«, sagte Kowalski. »Mach dir mal keene Sorgen, meen Kleener. Mich haut so schnell nischt um. Ick werde so alt wie Karl Dönitz.«

»Karl Dönitz?«, fragte Olli.

»Oberbefehlshaber der deutschen Kriegsmarine«, sagte Kowalski. »Großadmiral zum Schluss.«

»Und wie alt ist der jeworden?«, fragte Ingrid.

»Neunundachtzig«, sagte Kowalski. »Verstorben am 24. Dezember 1980.«

»Dit iss ja Heilichabend«, sagte Olli.

»Wie hast'n dit wieder rausjekricht, du Superhirn«, sagte Ingrid.

Dann wandten sie sich wieder den Papierbergen zu, die vor ihnen auf dem Tisch lagen. Wahrscheinlich wollten sie mit dem Geraschel der Projektagenturleitung und sich selbst beweisen, dass sie genug zu tun hatten, dachte Andreas Hermann. Er trat auf den Hof und überlegte, ob er sich noch eine Zigarette anbrennen sollte, das wäre dann die sechste oder siebte heute gewesen. Er drehte sich zwanzig Zigaretten pro Tag vor, nie mehr. Er klappte das Etui auf, um nachzuzählen, da fing oben, im dritten Stock des Verwaltungsgebäudes, Regina zu singen an, und das verdarb ihm die Zigarettenruhe. Sie sang das Lied vom kleinen Trompeter, ihr Lied.

Regina gehörte seit sieben Tagen zu seinem Projekt. Sie war fünfundvierzig und hatte vor zwanzig Jahren mal eine private Schauspielausbildung in Charlottenburg absolviert, bei einer alten Dame, deren Namen sie oft erwähnte, obwohl ihn niemand aus der Gruppe kannte oder vielleicht gerade deshalb. Anfang der 90er hatte sie eine Obstverkäuferin in der Arztserie »Praxis Bülowbogen« gespielt, zwei Folgen lang, dann war sie durch einen Türken ersetzt worden und hatte sich um ihren Sohn gekümmert, der inzwischen siebzehn war. Sie trug eine Männerfrisur, Männersachen und bewegte sich wie ein Mann, vielleicht wollte sie andeuten, dass sie vielseitig einsetzbar war. Cathrin Huschke, die »contact«-Projektleiterin, hatte sie eingestellt, weil ihre Haltung stimmte, wie sie sagte, und da hatte sie wohl recht. Regina brüllte über den Hof wie ein Stabsfeldwebel. Sie sang nicht, sie schrie die Worte heraus, und dann verstummte sie plötzlich, unmittelbar nach: »Da kam eine feindliche Kugel, bei einem so fröhlichen Spiel.« Die Kugel stoppte im Flug, der kleine Trompeter lebte noch, gerade so.

Andreas Hermann klappte das Etui wieder zu und betrat das Bürogebäude, in dem die meisten Projektgruppen der Agentur »contact« untergebracht waren. Im ersten Stock befand sich die Tischlerei »holzbock«, im zweiten die Schlosserei »eisenstein«, alles Wortschöpfungen von Cathrin Huschke, auch was die Kleinschreibung anging, im dritten war die Kantine und eine »Qualitätsuhrmacherfirma« aus Ludwigsfelde, die nicht zur Agentur gehörte und wo auch nie jemand war. Es gab nur das Schild. Jedes Mal, wenn er daran vorbeilief, dachte Andreas Herrmann, dass hinter der Tür ein mumifizierter Uhrmacher aus Ludwigsfelde lag, den niemand vermisste, eine noch tickende Uhr in der Hand. Es roch nach Buletten im Treppenhaus, es roch immer nach Buletten, egal, was es zum Mittag gab. Im vierten Stock saß ein Projekt, das die durchschnittliche Bordsteinhöhe in Pankow ermittelte, ein Projekt, das Müllecken in Weißensee aufspürte, und eines, das darauf spezialisiert war, jene Kastanienblätter von öffentlichen Plätzen zu sammeln, die von der Miniermotte befallen waren. Aber wirklich nur die mottenzerfressenen, alle anderen Blätter mussten sie für die hauptamtlichen Parkarbeiter liegen lassen. Im fünften Stock befand sich die Kommandobrücke. Hier entstanden die Projektideen, hier saß Cathrin Huschke, die Agenturchefin, die nach ihrem Nervenzusammenbruch als Sport- und Geografielehrerin an einer Hellersdorfer Schule ins Arbeitslosengeschäft gewechselt war. Außerdem gab es da oben eine Kaffeeküche und die beiden Intellektuellenprojekte, wie Cathrin Huschke sie gern nannte.

Es war ihre Idee gewesen, »Hartz IV-Empfängern mit gesellschafts- oder kulturwissenschaftlichen Studienabschlüssen unter dem Dach der ›contact‹-Projektagentur eine sinnvolle Perspektive zu geben«. So stand es im Finanzierungsantrag, den sie ihm beim Einstellungsgespräch vor zwei Monaten gezeigt hatte. Andreas Hermann hatte Stolz in ihren Augen gesehen, Erfinderstolz. Sie hatte neue Menschen geformt, sie hatte die Bürgersteigvermesser geschaffen, die Mülleckenaufspürer, die Kastanienblattsammler und auch ihn, den Schauspieler Andreas Hermann.

Es gab zwei Intellektuellenprojekte bei »contact«. Eine fünfköpfige Gruppe war seit einem Jahr damit beschäftigt, eine Dokumentation über die Geschichte des Weinanbaus in Berlin zu erarbeiten, die in weiteren anderthalb Jahren an irgendeinem öffentlichen Platz ausgestellt werden sollte, der noch nicht feststand. Andreas Hermann bezweifelte, dass sie den Platz jemals fanden, wahrscheinlich suchten sie ihn nicht mal, und warum sollten sie auch. Das oberste Prinzip ihrer Arbeit war, dass sie keinen Gewinn erzielte. Sie musste zusätzlich und ehrenamtlich sein, auch das wusste er aus Cathrin Huschkes Konzept, keine Konkurrenz zur richtigen Arbeitswelt.

Seine Projektgruppe bestand aus sieben Charlottenburger Schauspielern und Musikern sowie aus Volker Kosch und ihm. Kosch war der letzte Kulturattaché der DDR-Botschaft in Nigeria gewesen, hatte später Versicherungen verkauft, dann Fernreisen und am Ende gar nichts mehr. Er behauptete, ein bisschen Gitarre spielen zu können, aber gehört hatte Andreas Hermann das nie. Er selbst war ein abgebrochener Journalistikstudent, der seit zehn Jahren keinen Text mehr veröffentlicht hatte, und spielte kein Instrument. Er hatte fünf Computerlehrgänge gemacht, einen Feinmechanikerlehrgang und einen Kurs, in dem ihm beigebracht werden sollte, wie man sich richtig bewirbt. Dies war sein erstes Projekt. Dass die anderen aus Charlottenburg kamen, hatte irgendeinen bürokratischen Hintergrund, den er nie ganz verstanden hatte, vielleicht wollten sie die Wiedervereinigung der Stadt vorantreiben, auch hier unten, bei ihnen.

Sie führten Kulturprogramme in Altersheimen und Krankenhäusern auf, das aktuelle Programm hieß »Traumfabrik«. Es war ein Potpourri aus amerikanischen und deutschen Filmschlagern der 30er und 40er Jahre, mit denen man gut zu den alten und kranken Menschen vordringen konnte, wie Cathrin Huschke behauptete. Das nächste Programm würde sich mit dem Mauerfall beschäftigen. Dafür waren er und Kosch eingestellt worden, auch wenn das nie so gesagt worden war. Ursprünglich hatte Andreas Hermann für das Weinausstellungsprojekt vorgesprochen, aber dann hatte das Gespräch die Richtung gewechselt, und er hatte regelrecht gespürt, wie in Cathrin Huschke die Idee wuchs, ihn fürs Mauerprogramm zu besetzen. Ihm war es egal, womit er seine Zeit totschlug, aber natürlich hatte er vom historischen Mauerfall mehr Ahnung als vom historischen Weinanbau, und so war er am Ende ganz zufrieden gewesen, bei den Schauspielern und Sängern aus Charlottenburg gelandet zu sein. Cathrin Huschke hatte ihm später hinter vorgehaltener Hand gestanden, dass er eigentlich auch in Charlottenburg wohnen sollte, was er angenehm absurd fand, als Gedanke.

Im Flur der fünften Etage begegnete er Cathrin Huschke und Marek Tomaczewski, die ein Bild betrachteten, das sie gerade aufgehängt hatten. Tomaczewski stammte aus Polen. Er arbeitete als Gestalter im Weinausstellungsprojekt, obwohl er von Beruf Dreher war. Er hatte keine Ahnung von Grafikprogrammen, aber er malte. Er hatte mit Aquarellen angefangen, aber nachdem sich seine deutsche Frau von ihm getrennt hatte, war er zu Öl gewechselt, zuletzt waren seine Bilder immer dunkler geworden. Man konnte seinen Leidensprozess auf dem Flur der fünften Etage nachvollziehen, dessen Wände mit seinen Werken zugehängt worden waren. Cathrin Huschke hatte die Idee gehabt, die Bilder auszustellen. Sie reagierte auf jede Art von Kreativität unter ihren Hartz IV-Schützlingen, als habe sie Leben auf dem Mars entdeckt. Tomaczewski war ein 50-jähriger Hobbymaler mit riesigen Schlosserhänden und sie eine ehemalige Sport- und Erdkundelehrerin, aber die beiden standen vor dem Bild wie zwei Kuratoren des Hamburger Bahnhofs. Es zeigte eine schwarze Schlange, der irgendetwas aus dem Maul hing.

»Schön«, sagte Andreas Hermann.

Tomaczewski sah ihn aus blutunterlaufenen Augen an.

»Sie haben Besuch«, sagte Cathrin Huschke und schaute in Richtung des Probenraums.

»Ach, wen denn?«, fragte Andreas Hermann, worauf sie nur nickte, was sie immer tat, wenn sie nicht weiter wusste.

Er sah die Frau, die sein Leben verändern sollte, nur von hinten, spürte aber gleich, dass irgendetwas nicht stimmte. Sie passte nicht in den Probenraum, in dem es entweder zu kalt war oder stank, manchmal auch beides. Es war eine ungewohnte Energie im Raum. Andreas Hermann konnte noch nicht genau sagen, ob es sich um positive oder negative Energie handelte, aber es war eindeutig zu viel für ihn, und er vermutete, dass es diese Energie gewesen war, die Regina zum Schweigen gebracht hatte. Die Frau trug ein blaues Sommerkleid und eine dünne und sehr kurze graue Strickjacke, die aussah, als habe sie sie sich erst in allerletzter Sekunde übergeworfen. Ihre Füße steckten in Badelatschen. Die Haare hatte sie mit einer dicken Spange nach oben gesteckt. Sie wirkte flüchtig, aber nicht so, als habe sie sich verlaufen. Sie war genau da, wo sie sein wollte. Alle Muskeln, die er von hier aus sehen konnte, schienen gespannt, sie hatte kräftige Waden, einen langen Hals und breite, etwas abfallende Schultern, ihr Hintern stieß regelrecht unter der kurzen grauen Strickjacke hervor, rund und fest wie der Arsch einer Offiziersfrau, dachte Andreas Hermann.

Seine Kollegen aus dem Projekt schauten, als dächten sie über irgendeine Antwort auf eine komplizierte Frage nach, aber so schauten sie eigentlich immer. Er kannte nicht viele Schauspieler, aber die, die er kannte, schauten so, wenn sie sich außerhalb einer Rolle befanden. Leer und hilflos.

Was Andreas Hermann wirklich wunderte, war, dass sich die Frau im blauen Kleid nicht umdrehte, als er den Raum betrat, sie zuckte nicht mal, als er die Tür zuklappte. Sie verharrte in ihrer Pose wie eine Geräteturnerin, die nach einer erfolgreichen Übung auf das Urteil der Punktrichter wartete. Wenigstens bot er seinen Kollegen die Chance, wieder in ihren Rhythmus zu kommen, vor allem Volker Kosch. Kosch war der Regisseur ihres Kulturprogramms, auch wenn das nie so festgelegt worden war. Er war der Regisseur, seit er hier vor fünf Wochen angefangen hatte, vom ersten Tag an, und niemand hatte sich getraut, ihm zu widersprechen, nicht mal Florian Martens, der schwule arbeitslose Theaterkritiker, der sich »Traumfabrik« ausgedacht hatte und mittlerweise in irgendeinem anderen Arbeitsbeschaffungsprojekt in Pankow untergekommen war.

»Wo kommst du denn jetzt her, Andreas?«, fragte Kosch.

»Vom Captain, Volker«, sagte Andreas Hermann.

»Vom Captain«, sagte Kosch. Er nickte, als beantworte das alle offenen Fragen und schrieb irgendetwas in das grüne Buch, das er ständig mit sich herumtrug. Auch die anderen schienen beruhigt, jetzt, da klar war, dass er vom Captain kam, nur Regina guckte immer noch völlig entgeistert, auch weil sie natürlich keine Ahnung hatte, wer der Captain war.

»Und was ist hier los?«, fragte Andreas Hermann, und da endlich drehte sich auch die Frau im blauen Kleid um und musterte ihn. Sie hatte ein entschiedenes Gesicht, ein bisschen zu entschieden für seinen Geschmack. Vielleicht sah es aber auch nur entschieden aus in dieser unentschiedenen Umgebung, dachte Andreas Hermann und nickte ihr zu. Sie antwortete mit einer hochgezogenen Augenbraue, das konnte alles bedeuten und beeindruckte ihn nicht. Er kannte dieses Augenbrauenhochgeziehe von Paula zur Genüge. Es machte ihn nur agressiv, und das war nun überhaupt nicht gut in diesem energiegeladenen Umfeld.

»Captain?«, sagte die Frau.

»Anderes Projekt«, sagte er.

»Projekt«, sagte sie. Ihre rechte Augenbraue verschwand beinahe unterm Haaransatz.

»Projekt«, sagte er, von ihm aus hätten sie ewig so weiterreden können, eine endlose Projektkette schmieden. Das wäre ehrlich gewesen und beruhigend.

»Frau Beerenburg wohnt dort drüben in den Prenzlauer Gärten«, sagte Kosch und zeigte aus dem Fenster. Alle sahen hinterher, als stünde auf der weißen Wand der Reihenhäuser irgendeine Antwort.

»Beerenstein«, sagte die Frau im blauen Kleid.

»Beerenstein, natürlich«, sagte Kosch. »Entschuldigung.«

Die anderen nickten. Anthony, Danuschka, Liliane Müller, Ramón und Leonid. Marin starrte auf sein Mischpult.

Alles Schafe, dachte Andreas Hermann. Das ganze Ensemble eine einzige Schafherde.

»Ja und was heißt das nun?«, fragte Andreas Hermann.

»Es ist ihr zu laut«, sagte Liliane Müller.

»Was ist ihr zu laut?«, fragte Andreas Hermann.

»Ich«, sagte Regina und sah für einen Moment sehr zerbrechlich aus unter ihrem burschikosen Panzer.

»Naja«, sagte die Frau im blauen Kleid und lockerte ihre Nackenmuskeln ein bisschen.

»Der Hof bietet natürlich Resonanzfläche«, sagte Kosch. »Insgesamt, als Hof.«

»Nee, nich insgesamt. Sie hat gesagt, der Trompeter treibe sie noch in den Wahnsinn«, sagte Liliane Müller, die an den Wochenenden in einem Zweimannkabarett in Wilmersdorf arbeitete und nie vergaß, darauf hinzuweisen. Das Trompeterlied war ihr Vorschlag gewesen, um Regina schnell einzugliedern. Es bildete im Grunde den ersten Baustein ihres neuen Programms zum Mauerfall. Es war Honeckers Lieblingslied, hatte Kosch gesagt, und Liliane hatte gelächelt, als hätte das ihren Vorschlag irgendwie bedeutsamer gemacht.
»Es schallt eben sehr«, sagte die Frau im blauen Kleid. »Wenn Sie vielleicht die Fenster schließen könnten. Das würde schon helfen. Ich habe eine kleine Tochter, die hat einen leichten Schlaf.«
»Schläft sie denn jetzt?«, fragte Regina.
»Sie ist im Kinderladen«, sagte die Frau.
»Oho«, rief Regina, wieder in ihrer burschikosen Rolle.
»Oho!?«, sagte die Frau. »Wo kommen Sie denn her? Aus einem Bauernschwank? Wir spielen das hier nicht! Sie müssten mal bei mir im Schlafzimmer stehen und sich brüllen hören. Manchmal kommt's mir vor, als stünden Sie in meinem Schlafzimmer. Unser ganzes Viertel redet über Sie. Ich hab Nachbarn, die sagen, sie hätten ihre Häuser nicht gekauft, wenn sie gewusst hätten, dass die Donkosaken auf dem Hof wohnen.«
»Die Donkosaken!«, sagte Kosch, entrüstet und stolz zugleich.
»Sozusagen«, sagte die Frau.
»Die Donkosaken«, sagte Kosch noch mal, jetzt eindeutig stolz.
»Was machen Sie hier eigentlich?«, fragte die Frau.
»Wir proben«, sagte Liliane Müller.
»Und wofür?«

Sie sahen sich an. Die Frau war in ihre kleine Welt gerauscht wie eine Windhose. Wahrscheinlich war sie die erste Bewohnerin des Townhaus-Viertels, die es gewagt hatte, über die Mauer zu springen. Heute Abend würde sie ihren Nachbarn berichten, wie es gewesen war bei den Wilden. Sie strich sich eine Haarsträhne aus dem Gesicht. Sie wartete.

»Wir führen Kulturprogramme vor alten und kranken Menschen auf. Für Bedürftige, sozusagen. Unterhaltungsprogramme«, sagte Volker Kosch. »Das letzte hieß Traumfabrik.«

»Traumfabrik?«, fragte die Frau und wischte mit einer Hand durch den kleinen, verrümpelten Raum, über die ausrangierten Bürostühle und Schultische, die zusammenklappbare Kulisse des »Traumfabrik«-Programms, die die Männer aus der Tischlerei nach den Plänen von Cathrin Huschke angefertigt hatten, die sicher nie in Hollywood gewesen war, über den billigen Goldstaub, der bei jeder Bewegung von den Presspappen der Kulisse auf den Nadelfilz regnete, über die beiden IKEA-Garderobenständer, auf denen die weißen Hemden der Männer hingen und die Federboa, in der Danuschka »Ich bin von Kopf bis Fuß auf Liebe eingestellt« sang, und über das Tischchen mit dem Haarwachs, den Deorollern und dem Raumspray, das den Gestank nur noch schlimmer machte, und natürlich über sie, das Ensemble mittelalter Darsteller, sie riss mit einer Handbewegung die ganze Traumfabrik nieder.

»Wir sind alle ausgebildete Schauspieler«, sagte Danuschka.

»Fast alle«, sagte Andreas Hermann.

Die Frau sah ihn kurz an. Er zuckte mit den Schultern, man konnte es nicht erklären, jedenfalls nicht hier, zwischen Tür und Angel. Er war kein Teil der Traumfabrik, und dann doch irgendwie. Sie drehte sich wieder weg, so als habe er seine Chance bekommen und nicht genutzt.

»Es gibt 30 000 arbeitslose Schauspieler in Berlin«, sagte Kosch.

»Kurt hat mit Margarethe von Trotta gearbeitet«, sagte Magda.

»Kurt?«, fragte die Frau.

»Er dreht gerade einen Krimi in Leipzig«, sagte Kosch.

Sie hob die Augenbraue, in einem letzten Gefecht.

»Man ist in unserem Beruf ständig zwischen Engagements«, sagte Anthony. Er war groß, schwarz, und hatte einen schweren britischen Akzent, was die Frau, die durch das Von-Trotta-Gerede von Magda schon etwas angeschlagen war, richtig verwirrte. Sie hatte bestimmt irgendetwas anderes erwartet, nicht sie, nicht Anthony, irgendetwas Einfaches, Deutsches, die vielen Farben hier brachten sie aus dem Konzept. Anthony kam aus Ghana, Ramón und Juan aus Nicaragua, Marin aus Kroatien, Danuschka aus München, Magda aus Rumänien, Leonid aus Russland, und Kosch war mal Kulturattaché in Nigeria gewesen, auch wenn man das natürlich nicht sah. Sie hatte sich vermutlich auf Berliner Krawallmacher oder einen Nostalgieverein der ostdeutschen Kampfgruppe eingestellt, dachte Andreas Hermann, nicht auf sie, das Weltensemble aus Charlottenburg. Bestimmt hatte sie seinerzeit gegen die Schließung von Radio Multikulti gestimmt.

»Sie kommen mir auch irgendwie bekannt vor«, sagte die Frau zu Anthony.

Anthony lächelte.

»Ich weiß aber nicht, woher«, sagte sie.

»War ich tot?«, fragte Anthony.

»Tot?«

»Zuletzt war ich eine Leiche in Ludwigshafen«, sagte Anthony.

»Ludwigshafen«, sagte die Frau.

»Tatort.«

»Ach«, sagte die Frau.
»Ja, ich bin meistens schnell tot.«
Es war einen Moment still, als legten alle eine Schweigeminute für Anthony ein, dann sagte Liliane Müller: »Ich mach nebenbei noch Kabarett. In Wilmersdorf. ›Die Trumpfkarten‹.«
Die Frau nickte. Die Entschiedenheit hatte ihren Körper verlassen, und das stand ihr, dachte Andreas Hermann. Ihre Schultern waren weich, sie wirkte beweglicher, biegsamer. Es war schwer zu sagen, wie alt sie war, vielleicht Mitte dreißig, schätzte Andreas Hermann, der allerdings auffällig viele Frauen auf Mitte dreißig schätzte, vor allem, seit er selbst die vierzig überschritten hatte. Sie sah gut aus in ihrer aufgescheuchten Art, so wie Meg Ryan vor zehn Jahren in einem französischen Film und mit dunklen Haaren ausgesehen hätte, dachte er. Eine Frau, die überraschend in einen Raum stolpert. Eine unfreiwillige Komödiantin. Ihre Zehennägel waren dunkelrot lackiert.
»Ich bin erst seit zehn Tagen dabei«, sagte Regina.
»Wirklich?«, sagte die Frau.
Alle standen ein bisschen unschlüssig da, Andreas Hermann dachte noch, dass Regina jetzt vielleicht ihre Charlottenburger Schauspiellehrerin erwähnen würde, aber das tat sie nicht, und so hatte die Frau im blauen Kleid gar nichts mehr in der Hand. Es gab keine wirklich sinnvolle Nachricht, die sie über die Mauer tragen konnte. Der kleine Trompeter, die Traumfabrik, Kurt, der mit Margarethe von Trotta gearbeitet hatte, die Wilmersdorfer »Trumpfkarten«, eine schwarze Leiche in Ludwigshafen, das passte doch alles nicht zusammen. Sie lächelte schief und bewegte sich langsam auf die Tür zu, nickte noch mal zum Fenster, eine letzte Erinnerung daran, warum sie ursprünglich hergekommen war. Sie sah ihn an, bittend, dachte er und lächelte leicht, als habe er verstanden. Sie lief

an ihm vorbei, und er roch sie, sie duftete wie ihre Welt dort draußen, süß und teuer. Als sie endlich die Tür erreicht hatte, drückte ihr Danuschka ein Blatt in die Hand, auf dem die Zeiten und Orte ihrer letzten beiden Traumfabrik-Auftritte standen. Morgen Nachmittag spielten sie in der Pflegestation eines kirchlichen Altersheimes in Spandau und am nächsten Sonntag auf dem Frühlingsfest der »contact«-Projektzentrale in Schöneberg, die Frau musste sich beeilen, wenn sie Danuschka als Marlene Dietrich erleben wollte.

»Danke«, sagte die Frau und ging.

Sie waren wieder unter sich.

Andreas Hermann lief zum Fenster und schloss es. In seinem Rücken räusperte sich Regina, und für einen Moment lang dachte er, sie würde genau an der Stelle weitersingen, an der sie unterbrochen worden war, und die Kugel loslassen, die den kleinen Trompeter ins Herz träfe, aber dann folgte nur das Gemurmel und Getuschel, das solchen Auftritten meistens folgte.

Er blieb am Fenster stehen und wartete auf die Frau, deren Duft er gern hierbehalten hätte. Sie trat aus dem Bürogebäude und verschwand in der schmalen Gasse, die am Rücken ihres Viertels entlang zum Park führte. Andreas Hermann schaute auf die weiße Wand der Häuser und fragte sich, wo die Frau wohl wohnte und ob sie gleich an einem der Fenster auftauchen würde. Aber die Wand stand einfach nur da, gleichgültig. Sie erinnerte ihn an die weiße Häuserwand der Neue-Heimat-Siedlung in Westberlin, die er sich zu Ostzeiten manchmal vom S-Bahnhof Plänterwald angesehen hatte. Jedes Mal, wenn er von Neustrelitz nach Berlin gefahren war, hatte er einen Abstecher zu dem S-Bahnhof gemacht, sich auf die Bank gesetzt und sich vorgestellt, wie es wäre, dort drüben auf der anderen Seite der Mauer zu sein. Besonders gut funktionierte das

im Sommer, wenn die Laubenkolonien, die zwischen dem S-Bahnhof und den weißen Häusern lagen, grün waren und mit ihren Blättern die Grenzanlagen verdeckten.
Er merkte, dass sie natürlich längst nicht so hoch und entfernt stand wie damals, und obwohl zwanzig Jahre vergangen waren und obwohl er inzwischen natürlich wusste, dass die weiße Weststadt, sein Sehnsuchtsort, keine gute Adresse gewesen war, konnte er sich nicht vorstellen, was ihn dort in den Prenzlauer Gärten erwarten würde. Er fand das sehr, sehr tröstlich.
»Ich stell dir eine Datei aus der Greifenhagener zusammen, Andreas«, sagte Kosch in seinem Rücken.
»Greifenhagener«, sagte er, ohne sich umzudrehen und ohne eine Ahnung, wovon Kosch sprach.
»Genau«, sagte Kosch.
»Sehr gut, Volker«, sagte Andreas Hermann und ging schnell rüber zu den Weindokumentaren, um Vincent und Vanessa zu fragen, ob sie mit ihm ins Café Fröhlich gingen. Kosch und die ahnungslosen Traumfabrikanten konnte er im Moment nicht ertragen.

Der 2007er Riesling vom Wasserturm ist gar nicht schlecht«, sagte Bruno. Sie redeten jetzt schon eine Weile über Wein, wie immer, wenn Bruno mit dabei war. Bruno machte die Öffentlichkeitsarbeit im Weinausstellungsprojekt. Er war eigentlich Kulturwissenschaftler, aber in letzter Zeit führte er sich immer mehr auf wie ein Weinbauer aus Rheinland-Pfalz. Manchmal glaubte Andreas Hermann, dass Bruno sogar seinen Akzent leicht pfälzisch einfärbte, und wenn er darüber nachdachte, schien sich auch Brunos Garderobe in letzter Zeit verändert zu haben. Heute trug er eine schlammfarbene, ausgebeulte Kordhose, ein weinrotes Hemd und eine dunkelbraune Lederweste. Er verwandelte sich, er verschmolz vor ihren Augen mit seiner Aufgabe. So hatte sich Cathrin Huschke das sicher vorgestellt, als sie die Intellektuellenprojekte erfand, Bruno war ihr bestes Pferd im Stall. Wenn es eine nationale Projektmesse gäbe, würde Bruno Messegold gewinnen.

Auf dem Tisch stand ein schmale, helle Flasche, die mit Weißwein gefüllt war, der offenbar vom Wasserturm im Prenzlauer Berg kam, wo zwischen glattrestaurierten Wegen, Podesten, Rondellen und Treppen ein paar Weinstöcke herumstanden, wenn Andreas Hermann alles richtig verstanden hatte. 2007er Wasserturmwein. Es hörte sich an wie ein Witz, aber niemand lachte. Vincent redete über das Etikett, das durchsichtig war und aussah, als schwimme es in der Flasche, wahrscheinlich hatte er es entworfen. Vanessa sagte etwas Abfälliges. Sie neckten sich seit Tagen. Andreas Hermann senkte seinen Kopf, um herauszufinden, wie Vincent aussah, wenn man ihn durch die Flüssigkeit betrachtete. Vincent lachte über Vanessas Bemerkung und schüttelte den Kopf, entschiedener, durch die Flasche betrachtet, seine Zahnreihen zogen sich wie Schlüpfergummi.

Vincent war Ende dreißig, seit einem Dreivierteljahr in der Weingruppe, länger als alle anderen im Projekt, aber das merkte man nicht. Er trug teure Hemden und war ein guter Designer, soweit Andreas Hermann das einschätzen konnte. Vanessa arbeitete erst seit anderthalb Wochen in Vincents Büro und würde in weiteren zwei Wochen wieder verschwunden sein, zu einem Praktikum in einer Werbeagentur in Kiel. Sie war 27 Jahre alt und hatte Gebrauchsgrafikerin gelernt. Sie hangelte sich seit fünf Jahren von einem Praktikum zum nächsten, tat aber so, als leiste sie hier bei ihnen einen sozialen

Dienst ab. Sie waren alle auf derselben Reise, dachte Andreas Hermann, Vincent, Marek, Olli, Kosch, Vanessa, Anthony, Kowalski, und er selbst natürlich, ein virtuelles Kollektiv. Womöglich erkannte Vanessa in Vincents Augen ihren Selbstbetrug und er seinen in ihren, und darum stritten sie die ganze Zeit. Aber das war schon wieder derartig um die Ecke gedacht, dass Andreas Hermann fast schwindlig wurde, auch weil er immer noch durch die Weinflasche schaute, sein Kopf ruhte auf der gescheuerten Tischplatte, die leicht pfeffrig roch.

»Was ist mit dir eigentlich los, Hermann?«, fragte Vincent, und Vanessa kicherte.

»Ich prüf den Wein«, sagte Andreas Hermann. Er hob seinen Kopf langsam vom Tisch, wobei ihm ein Fetzen aus Udo Lindenbergs Seemannslied einfiel, in dem es eine Strophe gab, die auf »… und prüft den Rum« endete.

»Und wie ist er?«, fragte Vincent.

»Klar«, sagte Andreas Hermann.

»Das ist ja schon mal gut«, sagte Vincent.

»Er ist leicht und spritzig«, sagte Bruno und zuppelte seinen Hosenbund ein Stück in die Höhe, was er immer tat, bevor er grundsätzlich wurde. Er beteuerte, dass die Trauben wirklich von Rebstöcken am Wasserturmberg gepflückt wurden, gekeltert worden sei der Wein allerdings auf einem Meissener Weingut. In Andreas Hermanns Kopf summte die Melodie des Seemannsliedes, aber ihm fiel der Text nicht mehr ein. »Andrea Doria« hieß die Platte, »Alles klar auf der Andrea Doria«. Gute Platte. Das Seemannslied war traurig, das wusste er noch. Er hatte die Melodie im Ohr. Dadeidadei.

Der Wirt des Café Fröhlich kam und erzählte irgendwelche Neuigkeiten von der Scientologysekte, die ihn rund um die Uhr bewache. Er redete oft über die Sekte, die seiner Meinung nach die gesamte Gegend aufkaufe, sukzessive. »Sukzessive« war sein Lieblingswort. »Sukzessive« ging die Welt unter. Manchmal sprach er auch von den Bäumen, die er vor fünfundzwanzig Jahren hier in der Belforter Straße gepflanzt hatte, und auch das klang seltsam vorwurfsvoll, obwohl es ja im Grunde eine optimistische Geschichte war. Sie waren immer ein aufmerksames Publikum, denn sie hatten Zeit, wenig Geld und keine Interessen, und so kriegten sie Rabatt im Café Fröhlich.

Andreas Hermann sah auf die Uhr über der alten, hölzernen Theke. Es war kurz vor zwei, die Uhr warf einen seltsamen Schatten, es sah aus, als trage sie eine Art Geweih, das unter der Nachmittagssonne wuchs. Er tastete nach der Kamera in seiner Jacke und verließ, langsam pirschend wie ein Jäger, den Tisch. Er fotografierte das Geweih in verschiedenen Größen und überprüfte seine Arbeit auf dem Display, bis er zufrieden war. *Geweihte Zeit* wäre ein Titel für das Bild, dachte er. Dann setzte er sich wieder zu den anderen an den Tisch, wo jetzt wieder über Wein geredet wurde.

»Heute Abend haben wir einen Stand auf einer kleinen Weinmesse im Planetarium an der Prenzlauer Allee. Wenn ihr Lust habt, könnt ihr ja mitkommen. Es gibt umsonst zu trinken und zu essen«, sagte Bruno.

»Was hat denn der Wein mit dem Planetarium zu tun?«, fragte Vanessa.

»Der österreichische Botschafter ist auch da«, sagte Bruno.

»Der österreichische Botschafter, oha«, sagte Vincent. Er machte sich gern lustig über sie, er kam aus Zehlendorf, wahrscheinlich lag es daran. Er war der Einzige von ihnen, dem man nicht ansah, dass er seinen Umständen entfliehen wollte. Vincent war auf verschiedene Privatschulen gegangen, aber nach dem Abitur war sein Leben aus den Fugen geraten. Warum, wusste Andreas Hermann auch nicht. Er dachte, dass es mit Drogen zu tun hatte. Es gab eigentlich keinen Grund, warum ein Mann wie Vincent als Ein-Euro-Jobber bei »contact« strandete. Natürlich gab es eigentlich auch keinen Grund, warum ein Mann wie er selbst hier gelandet war, aber das stand auf einem anderen Blatt. Er hatte keine Ahnung von Drogen, stellte sich aber vor, dass sie einen auf Dauer langsam machten, und Vincent war sehr langsam.

Der Wirt fragte, ob sie noch einen Espresso wollten, und Andreas Hermann fand es erstaunlich, dass sie bereits gegessen hatten. Er konnte sich nicht daran erinnern, was, aber dafür fiel ihm die Textzeile aus dem Lindenberg-Lied wieder ein.

»… der sitzt hier jeden Nachmittag und prüft den Rum,
doch nach dem dritten Glas schon singt er leise:
Nichts haut einen Seemann um.
Ihn doch …«

Dadeidadei, summte es in Andreas Hermanns Kopf. Er bestellte einen doppelten Espresso, der wie immer aufs Haus ging, weil Vincent dem Besitzer des Restaurants eine Website entworfen hatte.

Als Andreas Hermann am Planetarium ankam, fuhr die Limousine der österreichischen Botschaft gerade ab. Das Auto rollte langsam an ihm vorbei, und aus irgendeinem Grund hob er die Hand, als bilde er hier ein Spalier. Er nahm die Hand schnell wieder runter und steckte sie in die Hosentasche. Es war stockdunkel, das Planetarium leuchtete in mattblauem Licht vor den Hochhausfenstern des Neubaugebiets am Thälmann-Park, der jetzt sicher auch anders hieß, obwohl Thälmann ja aus Hamburg kam wie Angela Merkel und Helmut

Schmidt und Udo Lindenberg. Sohn seiner Klasse, nichts haut einen Seemann um, dadeidadei. Er schüttelte den Kopf, um die strudelnden Gedanken loszuwerden.
Er war noch mal in die Kopenhagener Straße gegangen, um die Bilder vom Pflasterreiher und der Uhr mit dem Geweih, die er sich in Vincents Büro ausgedruckt hatte, nach Hause zu bringen. Außerdem hatte er sich ein Jackett für den österreichischen Botschafter angezogen, weil er nur selten Gelegenheit hatte, ein Jackett zu tragen. Dies hier war von Ferré, er hatte es sich in den Galeries Lafayette in der Friedrichstraße gekauft, zum einmaligen Eröffnungspreis, vor etwa zwölf Jahren. Damals schien es ganz gut zu laufen in der Friedrichstraße, bei den Galeries Lafayette und auch bei ihm. Jetzt war er schon weg, der Botschafter. Er war zu spät, dachte Andreas Hermann, er sollte sich ein Fahrrad kaufen. Andererseits lief er gern, es war billig, man konnte gut nachdenken, und es verbrauchte Zeit. Im Eingang des kugelförmigen Baus, in einer der alten, messingfarbenen Osttüren, stand ein Mann und wippte leicht in den Knien. Andreas Hermann ging auf den Mann zu, der ihn anlächelte, aber wahrscheinlich war es nur das Verabschiedungslächeln für den österreichischen Botschafter, das im Gesicht des Mannes festgefroren war.
»Guten Abend«, sagte der Mann.
»Guten Abend«, sagte Andreas Hermann. »Ich bin ein Kollege von Bruno Kämmerling.«
»Herr Kämmerling?«, fragte der Mann und wippte in eine Kniebeuge.
»Ja, vom Weinausstellungsprojekt«, sagte Andreas Hermann.
Der Mann sah ihn ahnungslos an. Er trug etwas, das seine Mutter »Kombination« genannt hätte, braune Stoffhose, blaues Ja-

ckett, am Revers klebte ein Sticker, auf dem die Fahnen von Deutschland und Österreich wehten. Er war garantiert nicht wichtig, aber er stand hier und wippte.
»Das Berliner Weinausstellungsprojekt«, sagte Andreas Hermann.
Keine Regung im Gesicht des Mannes von der deutsch-österreichischen Freundschaft.
»Die Ausstellung zur Geschichte des Weinanbaus in Berlin.«
»Richtig«, sagte der Mann, aber man sah ihm deutlich an, dass er weder mit Brunos Namen noch mit dem Weinausstellungsprojekt irgendetwas anfangen konnte. Bruno war nur ein Phantasieweinbauer, das hier war die richtige Welt. Der Mann trat ein Stück zur Seite und winkte Andreas Hermann hinein, der sich vorkam, als schleiche er sich unter falschem Namen auf eine Party. Es gab sie eigentlich nicht, und so tauchten sie auf keiner Gästeliste auf. Bestimmt konnte man ihn, Bruno und all die anderen Projektarbeiter dieser Welt auch nicht mehr im Spiegel erkennen, dachte er, sie waren untot, wie die Vampire. Vielleicht war das Stoff für eine Kurzgeschichte oder ein Theaterstück, dachte Andreas Hermann. Der Tanz der langzeitarbeitlosen Vampire, ein Projekt im Projekt, Frau Huschke wäre begeistert.
Die Weinmesse bestand aus zwei langen Reihen von Tischen, hinter denen sich verschiedene Aussteller aufgebaut hatten. Brunos Tisch stand ganz am Ende der rechten Reihe, direkt unter den Toilettenschildern, er sah winzig aus. Andreas Hermann lief in den leeren Raum zwischen den Tischen, von links und rechts begrüßten ihn die Aussteller freudig wie einen Staatsgast, er war sicher der einzige Besucher in einem Jackett, das mal 550 Mark gekostet hatte, preisgesenkt, niemand rechnete doch mit einer Weinmesse im Planetarium am S-Bahnhof Prenzlauer Allee.

»Ein Gläschen Heuriger?«, fragte ein Mann von der rechten Seite und hielt ihm ein Glas Weißwein hin.
Er griff sich das Glas, trank, spülte den Wein wichtigtuerisch im Mund herum, bevor er ihn schluckte. Der Mann hinterm Tisch sah ihn aufmunternd an, er hatte ein tiefrotes Gesicht wie alle ihm bekannten Leute, die beruflich mit Wein zu tun hatten, abgesehen von Bruno, aber irgendwann würde Bruno das auch noch hinbekommen. Er wackelte nachdenklich mit dem Kopf, dann nahm er ein Glas von der linken Seite und machte das Ganze noch mal. Er würde sich zu Bruno und den anderen vortrinken, dachte er, aber nach sechs oder sieben Ständen gab er auf und lief mit den entschiedenen Schritten eines angetrunkenen Kneipengastes an den Ausstellern vorbei zu Brunos Tisch, wo auch Vanessa, Vincent und Cathrin Huschke standen sowie ein älterer Herr, den er nicht kannte. Cathrin Huschke trug ein Kleid mit einem tiefen Ausschnitt, offenbar hatte sie sich viel vorgenommen für heute Abend.
»Andreas«, sagte Bruno so aufgekratzt wie Bernhard heute Vormittag, nur verspannter.
»Das ist Herr Dr. Schmidt, der Leiter des Berliner Weininstituts«, sagte Bruno. »Und das ist Andreas Hermann, ein Journalist, der in unserer Agentur mitarbeitet.« Dr. Schmidt hielt ihm die Hand hin, und Andreas Hermann ergriff sie, obwohl er schon lange kein Journalist mehr war, aber er wollte Bruno nicht die Tour vermasseln. Dr. Schmidt hatte ziemlich große, raue Hände für einen Institutsleiter. Vielleicht gab es ja auch einen zweiten Arbeitsmarkt für Institutsleiter, dachte er, und Dr. Schmidt war eigentlich Agrartechniker oder Zerspanungsfacharbeiter. Dann wäre sein Institut auch nur ein Phantasieprojekt. Berliner Weininstitut klang ja, als hätten es sich dieselben Leute ausgedacht, denen das Projekt zur Ermittlung der durchschnittlichen Bürgersteinhöhe in Pankow eingefallen

war. Vincent grinste ihn an, vielsagend, und er grinste vielsagend zurück, aber nicht zu vielsagend, weil ihm das wie ein Verrat an seinem Jackett vorgekommen wäre. Das Ferré-Jackett hatte eine ernsthafte Geschichte, die mit seiner verknüpft war.

»Schön, dass Sie es geschafft haben«, sagte Dr. Schmidt.

»Ich hab ja leider den Botschafter verpasst«, sagte Andreas Hermann.

»Botschaftsrat«, sagte Bruno schnell und drückte ihm ein Glas in die Hand. »Botschaftsrat, Andreas. Zweiter Botschaftsrat. Probier doch mal von dem 2007er Riesling, von dem ich dir erzählt habe.«

Andreas Hermann stieß mit Vanessa und Cathrin Huschke an, deren Brüste in dem tief ausgeschnittenen Kleid überraschend groß und seltsam traurig aussahen, nahm einen Schluck, gurgelte wieder darauf herum und sagte dann »spritzig«, obwohl der Wein ziemlich sauer schmeckte und auch ganz schön warm war.

»Leicht und spritzig«, sagte Bruno und nickte Dr. Schmidt zu.

In diesem Moment ging glücklicherweise das Licht aus, über die Wände tanzten jetzt kleine Spots, Sterne und Planeten. Die ersten Akkorde aus »Island In The Sun« von Weezer erklangen, das »Hip, Hip« und »Hip, Hip«, und jemand mit österreichischem Akzent sagte: »Island In The Sun. Damit tanzen hier für Sie Sonne, Mond und Sterne. Das Universum rockt.« Wahrscheinlich war das der Discjockey der österreichischen Botschaft, der fünfte oder sechste Botschaftsrat, dachte Andreas Hermann, schaute auf die tanzenden Sterne an den Wänden und spürte, wie sich der schnellgetrunkene Wein in seinem Kopf ausbreitete.

»Das Universum rockt«, schrie ihm Vincent ins Ohr.

Andreas Hermann nickte und sah, wie im hinteren Teil des Foyers vier Menschen um zwei Handwerker herumtanzten, die das Rednerpult abbauten, an dem sicher gerade noch der Botschaftsrat gestanden hatte. Der zweite Botschaftsrat. Er war also doch nicht zu spät gekommen. Spielraum ohne Ende, dachte er, trank sein Glas aus und nahm sich ein neues.

Später, nachdem er mit Vincent verschiedene Stände abgelaufen war, Wein aus Nieder- und Oberösterreich, vor allem aber aus Wien und seltsamerweise auch aus Grusinien probiert hatte, nachdem er knieend und liegend Fotos von den tanzenden Sternen und Planeten an den blauen Wänden des Planetariums aufgenommen hatte, nachdem er sein Jackett ausgezogen und zu Bruno an den Stand gebracht hatte und insgesamt ziemlich hinüber war, packte ihn Vanessa am Arm und zog ihn auf die Tanzfläche, wo verschiedene Aussteller und Hostessen anfingen, sich in den Rhythmus von Blurs »Song 2« hineinzufinden. Vanessa sprang ziemlich entfesselt herum, wahrscheinlich hatte sie auch schon jede Menge Wein probiert, und dann begann glücklicherweise die langsame Runde. »Sailing« von Rod Stewart, so stellte sich Österreich das rockende Universum vor, wie eine Schuldisko in einer Ostberliner Aula Mitte der 70er Jahre. Wahrscheinlich kam als Nächstes »Hiroshima« von Wishful Thinking und dann »Lady in Black« von Uriah Heep. Als er sich mit einer kleinen Verbeugung von der Tanzfläche verabschieden wollte, schlang Vanessa ihre Arme um seinen Hals, sie schraubte sich regelrecht an ihm fest. Wahrscheinlich wollte sie Vincent eifersüchtig machen, dachte Andreas Hermann. Er sah sich um, aber er konnte Vincent nirgendwo entdecken, er sah nur Bruno, der am Weinstand der Agentur auf Cathrin Huschke einredete, die in ihrem tief ausgeschnittenen Kleid neben Dr. Schmidt stand wie eine in die Jahre gekommene Weinkönigin.

Vanessa roch frisch und jung, ihre Finger fuhren durch seine Haare am Hinterkopf, und er spürte wie sein Blut dort oben anfing zu zirkulieren und dann in die Körpermitte strömte, ein ziemlich ungewohntes Gefühl. Ihm fiel ein, dass er auf der Packungsbeilage der Fluctine von langanhaltenden, schmerzhaften Erektionen gelesen hatte. Er versuchte sich darauf zu konzentrieren, dass Vanessa ursprünglich aus Eberswalde kam, ein durch und durch unerotischer Ort, Neonazis und Würstchen und ein Fußballvererein, der Motor hieß, aber nicht mal das half. Vanessa schraubte sich immer fester, und wenn er richtig gehört hatte, schnurrte sie jetzt. Er griff Vanessa rechts und links an die Hüfte und schob sie da unten ein wenig von sich weg, aber sie hielt dagegen, so ging das eine Weile hin und her, bis sie irgendwann von ihm abrückte und den Kopf hob. Sie versuchte ihn anzusehen, aber ihre Augen gehorchten nicht. Sie kämpfte um einen klaren Blick, dann ließ sie es sein, als sei plötzlich etwas anderes wichtiger geworden, irgendetwas tief in ihr drin, und das würgte sie jetzt heraus. Andreas Hermann trat ein Stück zurück, automatisch, Vanessa schluckte herunter, was in ihr aufgestiegen war, verlor aber das Gleichgewicht und torkelte blind auf der Tanzfläche herum. Er griff sich ihren Arm und steuerte sie zwischen den Tanzpaaren hindurch zu den Toiletten. Bruno redete immer noch auf Cathrin Huschkes Dekolleté ein, Dr. Schmidt nickte ernst.

Die Damentoilette war glücklicherweise leer. Er öffnete die Kabinentür, klappte den Klodeckel hoch, half Vanessa auf die Knie und hockte sich neben sie auf den Boden. So etwas hatte er auch noch nie gemacht, dachte er, während Vanessas Körper neben ihm zitterte. Er schaute auf die Fliesen und dachte darüber nach, ob es noch die originalen Ostfliesen waren, ob es jemals Ostfliesen gewesen waren und woran man eigentlich

Ostfliesen erkannte. Kacheln brennen war doch eigentlich etwas sehr Altmodisches, dachte er. Da hätten sie doch gut sein müssen, die Ostdeutschen, aber wenn er sich richtig erinnerte, hatte sich sein Vater ständig darüber beschwert, dass es keine Fliesen gab. Ihm selbst waren Fliesen immer egal gewesen, aber am Ende ging es um Fliesen. Wenn das Land mit Leuten wie ihm bevölkert gewesen wäre, stände die Mauer immer noch, dachte er, auch nicht zum ersten Mal, und dann tauchte sein Blick in die Struktur einer einzelnen, orange-braunen Fliese, durch die ein schlanker schwarzer Schatten zu schwimmen schien. Wenn man genau hinsah, erkannte man, dass der Schatten kraulte, und Andreas Hermann hätte ihn fotografiert, wenn er die Hände freigehabt hätte. Dass er noch mal hierher kam, in die Damentoilette des Planetariums, war eher unwahrscheinlich, und manchmal fand er die Figuren später nicht mehr. Er sah sehnsüchtig auf den Schwimmer und hielt die zitternde Schulter seiner Kollegin aus dem Weinprojekt, er wusste nicht, wie lange sie da hockten, aber als sie die Kabine verließen, stand eine Frau an den Waschbecken. Sie beachtete ihn und die hilflose Vanessa nicht, sie zuckte nicht mal zusammen, und daran erkannte er sie oder an ihrem Duft oder an ihrem Hintern, auf dem man ein Schnapsglas hätte abstellen können. Ihm fiel ihr Name nicht mehr ein, aber er wusste sofort, wer sie war.

»Wieder zwischen zwei Engagements?«, fragte die Frau, ohne sich umzudrehen. Er sah sie wieder nur von hinten, aber diesmal wirkte sie nicht flüchtig, sondern wie zusammengezurrt. Sie trug ein enges, silbriges Kostüm wie eine Rüstung, und auch ihre dunklen Haare erinnerten eher an einen Helm, obwohl sie sie nun offen trug. Ihre Stimme war fest, beherrscht, die Stimme einer Rittersfrau.

»Ich hoffe, Ihre Tochter ist im Bett«, sagte Andreas Hermann.

»Ihre offensichtlich nicht«, sagte die Frau, den Blick immer noch im Spiegel.
»Mutti?«, lallte Vanessa.
»Noch nicht«, sagte Andreas Hermann und zog Vanessas Arm ein bisschen fester über seine Schulter. Er schleppte sie zu den Waschbecken, um ihr Gesicht sauber zu machen, was nicht so einfach war, weil sie hin und her schwankte wie eine Teppichrolle.
»Sie halten sie fest«, sagte die Frau.
Er sah sie überrascht an, sie hob die Augenbraue, riss ein Papierhandtuch aus dem Halter, machte es nass und tupfte Vanessas Gesicht ab. Mit dem nächsten Tuch kühlte sie ihr die Stirn, und irgendwann kehrte Vanessa wieder ins Leben zurück. Sie stemmte sich am Waschbecken hoch, sah in den Spiegel und wischte sich über den Mund, als habe sie gerade ein Bierglas abgesetzt. Im Spiegel waren alle drei zu sehen, die Rittersfrau mit dem festgesprühten braunen Haarhelm, die aufgelöste Vanessa und er selbst, die Haare im Gesicht und ein bisschen blass, aber immerhin zu sehen, doch kein Vampir, noch nicht.
»Ich bin in zwei Wochen in Kiel«, sagte Vanessa, stieß sich vom Waschbecken ab, stapfte mit erstaunlich sicheren Schritten aus dem Damenklo und hinterließ eine Lücke zwischen ihren Spiegelbildern.
Er sah die Frau an. Sie hatte dunkelrote Lippen, dunkle Augenbrauen und dunkle Haare, aber erstaunlich helle Augen, sie hatte ein blondes Gesicht, dachte Andreas Hermann. Da war ein Riss in ihrem Panzer, durch den ein schwaches, aber einladendes Licht fiel.
»Kiel«, sagte die Frau und hob wieder die Augenbraue.
»Neues Engagement«, sagte Andreas Hermann.
Sie lächelte leicht, nahm den dunkelroten Lippenstift von der

Konsole und steckte ihn ein. Dann wischte sie Andreas Hermann mit einer müden, beinahe zärtlichen Bewegung eine verklebte Locke aus der Stirn und ging.

»Was machen Sie hier eigentlich?«, fragte er, als sie an der Tür war.

»Gute Frage von einem Mann auf der Damentoilette«, sagte die Frau und zog die Tür hinter sich zu.

»Richtig«, sagte er und sah im Spiegel, wie er lachte. Ein seltsames Bild, er hatte sich ewig nicht lachen gesehen. Es gab zu wenig lustige Mädchen in seinem Leben, dachte er, wusch sich schnell das Gesicht und schlich aus dem Frauenklo.

Es war kurz nach eins, auf der Tanzfläche bewegte sich nur noch ein Paar, die Aussteller räumten ihre Stände auf. Andreas Hermann lief zum Berlin-Tisch, wo Bruno stand. Bruno sah müde aus, sein Jackett war zu groß und ganz sicher nicht von Ferré.

»Wo sind denn die anderen?«, fragte Andreas Hermann.

»Dr. Schmidt ist vor einer halben Stunde gegangen«, sagte Bruno.

»Dr. Schmidt?«

»Der Direktor vom Weininstitut, Andreas.«

»Ach ja«, sagte Andreas Hermann, ihm fielen die rauen Schaufelhände ein, das war alles so lange her. »Und Vincent und Vanessa?«

»Die sind auch schon weg, glaube ich«, sagte Bruno. »Und Cathrin tanzt.«

Andreas Hermann nickte ins Halbdunkel, wo das letzte Paar herumtaumelte. Cathrin Huschkes Tanzpartner konnte man nicht erkennen. Bruno sah traurig aus. Er war in sie verliebt, dachte Andreas Hermann. Sie hatte sich seine Rolle als Weinbauer ausgedacht, sie hatte ihn geschaffen, sie war seine Göttin sozusagen.

»Es ist ja auch schon spät«, sagte Bruno.
»Ja«, sagte Andreas Hermann und sah auf die Uhr, wo es immer noch kurz nach eins war.
Bruno räumte die Flaschen des Wasserturmweins in einen Pappkarton. Andreas Hermann hätte ihn gern nach der Frau von der Damentoilette gefragt, aber er erinnerte sich noch immer nicht an den Namen und hatte keine Lust, die Frau zu umschreiben. So wichtig war es nun auch nicht, sagte er sich, aber spürte die Stelle an der Stirn, wo sie ihn berührt hatte. Er hatte die Frau ein Leben lang nicht gesehen, und heute traf er sie gleich zweimal. Das war doch kein Zufall, das war ein Zeichen.
»Hat's dir denn gefallen?«, fragte Bruno.
»Doch, es war gut. Nicht das, was ich erwartet habe, aber gut«, sagte Andreas Hermann und dachte, wie absurd es war, dass er irgendwelche Erwartungen mit Berliner Weinmessen verband. Das war doch alles totaler Quatsch. Er nahm sein Jackett. Er wollte jetzt eine Zigarette rauchen und nach Hause gehen. Vielleicht fiel ihm auf dem Weg der Name der Ritterfrau ein. Er wusste zwar nicht, was er damit anfangen sollte, aber es hätte doch etwas Beruhigendes gehabt, es wäre ein Abschluss gewesen sozusagen.

Die kalte Luft machte ihm Hunger. Er ärgerte sich, dass er nichts von den Häppchen gegessen hatte, und je mehr er darüber nachdachte, desto hungriger wurde er. Auf der Prenzlauer Allee holte er sich einen Döner. Der kostete nur zweifünfzig, fast genauso viel wie die Straßenbahnfahrkarten, die er gespart hatte, dachte er und verließ die Prenzlauer, die ihn um diese Zeit sowieso nur deprimierte. Er bog rechts in die

Ahlbecker, lief einen Block, ging dann links in die Dunckerstraße, die hier oben ziemlich tot war, aber nach unten hin immer lebendiger wurde, wie er wusste, und einen Moment lang dachte er darüber nach, noch irgendwo einen Absacker trinken zu gehen, vielleicht in der Luna Bar, die jetzt auch anders hieß. Aber weil ihm der neue Name nicht einfiel, verflog die Idee, und er nahm die Stargarder Straße, den direkten Weg nach Hause.

Auf halber Höhe, als er den Döner fast aufgegessen hatte, sah er auf der anderen Straßenseite einen Laden, in dem noch Licht brannte. Es war eines dieser Bürogeschäfte, die es jetzt überall in den Prenzlauer-Berg-Erdgeschossen gab. Es war ihm nie richtig klar, was in diesen Läden eigentlich hergestellt oder verkauft wurde, wahrscheinlich irgendwas mit Medien, Design und Kunst, dachte er, eine Mischung, die auch ihn vor acht Jahren nach Berlin gelockt hatte. In dem Laden auf der anderen Straßenseite saß ein Mann an einem Schreibtisch, auf dem ein flacher Computerbildschirm stand. Der Mann hatte einen dunkelblonden Seitenscheitel, der ihm halb im Gesicht klebte, wie fast alle Männer, die in diesen Büros saßen, und starrte auf den Bildschirm. Es war kurz nach halb zwei. Vielleicht schaute er sich einen Internetporno an, dachte Andreas Hermann, glaubte es aber nicht, weil sich kein normaler Mensch Pornos hinter einem Schaufenster anguckte. Der Typ wirkte niedergeschlagen, regelrecht verzweifelt, von hier aus betrachtet. Eingeschlossen in sein Büro, das aus dem dunklen Haus leuchtete, sah er aus, als habe ihn Edward Hopper gemalt. Das Bild erinnerte Andreas Hermann an seine Zeit als erster, letzter und einziger Herausgeber eines Neustrelitzer Stadtmagazins. »Litz«, hatte er es genannt, er hätte es »Witz« nennen sollen, dachte er, auch nicht zum ersten Mal. Er hatte zwar keinen Seitenscheitel getragen damals, er hatte in einem

Neubaublock gesessen und insgesamt nicht so ausgesehen, als habe ihn Edward Hopper gemalt, aber verzweifelt war er gewesen, das auf jeden Fall.

Andreas Hermann knüllte das Döner-Papier zusammen, warf es in einen Mülleimer und lief relativ beschwingt nach Hause. Er war froh, dass er jetzt nicht in so einem Büro sitzen musste. Weil das Hausflurlicht ausging, bevor er sein Wohnungslicht angeschaltet hatte, knallte er mit dem Oberschenkel voll gegen den Schreibtisch des toten Professors. Er hatte ihn komplett vergessen. Er schaltete das Licht ein und betrachtete das Ding, das noch weiter gewachsen zu sein schien in den letzten Stunden. Dann ging er erst mal pinkeln. Als er aus dem Klo kam, sah er, dass der Schreibtisch an seiner Frontseite, direkt unter der Arbeitsplatte, eine schmale Schublade hatte, die ihm bisher gar nicht aufgefallen war. Sie klemmte ein bisschen, aber schließlich bekam er sie auf. Ganz hinten in der Schublade lag ein schwarzes Notizbuch. Das Notizbuch hatte einen Einband, der weich war, fast ledrig. Man hatte es gern in der Hand. So wie dieses Notizbuch stellte er sich die Dinge vor, die ein 76-jähriger Rechtsprofessor hinterließ.

Es war ein schönes Notizbuch, und auf der ersten Seite stand in Druckbuchstaben, die mit einem Füllfederhalter geschrieben worden waren: »Aufzeichnungen eines Fast Toten«, aber das »Fast« war durchgestrichen.

Andreas Hermann klappte das Buch wieder zu. Es war zwei Uhr nachts, das war jetzt alles ein bisschen viel für ihn. Er legte das Totentagebuch in die Schublade zurück und schloss seine Kamera an den Computer, um die Sternenbilder aus dem Planetarium herunterzuladen. Dann putzte er sich die Zähne, nahm seine Fluctin-Kapsel und löschte das Licht. Eine Minute später knipste er es wieder an, holte das Buch noch einmal aus der Schublade und nahm es mit auf sein Hochbett.

Ich habe in meinem ganzen Leben kein Tagebuch geführt, und ich habe das oft bereut. Ich würde gern wissen, was ich gedacht habe, vor fünfzig Jahren beispielsweise, als ich beschloss, Jurist zu werden. Ich kann mir heute nur noch ungefähr vorstellen, welche Hoffnungen ich damals hatte, denn sie sind von all den Dingen überlagert, die ich inzwischen erlebt habe und eigentlich nur noch Erinnerungen an Hoffnungen. Es hat keinen Sinn, sie heraufzubeschwören. Ich möchte auch gar nicht von früher schreiben. Ich würde ein Leben beschreiben, das ich nicht gelebt habe, sondern eines, von dem ich heute annehme, es gelebt zu haben. Dies hier ist nur für mich, und ich habe weder Zeit noch Anlass, mich zu belügen.

Es ist zu spät, ein Tagebuch zu beginnen, und es hat jetzt, nach all den Jahren, etwas unangenehm Prätentiöses. Ich mache es nur, weil ich niemanden habe, dem ich erzählen kann, was ich fühle. Ich habe keine Familie, und ich will Fred, in seinem Zustand, nicht mehr zumuten, sich diese Dinge anzuhören. Ich glaube auch, dass er mir nicht mehr folgen kann oder will. Wir haben immer versucht, eine offene Beziehung zu führen, in der wir über alles miteinander reden können, aber wir sind geendet wie ein ganz normales Ehepaar, getrennt von Tisch und Bett, eine Mauer zwischen uns. Er denkt an seine Krankheit, ich an meine, und das macht uns einsam.

Gut, dies also ist mein Tagebuch, es beschreibt keine Hoffnung, keine Pläne, keine Zukunft. Es beginnt an dem Tag, als mir Dr. Lübke mitteilte, dass der Krebs zurückgekommen ist. Es ist der 17. Mai 2008. Sie haben Metastasen auf der Leber und dem Bauchfell gefunden. Lübke hat mir von einer neuen Chemotherapie erzählt, aber er sah nicht so aus, als verbinde er große Hoffnungen damit. Es war eher so, dass er irgendetwas sagen musste. Wir haben ja den Eindruck, immer irgendetwas tun zu müssen. Wir wollen die Dinge nicht geschehen lassen. Ich habe die letzten siebzehn Jahre damit verbracht, die Dinge aufzuhalten, nicht geschehen zu lassen. Ich bin jetzt 75 Jahre alt, und ich weiß nicht, ob ich noch einmal die Kraft aufbringe, mich gegen die Naturgewalten zu stemmen.

Ich war seltsam ungerührt, als ich die Nachricht hörte, es war fast so, als hätte ich damit gerechnet. Aber ich weiß ja aus eigener Erfahrung, dass dies nur das erste Stadium ist, die Gefasstheit. Das erste Stadium und vielleicht, so hoffe ich, das letzte.

Die erste Chemotherapie hat mir drei Jahre gebracht, ich kann nicht sagen, dass es besonders erfreuliche Jahre waren. Fred und ich haben unsere letzte Reise gemacht, die Schiffsreise, von der wir immer geträumt haben, bei unseren FDGB-Urlauben, bei unseren Spaziergängen an der Ostsee. Fred mehr als ich. Es war eine Mittelmeerkreuzfahrt, die den Namen nicht verdient. Unsere Kabine hatte kein Fenster, das Essen war schlecht, und die Leute, die an unserem Tisch saßen, waren ungebildete Westdeutsche, für die wir Freaks waren. Ostdeutsch, alt und schwul, was für eine Mischung! Fred und ich haben uns viel gestritten auf der Reise, auch weil ich den Eindruck hatte, dass Fred sich vor diesen Ignoranten schämte, für seine Herkunft, für sein Schwulsein, für mich. Auf dem Kapitänsball, wenn man ihn denn so nennen will, hat er sich geweigert, mit mir zu tanzen. Dabei war Fred eigentlich immer derjenige gewesen, der viel weniger furchtlos war als ich. Aber natürlich hatte mich die Krankheit bereits verändert, und da Fred sich insgesamt mehr auf die

Reise gefreut hatte als ich, war er auch mehr enttäuscht.
Kurze Zeit später hatte Fred seinen Schlaganfall, und gelegentlich denke ich, es gab da einen Zusammenhang.
Ich habe ihn im Krankenhaus besucht, später in Bad Liebenwerda, wo er in der Rehabilitation war, und ich habe ihn auch hier in Berlin mit dem Rollstuhl ins Grüne geschoben, meist zum Volkspark Prenzlauer Berg, aber er hasste diese Ausflüge und ich eigentlich auch. Die meiste Zeit habe ich zu Hause gesessen, so wie jetzt, und aus dem Fenster geschaut beziehungsweise in den Fernseher. Ich hätte natürlich lesen können, all die Bücher, für die keine Zeit war, als ich unterrichtete und forschte und all die Fachbücher las, die damals so wichtig schienen, so richtig auch. Ich hätte jetzt endlich die Bücher lesen können, die die Zeit überlebten, die ich mir gekauft und ins Regal gestellt hatte für diese Tage. Ich habe vielleicht zwanzig Bücher gelesen in den letzten drei Jahren. Zwanzig Bücher. Die meisten waren Kriminalromane. Zuletzt las ich dieses Buch von Michael Moore über Amerika. Es hat mich amüsiert, aber es ist natürlich ein modisches Buch, ein Pamphlet, eine Propagandaschrift. Ich habe die Jahrestage von Uwe Johnson im Regal und lese Michael Moore! Ich habe Johnson versucht, natürlich, bestimmt zehnmal habe ich es angefangen. Es ging nicht. Ich kann mich nicht konzentrieren, es macht mir keine Freude, es fesselt mich nicht. Ich lese die Zeitung, natürlich, die Berliner Zeitung, von vorn bis hinten, aber sie regt mich auf, weil sie so zur Tagesordnung übergegangen ist wie die meisten Blätter.
Manchmal rede ich mit Marianne, deren Bekanntschaft vielleicht das einzig Gute ist, was mir in den drei Jahren

passiert ist, die mir geschenkt wurden. Ich kenne sie natürlich weitaus länger, als Nachbarin, aber wir haben nie miteinander geredet, richtig miteinander geredet, meine ich. Ich hatte einfach keine Zeit für ernsthafte Gespräche mit einer Schneiderin aus dem VEB Treffmodelle und war überzeugt, dass man mit ihr auch keine ernsthaften Gespräche führen kann. Marianne ist eine einfache Frau, und gerade das gefällt mir heute. Sie ist authentisch, sie berichtet mir aus der richtigen, echten Welt. Sie hat keine Dünkel, sie hat Interesse. Sie hilft mir mit dem Einkauf und ist meine einzige echte Freundin, wie es aussieht. Aber den größten Teil der geschenkten Zeit habe ich, wie gesagt, hier vor dem Fenster gesessen und raus auf die Straße geschaut, auf der nichts passiert. Auf der auch jetzt, da ich dies schreibe, nichts passiert.

Will ich das noch einmal?

Gute Frage, dachte Andreas Hermann. Er war sich nicht sicher, ob er die Antwort wissen wollte. Er klappte das Buch zu und knipste seine Nachttischlampe aus. Das, was er gelesen hatte, passte eher zur Wohnung des Professors als zu dem schönen, schwarzen Einband. Er fand es nicht deprimierend, er fand es langweilig und konnte sich beim besten Willen nicht vorstellen, dass auf den nächsten Seiten noch irgendetwas Überraschendes passieren würde. Das Ende kannte er auch schon. Es gab keinen Spielraum, ein Leben wie auf Schienen. Es war traurig, dass man zehn Minuten in der Wohnung eines toten Menschen stand und schon wusste, wie er gewesen war.

Andreas Hermann versuchte, während er wegsackte, nicht an den toten Mann zu denken, sondern an die Frau mit dem hellen Gesicht. Er fragte sich, ob er ihren Duft anmischen könnte wie Jean-Baptiste Grenouille.

Um halb fünf wachte Andreas Hermann auf und wusste, dass er nicht mehr einschlafen konnte, was am Wein lag und an der Idee, die sich in seinem Kopf breitmachte. Er setzte sich an seinen Computer und sah die Bilder durch, die er am Abend aufgenommen hatte. Es waren 118 Fotos. Er fand die Frau zwischen den tanzenden Sternen und Planeten an einem Stand, hinter dem in großen Worten »Wiener! Wein! Wunder!« stand. Sie war auf drei Fotos, er hatte sie nicht gesehen, sie war zufällig in seine Bilder geraten. Er hätte sie auch jetzt fast nicht wiedererkannt. Sie war nicht so entschlossen wie am Vormittag und nicht so arrogant wie auf der Damentoilette. Sie sah unglücklich aus, verloren, eingepanzert in ihr Kostüm. Eine traurige Ritterfrau zwischen rotbäckigen Weinbauern. Er hatte sie immer am Rand einer Szene eingefangen, sie kippte aus seinen Bildern. Zweimal schien sie die Kamera nicht zu bemerken, doch auf dem dritten Bild sah sie direkt hinein. Es war das Bild, auf dem sie am traurigsten aussah, und am schönsten. Ihr Gesicht leuchtete unter dem braunen Haarhelm hervor, ein blondes Gesicht, dachte er, eindeutig.

Er fragte sich, wie oft er der Frau in seinem Leben begegnet war, ohne sie zu sehen. Und auch, warum er sie nie gesehen hatte. Seit zwei Monaten lief er jeden Tag an ihrem Haus vorbei und sah sie nicht. Sie war eine Frau aus einer anderen Welt, dachte er, so wie die 30-jährigen Frauen seiner Jugend, die er auch nie gesehen hatte. Die Frage war, ob er sie jetzt sehen würde, da er sie erkannt hatte. Er nahm sich vor, auf sie zu achten.

Als er morgens den Hof der Agentur betrat, sah sich Andreas Hermann die Mauer der weißen Häuser genauer an. Er lehnte sich an einen alten, dunkelblauen Volvo mit Düsseldorfer

Nummernschild, ein Volvo, der noch rund war und nicht eckig, steckte sich eine Zigarette an und schaute hoch auf die weiße Wand, die sich vor seinen Augen nun in einzelne Häuser auflöste, als sei über Nacht irgendein Fluch von ihr abgefallen. Er sah die weinroten Tupfer der Markisen, die vor manchen Fenstern hingen, er sah die Blumenkästen, die zusammengeklappten Sonnenschirme auf den Dachterrassen, die Kletterpflanzen, die sich über die Mauern der kleinen Hausgärten rankten und wahrscheinlich den Namen der Siedlung rechtfertigen sollten. Prenzlauer Gärten. Die weiße Wand wirkte deutlich kleiner, wenn man sie sich genau anschaute, nicht mehr so unüberwindbar. Aber er sah keine Menschen, nicht einen einzigen Menschen, der aus dem Fenster herausschaute. Zehn Minuten lang tauchte niemand auf, wahrscheinlich richteten die Bewohner ihren Blick lieber auf die andere Seite ihrer Häuser, die Vorderseite, wo sie Menschen sahen wie sie selbst.

Im »Stattumzug«-Lager hatten sie die Schrankwand des toten Professors aufgebaut, und mit den Büchern gefüllt, die Kowalski übrig gelassen hatte. Ihm fiel ein, dass er weder den Namen der Frau aus dem weißen Viertel wusste noch den Namen des Mannes, dessen Tagebuch er inzwischen besaß. Namen waren sein Problem, immer schon, er war ein Bildermensch.

Er schaute ins Büro, um Kowalski nach dem Professor zu fragen. Ingrid und Marianne standen am Kopf des Tisches, links und rechts von Kowalski, der blass auf seinem Präsidiumsstuhl saß.

»Morgen«, sagte Andreas Hermann.

»Morgen«, sagten Marianne und Ingrid, Kowalski schwieg.

»Was ist denn los, Captain?«, fragte Andreas Hermann.

»Nischt. Koppschmerzen«, sagte Kowalski.

»Bestimmt 'ne Gehirnerschütterung«, sagte Andreas Hermann.

»Hab ick ihn och jesacht«, sagte Marianne. »Aber er hört ja nich.«
»Hast du gekotzt?«, fragte Andreas Hermann.
»Biste Arzt oder wat«, sagte Kowalski.
»Iss ja gut«, sagte Hermann. »Sag mal, wie hieß eigentlich der Professor?«
»Welcher Professor?«, fragte Kowalski.
»Seine Schrankwand ist dir auf'n Kopf gefallen, Captain. Gestern in der Rietzestraße.«
»Rietzestraße? Ick kenne keen Professor«, sagte Kowalski.
Ingrid und Marianne sahen ihn besorgt an.
»Du hast 'ne Gehirnerschütterung. Geh zum Arzt, Captain«, sagte Andreas Hermann und ging ins Büro.

Ich hab dir die Protokolle aus der Greifenhagener als pdf-Datei geschickt, Andreas«, sagte Volker Kosch als Begrüßung und ohne von seinem Rechner aufzusehen.
Andreas Hermann hatte nicht die leiseste Ahnung, worum es ging, nickte aber, weil er Kosch nicht die Chance zu einer nachsichtigen Erklärung geben wollte. Er wollte überhaupt nichts von Kosch hören. Er wollte noch ein bisschen in seinen Gedanken herumlungern, beim toten Professor, der weißen Mauer, der unbekannten Frau, und dann sehen, wohin ihn die Reise in seinem Kopf führte. Er trug sich in die Anwesenheitsliste ein.
Kosch und er waren die Einzigen, wie immer, wenn sie am Nachmittag eine Vorstellung hatten. In ein paar Stunden würde Marin kommen und die Musikanlage, die Kostüme und die zusammenklappbare Kulisse in den Kleintransporter laden und in das Pflegeheim nach Spandau fahren, wo sie

ihren Auftritt hatten. Kosch blieb hier, er hatte keine Rolle im »Traumfabrik«-Programm, er selbst würde mitfahren, weil er Kurt vertrat, der drei Wochen lang diesen Polizeiruf in Leipzig drehte. »Goodbye, Johnny« und »Bel Ami«, das waren Kurts Nummern.

Andreas Hermann setzte sich auf seinen Stuhl am Fenster und schaltete den Computer an. Er sah auf den Hof, wo zwei Jungs aus der Holzwerkstatt eine Zigarette rauchten. Es war zehn vor zwölf, er hatte noch vierzig Minuten bis zur Mittagspause.

»Greifenhagener Straße?«, fragte er und dachte, dass er das alles schon mal erlebt hatte, er und Kosch und die Greifenhagener Straße, ein Déjà-vu.

»Andreas!«, sagte Kosch.

»Was denn?«, fragte er.

»Wir haben gestern darüber geredet«, sagte Kosch.

»Es muss mir entfallen sein, Volker«, sagte Andreas Hermann und klickte sein Mailprogramm an, um die Nachricht von Kosch herunterzuladen.

»Die Wache der Greifenhagener Straße war für die Gethsemanekirche zuständig«, sagte Kosch.

»Gethsemanekirche, richtig«, sagte Andreas Hermann. Er wusste wieder, warum ihm das alles so bekannt vorkam. Ein Teil ihres Mauerfallprogramms sollte von einem Polizisten und einem Bürgerrechtler handeln, die abwechselnd ihre Erlebnisse aus dem Oktober 1989 rund um die Gethsemanekirche schilderten. In Koschs Exposé klang es wie Puppentheater. Andreas Hermann sollte den Widerständler spielen, wahrscheinlich weil er lange Haare hatte, Volker Kosch hatte sich bereit erklärt, den Polizisten zu geben. Er war einfach am besten geeignet, und das sah er wohl auch selbst so.

Er nickte Kosch zu, öffnete aber erst mal eine Mail von Sina, die mitten in der Nacht eingetroffen war, um 4 Uhr. Sina war eine

Russin, die im »Wohnzimmer« am Helmholtzplatz kellnerte, um sich ihre Kunst zu finanzieren. Sie fotografierte alle möglichen Sachen mit einer alten Nachtsichtkamera der Roten Armee und signierte die Abzüge mit »Das Auge der Finsternis«. Sina hatte ihn vor ein paar Jahren angesprochen, im November, als er gerade dabei war, eine leuchtend grüne Bauplane zu fotografieren, die in der dunklen Schliemannstraße lag wie eine Waldwiese. Sina hatte ihm erzählt, dass sie eine entfernte Verwandte der Zarentochter Anastasia war, aber das glaubte er eigentlich nicht. Sina sah ziemlich gut aus und war unabhängig, was ihm gefiel, weil er selbst sich meistens sehr abhängig fühlte. Nach einer Wodkanacht im Torpedokäfer hatten sie in ihrer Wohnung, die mehr oder weniger auch ihre Dunkelkammer war, miteinander geschlafen. Das war drei oder vier Jahre her, er hatte die Details vergessen, und manchmal dachte er, er habe sich das nur eingebildet. Jedenfalls hatten sie nie wieder darüber geredet, und inzwischen hatte auch der Torpedokäfer zugemacht. Sinas Mail bestand nur aus dem Wort »und«, einem Fragezeichen und einem Anhang, den er anklickte. Man sah ein paar menschliche Schatten in grünem Licht. Sie tanzten, dachte er im ersten Moment, aber das musste nicht sein. Sinas Bilder sahen eigentlich alle gleich aus. Er verstand sie nicht, aber sie beruhigten ihn. Es war so, als schaue man in ein Aquarium, das lange nicht mehr saubergemacht worden war.

»Es ist natürlich sehr umfangreich«, sagte Kosch.

»Klar«, sagte Andreas Hermann, den die Schatten jetzt mehr an Menschen erinnerten, die miteinander kämpften. Sie wirkten aggressiver, je länger er sie anschaute.

»Ich dachte, dass wir vielleicht ein paar der Aussagen einem Volkspolizisten zuordnen, einem fiktiven Polizisten, meiner Rolle gewissermaßen.«

»So machen wir das«, sagte Andreas Hermann und schloss Sinas grünes Bild. Auf seinem Bildschirm stand jetzt »UND?«. Die Frage schien zu wachsen. Sie wuchs zu einer regelrechten philosophischen Grundfrage. Er klickte sie schnell weg und lächelte Volker Kosch an, der verlegen wurde, wenn er sich nicht täuschte. Kosch war Ende vierzig, hätte aber auch Ende fünfzig sein können oder Ende dreißig. Er hatte ein weiches Gesicht mit einer winzigen Nase und dünne schmutzigblonde Haare, die bestimmt schon vor zwanzig Jahren ausgesehen hatten, als würden sie demnächst ausfallen. Er trug sie streng gescheitelt.
Andreas Hermann öffnete den Anhang von Koschs Mail. Es dauerte eine Weile, bis die Datei heruntergeladen war, denn der Text war sehr lang, 323 Seiten lang.
»Bist du denn mit den Leuten von der Umweltbibliothek weitergekommen, Andreas?«, fragte Kosch, deutlich wärmer jetzt, so als zögen sie an einem Strang.
»Ich treff mich übermorgen mit einem in der Schwarzen Pumpe«, sagte Andreas Hermann
»Schwarze Pumpe?«, fragte Kosch.
»Das ist eine Kneipe in der Choriner.«
»Richtig«, sagte Kosch. »Choriner Straße. Gut.« Er sah aus dem Fenster zu den rauchenden Tischlern und schrieb wieder etwas in sein grünes Notizbuch. Andreas Hermann nickte, holte sich einen Kaffee aus dem Automaten, ging ins Designbüro, um das Foto der Frau auszudrucken, das er sich auf einen Memorys-Stick geladen hatte. Vanessa und Vincent inspizierten auf Vincents nagelneuem 25-Zoll-Flatscreen, der für das Designprojekt angeschafft worden war, mit Google Earth gerade die Dachterrassen von Berlin Mitte.
»Wir ham einen Pool in der Linienstraße gefunden, der ist mindestens zwanzig Meter lang, Andreas«, sagte Vincent.

»Wahnsinn«, sagte Vanessa.
Andreas Hermann sah auf das Bild der hellen Frau, das aus dem Drucker surrte. Es gab ihm einen kleinen warmen Schub, ein Rieseln, dort, wo das Herz war. Er rollte das Blatt vorsichtig zusammen, bevor er zu Vanessa und Vincent ging, um sich den Dachpool in der Linienstraße anzuschauen.

Auf dem Weg zum Café Fröhlich lief Vanessa neben ihm und entschuldigte sich sehr leise dafür, dass sie gestern Nacht einfach so verschwunden war. Sie lief ziemlich dicht neben ihm, so dass ihre Schulter manchmal seinen Arm berührte, und vielleicht war das Teil der Entschuldigung, dachte Andreas Hermann.
»Ich war ziemlich betrunken«, sagte sie.
»Klar, ich ja auch«, sagte er.
»Es wäre sowieso keine besonders gute Idee gewesen, glaube ich«, sagte sie.
Er nickte, weil er das inzwischen auch dachte.
»Ich bin schon in zwei Wochen in Kiel. Du bist hier in Berlin. Es hätte doch keine Zukunft«, sagte sie, ihre Schulter raschelte an seinem Arm.
»Ja«, sagte er, obwohl er nicht an Kiel gedacht hatte und schon gar nicht an eine gemeinsame Zukunft mit Vanessa, sondern plötzlich an den Schreibtisch, der immer noch in seiner Diele klemmte, und an das ganze Chaos in seiner Wohnung, das von dem Teil seines Lebens erzählte, den er gern für sich behalten würde. Vielleicht hätte Vanessa es gestern Abend nicht mehr gesehen, aber sicher heute Morgen beim Aufwachen. Er hätte zu großen Erklärungen ausholen müssen, und dazu hatte er nun überhaupt keine Lust. Keiner von seinen Kollegen hatte je

seine Wohnung gesehen, sie kannten nur den Teil von ihm, der zur Arbeit erschien, und das war ihm ganz recht so. Weil er aber nur haarscharf an einem Damenbesuch vorbeigeschrammt war, lief er nach Feierabend nicht mit Vincent zu der Fotoausstellungseröffnung in Mitte, wo man umsonst Cocktails trinken konnte, sondern geradewegs in die Kopenhagener Straße, um ein bisschen aufzuräumen. Man wusste ja nie.

Er hatte sich bei den Tischlern des »holzbock«-Projekts einen Zollstock geborgt und ausgemessen, dass der Schreibtisch des Professors unter sein Hochbett passen würde, theoretisch jedenfalls. Dazu musste er allerdings die Pappregale, mit denen er vor fünf oder sechs Jahren ein Pappmöbelgeschäft in Berlin starten wollte, auf den Hausflur stellen. Er hatte sie von einem Maschinenbaustudenten der TU gekauft, den er mal in der Luna Bar getroffen hatte. Der Student hatte ihn davon überzeugt, dass Pappmöbel ein Zukunftsmarkt seien. Vielleicht hätte er sich gleich fragen sollen, was der Typ ausgerechnet in der Luna Bar machte, wo ja eigentlich nie Geschäftsleute waren. Aber der Student kam aus Kassel, eine Stadt, die Andreas Hermann aus irgendeinem Grund Vertrauen einflößte, und das Konzept hatte ziemlich einleuchtend geklungen. Die Möbel waren leicht, aber stabil, sie waren umweltfreundlich und billig. Es gab vor allem Regale im Programm, aber auch kleine Schreibtische und sogar einen Sessel. Andreas Hermann war immer auf viel Interesse gestoßen, aber gekauft hatte keiner, mal abgesehen von Bernhard, der ihm ein CD-Regal abnahm. Er hatte das Regal allerdings nie in Bernhards Wohnung gesehen.

Als er den Schreibtisch unterm Hochbett hatte, war kein Platz mehr für die Pappmöbel. Er klappte sie zusammen, trug sie runter auf den Hof und stopfte sie in die Papiertonne. Mit zwei

Hofgängen war die gesamte Regalwand entsorgt. Pappmöbel waren wirklich nicht unpraktisch, dachte er, aber das war jetzt auch egal. Er wusste nicht mal mehr den Namen des Studenten aus Kassel.

Die Dinge, die er in den Regalen aufbewahrt hatte, legte er auf dem Fußboden seiner Wohnung aus, um sie zu sichten. Es waren fast ausschließlich Überbleibsel seines Winterschlafs, der nicht nur im Winter stattfand. Zeitungsausschnitte, Werbegeschenke, kostenlose Postkarten aus den Klofluren von Kneipen, Prospekte, Luftballons, Tüten, Schachteln, die gut aussahen, Eintrittskarten, die ihn an irgendetwas erinnern sollten, getrocknete Blüten, Figuren aus Überraschungseiern, Visitenkarten, deren Besitzer er nicht mehr kannte oder nie gekannt hatte, leere Fläschchen und Flakons, Probepackungen aus Drogerien, Parfümerien und Apotheken, Zigarrenboxen in allen Größen, die ihm ein Tabakhändler vom Savignyplatz aufhob, Schokoladenpapier, Werbekugelschreiber, interessante Streichholzschachteln, Bierdeckel, Holzklötze, Steine, Vogelfedern, Äste, in deren Formen er einst Figuren gesehen hatte, die mit der Zeit verschwunden waren, Promo-CDs, Stofffetzen, Glasscherben, Filmdöschen, Pralinenschachteln, Aufnäher, Aufkleber, Anstecknadeln, mit denen er sich ans Leben klammerte. Dinge, zwischen die er sich in seinen müden Stunden zurückzog, weil er sicher war, sie würden irgendetwas beweisen oder seien grundsätzlich brauchbar, in Zeiten, in denen er wieder wach und voller Energie war.

In seinen elektrischen, schnellen Phasen schienen ihm manche Dinge sinnlos, andere fügten sich fugenlos in seine Erfindungen, Glieder einer Kette, an der er aus der dunklen Grube seiner Umstände herausklettern würde, ins Licht. Er baute aus dem Gesammelten Schreibtischauflagen und Frühstückstabletts und optische Anordnungen, er entwickelte aus den

Schnipseln Werbekonzepte für Bierkonzerne und Fernsehübertragungen von sportlichen Großereignissen. Er hatte sich die gesamte Kampagne der Fußballweltmeisterschaft 2006 für die ARD ausgedacht. Auch jetzt, in einer Phase, die er normal nennen würde, was das Licht und die Temperatur seiner Gefühle anging, kühl und grau, fiel es ihm schwer, sich von den Dingen zu trennen. Es war nachts um zwei, als er die Sachen aussortiert hatte, die er nicht unbedingt brauchte. Er tat sie in zwei große Einkaufstüten und trug sie in den Hof. Den Rest verstaute er in einem Karton von Hersching, in dem sich vor zehn Jahren das teuerste Paar Schuhe befunden hatte, das er je besaß. Den Karton schob er unter den Schreibtisch und legte den Stapel mit den 28 Ausgaben des Neustrelitzer Stadtmagazins »Litz«, die in den Jahren 1993 und '94 erschienen waren, obenauf. Die Hefte, die inzwischen Farbe und Glanz verloren hatten, waren die größte Niederlage seines Lebens und sein ganzer Stolz.

Er sah sich nach dem Stuhl um, im Rest des Zimmers herrschte noch immer Chaos. Überall Zeitungsberge und Kisten, die mit den Erinnerungen an andere dunkle und helle Phasen gefüllt waren. Kartons voller Briefe und Ordner mit Bewerbungen, Schriftwechsel mit Firmen, denen er seine Ideen verkaufen wollte, wütende Briefwechsel teilweise, zumindest von seiner Seite aus. Mappen, in denen er die Texte sammelte, die veröffentlicht worden waren, und Mappen mit den Texten, die ihm niemand abgenommen hatte. Mappen mit Rechnungen. Bücher, CDs, Briefe, die das Auf- und Abschwingen der vier bis fünf ernsthaften Liebesbeziehungen dokumentierten, die er in den letzten zehn Jahren geführt hatte. Fotos, Kassetten und ein offener Schrank mit seiner Garderobe, die die Geschichte eines anderen Mannes zu erzählen schien. Die teuren Hemden, Jacken und Hosen mit den dünn gewordenen Kragen und Manschetten, die er sich eigentlich nie hatte leisten können, nicht mal, als er noch Geld verdiente, aber kaufen musste. Musste. Einen Moment lang stand er unschlüssig da, festgefahren zwischen all den Zeugnissen der Vergeblichkeit, all den sinnlosen Anstrengungen, zwischen Flehen und Wüten, zwischen Begeisterung und Verzweiflung, zwischen Leben und Tod. Der Raum war mit seinen Erinnerungen und Erwartungen gefüllt, aber er war nicht in der Lage, sie zu ordnen. Ein achtzehn Quadratmeter großes Zimmer und doch ein dunkler Wald.

Er merkte, wie er aufs Nebelmeer trieb, und noch vor zwei Monaten hätte ihn nichts gehalten, aber jetzt war Frühling, die Fluctine ketteten die losen Eiweißverbindungen in seinem Kopf zusammen, und er hatte einen Job oder zumindest einen Termin, zu dem er jeden Morgen erscheinen musste, einen Rhythmus. Er schaffte es zurück zum Ufer, er kippte einen Stoß Zeitungen vom einzigen Stuhl, den er besaß, und trug ihn zu der kleinen Lichtung, die er in den vergangenen sechs Stunden unter dem Hochbett geschlagen hatte. Er stellte den Stuhl an den Schreibtisch und setzte sich drauf. Er klappte das Zigarettenetui auf, holte die letzte Zigarette des Tages heraus und zündete sie an. Dann zog er das Schubfach auf, nahm das schwarze Totenbuch des Professors heraus, dessen Namen er noch immer nicht kannte. Er legte das Buch auf den Schreibtisch, um sich zu beweisen, dass er die Kraft hatte, durch diesen niederschmetternden Text des toten Mannes zu schwimmen. Sicherheitshalber ging er ins Bad und nahm noch seine Fluctin-Tablette, bevor er weiterlas.

Er war nicht getauft worden, aber er fühlte sich, als vollziehe er eine religiöse Handlung.

Es wurde Sommer 2008 im Totenbuch, aber die Stimmung des Professors besserte sich nicht. Fred, der gelähmte Lover, hockte immer noch bewegungslos im Nebenaufgang, die Krebsärzte machten Tests, Marianne, die freundliche Nachbarin, brachte Zeitungen, Suppe und Todesnachrichten aus der Gegend. Er fuhr mit der Straßenbahn zur Charité, im Abteil junge Leute, die, wie er schrieb, »mit leeren Augen aus den Fenstern schauten auf eine Landschaft, die sie nicht kennengelernt hatten und auch nicht kennenlernen würden«. Vierzehn Seiten lang erzählte er die Verwandlung des ehemaligen Gaswerks an der Greifswalder Straße in das ehemalige Vorzeigeneubaugebiet Ernst-Thälmann-Park und den jetzigen Verfall. Eine Berliner Skizze in steifen, bitteren Worten und vielen staubigen Details, manche nicht mehr verständlich. Am Ende beklagte er, wie Thälmanns Denkmal unter Graffiti und Taubendreck verschwand.

»Ein langsamer Tod, verglichen mit Lenins, dem Kampfgefährten, den sie vor fünfzehn Jahren über Nacht von seinem Podest trieben«, schrieb der Professor. Andreas Hermann konnte die Augen nicht mehr offen halten.

Bevor er ins Bett ging, heftete er das Bild der Frau mit dem blonden Gesicht an seine alte Korkpinnwand, direkt neben das Schwarzweißfoto, das ihn und Bernhard Ende der 80er Jahre auf einer Faschingsparty in der Leipziger Moritzbastei zeigte. Sie trugen weiße Hemden, schmale Krawatten, dunklen Lidstrich und kamen sich vor wie zwei Bandmitglieder von Spandau Ballet oder Duran Duran, grenzenlos cool und voller Leben.

Er fiel durch die Zeit wie durchs All, ohne Halt, ohne Richtung, ohne Kontrolle. Schwerelos, jünger und älter werdend zugleich. Zwei Tage lang blätterte er in den Vernehmungsprotokollen der Wachpolizisten aus dem Herbst 1989 wie in einem Fotoalbum seiner Schuljahre. Er verirrte sich in dem Gestrüpp aus Dienstanweisungen, Unglauben, Ohnmacht, Wut, Sturheit und sogar Aufmüpfigkeit, das aus den Befragungen der Polizisten wuchs, zwischendurch schaute er auf und sah die weiße Mauer vor seinem Fenster oder die Volkspolizistenuniform, die Kosch auf eBay ersteigert hatte. Die Uniform hatte 14 Euro gekostet, mit Schuhen, Koppel und Schirmmütze, und hing jetzt an der Garderobe, neben dem Marlene-Dietrich-Trenchcoat von Danuschka. 14 Euro für alles, die Schuhe waren Kosch allerdings eine Nummer zu klein.

In den Pausen stand Andreas Hermann auf dem Hof, rauchte und tastete die Wand nach einer Öffnung ab. Einmal erschien ein Mensch in einem blauen Bademantel im dritten Stock, aber als er genau hinsah, war der Mensch verschwunden wie ein Geist, und er ging wieder an seinen Schreibtisch, um in die Vergangenheit zu tauchen. Manchmal taten ihm die Männer leid, die aus den Akten sprachen. Sie strampelten sich mit einer Sprache ab, die nicht mehr dazu taugte, die Dinge zu beschreiben, die sie getan und erlebt hatten, und schon gar nicht das, was sie fühlten. Er hörte etwas Kindliches in ihren Stimmen, sie klangen naiv und bockig, und manchmal schienen die Männer den Tränen nah zu sein. Aber abends, wenn er im Bett lag, machten sie ihn wütend in ihrer Ignoranz und Dummheit, die es ihnen am Ende so viel leichter machte als ihm. Sie hatten sich wieder eingerichtet, aber er lag hier allein, ohne jeden Halt. Es waren nur zwanzig Jahre, aber er fand keine Haltung mehr.

Er schaffte es nicht, das Buch des Professors weiterzulesen. Nachts, wenn er auf seinem Hochbett lag, lauerte es dort unten wie ein Tier. Er atmete gegen die Decke direkt über seinem Kopf und dachte daran, wie furchtbar ein Leben wäre, in dem die letzte Hoffnung Fred heißt und bewegungslos im Neben-

haus sitzt, weil sie einen Schlaganfall hatte. Ein Leben ohne Liebe und Berührung, ein Leben, in das sich nicht einmal ein betrunkenes Mädchen wie Vanessa verirrte oder eine Frau in einem Businesskostüm, die einem überraschend zärtlich die Haare aus der Stirn strich. Er ahnte, dass er auf so ein Leben zusteuerte. Wie die Polizisten aus der Gethsemanewache stammte er bereits aus einer anderen Zeit. Luisa, die Kommunikationswissenschaftsstudentin aus dem Thüringer Wald, die er im vorigen Jahr in einer seiner heißen, schnellen Phasen im Franzklub kennengelernt hatte, fühlte sich an wie ein Gast aus der Zukunft, mit ihrem Piercing auf der Zunge und dem getrimmten, briefmarkengroßen Haarteppich zwischen den Beinen.
Die Frau aus den weißen Häusern konnte er sich nicht nackt vorstellen und hier in seiner kleinen Wohnung schon gar nicht. Er glaubte, sie jetzt manchmal am Tage zu sehen, von hinten oder im Vorbeifahren aus der Straßenbahn. Als Geist. Er sah sie, wie er Paula gesehen hatte, nachdem sie sich getrennt hatten, und Anja, das blonde Mädchen aus der Parallelklasse, das Anfang der 80er mit dem Moped auf der 96 verunglückt war, kurz vor Burg Stargard. Geister waren unfotografierbar, sie lösten sich noch schneller auf als die Taucher in den Fliesen und die Reiher auf dem Straßenpflaster. Vorgestern Nachmittag war ihm die blonde Frau mit den dunklen Haaren im kirchlichen Altenheim in Spandau erschienen, wo sie ihren vorvorletzten »Traumfabrik«-Auftritt hatten.
Die Pflegestation lag in einem Klinkerdorf zwischen dichten Laubbäumen am Stadtrand, mitten im Spandauer Forst. Sie hatten anderthalb Stunden gebraucht, um dorthin zu finden. Es waren etwa vierzig oder fünzig Leute da, die meisten in Rollstühlen und kaum bei Bewusstsein, manche schliefen, gelegentlich furzte jemand oder schrie, ein normales Pflegepublikum. Als Anthony »Ich lass mir meinen Körper schwarz

bepinseln« sang, die Nummer, die auch bei den beinahe Bewusstlosen immer sehr gut ankam, weil Anthony ja tiefschwarz war, da glaubte Andreas Hermann, die Frau, an deren Namen er sich noch immer nicht erinnern konnte, im Halbdunkel zu erkennen. Er stand neben Marin hinter der Pappkulisse und sah sie ganz hinten, wo die Pfleger standen, junge Kerle mit Ziegenbärten, gelangweilt und belustigt vom seltsamen Kulturprogramm, das da für die hinwegdämmernden Alten aufgeführt wurde. Sie war gekommen, dachte er. Den ganzen Weg bis nach Spandau, um sich die Donkosaken anzusehen. Er hörte sie lachen, noch jetzt, vorm Einschlafen, hörte er das Lachen über Anthonys Lied, tief und erleichtert, so wie er die Stelle an der Stirn immer noch fühlte, an der sie ihn berührt hatte, aber dann bewegten sich die Pfleger, und er verlor sie aus den Augen. Als Danuschka »Ich bin von Kopf bis Fuß auf Liebe eingestellt« sang, die Federboa schwingend, sah er sie nicht mehr, und als seine Nummer kam, »Goodbye, Johnny«, war sie wohl endgültig verschwunden. Er trug das Lied als Gedicht vor, weil er ja kein Sänger war, sondern eigentlich abgebrochener Journalistikstudent, der für einen eigentlich arbeitslosen Schauspieler eingesprungen war, für Kurt, der einen Polizeiruf in Leipzig drehte.

Er hätte nicht sagen können, welche Sachen sie trug, als sie ihm in Spandau erschien, und wie sie die Haare hatte. Er fand nicht den Mut, Vanessa zu fragen, ob sie sich an die Frau von der Damentoilette erinnern konnte, und manchmal stand er nachts auf, um zu kontrollieren, ob es das Foto der geheimnisvollen Rittersfrau wirklich gab. Es hing da an der Pinnwand neben ihm und Bernhard. Sie sahen weiblicher aus als die Frau, dachte er, weicher. Morgens betrat er den Hof der Agentur betont gelassen, er schlenderte fast und hob in einer Bewegung, die er für natürlich hielt, den Kopf.

Tagsüber redete er mit Kosch und Cathrin Huschke über die Konzeption des Mauerprogramms, in der Ecke die »Traumfabrik«-Kulisse und die Requisiten aus den 30er und 40er Jahren. Cathrin Huschke schlug vor, das neue Programm »The Wall« zu nennen, aber Kosch war dagegen. Keine englischen Wörter, sagte Kosch. Eine halbe Stunde lang erklärte er ihnen, warum es wichtig war, dass man Grapefruits in einem authentischen Mauerfallprogramm Pampelmusen nannte und Orangen Apfelsinen und wie man Weißensee richtig betonte und Friedrichshain, obwohl sie das beide schon wussten. Andreas Hermann nickte. Pampelmusen. Er dachte an Ramóns Lied aus dem »Traumfabrik«-Programm. »Bitte einen Cha-Cha, sprach der Maharadscha.« Er fragte sich, wie Ramón und Anthony in das Mauerprogramm passten, vielleicht als kubanische und angolanische Gastarbeiter in der DDR. An einem Nachmittag suchte er in der Douglas-Filiale auf der Schönhauser Allee so lange nach dem Duft der unbekannten Frau, bis man ihn bat zu gehen.

Er nahm seine Tabletten und dachte immer öfter an Dr. Brock, der sie ihm verschrieben hatte. Vielleicht war das so, wenn man sich auf eine historische Rolle vorbereitete. Er war ja erst seit kurzem Schauspieler.

Und was genau macht ihr da?«, fragte der Bürgerrechtler in der Schwarzen Pumpe, der von ihm nur Harald genannt werden wollte. Er sah genauso aus, wie er sich einen Bürgerrechtler vorgestellt hatte, dachte Andreas Hermann. Er wusste nicht, ob er sich darüber freuen sollte, schließlich musste er ihn spielen. Er würde im Ausstattungsfonds einen Bart beantragen müssen, so viel war klar. Harald hatte lange graue

Haare und einen dichten grauen Bart, der um den Mund herum ein bisschen bräunlich eingefärbt war, vermutlich von den filterlosen Zigaretten, die er rauchte. Sie saßen draußen, obwohl es ziemlich laut war auf der Choriner, wo die Autos auf ihrem Weg aus der Stadt beschleunigten, und auch frisch, aber draußen konnte man rauchen, und Harald schien nicht zu frieren. Er hatte sicher noch eine Ofenheizung, er sah so aus, als habe er eine Ofenheizung. Er hatte sich das »Große Frühstück« bestellt, nachdem klar war, dass die Agentur bezahlte. Andreas Hermann gefiel es, dass Harald immer noch rauchte, ein Ofenheizungsgesicht hatte, einen Bart trug und richtig was aß, wenn er eingeladen wurde.

»Es ist eine Art Kulturprogramm, klingt komisch, ich weiß«, sagte er. »Wir sind alles Hartz-IV-Empfänger, studierte Hartz-IV-Empfänger, mit denen niemand mehr richtig was anfangen kann. Schauspieler, Sänger, Journalisten und so weiter. Vor zwei Jahren haben sie in dieser Beschäftigungsagentur in der Greifswalder Straße ein Schauspielprojekt gegründet, Geschichtsschauspielprojekt, wenn man so will. Bei den ersten Aufführungen ging's um die Nachkriegszeit, Rosinenbomber, Hilde Knef, Lucky Strike, Bully Buhlan. Im Moment gibt's Filmmusik, Hollywood und Babelsberg, und als Nächstes sollen wir die Wendezeit nachspielen. Geht ein bisschen hin und her, zeitlich gesehen, ich weiß, aber jetzt haben wir ja den zwanzigsten Jahrestag, Mauerfall und so, na ja, du weißt schon.«

»Ich weiß, ich weiß«, sagte Harald. »Wir ersteh'n jetzt wieder auf wie die Untoten. Ich telefoniere pausenlos mit irgendwelchen 25jährigen Assistentinnen von Fernsehredakteuren, für die ich so eine Museumsfigur bin wie Robespierre oder was weiß ich. Manche sind richtig erschrocken, dass ich noch am Leben bin, glaube ich. Nicht, dass ich mich beklagen will. Die meisten zahlen ja ganz gut für meine Mitwirkung.«

»Bei uns gibt's natürlich kein Geld.«
»Ist schon okay, ich hatte heute sowieso nichts anderes vor.«
»Was machst du denn, beruflich?«
»Man könnte sagen, ich bin Dokumentarfilmer. Die Wahrheit ist, dass ich seit vier Jahren keinen Film mehr gemacht habe. Ich hab Ideen, aber irgendwie will die keiner mehr finanzieren. Ich hab ein bisschen die Ansprechpartner in den Sendern verloren über die Jahre, das wechselt ja auch so rasend schnell, weißte. Und da kommt der Punkt, da hast du dreimal denselben am Apparat, kennst ihn nicht, merkst aber, dass du ihm tierisch auf den Sack gehst mit deinen Anrufen und deinen Ideen. An dem Punkt bin ich«, sagte Harald und grinste.
»Und wovon lebst du?«
»Ich schlag mich so durch. Ab und zu schreib ich einen Beitrag für irgendwelche historischen, gesellschaftspolitischen Magazine, die keine Sau kennt, mach' Regieassistenz bei einem Kumpel. Ich war auch schon Gutachter für irgendwelche DDR-Filme, das ist sehr schön, weil sowieso niemand auf dich hört, du aber im Abspann vorkommst. Und ich glaube, darum geht's. Mein Name läuft im Abspann von ›Das Leben der Anderen‹. Ein Oscarfilm. Ich hab einen Oscar. Ich hab aber auch schon von Sozialhilfe gelebt und als Museumswärter gearbeitet, dies und das sozusagen, aber eigentlich geht's fast immer um Vergangenheit. Ich würde gern einen Film über genmanipulierten Mais in Brandenburg machen, aber so was will niemand von mir. Alle wollen, dass ich von früher erzähle.«
»Ich ja auch«, sagte Andreas Hermann. »Tut mir leid.«
»Ach komm. Ist schon gut. Ich bin von gestern, mein Schicksal sozusagen.«
Dann kam das Frühstück. Andreas Hermann mochte diesen Bürgerrechtler gern. Er war regelrecht erleichtert, denn er hatte einen wütenden Mann erwartet. Harald genoss das

»Große Frühstück« langsam. Wenn er ein halbes Brötchen gegessen hatte, rauchte er erst mal eine. Sie hatten ja Zeit, zwei Männer in Berlin, die Zeit hatten, ein ziemlich beruhigender Gedanke, fand Andreas Hermann.

»Warst du eigentlich immer so gelassen? Ich meine, damals auch«, fragte er.

»Ach, ich weiß nicht, glaub schon«, sagte Harald. »Letztlich ändern sich die Menschen ja erstaunlich wenig. Die, die damals verbissen waren, sind's heute auch. Es gab Wichtigtuer, und es gab Leute, die gern Spaß hatten. Ich meine, wir hatten immer gute Mädchen, wir hatten immer was zu trinken, und der ganze Widerstand war ja oft auch lustig, weißt du. Nicht nur, natürlich. Aber auch. Es war auch ein Spiel. Jedenfalls hab ich das so gesehen. Wir haben mit denen von der Stasi ja auch Katz und Maus gespielt, wir hatten Kontakte zu Westjournalisten, wir hatten immer den aktuellen Spiegel, das war ja alles ziemlich aufregend.«

»Aber es war doch auch gefährlich.«

»Ja klar, ich will das jetzt auch nicht runterspielen. Mich kotzt nur diese Typisierung der Bürgerrechtler an. Das klingt alles so verdammt ernsthaft. Als sei es ein Beruf gewesen oder so. Und manche von uns sehen das auch so, glaube ich. Die denken, sie sind immer noch Bürgerrechtler, heute noch, von Berufs wegen sozusagen. Ich hab es immer mehr als eine Art zu leben betrachtet, weißte. Ich wollte frei sein, ich wollte mir nicht sagen lassen, was richtig und was falsch ist. Ich wollte auch reisen, ich hatte keine Lust zu warten, bis ich Rentner bin. Diese ganze Warterei fand ich sowieso grauenhaft. Ich war ungeduldig, ich fand den Osten vor allem langweilig, das wars. Wo kommst du eigentlich her?«

»Aus Neustrelitz.«

»Na, dann weißte ja, was ich meine.«

»Na ja«, sagte Andreas Hermann, weil er natürlich wusste, was Harald meinte, aber doch ein ganz anderes Leben geführt hatte, damals. Was Mädchen, Spaß und Wein anging, hatte er die Dinge schon ganz ähnlich gesehen wie Harald, er wäre auch gern gereist, er hatte immer schon die ganze Wichtigtuerei und Rechthaberei gehasst, das System, das Prinzip. Aber er hatte wohl im Großen und Ganzen die Welt akzeptiert, in der er lebte. Es war seine Welt gewesen, und er hatte sich mehr oder weniger darin eingerichtet.

»Ich habe gestern in den Vernehmungsprotokollen der Polizisten gelesen, die die Gethsemanekirche überwacht haben. Sie taten mir irgendwie leid«, sagte er.

»Wirklich?«

»Ja, ich fand sie irgendwie hilflos.«

»Also, besonders hilflos haben die auf mich nicht gewirkt. Ich hatte ja nicht viel mit der Gethsemanekirche zu tun. Ich war ja mehr hier oben an der Zionskirche unterwegs, Umweltbibliothek und so weiter. Aber hilflos fand ich die Polizisten nie, ich kann auch nicht sagen, dass sie mir leidtaten. Die verkörperten das, was mich am meisten ankotzte an diesem Staat, das Hirnlose, Gedankenlose, Mechanische. Die haben einfach gemacht, was man ihnen gesagt hat, die fühlten sich wohl in dieser Befehlswelt. Also, ich hab da nie Zweifel gesehen in deren Gesichtern. Das ist auch so ein Wendemythos, der zweifelnde Polizist, der zu Hause mit seiner Frau über die Skrupel redet, die er hat. Daran glaube ich nicht. Ich glaube, die konnten gut schlafen, wenn sie von ihren Einsätzen zurückkamen. Dazu waren die einfach oft zu brutal. Also wirklich, Mitleid empfinde ich da nicht. Auch weil die meisten ja einfach weitermachen durften, jetzt führen sie eben andere Befehle aus.«

»Hast du denn nie geglaubt, dass du im besseren, gerechteren Teil der Welt lebst?«

»Nee, eigentlich nicht. Als Kind vielleicht, als Jungpionier, als ich mir die Karten angeguckt habe, auf denen die Welt mit jedem Jahr roter wurde. Da vielleicht, aber als ich angefangen habe zu denken, war es vorbei. Es war ein Scheißland, tut mir leid.«

»Muss dir ja nicht leidtun«, sagte Andreas Hermann.

»Tut's mir ja auch nicht«, sagte Harald und grinste.

Andreas Hermann überlegte, ob er noch ein bisschen von sich erzählen sollte, von seinem Studium, vom Nordkurier und so weiter, aber er war sich nicht sicher, ob sich das nicht ganz genauso anhören würde wie die Protokolle der Volkspolizisten. Außerdem gings hier nicht um ihn, und so fragte er Harald nach ein paar technischen Details, wenn man so wollte. Harald erzählte ihm von den Druckerpressen in der Umweltbibliothek, von den Zeitschriften, die sie herausgaben, von Verstecken, Wohnzimmerlesungen, von den heimlichen Treffen mit den Westjournalisten, von seiner Zeit als Medienstar, von den Runden Tischen, der Mahnwache in der Stasizentrale. Er beschrieb die Zeit, in der die Bürgerrechtler spürten, wie verschieden sie alle waren. Er redete von den Enttarnungen, von den politischen Karrieren, die seine ehemaligen Mitstreiter machten, und am Ende sprach er davon, wie sich der Prenzlauer Berg verändert hatte. Ihr Gespräch wanderte immer mehr in die Gegenwart, in der sie beide sich kaum noch voneinander unterschieden. Sie machten ja heute, zwanzig Jahre später, fast die gleichen Erfahrungen. Es war eine seltsame Zeitreise, und als das »Große Frühstück« vollständig im Bauch von Harald verschwunden war, waren sie angekommen. Andreas Hermann bezahlte, die Kellnerin lächelte ihn an, für einen Moment sah es aus, als habe er den alten Bürgerrechtler auf den letzten Metern überholt.

»Wer spielt denn eigentlich mich in eurem Revolutionsstück?«, fragte Harald noch.

»Ich, wie's aussieht.«
»Gut. Nicht so ernsthaft, wie gesagt. Wir hatten auch jede Menge Spaß.«
»Du kannst ja zur Premiere kommen«, sagte Andreas Hermann, obwohl er den Gedanken ziemlich bedrohlich fand.
»Keine schlechte Idee eigentlich. Mal sehen, ob ich Zeit hab. Ich bin ja im Moment ziemlich gefragt«, sagte Harald, grinste, gab ihm die Hand, ordnete seine langen, grauen Haare im Nacken, und dann liefen sie noch ein Stück zusammen die Choriner Straße hoch zum Teutoburger Platz, in einen weiteren Tag hinein, an dem sie »dies und das« tun würden. Harald auf der linken Seite des Platzes und er selbst auf der rechten, aber das war auch schon der größte Unterschied.
Auf der Belforter Straße, kurz vorm Café Fröhlich, rief ihn Bernhard an, um ihn zu seiner Geburtstagsparty einzuladen, die heute in einer Skylounge am Bahnhof Zoo stattfinden würde. Im Schimmelpfeng-Haus, von dem er bislang noch nie gehört hatte.
»Ein bisschen short notice, ich weiß«, sagte Bernhard.
»Was?«, fragte Andreas Hermann.
»Ich hab mich erst in letzter Sekunde entschieden zu feiern. Die große Vierzig, du weißt schon, ein bisschen scary.«
»Ach so«, sagte Andreas Hermann, der sich sicher war, dass sich Bernhard erst in letzter Sekunde entschieden hatte, *ihn* einzuladen. Es war ja ziemlich unwahrscheinlich, dass man eine Skylounge am Zoo einfach so buchen konnte wie einen Tisch im Restaurant. Zumindest klang das so. Skylounge. Aber er hatte keine Lust, sich mit Bernhard zu streiten, immerhin hatte er ihn ja noch eingeladen.
»Kannst du?«, fragte Bernhard.
»Was hast du denn gedacht? Dass ich Opernkarten für heute Abend habe oder was? Klar kann ich. Ich kann immer.«

»Sehr schön, Andy, sehr schön. Dann also bis heute Abend. Es fängt um acht an, aber vor halb zehn ist sowieso niemand da.«
»Gut«, sagte Andreas Hermann.
»Tschüs, Andy, Tschüs, Tschüs«, sagte Bernhard.
Andreas Hermann fragte sich, warum Bernhard eigentlich erst vierzig wurde, wo er selbst doch schon zweiundvierzig war. Dann fiel ihm ein, dass Bernhard nicht bei der Armee gewesen war. Irgendeine Wachstumsstörung in der Wirbelsäule, was natürlich ein Witz war, Bernhard war bestimmt einsneunzig groß. Wahrscheinlich hatte sein Vater irgendeinen Orthopäden gekannt. Bernhard war einfach ein Glückspilz, dachte Andreas Hermann. Skylounge am Bahnhof Zoo, verdammte Scheiße, er führte schon ein seltsames Leben für einen Langzeitarbeitslosen.
Er schaute kurz ins Café Fröhlich, aber da war niemand außer dem Wirt, und weil er keine Lust hatte, über sterbende Bäume zu reden, Tom Cruise' Kampf um Deutschlands Seelen beziehungsweise den sukzessiven Untergang der Welt, machte er sich auf den Weg zum Königstor.

Kowalski stand mitten auf dem Hof, die Hände in den Taschen, die Mütze im Nacken, und schaute in die Toreinfahrt, als würde er auf irgendetwas warten.
»Geht's besser, Captain?«, fragte Andreas Hermann.
»Wenn se endlich kommen würden, würd's mir bessergehen.«
»Wer?«
»Wat?«
»Wenn wer endlich kommen würde?«

»Jute Frage«, sagte Kowalski.
»Auf wen wartest du denn?«, fragte Andreas Hermann.
»Na uff die Fahrer, Brot, Kuchen, wat weess ick. Wie spät issn?«
»Halb eins.«
»Dann uff die Kuchenfuhre. Die Assietten müssen raus.«
»Assietten?«
»Apfelkuchen, Streusel, Mohn, kommt jetzt allet in Assietten. Ist der letzte Schrei. Hält sich länger frisch so.«
»Ach so«, sagte Andreas Hermann. »Warum kommst du nicht mit rein, und wir warten drinnen. Wir sehen ja von hier aus, ob sie kommen.«
»Nee, ick bleibe hier, ick hab die Verantwortung«, sagte Kowalski.
»Okay, Captain. Bleib schön hier stehen. Ich geh ins Büro und ruf mal an, wo die bleiben.«
»Besser iss«, sagte Kowalski und schaute weiter zur Toreinfahrt.
Die Frauen im »Stattumzug«-Büro saßen über ihren Papieren, als habe ihr Chef dort draußen nicht den Verstand verloren.
»Sagt mal, was ist denn mit Kowalski los?«, fragte er.
»Na, Gehirnerschütterung, haste doch selbst jestern gesacht, Andi. Aber er hört ja nich«, sagte Ingrid.
»Aber ihr könnt ihn doch nicht einfach so da draußen rumlaufen lassen. Er denkt, er ist wieder beim Backwarenkombinat. Im Osten.«
»Ick weess«, sagt Ingrid. »Aba wat sollen wir denn machen. Er hört ja nich.«
»Einen Arzt rufen zum Beispiel«, sagte Andreas Hermann, nahm sich das Telefon und wählte den Notruf.
Zwanzig Minuten später rollte der Notarztwagen auf den Hof, wo Kowalski immer noch stand und auf die Kuchenfahrer war-

tete. Inzwischen hatte sich hier fast die ganze Agentur versammelt, inklusive Cathrin Huschke, die fahrig wirkte, so als würde sie gleich anfangen zu weinen. Kowalski weigerte sich natürlich, mitzufahren, aber nach einer Weile hatten sie ihn dann doch im Auto und fuhren ihn ins Krankenhaus. Ingrid fuhr mit.

»Manchmal kommt alles zusammen«, sagte Cathrin Huschke, als sie nach oben gingen.

»Was ist denn noch?«, fragte Andreas Hermann.

»Marek hat Tabletten genommen.«

»Und?«

»Seine Frau hat ihn gefunden. Gerade noch rechtzeitig, sagen die Ärzte«, sagte Cathrin Huschke und berührte traurig eines der dunklen Bilder des polnischen Hobbymalers im Flur der fünften Etage. Graue Sonnenblumen vor einem schwarzen Himmel. Sie nahm das hier alles zu ernst, dachte Andreas Hermann. Hoffentlich endete es nicht so wie an ihrer Hellersdorfer Schule. Er wollte seine Chefin nicht irgendwann als Patientin in einem Projekt wiedertreffen, es war so schon alles hoffnungslos genug. Er nahm sie in den Arm, und sie wehrte sich nicht, was er ein bisschen seltsam fand, selbst unter den Umständen.

Kurz vor Feierabend rief Ingrid in Cathrin Huschkes Büro an und sagte, dass Kowalski wahrscheinlich doch keine Gehirnerschütterung habe.

»Sie schieben den Captain in die Röhre«, sagte Ingrid.

Andreas Hermann war fünf nach acht im Schimmelpfeng-Haus am Bahnhof Zoo. Er trug sein hellblaues Hemd von agnès b., das von außen noch sehr gut aussah, und merkte gleich, dass er noch jede Menge Spielraum hatte. Die Skylounge war praktisch leer, bis auf den DJ und ein paar Frauen in weißen Jacken, die sicher zum Catering-Service gehörten. Bernhard stand vor der Fensterfront und sah auf die Abenddämmerung über Westberlin, sein hoher Körper floss immer mehr in eine Birnenform. Normalerweise tat Andreas Hermann Westberlin ein bisschen leid, weil es so altmodisch wirkte, so sterbend, aber das hier war ein ziemlich beeindruckendes Bild, das musste er schon zugeben. Die gesamte Etage war ein einziger, offener Raum, der links und rechts von Fenstern begrenzt war. Er lief auf Bernhard zu und fühlte sich, als könne er gleich losfliegen.

»Andy«, sagte Bernhard, aber es klang nicht so aufgekratzt wie am Telefon, eher Andi als Andy.

»Alles Gute«, sagte Andreas Hermann und übergab sein Geschenk. Es war das Foto einer tauenden Eispfütze in der Sredzkistraße, in der man mit etwas Phantasie einen Hammer und eine Sichel erkennen konnte. Es hieß »Tauwetter«. Er hatte es in der Agentur im A3-Format ausgedruckt, zusammengerollt und eine Schleife drumgebunden. Auf den Rücken des Fotos hatte er noch schnell den Titel, seine Signatur und einen Limerick geschrieben, bevor er losging. Er war ein ziemlich begabter Schnelldichter, einmal hatte er sich an einem Wettbewerb der Uhrenfirma Tissot beteiligt, bei der es zehn Uhren für die zehn besten Achtzeiler zum Thema Schweiz zu gewinnen gab. Er hatte unter verschiedenen Namen und Adressen zwanzig Gedichte eingeschickt und sechs Uhren gewonnen. Der Limerick für Bernhard ging so:

Es gab mal n' Schreiber namens Bernhard,
der nahm sich fast immer die Vorfahrt.
Er ging in die Filmindustrie
und zwang auch die in die Knie,
demnächst kriegt er 'n Academy Award.

»Danke«, sagte Bernhard ein bisschen zerstreut. »Ich mach's später auf. Schön, dass du da bist, Hermi. Bisschen früh, die Party geht erst so um zehn los. Hab ich doch gesagt.«
»Ich weiß schon, aber ich hatte nichts anderes vor.«
»Klar. Trink doch inzwischen was. Die Bar ist da hinten«, sagte Bernhard.
»Gut, komm, wir stoßen an, bevor hier die Hölle ausbricht. Nachher krieg ich dich ja sowieso nicht mehr zu fassen«, sagte Andreas Hermann.
»Okay«, sagte Bernhard. »Aber nur einen kleinen, ich muss einen klaren Kopf behalten. Als Gastgeber.«
An der Bar bestellte Andreas Hermann einen doppelten Wodka, Bernhard ein halbes Glas Champagner.
»Und, wie geht's so?«, sagte Bernhard, ohne den Raum aus den Augen zu lassen.
»Wie immer«, sagte Andreas Hermann und nippte an seinem Wodka. »Wir sind im Moment fast im gleichen Gewerbe. Hab ich dir erzählt, dass ich in diesem Schauspielprojekt bin? Wir spielen die Wende nach. Ich bin Schauspieler, sozusagen.«
»Schauspielprojekt. Nee, haste nicht, nee, warte mal, Andy«, sagte Bernhard und rannte zu einem der Mädchen in den weißen Jacken. Andreas Hermann sah, dass Bernhards blonde Haare am Hinterkopf dünn wurden wie sein Hemdkragen, was ihn freute. Am Ende gab es doch so etwas wie Gerechtigkeit. Alles wurde dünner. Von hinten sah Bernhards Kopf aus wie ein Wagenrad. Er diskutierte eine Weile mit dem Mädchen, dann kam er zurück und klopfte sich mit der »Tauwetter«-Bildrolle nervös gegen das Bein. Sie sah schon ziemlich ramponiert aus. Vermutlich würde sie später neben seinem CD-Pappregal in Bernhards Keller landen oder gleich in seinem Kamin.
»Die bringen die Vorspeisen in so kleinen Einweckgläsern«,

sagte Bernhard. »Das sieht aus wie aus dem Labor, wie Kontrastmittel für die Gallenblase.«

»Ich ess sowieso nichts«, sagte Andreas Hermann.

»Kostet ein Schweinegeld, und dann bringen sie das Zeug in Einweckgläsern.«

»Aber der Wodka ist gut.«

»Was?«

»Der Wodka.«

»Ja«, sagte Bernhard und sah aus dem Fenster, als wolle er sich an dem großartigen Blick beruhigen. »Weißte eigentlich, dass sie das Haus abreißen? Schimmelpfeng-Bau. Es ist die letzte Party. In zwei Wochen kommmen die Bagger.«

»Da kann ja nichts schiefgehen. Du hast die Titanic gemietet.«

»Weißt du, was dein Problem ist, Hermi? Du nimmst nichts ernst, gar nichts.«

»Komm, entspann dich, ich bin schon 42.«

»Ja, du«, sagte Bernhard.

»Was meinste denn damit? Klingt wie: Bei dir ist es doch scheißegal, wie alt *du* bist.«

»Hör auf mit der Scheiße, Hermi. Ich hab schon genug Stress.«

»Es ist dein Geburtstag, Alter.«

»Ja, eben.«

»Versteh ich nicht.«

»Mann, ich würde viel lieber mit dir einen trinken gehen oder mit meinen Eltern in unserem Bootshaus in Grünau sitzen und Bratwürste essen, statt mir das hier anzutun.«

»Dann frag ich mich, warum du's machst.«

»Grünau geht nicht mehr.«

»Ich dachte, dass bei Leuten wie dir immer mehr Dinge gehen, je älter sie werden.«

»Ja klar. Stimmt ja auch, einerseits.«
»Und andererseits?«
»Andererseits nicht.«
»Kommen denn deine Eltern?«
»Bist du wahnsinnig?«
»Wer kommt denn?«
»Was weiß ich. Zweihundert Leute hab ich eingeladen, vielleicht kommen dreihundert, vielleicht hundertfünfzig. Schauspieler, Produzenten, Journalisten, Mädchen, ein paar alte Freunde.«
»Alte Freunde?«
»Du«, sagte Bernhard und lachte, es klang allerdings ein bisschen verrückt. »Eigentlich nur du. Komm wir trinken noch einen. Du bist jetzt Schauspieler?«
Bernhard schaffte es, sich drei Minuten lang auf seine Geschichte vom Arbeitslosen-Wendeprogramm zu konzentrieren. Irgendetwas schien ihn zunächst zu interessieren, aber als er mit Harald, dem Bürgerrechtler anfing, tanzten Bernhards Augen schon wieder fiebrig durch den großen, langen Raum, und nach fünf Minuten rannte er weg, um irgendwas mit dem Discjockey zu besprechen. Er schwang die »Tauwetter«-Rolle wie einen Taktstock. Andreas Hermann bestellte sich noch einen doppelten Wodka, und als gegen halb zehn die ersten Gäste kamen, war er schon ein bisschen bezündet. Er wechselte zu Cola und Wodka. Die Musik wurde irgendwann lauter und auch das Gemurmel der Gäste, die die Bar bedrängten und ihm zunehmend den schönen Ausblick verstellten. Manchmal nickte ihm jemand zu, als kenne er ihn, er nickte zurück. Kurz vor elf führte er sogar ein kleines Gespräch. Ein Mann in seinem Alter und einem schwarzen, mattglänzenden Anzug fragte ihn, woher er Bernhard kenne.
»Wir haben zusammen studiert«, sagte Andreas Hermann.

»Interessant«, sagte der Mann, fragte aber nicht weiter. Er wollte nicht mal wissen, was sie studiert hatten und warum er zehn Jahre alte Schuhe trug und ein Hemd, das auseinanderfiel, Bernhard aber eine Penthouse-Etage am Bahnhof Zoo mieten konnte, Dinge also, die Andreas Hermann interessiert hätten, wenn ihm jemand sagen würde, ein Typ wie er und der Gastgeber einer solchen Party hätten zusammen studiert. Der Mann erzählte ihm, dass er mal eine Rolle in einem Film gespielt hatte, den Bernhards Firma produzierte. Er war ein Anwalt, der einen einzigen Satz sagte, nämlich: »Davon würde ich Ihnen abraten.« Nur diesen einen Satz. Ursprünglich sei seine Rolle allerdings umfangreicher gewesen, tiefer, sagte der Mann, sonst hätte er sie ja auch gar nicht angenommen. Er beschrieb, wie die Rolle während der Dreharbeiten und auch später im Schnitt zusammengeschmolzen war. Es war insgesamt eine ziemlich lange Geschichte für diesen einen Satz, und Andreas Hermann wurde das Gefühl nicht los, dass der Mann irgendwelche Hoffnungen mit ihm verband. Er hätte ihm Cathrin Huschke empfehlen können. All die Zehntausende arbeitslose Schauspieler da draußen. Goodbye, Johnny und der kleine Trompeter.

»Mir hat Bernhard mal ein Pappregal abgekauft«, sagte Andreas Hermann.

»Ein Pappregal«, sagte der Mann.

»Ja. Auch eine ziemlich lange Geschichte mit einem enttäuschend kurzen Ende«, sagte Andreas Hermann und bestellte sich noch einen doppelten Wodka.

»Versteh ich nicht«, sagte der Mann.

»Er hat das Regal nie aufgestellt«, sagte Andreas Hermann.

Von hier aus war das Gespräch natürlich schwer weiterzuführen, und so standen sie einfach schweigend zusammen an der Bar, zwei Gäste, die ähnliche Erfahrungen mit dem Gastgeber gemacht hatten. Es war jetzt kurz nach elf, und Andreas Hermann beschloss, nach dem Wodka zu gehen. Er hatte das Gefühl, dass ihm der ganze Abend nicht mehr bringen würde als das kurze Gespräch mit dem Kleindarsteller, der neben ihm stand. Er sah sich um. Die Leute in der Skylounge schnatterten und lachten und füllten den Raum mit ihren Geschichten von kleineren und größeren Rollen in kleineren und größeren Filmen, zumindest stellte er sich das so vor. Sie sahen alle munter aus, so als ginge es erst los. Er dagegen fühlte sich, als sei es gleich zu Ende. Dabei war er nicht mal müde, er hatte nur keine Lust zu reden. Er konnte sich nicht vorstellen, nur noch einen Satz zu sagen. Es war ein langer Tag gewesen, er dachte an Harald, an Marek Tomaczewski, an Kowalski, seine Leute. Er fühlte sich fremd und falsch, als habe er die Eintrittskarte in die Skylounge bei einem Radioquiz gewonnen. Er kannte niemanden, aber manche Gesichter kamen ihm bekannt vor. Er hatte keinen Fernseher, obwohl er als Hartz-IV-Empfänger nicht mal Gebühren hätte bezahlen müssen, und er war ewig nicht im Kino gewesen. Er beobachtete, wie Bernhard durch den Raum huschte, hier und da jemandem auf die Schulter schlug beziehungsweise auf die Wange küsste und schließlich beim DJ-Pult ankam. Er nahm sich das Mikrophon, der Discjockey machte die Musik etwas leiser.

»Keine Angst, das wird keine lange Rede«, sagte Bernhard. »Die meisten von euch wissen aus schmerzhafter Erfahrung, dass ich zu viele Worte hasse. Vor allem natürlich die Drehbuchschreiber wissen das. Tut mir leid, meine Lieben. Ich bin jetzt vierzig, und im Alter fängt man ja an, ein bisschen geschwätzig zu werden. Es gibt also Hoffnung, aber im Moment fühle ich mich so, als müsstet ihr noch ein bisschen warten. Das liegt vielleicht auch daran, dass »berlinfilm« deutlich jünger ist als ich. Wir werden in zwei Wochen acht. Wir hatten keinen einfachen Start, aber in den letzten drei Jahren gab es eigentlich fast nur noch gute Nachrichten. Heute Abend sind eine ganze Menge Leute hier, die die sauren und die süßen Tage mitgemacht haben. Wir feiern hier also nicht nur meinen Geburtstag, dafür ist der Raum auch ein bisschen zu groß, wir feiern uns. Happy Birthday *berlinfilm*. Das da draußen ist Berlin, schaut auf diese Stadt. Sie gehört uns.«

»Er hasst viele Worte«, sagte Andreas Hermann in den Beifall hinein zu seinem Nebenmann.

»Und Pappregale«, sagte der.

»Davon würde ich Ihnen abraten«, sagte Andreas Hermann.

Sie lachten und hoben wie alle anderen ihre Gläser. Sie prosteten Bernhard, »berlinfim« und der ganzen Stadt da draußen zu, die jetzt den Filmfritzen gehörte. Das würde er morgen seiner Schauspielgruppe ausrichten, dachte Andreas Hermann. Das ist eure Stadt, Anthony, Ramón und Danuschka! Und auch deine, Kosch! Er kippte seinen Wodka, stellte das leere Glas auf die Bar, nickte dem Kleindarsteller zu und ging.

Er kam etwa zehn Meter weit. Dann stand er vor der Frau aus dem weißen Haus. Sie trug weder den grauen Businesspanzer noch die Badelatschen, sondern ein kurzes schwarzes Kleid. Die Haare hatte sie zu einem Pferdeschwanz gebunden. Es war die dritte Rolle, in der er sie sah, und diese gefiel ihm sofort am besten. Sie stand mit einer blonden Frau in einem weiteren kurzen schwarzen Kleid zusammen. Erst dachte er, dass es sich wieder um eine Erscheinung handelte, aber dann küsste sie ihn links und rechts auf die Wange, so wie es Paula immer gemacht hatte, wenn sie große, weite Welt spielte. Am Ende ihrer Beziehung war er davon überzeugt gewesen, dass Paula ihr ganzes Leben spielte, nicht nur, weil sie eigentlich Petra hieß. Der Kuss der Frau aber fühlte sich gut an, selbstverständlich, er hatte sich ihm gefügt, wie man sich einem guten Tänzer fügt, er hatte nicht mal darüber nachgedacht, ob es ein Einer-, Zweier- oder Dreierkuss werden würde. Seltsam aber war, dass sie sich plötzlich auf einer Ebene zu bewegen schienen. Vielleicht lag es am Wodka oder am Ausblick oder an seinem agnès b.-Hemd, aber die weiße Mauer stand nicht mehr. Sie kamen füreinander infrage.

»Wir kennen uns aus dieser Weinwerbungsgeschichte, von der ich dir erzählt habe, Suse«, sagte die Frau.

»Susanne«, sagte die blonde Freundin und hielt ihm die Hand hin.

»Andreas«, sagte er.

Susanne musterte ihn, als überlege sie, ihn zu kaufen.

»Apropos Wein«, sagte sie dann. »Ich hol mir mal was zu trinken. Wollt ihr auch was?«

»Ich wollte eigentlich gerade gehen«, sagte Andreas Hermann.

»Ach komm«, sagte die Frau aus den weißen Häusern, so als würden sie sich ewig kennen. »Das Schlimmste haben wir doch schon hinter uns. Ernst Reuter ist fertig.«

»›Schaut auf diese Stadt‹, ich fass es nicht!«, sagte ihre Freundin, verschwand und kam nicht mehr wieder.

Fünf Stunden später teilten sie sich ein Taxi in den Prenzlauer Berg. Er war seit Ewigkeiten nicht Taxi gefahren und genoss die Fahrt durch die leere Stadt, auch wenn er ein bisschen verlegen war. Der Fahrer hörte Klassikradio, das Armaturenbrett seines Mercedes leuchtete sanft in den Fond. Es war der intimste Moment des ganzen Abends, obwohl sie ihn ja schon geküsst und er ziemlich viel von sich preisgegeben hatte. Er hatte ihr von Kowalski und Tomaczewski erzählt, von seinem Studium mit Bernhard und von ihrem Wendekulturprogramm. Sie hatte gelacht, geheimnisvoll gelacht, wie er fand. Sie war sehr vage gewesen, was sie selbst anging. Er kannte nur ein paar Eckdaten. Ihr Mann arbeitete als Anwalt für Bernhards Firma, er war immer noch in Cannes, wo er irgendwelche Rechte verhandelte. Sie schien Bernhard nicht besonders zu mögen, obwohl sie ja auf seiner Geburtstagsfeier erschienen war. Als Bernhard einmal kurz an ihrem Sofa vorbeikam, um ihn lachend zu warnen, nicht alles aus seiner dunklen Ostvergangenheit auszuplaudern, hatte sie sich sofort wieder in die Panzerfrau verwandelt, Stahllächeln und so weiter. Sie hatten nicht getanzt, nur geredet und getrunken, manchmal hatte sie ihn am Arm berührt. Sie arbeitete in einer kleinen Werbeagentur im Bötzowviertel, halbtags, wegen ihrer Tochter, die erst drei Jahre alt war. Sie kam aus München und wohnte seit sechs Jahren in Berlin, zuerst in Mitte und seit einem Jahr in einem der weißen Häuser am Park, weil es da mehr Platz für ihr Au-pair gab, sagte sie, und auch mehr Bäume. Sie hieß Ulrike.

Sie saß auf der linken Seite der Rückbank, er auf der rechten. Sie schwiegen, während draußen der Potsdamer Platz vorbeiglitt, die Hochhäuser der Leipziger Straße, das Rote Rathaus. Andreas Hermann war plötzlich sehr glücklich, in dieser Stadt leben zu dürfen, die Begegnungen zwischen einem Mann wie ihm und einer Frau wie Ulrike möglich machte. Das lag natürlich am Wodka, es lag an der Frau, aber auch an Berlin. In Neustrelitz trafen sich Leute wie sie nicht, schon gar nicht dreimal hintereinander, womöglich sogar viermal, wenn man Spandau mitzählte, und in New York passierte das sicher auch nicht, obwohl er von New York natürlich keine Ahnung hatte. Sie tauchten durch den Tunnel unterm Alexanderplatz, weißlichgelbe Fliesen wie im Fischgeschäft in Neustrelitz, Frischfisch, dann folgten ein paar Neubaublocks und schließlich das Königstor, es wurde immer stiller. Die Einfahrt zu der Townhaussiedlung lag wirklich fast direkt neben der Gasse, die zum Hof ihrer Agentur führte. Es gab ein kleines, unbesetztes Pförtnerhäuschen und eine Schranke, die Ulrike vom Rücksitz des Taxis aus mit einer Fernbedienung öffnete. Sie rollten in einen Vorort mitten in der Stadt, Autoärsche streckten sich ihnen von links und rechts entgegen, Kombis zumeist und Geländewagen, was den Vororteindruck noch verstärkte. Ihr Haus lag auf der linken Seite, direkt hinter einem kleinen Platz, der mit ein paar jungen Bäumen bepflanzt war. Sie bezahlte, sie stiegen aus und sahen dem Taxi zu, das am Ende der Siedlung wendete und dann an ihnen vorbei und durch die Schranke zurück in den beginnenden Tag fuhr. Er sah auf die Uhr. Es war kurz nach fünf.

»Danke«, sagte er.

»Kaffee?«, fragte sie.

Die Ebenen verschoben sich, als er das Haus betrat. Er rutschte wieder nach unten. Die erste Etage des Hauses war doppelt so groß wie seine gesamte Wohnung. Es gab eine silberfarbene Küche mit einem freistehenden Herd in der Mitte und dann, ein paar Stufen darunter, ein Esszimmer mit einer großen Glastür zu dem kleinen Garten, der hinterm Haus lag. Der Fußboden und die Wände waren aus grauem, rau aussehendem, aber sehr glatt poliertem Beton. Seine Mutter hätte ihm ins Ohr geflüstert, dass das Geld wohl nicht für die Tapete und den Teppich gereicht hatte.

Ulrike nahm seine Hand und zog ihn in die Mitte des Raums, dann ließ sie ihn los. Sie schlüpfte aus ihren Schuhen, warf ihren Mantel auf einen Stuhl und ging zur Espressomaschine, die so aussah wie die von Bernhard, aber wahrscheinlich sahen alle Espressomaschinen gleich aus. Sie hebelte ziemlich geschickt an dem Automaten herum, ihr schwarzes Kleid spannte über der rechten Schulter und lockerte sich an der linken, sie hatte einen kräftigen Rücken. Er hätte jetzt gern direkt hinter ihr gestanden und die Stelle zwischen ihren Schulterblättern gerochen, auf die ihr Pferdeschwanz fiel.

»Setz dich doch«, sagte sie und nickte, die Hände immer noch an der Espressomaschine, ihr Pferdeschwanz wippte, eine lose Haarsträhne fiel ihr vors Gesicht. Es gab einen langen Tisch mit zwölf Stühlen. Er setzte sich auf den, der direkt neben dem Fenster zum Hof stand und sah hinaus in den kleinen Garten, wo es ein paar Sträucher gab, eine Bank und einen Sandkasten. Ein paar einzelne junge Ranken begannen, die Mauer des kleinen Hinterhofs emporzuklettern, es war ihr erster Frühling. Irgendwann würde es ein grünes Versteck sein, ein Baumhaus zu ebener Erde. Den Fabrikhof der Agentur sah man von hier aus nicht, man sah nicht mal das Fabrikgebäude, nur einen Teil des alten, stillgelegten Flaschenzugs auf dem Dach.

Sie stellte ein rundes Tablett mit zwei Tassen und einer Zuckerdose auf den Tisch und setzte sich auf den Stuhl gegenüber. Es waren weiße Tassen, auf denen in braunen Buchstaben Mitropa stand. Er nahm sich eine Tasse, schüttete ein bisschen Zucker auf den Espresso und rührte langsam um.

»Mitropa«, sagte er.

»Ich dachte, du fühlst dich so gleich ein bisschen zu Hause«, sagte sie und lächelte.

»Es gab eigentlich nichts Deprimierenderes im Osten als die Mitropa«, sagte er und trank einen Schluck.

»Tut mir leid«, sagte sie. »Aber die Tassen sehen doch sehr schön aus.«

»Vielleicht kannst du sie uns für unsere Wendeaufführung borgen«, sagte er und schaute auf die schaumige Oberfläche seines Kaffees. Er spürte, wie bitter das klang. Er zerriss den Zauber dieser schönen, blauen Stunde, er trennte ihre Welten, nur um ein bisschen in die Offensive zu kommen, hier an diesem Riesentisch, an dem eine ganze Ritterrunde Platz gefunden hätte. *Ihm* hätte es leidtun müssen, aber er konnte das nicht sagen. Er hatte plötzlich so eine Wut in sich, auf Kosch, auf Bernhard und die Idioten, die mit Ost-Mopeds durch die Stadt rollten, auf die Bürokraten, die arbeitslose Charlottenburger Schauspieler in den Osten schickten, vor allem aber auf sich selbst. Er klammerte sich an Grenzen fest, die es nicht mehr gab.

Er starrte in seinen Kaffee wie ein alter Mann.

Sie nahm seine rechte Hand in ihre Hände, die warm waren, weich und trocken. Im ersten Moment wollte er sie wegziehen, aber dann ließ er seine Hand dort. Sie streichelte seinen Handrücken, er schaute in den Kaffee, als sei er nicht dabei, als gehöre die Hand dort auf dem Tisch nicht ihm. Er dachte an die Palmolive-Frau, Tissy oder Taffy, oder wie immer die hieß, und wie peinlich das alles war, aber er merkte, wie er sich langsam entspannte, und irgendwann begriff er, dass er hier keine Handmassage bekam, sondern gestreichelt, getröstet, liebkost wurde. Er nahm seine linke Hand und legte sie oben auf den Händeberg, und jetzt, nachdem er selbst irgendetwas getan hatte, konnte er seinen Blick vom Kaffee lösen und sah sie an. Die lose Haarsträhne hing ihr vorm Gesicht, sie sah müde aus und sehr schutzlos. Sie hatte blaue Augen zu ihren dunklen Haaren, was ihn ein wenig an Nadja erinnerte, eine rumänische Kunststudentin, mit der er während des Studiums ein paarmal geschlafen hatte. Aber Nadja war klein, drahtig und irgendwie südländisch gewesen, sehr wütend zum Schluss. Ulrike war groß, zurückhaltend, nordländisch und würde bis zum Schluss gelassen bleiben, soweit er das einschätzen konnte. Sie hatte eine gerade, seltsam perfekte Nase, einen kräftigen Kiefer und einen großen Mund, mit einer ziemlich schmalen Oberlippe und einer ziemlich breiten Unterlippe, was aber auch an der Haltung liegen konnte, in der sie erschöpft und ein bisschen besorgt über ihrem Händeberg lehnte. Sie sah ihn an, und er musste sich ziemlich darauf konzentrieren, ihr in die Augen und nicht in den Ausschnitt zu sehen. So wie sie jetzt da saß, hätte er sicher einen guten Einblick gehabt, aber er passte nicht zum Händeberg, und er wollte den Zauber nicht schon wieder zerreißen.

»Was war denn nun so frustrierend an der Mitropa?«, fragte sie, und er lachte, belustigt, aber auch erleichtert, weil er auf so angenehme Art zurückkommen konnte. Er wollte seine Hände wegziehen, aber es klappte nur mit der linken, die rechte hielt sie fest.

»Ich weiß nicht. Die Jacken der Kellner, die Bockwürste, der Geruch«, sagte er. »Als ich Student in Leipzig war, sind wir nach der Disko manchmal noch in die Mitropa am Hauptbahnhof gegangen, weil es die einzige Kneipe war, die in der Nacht noch aufhatte. Ich glaube, es gab nicht mal Alkohol nachts, aber es gab immer ein paar Leute, die dort rumsaßen, und die sahen nicht so aus, als warteten sie auf einen Zug. Sie konnten nicht schlafen, oder sie wollten noch nicht nach Hause, oder sie hatten kein Zuhause, was weiß ich. Jedenfalls saßen sie da in diesem riesigen Saal im kalten Neonlicht und dümpelten vor sich hin. In den Vitrinen lagen ein paar verschrumpelte Brötchen, und manchmal, wenn man Glück hatte, gab es auch lauwarme Würstchen. An der Kasse saß irgendeine unfreundliche, übermüdete Mitropa-Frau, die einen ansah wie einen entlaufenen Sträfling. Es war die Hölle, wirklich. Wenn ich mir die Hölle vorstellen müsste, so könnte sie aussehen.«

»Wieso seid ihr denn dann überhaupt dorthin gegangen?«, fragte sie.

»Weil es manchmal eben Würstchen gab«, sagte er und lachte.

»Hast du Hunger?«, fragte sie.

Er schüttelte den Kopf.

»Vielleicht wollten wir uns auch einfach nur ein bisschen besser fühlen, jünger, hoffnungsvoller als all die Gefangenen da in dem Saal«, sagte er. »Es tut mir leid, es liegt nicht an den Tassen. Es liegt an mir.«

Sie nickte und streichelte weiter seine Hand.

Dann erzählte er ihr von dem Tagebuch des toten Professors, das er in seinem Schreibtisch gefunden hatte, weil es gut zu der Mitropa-Geschichte passte, wie er fand, weil es traurig war und so ein bisschen erklären konnte, warum er so dünnhäutig war. Sie sagte nichts, sie hörte ihm einfach zu. Als die Geschichte zu Ende war, schwiegen sie, als lauschten sie den Worten des Professors nach, die erzählt viel ergreifender geklungen hatten als gelesen. Er hatte das Gefühl, dass es draußen bereits graute, aber er sah nicht hinaus, weil er Angst hatte, dass der Tag sie auseinanderriss, vielleicht für immer. Ab und zu nahm er mit der freien linken Hand die Mitropa-Tasse auf und trank einen Schluck Kaffee, ganz vorsichtig, als wollte er ihre streichelnden Hände nicht wecken, aber irgendwann war der Kaffee dann doch alle und seine Einladung abgelaufen.

»Willst du nicht doch noch ein bisschen schlafen?«, fragte er.

»Vielleicht«, sagte sie.

Er zog seine rechte Hand vorsichtig aus ihrem Griff und stand langsam auf. Die rote Digitaluhr an ihrem Backofen zeigte 6 Uhr 08.

»Wie weit hast du's denn nach Hause?«, fragte sie.

»Zehn Minuten«, sagte er, was natürlich Quatsch war, da hätte er schon rennen müssen, um in zehn Minuten in der Kopenhagener zu sein, sehr schnell rennen, aber er dachte, es würde so leichter für sie.

»Ich bring dich noch zur Tür«, sagte sie. Sie liefen zusammen über den grauen, glatten Betonfußboden, sie auf ihren Strümpfen und er in seinen zehn Jahre alten, sündhaft teuren Schuhen, die er sich in Bremen gekauft hatte, als er für die Videoagentur »wesertech« Kassetten und Kataloge betextet hatte. Sie war ohne ihre Schuhe fast immer noch so groß wie er, dachte er noch, als sie sich ihm entgegenstreckte und auf den Mund küsste. Es war ein offener, weicher Kuss, und ihre Zungen berührten sich nur ganz wenig, an den Spitzen, und dann zogen sie sie zurück, so wie er vorhin beinahe seine Hand zurückgezogen hatte, nur dass sie es diesmal beide taten. Es lag ein tiefes Einverständis in dem kurzen, weichen Kuss, eine überraschende, zärtliche Harmonie. Es war ein perfekter Kuss, und er trug ihn wie auf Flügeln über den erwachenden Prenzlauer Berg nach Hause, wo er duschte, sich einen Tee kochte, zwei Zigaretten rauchte, bevor er, immer noch sehr beschwingt, zurück zum Königstor lief. Fast hätte er vergessen, seine Tablette zu nehmen.

Sie begannen ihre Affäre in dem Moment, als er sie zum ersten Mal im Fenster entdeckte. Es war das linke Fenster im dritten Stock eines schmalen vierstöckigen Hauses, das direkt an ihren Hof grenzte. Sie stand da oben in einem weißen T-Shirt, mit losem Haar, nicht abgeschminkt und schaute ohne jede Kontrolle zu ihm hinunter. Sie sah nicht unglücklich aus, nur müde und sehr ernst. Sie begriff, dass irgendetwas mit ihr geschah, was sie nicht kontrollieren konnte, weil es sie aus ihrer bekannten kleinen Welt zog, dachte Andreas Hermann. Jedenfalls hätte ihn sehr gefreut, wenn sie so gefühlt hätte. So wie er. Er entdeckte an diesem Morgen eine Tür in der weißen Mauer.

Ingrid und Marianne saßen weinend in ihrem Büro. Olli und Bernd standen hilflos daneben, wie damals, als die Schrankwand über Kowalski zusammengebrochen war. Es roch nach Alkohol.

»Was ist denn los?«, fragte Andreas Hermann.

»Der Captain hat'n Hirntumor«, sagte Bernd, und so, wie er Hirntumor aussprach, war klar, dass er sich auf den Schreck bereits einen genehmigt hatte.

»Gutartig?«, fragte Andreas Hermann.

»Wissen se noch nich«, sagte Ingrid und weinte weiter.

»Sie müssen noch ne Probe nehmen«, sagte Olli.

»Autopsie, du Clown«, sagte Marianne.

»Uff jeden Fall muss er erst mal in de Charité bleiben. Dit Verrückte iss, olle Toma iss ooch da. Zwee Etagen unterm Captain«, sagte Bernd, den Andreas Hermann noch nie so viel hatte reden hören.

»Toma?«, fragte er.

»Tomaschwenski«, sagte Bernd.

»Dann können sie sich ja auf der Raucherinsel treffen«, sagte Andreas Hermann.

»Toma roocht janich, gloob ick«, sagte Olli.

Ingrid sah sie wütend an.

»Irgendwie drückt der Tumor uff een Gedächtniszentrum«, sagte Marianne. »Deswegen hat er ooch so wirret Zeug jeredet jestern. Dit war keene Gehirnerschütterung. Aber war uff jeden Fall jut, dis wir mit ihm zum Arzt sind, sagen se, wa Ingrid?«

Andreas Hermann schämte sich ein bisschen, weil die Nachricht vom Tumor des Captains ihn nicht so bewegte, wie sie ihn hätte bewegen sollen. Er stieg die vier Treppen hoch, um mit Kosch und Cathrin Huschke weiter über das neue Mauerfallprogramm zu diskutieren, das ihn schon jetzt, noch bevor es eine Form bekam, nicht mehr interessierte. Drei Stunden lang stemmte er sich instinktiv und mit der Kraft des Verliebten gegen Koschs Versuche, ihre kleine Show zu einer persönlichen Widerstands- und Rechtfertigungsrevue zu machen. Die Charlottenburger Schauspieler sahen ihrem zähen Kampf staunend zu. Kosch und er rangen um Deutungshoheit, sozusagen. Anthony, Marin, Ramón, Juan und Danuschka wussten nichts von Wartburganmeldungen und Wehrkreiskommandos und schon gar nichts von der Situation ostdeutscher Botschaften in Zentralafrika. Es war seine letzte Schlacht, dachte Andreas Hermann.

In der Mittagspause rannte er weg und hatte nicht vor, noch mal wiederzukommen. Er hatte seine Tür in der Mauer gesehen und wollte da jetzt durch. Er lief den langen, schmalen Weg zum Friedrichshain und von dort nach links, bis zum Filmtheater, wo er in die Bötzowstraße bog. Er war sonst nie im Bötzowviertel, das wie eine Insel zwischen dem Park, der Greifswalder und der Danziger lag. Er kannte niemanden, der hier wohnte, es gab auch keine Kneipe, die ihn jemals hergeführt hatte. Das Bötzowviertel war für ihn einer jener weißen Flecken, mit denen der Prenzlauer Berg gesprenkelt war. Die Flecken waren mit den Jahren nicht kleiner, sondern größer geworden. Der Bezirk trocknete aus, wenn man es aus seiner Warte sah. Seit heute Nacht wusste er, dass Ulrike hier irgendwo arbeitete, halbtags. Der halbe Tag war ja nun vorbei, vielleicht traf er sie. Es war natürlich nicht sehr wahrscheinlich, aber er hatte nichts Besseres vor, und das Viertel war nicht groß.

Auf dem ersten Stück der Bötzowstraße traf er nicht einen einzigen Menschen. Es gab Autos, die ihm auch keine richtige Geschichte erzählten, aber die Autos in diesen, ihm unbekannten Vierteln erzählten ja sowieso nie viel. Es gab keine Ausreißer in Farben, Formen und Marken, die Leute, die diese Autos fuhren, waren darauf bedacht, nicht aufzufallen. Ihre Lieblingsautofarben waren Dunkelblau und Weiß, ihr Lieblingsauto war ein Golf, nicht zu neu, nicht zu alt, und wenn sie zwei Kinder hatten, kauften sie einen Kombi, am besten einen Volvo, aber gebraucht. Das war auch so eine Sache, die er nie verstehen würde. Wenn er ihr Geld hätte, würde er sich einen nagelneuen schwarzen Jeep kaufen oder einen uralten silbernen Jaguar, aber niemals einen mittelalten Golf. Es gab eine Kneipe, eine Reinigung und eine Schule, alles sah so unauffällig aus wie ein dunkelblauer Kombi. Kurz vor der Straßenecke kam ihm ein Mann auf einem Fahrrad entgegen, an dem ein dreieckiges Wägelchen hing, aus dem eine anderthalb Meter hohe Fahnenstange mit zwei Wimpeln wuchs. Der Mann trug einen Fahrradhelm, der aussah, als sei er für das Teterower Bergringrennen entwickelt worden. Auch das Kind im Wagen trug einen Helm. Der Mann lächelte ihn schief an, so als sei ihm die ganze Panzerung auch ein bisschen peinlich. Andreas Hermann lächelte zurück.
An der Ecke zur Käthe-Niederkirchner-Straße gab es einen Teeladen, der ihm ziemlich groß vorkam für einen Teeladen. Er wäre nie auf die Idee gekommen, einen Teeladen aufzusuchen, und schon gar nicht darauf, einen zu eröffnen, aber der hier hatte sogar drei Schaufenster. Die Käthe-Niederkirchner-Straße war auf dieser Seite nur hundert Meter lang und ebenfalls menschenleer. Vorn gab es einen Kinderspielplatz, der aussah, als sei er in einem Beschäftigungsprojekt entstanden, vielleicht für arbeitslose Bootsbauer oder Holzbildhauer. In

der Mitte stand ein großes Piratenschiff, drum herum ein paar Holzsäulen, auf denen Papageien und Kapitäne hockten. Am Rande saßen zwischen einer Gruppe von Holzenten zwei mittelalte Frauen im Sand, die ihre winzigen Kinder dabei beobachteten, wie sie um das Schiff herumrannten. Die Kinder waren blond, die Frauen waren schwanger, beide. Sie erinnerten ihn an ein deutsches Frauenrodeldoppel, obwohl sie nicht hintereinandersaßen, sondern nebeneinander. Ihre Nackenmuskeln waren gespannt, der Blick stoisch. Die kommenden zwanzig Jahre lagen vor ihnen wie eine Bobbahn, dachte er, und sie würden sie hinunterfahren.
Das einzige Geschäft, das er sah, war eine verlassene Fleischerei, in der ein Klavier und ein Schlagzeug standen. Die Leute hier trinken viel Tee, essen aber kein Fleisch, dachte er. Vielleicht wurde man so schneller schwanger. Gegenüber hatte jemand mit weißer Farbe auf ein altes rotes Dach geschrieben ICH LIEBE DICH!, aber das musste schon sehr lange her sein, die Buchstaben waren so verwaschen, dass man sie kaum noch lesen konnte.
Er drehte um und probierte den längeren Teil der Straße, der zur Greifswalder hinunterführte. Er passierte eine russische Teestube, ein vietnamesisches Lebensmittelgeschäft, einen Blumenladen, vor dem allerdings keine Blumensträuße standen, sondern nur irgendwelche struppigen Gehölze, und zwei dieser Ladenbüros mit Milchglasstreifen an den Fenstern. Das erste hieß »edelweiß«, der Name stand in winzigen, milchigweißen Buchstaben an der Schaufensterscheibe, daneben hingen zwei postkartengroße Fotos. Auf einem war eine graue, eckige Couch zu sehen, auf dem anderen ein schneebedeckter Berg. Am zweiten Geschäft stand gar nichts, vielleicht waren sich die Betreiber noch nicht ganz sicher, in welche Richtung die Reise gehen sollte, was er ihnen nicht übelnehmen konnte.

Er sah, wie sich fünf junge Menschen über einen Schreibtisch beugten, auf dem irgendein Plan ausgerollt war. Er lief an einer Kneipe vorbei, die Voodoo-Lounge hieß und aussah wie übrig geblieben, an einem weiteren vietnamesischen Lebensmittelgeschäft, an einem weiteren leeren Ladenbüro, in dem eine grüne Neonröhre hing und ein »Zu vermieten«-Schild. Im vierten Ladenbüro entdeckte er Ulrike an einem Flachbildschirm, hinter ihr an der Wand hing ein Stadtplan, vermutlich von Wien. Auf einem weißen, schmalen Regalbrett standen Flaschen. Dahinter stand in Plastikbuchstaben verschiedener Farben »Grauer Mönch« an der Wand. Grauer Möch hieß in seinen Jugendtagen mal ein Wein aus Bulgarien oder Ungarn. Er bezweifelte, dass Ulrike den jemals getrunken hatte, auch wenn man bei Leuten wie ihr nie genau wusste. Meistens sprachen sie besser Russisch als er selbst, kannten die beste Diskothek in Peking, den klarsten Badesee in Brandenburg und hatten auch schon Kassandra von Christa Wolf gelesen, durchgelesen und verstanden.
In der anderen Hälfte des Ladens saßen zwei Frauen an einem großen, rechtwinkligen Schreibtisch, und im hinteren Teil beugte sich ein Mann über einen Drucker. Dem Mann hing sein Seitenscheitel im Gesicht. Andreas Hermann steckte sich eine Zigarette an. Er dachte darüber nach, wie man so einen Laden betrat, was man verlangen könnte, aber ihm fiel wirklich nichts ein. Er rauchte, schaute die Straße hinunter, als warte er hier draußen auf irgendetwas, ein Taxi vielleicht oder die Kuchenfuhre, so lange, bis er spürte, dass sie aufsah. Er sah noch einen Augenblick die Straße hinunter, dann schaute er in den Laden, aber Ulrike starrte schon wieder auf ihren Bildschirm. Dafür musterte ihn jetzt der Typ, der im Halbdunkel am Drucker stand. Er sah ihn an, wie man einen Jungen ansieht, der im Begriff ist, einen Pflasterschein in die Schaufens-

terscheibe zu werfen, und wahrscheinlich erzählte dieser Blick mehr über ihn als den Mann mit dem Scheitel, und so lief Andreas Hermann langsam los.

Je näher er der Greifswalder Straße kam, desto gewöhnlicher wurden die Geschäfte. Es gab einen Schlecker-Markt, eine türkische Bäckerei und eine Sparkasse. Die Hauseingänge wurden schäbiger, und auch sein Seelenzustand verschlechterte sich, je weiter er lief. Ulrikes Laden schien im sozialen Knick der Käthe-Niederkirchner-Straße zu liegen, vielleicht sollte sie ihn »balance« nennen oder »Wendepunkt«. Es gab Platz hier für Menschen wie sie und für Menschen wie ihn, das Eis war sehr dünn an der Stelle. Ihre Blicke hatten sich verpasst. Er hatte den Rhythmus gestört, dachte er, die schöne Harmonie zwischen ihnen war kaputt, weil er aus dem Takt geraten war. Er hatte ihr zu viel zugemutet, sie hatte doch nur seine Hand gestreichelt. Er war in ihr Leben gestiegen wie ein verdammter Stalker. Als er die Greifswalder Straße erreicht hatte, fühlte er sich wirklich schlecht. Die Gegend war struppig, die Mittagspause fast zu Ende, alles, was jetzt vor ihm lag, war ein Blick zurück. Zusammen mit einem ehemaligen DDR-Botschaftsrat und einer Erdkundelehrerin aus Hellersdorf musste er ein paar Protest- und Kampflieder an ein paar arbeitslose Schauspieler aus Charlottenburg verteilen, die sowieso nicht verstanden, worum es ging, dazu ein Biermann-Gedicht vielleicht, eine Honecker-Rede und die Erinnerungen eines Arbeiters aus einem Berliner Werkzeugmaschinenkombinat an den 17. Juni 1953. Der Wind der breiten, lauten Greifswalder Straße blies ihm ins Gesicht, und er spürte, wie abhängig er von dieser Frau sein würde, die er nicht kannte. Er dachte daran, wie sich der Boden unter ihm geöffnet hatte, als Paula ausgezogen war.

Kleine Schritte, sagte Dr. Brock. Das war natürlich Therapeu-

tengerede, aber irgendwo stimmte es dann doch. Kleine Schritte. Andreas Hermann lief zurück zur Agentur und beendete seine große Flucht aus der Projektrepublik noch innerhalb der Pausenzeit.
Kurz vor der Toreinfahrt entdeckte er an einem Stromkasten die Reste eines Plakats, die ihn an das Gesicht von Professor Kranepuhl erinnerten, bei dem er einst Vorlesungen in dialektischem und historischem Materialismus gehabt hatte. Er fotografierte das Gesicht ein paarmal. »Bestimmt das Sein das Bewusstsein?«, würde er es nennen, oder vielleicht »Kampf und Einheit der Widersprüche«.

Am Nachmittag schrieb er seinen Bürgerrechtlermonolog herunter wie im Rausch. Er löste sich in Harald auf, dessen Geschichte ihm plötzlich besser passte als seine eigene. Er spürte, wie ihm ein grauer Bart wuchs, während er schrieb. Es war ein Abschied von seinem eigenen Leben, er ließ los, und das war angenehm. Nur einmal kam es ihm vor, als hielte er seine Rede direkt an den unfreundlichen Mann am Drucker des Ladenbüros in der Käthe-Niederkirchner-Straße. Als er ging, traf er Cathrin Huschke mit zwei Blumensträußen, die aussahen, als habe sie sie an der Tankstelle in der Prenzlauer Allee gekauft. Sie hatte kein Gefühl für Blumen, und das gefiel ihm. Er wollte nicht, dass jemand wie Cathrin Huschke mit einem geschmackvollen Gesteck aus dem seltsamen Gehölzeladen trat, an dem er heute Mittag vorbeigelaufen war.
»Hat jemand Geburtstag«, fragte er.
»Nein, nein. Ich bin auf dem Weg in die Charité«, sagte sie. »Krankenbesuch.«
»Ach ja, klar.«

»Kommen Sie doch mit. Herr Kowalski würde sich sicher freuen.«
»Herr Kowalski«, sagte er.
Cathrin Huschke lachte matt und berührte ihn sanft am Arm, was sich seltsam anfühlte. Vielleicht war das alles ein wenig zu viel für sie.
Im Hof wartete Bruno mit einer Kiste Wasserturmwein, die er in den Kofferraum von Cathrin Huschkes Auto hievte. Sie nickte zerstreut.
»Leicht und spritzig«, sagte Andreas Hermann, aber Bruno starrte ihn feindselig an, als er sich zu Cathrin Huschke ins Auto setzte. Ihm fiel ein, wie verliebt Bruno auf der Weinmesse die Brüste ihrer Chefin angeschaut hatte. Cathrin Huschke sah Brunos Blick nicht, und das machte es nur noch trauriger.
Cathrin Huschke fuhr einen dunkelgrünen Skoda Kombi, und das war das Auto, das am besten zu ihr passte, dachte Andreas Hermann, als sie vom Hof rollten. Er hatte die beiden Blumensträuße auf dem Schoß, die jetzt schon ziemlich hinüber waren. Auf der Ablage zwischen ihren Sitzen lag eine CD mit den schönsten Balladen der Puhdys, die auch so aussah, als stamme sie aus dem Tankstellenshop. Sie hörten fünf Lieder auf ihrem Weg in die Charité. Als sie in der Tiefgarage in der Luisenstraße angekommen waren, begann gerade »Lied für Anja«. Sie blieben im Auto sitzen, bis die Puhdys fertig damit waren. »Drum bitte ich dich, wenn du kannst, dass du uns einst verzeihst«, sang Maschine. Besser hätte es Andreas Hermann im Moment auch nicht ausdrücken können. Wenn es nach ihm gegangen wäre, hätte er sich auch noch das nächste Lied angehört und das übernächste. Er hätte ewig so schweigend neben Cathrin Huschke sitzen und die schönsten Balladen der Puhdys hören können. Sie besangen sein Leben, sehr

seltsam, aber nicht unangenehm. Leider missverstand Cathrin Huschke das alles völlig.
Beim Abschnallen beugte sie sich zu ihm auf die Beifahrerseite, die Augen geschlossen und den Mund halboffen. Sie roch nach Seife, ihre Zunge drängte breiig gegen seine Lippen. Er spürte ihre schwere, traurige Brust auf seiner und öffnete den Mund, weil er nicht die Kraft und das Herz hatte, Cathrin Huschke wegzustoßen. Sie griff ihm in die Haare, er zuckte zurück und spürte, wie sein Sicherheitsgurt festruckte. Die Cellophanhüllen der Blumensträuße knisterten in seinem Schoß. Ihre Zunge kroch in seinem Mund umher wie eine Kröte, über ihre Frisur hinweg sah er, wie eine alte Dame einen Rollstuhl durch die Tiefgarage schob, in dem eine noch ältere Dame saß, der Hauch eines Menschen nur noch, ihre Mutter wahrscheinlich. Cathrin Huschkes Hand schlängelte durch die knisternden Blumensträuße, er spürte nun auch ihre andere Brust und wusste, dass er in der Lage wäre, das zu Ende zu spielen, selbst hier im Parkhaus der Charité, angeschnallt und mit seiner Agenturchefin, einer schwermütigen Erdkundelehrerin, aber er wollte es nicht. Er wollte es wirklich nicht. Es gab viele Gründe, unter anderem wäre es ihm nicht möglich gewesen, Cathrin Huschke später Cathrin zu nennen. Egal, was sie hier mit ihm anstellen sollte, sie würde ihm nicht näherkommen. Er schob sie sanft von sich weg, so, wie er Vanessa auf der Weinmesse vor zwei oder drei Tagen sanft von sich geschoben hatte, die ihre Tochter hätte sein können, theoretisch. Dr. Brock hätte sicher Antworten darauf, warum ihn die Frauen suchten, keine guten allerdings. In den manischen Phasen zogen Männer wie er Frauen an wie das Licht die Motten, sagte Brock, und Andreas Hermann spürte immer noch, wie vorwurfsvoll das klang.
»Ich kann das nicht«, sagte er.

»Natürlich«, sagte Cathrin Huschke und rutschte sofort auf ihren Sitz zurück, den Blick nach vorn in die Tiefgarage hinein. Sie zuppelte an ihrer verrutschten Bluse herum, und er plusterte die plattgewalzten Blumensträuße notdürftig auf.
»Tut mir leid«, sagte sie.
»Ach«, sagte er, schnallte sich ab und stieg aus.
Ihre Schritte hallten bedrückend durch die Tiefgarage, aber als sie zu zwei älteren Männern in Bademänteln in den Fahrstuhl stiegen, verflog auch das, und sie rutschten wieder in ihre Rollen. Die Männer hatten Hühnerbrüste, rochen nach Zigarettenrauch und sahen aus, als könnte sich Cathrin Huschke aus dem Stand ein Projekt für sie ausdenken.
»Fahren Sie hoch?«, fragte Cathrin Huschke.
»Runta jeht ja schlecht«, sagte einer der Männer.
»Richtig«, sagte Cathrin Huschke.
»Höchstens inne Hölle«, sagte der andere.
Hier also war das Berlin, das er von früher kannte, dachte Andreas Hermann. Im Krankenhaus.
Marek Tomaczewski lag in einem Vierbettzimmer in der zehnten Etage des Bettenhochhauses. Er schlief. Sie standen einen Moment unschlüssig an seinem Kopfende herum, dann verschwand Cathrin Huschke mit einem Blumenstrauß in dem kleinen Bad, das zu dem Zimmer gehörte. Andreas Hermann blieb mit dem anderen Blumenstrauß am Kopfende zurück. Das Bett neben Tomaczewski war nicht belegt. In den beiden Betten auf der anderen Seite des Raums lagen zwei Männer, ein junger, vielleicht zwanzigjähriger mit langen, aber dünnen Haaren, der durch ihn hindurchstarrte, und ein älterer, der mit Kopfhörern irgendeine Sendung in einem Fernsehgerät verfolgte, das an der Zimmerdecke hing. Andreas Hermann nickte dem jüngeren zu, aber der nickte nicht zurück. Es war nicht ganz klar, ob er ihn überhaupt sah. Er fragte sich, ob es

wirklich gut war, Leute mit psychischen Problemen zusammen auf ein Zimmer zu legen. Die Welt wirkte doch nur noch hoffnungsloser, wenn man die ganze Zeit in so ein leeres Gesicht schauen musste, dachte er. Andererseits könnte man den Eindruck gewinnen, dass es anderen noch viel schlechter ging als einem selbst. Er jedenfalls hätte lieber auf einem gemischten Zimmer gelegen, vielleicht mit einem Jungen, der sich beim Skateboardfahren ein Bein gebrochen hatte, und einer Risikoschwangerschaft. Da wäre auch der Besuch abwechslungsreicher. Die Männer hier sahen nicht so aus, als würden sie viel Besuch bekommen. Ihre Nachttische waren leer.
Cathrin Huschke kam mit einer Blumenvase aus dem Klo zurück und baute sie auf dem Nachttisch von Tomaczewski auf. Sie ordnete die Blumen vorsichtig, so wie man das in Krankenhäusern und auf Friedhöfen machte. Sie nickte erst dem schlafenden Tomaczewski zu, dann ihm, und danach verließen sie leise den Raum. Andreas Hermann war ganz froh, dass Marek nicht wach geworden war. Er hätte nicht richtig gewusst, worüber er mit dem Mann reden sollte, er kannte ihn ja kaum. Er fühlte, dass es Cathrin Huschke im Moment ganz ähnlich ging. Große Tröster waren sie beide nicht, und er wusste auch nicht genau, ob ihr Anblick Tomaczewski nicht noch trauriger gemacht hätte, als er ohnehin schon war. Er selbst hätte ja gut und gerne ebenfalls Patient auf dieser Station sein können, und bei Cathrin Huschke fehlte auch nicht mehr viel.
So aber würde Marek beim Aufwachen vielleicht denken, die Blumen habe seine Frau gebracht. Das war besser.
Kowalski war wach, aber einen großen Unterschied machte das erst mal nicht. Er sah sie nur kurz an, nicht überrascht, aber auch nicht so, als würde er sie erkennen. Er erzählte einer Schwester, die ihm das Abendbrot brachte, irgendetwas von Zweipfundbroten und Dreipfundbroten und auch von einem

deutschen U-Boot, das nie gefunden wurde. Auf seinem Nachttisch lag ein schwarzes Buch, das aussah, als habe er es bei einer Entrümpelungsaktion abgestaubt.

»Na so was«, sagte die Schwester.

»Die U47 hat dreißig alliierte Schiffe abjeschossen. Und die Royal Oak«, sagte Kowalski.

»Das ist ja eine ganze Menge«, sagte die Schwester. »Aber es ist auch wichtig, dass Sie essen.«

»Rauchen wäre mir lieber«, sagte Kowalski und blinzelte ihm zu. Andreas Hermann blinzelte zurück und trat einen Schritt näher, um den Buchtitel lesen zu können. Es war »Aufzeichnungen aus einem Totenhaus« von Dostojewski, die Russenfuhre sicherlich, *Puschkin und allet.* Andreas Hermann hatte eine blasse Erinnerung an behaarte, teuflige Männer in einer dunklen Sauna, aus Zeiten, in denen er noch gelesen hatte.

»Geraucht wird hier nicht. Ich komm in einer halben Stunde wieder und möchte, dass der Teller leer ist, Herr Kowalski«, sagte die Schwester und schob ihren Wagen raus auf den Flur. Cathrin Huschke hielt ihr die Tür auf und ging hinterher.

»Löschke«, sagte Kowalski, als die Tür zu war.

»Was?«, fragte Andreas Hermann.

»Der Professor hieß Löschke.«

»Mann, Captain, ich dachte, du hast alles vergessen.«

»Nee, nee. Ick hab nischt verjessen. Ick hab nur Koppschmerzen und manchmal so Aussetzer. Irgendwat drückt uff mein Jehirn, so dass ick Sachen durcheinanderbringe. Die Zeit, Namen und allet, vor allem aber die Zeit. Ick denk manchmal, ick bin im Osten.«

»Biste ja auch.«

»Och richtich. Jedenfalls schneiden se mich irgendwie uff und lassen dit Wasser ab, wat drückt.«

»Und wann ist die Operation?«

»Jute Frage«, sagte Kowalski.

Andreas Hermann sah zur Tür, durch die Cathrin Huschke mit einer Antwort zurückkommen würde. Aber sie kam nicht.

»Ick hab wat ziemlich Interessantet jeträumt. Ick schlaf ja ville hier, ick gloobe, die tun mir wat in Tee. Jedenfalls hab ick jeträumt, dass ick mich durch die Sache in meinem Kopp in eine Enigma verwandle.«

»Enigma?«

»Damit haben die Deutschen im Seekrieg ihre Funksprüche verschlüsselt. Ziemlich kompliziertet Jerät. Entwickelt hat es een Berliner namens Scherbius. Arthur, gloob ick. Er ist bei einem Unfall mit seiner Pferdekutsche ums Leben jekommen. Jedenfalls dachte ick, dass ick durch dit Durcheinander in meinem Kopp plötzlich Sachen entschlüsseln kann, die für andere völlig rätselhaft sind. Eene lebende Enigma jewissermaßen.«

»Dann solltest du dich vielleicht besser nicht operieren lassen«, sagte Andreas Hermann.

»Och jut. Weeste, dit ick bei den Wohnungsufflösungen immer die Hoffnung hatte, so'ne alte Enigma zu finden«, sagte Kowalski. »Die handeln die für 50 000 Euro und mehr. Nicht, dis ick se verkoofen wollte. Ick hätte nur jern eene.«

»Und jetzt bist du selber eine.«

»Komisch wa?«

»Ja. Iss mal was, Captain.«

»Hast du Kippen?«

»Ja«, sagte Andreas Hermann, nahm fünf Zigaretten aus seinem Etui und legte sie in die Schublade von Kowalskis Nachttisch. »Rauch sie aber erst, wenn wir weg sind.«

»Klar«, sagte Kowalski, biss ein kleines Stück von seiner Teewurststulle ab, und dann kam auch endlich Cathrin Huschke wieder.

»Er hat übrigens Steglitzer Straße jewohnt«, sagte Kowalski.
»Wer?«, fragte Cathrin Huschke.
»Arthur Scherpius«, sagte Kowalski.
»Ach so«, sagte sie. Kowalski biss wieder ein winziges Stück von der Stulle ab.
»Haben Sie eigentlich Verwandte?«, fragte Cathrin Huschke.
»Wat?«
»Angehörige, die Sie hier besuchen kommen.«
»Meine Keule wohnt in Schwedt und meine Exfrau kommt nicht«, sagte Kowalski. »Warum?«
»Nur so«, sagte Cathrin Huschke.
Als die Schwester zurückkam, gingen sie. Cathrin Huschke hatte die Blumen auf dem Nachttisch arrangiert, Andreas Hermann die zweite Stulle gegessen, weil Kowalski keinen Hunger mehr hatte. Er hatte einen Margarine-Teewurst-Geschmack im Mund, der ihn an seine Kinderferienlagerzeit erinnerte. Sie fuhren im Fahrstuhl mit einem müde aussehenden Arzt und einem unglaublich dünnen Mädchen, dem ein Pflaster am Nasenflügel klebte, nach unten.
»Hat die Schwester was gesagt?«, fragte er, als sie durchs Foyer gingen.
»Sie darf nur Angehörigen Auskunft geben«, sagte Cathrin Huschke. »Aber ich glaube, es ist ziemlich ernst. Sie schneiden ihn auf, um es ihm leichter zu machen, hat sie gesagt.«
»Hat er mir auch gesagt. Aber er hat vergessen, wann.«
»Übermorgen.«
»Er denkt, er verwandelt sich in eine Dechiffriermaschine aus dem Zweiten Weltkrieg.«
»Interessant«, sagte Cathrin Huschke und schaute auf ein Schild, das an der Pförtnerloge hing. »Bewerber für das Marsflugprojekt im Schlaflabor 9. Etage melden«, stand dort.
»Marsflug«, sagte Andreas Hermann.

»Ja«, sagte Cathrin Huschke. »Hätte uns auch einfallen können, was. Soll ich Sie noch ein Stück mitnehmen?«
Sie hörten noch drei Puhdysballaden bis zum S-Bahnhof Schönhauser Allee, und als Andreas Hermann aussteigen wollte, fiel ihr ein, dass am Nachmittag eine Frau für ihn angerufen hatte. Sie hatte irgendwie mit dem Weinanbauprojekt zu tun, sagte Cathrin Huschke, während sie den Zettel mit dem Namen und der Telefonnummer suchte. Maschine sang: »Doch die Gitter schweigen.«

Mars«, sagt der Arzt. Ist da ein Fragezeichen oder nicht?

»Mars«, sage ich mit Nachdruck und dabei schaue ich dem Arzt direkt in die Augen, ich gucke praktisch durch ihn durch, so wie ich einst durch Professor Kranepuhl hindurchgeschaut habe, in den Seminaren zur Politischen Ökonomie des Kapitalismus. Wie definiert man Akkumulation des Kapitals, Hermann? Alles vergessen, nichts weiß ich noch, obwohl man das gut gebrauchen könnte, jetzt in der Weltwirtschaftskrise, wo alle wieder mit Marx anfangen. Man könnte es einstreuen. Mars und Marx klingen so ähnlich, fällt mir auf, aber damit kann man nun überhaupt nichts anfangen. Marx macht mobil, bei Arbeit Sport und Spiel! Marx bringt verbrauchte Energie sofort zurück! Der Arzt nickt, als ermuntere er mich, weiterzureden, aber ich habe das Gefühl, einen Fehler gemacht zu haben, und will eigentlich erst mal Luft holen. Habe ich von Dr. Brock erzählt? Ich bin so müde, zu müde, um meinen Sprach- und Denkstrom immer korrekt zu trennen, und es gibt wohl auch keine Möglichkeit, herauszufinden, ob mir eben Brock rausgerutscht ist, ausgespuckt mit all dem anderen Geröll in meinem Kopf. Logorrhoe würde Brock es nennen, Gedankendurchfall, unkontrollierter Redefluss, Ideenflucht. Brock, der Arsch. Ideenflucht, er hat ja recht, verdammt nochmal, meine Ideen rennen weg, lassen mich allein.

»Es geht doch um einen Marsflug«, sage ich.

»Auch«, sagt der Arzt. »Auch, auch.« Er entdeckt endlich, dass seine Brille beschmiert ist. Er haucht ein Glas an und reibt mit seinem Kittel darauf herum. Ich versuche mich an den Zettel im Foyer der Charité zu erinnern.

Dr. Brocks Praxiseinrichtung schiebt sich vor das Bild aus dem Krankenhausfoyer, die dunklen Bücherregale, gefüllt bis unter die Decke und mit kleinen goldfarbenen Leuchten obendran, die sanft herunterstrahlen, der weiße, flauschige Fußbodenbelag und diese grauenvollen abstrakten Gemälde einer Patientin aus Kleinmachnow, die überall herumhängen wie Urkunden seines Könnens. Es gibt dort Stahlrohrmöbel mit weißen Lederkissen und Glasschalen, die mit glatten, verschiedenfarbigen Steinen gefüllt sind. Ich habe immer den Eindruck, ich könne mir Brock eigentlich nicht leisten. Er trägt vier Kugelschreiber in seiner Kitteltasche, die alle schwer und teuer aussehen, und in die Kittelbrust ist mit blauem Faden sein Name gestickt, Privatdozent Prof. Dr. Alexander Brock. Brock hat volle, graue Haare und ein gewaltiges Kinn, er sieht aus wie ein Chefarztschauspieler in einer Nachmittagsfernsehserie.

Der Arzt hier vor der Raumschiffluke ist mir eigentlich sympathischer. Er ist nicht so vollkommen, die fliehende Stirn, die beschmierte Brille, der Wiederholungszwang. Er ist unsicher und will deshalb älter wirken, als er ist, vor allem aber scheint er wirklich Interesse an meiner Geschichte zu haben.

Er erzählt jetzt von Langzeitstudien, mit denen sie in Moskau begonnen haben, im Sternenstädtchen. Sternenstädtchen, sagt er, was mich freut, weil es nach meiner Kindheit klingt, nach der Verniedlichung alles Russischen, Maschenka und Täubchen und Iwanuschka und Großmütterchen. Russische Stammbesatzung, sagt er. Internationale Crews, die ankoppeln. Finanziert von nationalen Raumfahrtbehörden. Kanada, Japan, Österreich, Italien, Deutschland. Drei Monate lang, sechs Monate lang, je

nachdem. Soziales Verhalten, Gruppenbildung, Isolation werde untersucht, sagt er.
»Klar«, sage ich.
»Hier, bei uns, geht es aber eher um Körperfunktionen. Schlaf, Kreislauf, Stoffwechsel«, sagt er.
»Körperfunktionen«, sage ich und denke an die Baracken in Weißensee, wo ja auch so was wie ein Isolationsprojekt stattfindet. Als ich da rauskam, ging's mir schlechter als vorher. Brock hat Elektroschocktherapie empfohlen, Stromstöße, was mich an Bromden und McMurphy in »Einer flog über das Kuckucksnest« erinnerte. Er lachte natürlich, als ich ihm das sagte, aber das hat mich nicht beruhigt. Dann fing er mit den Tabletten an. Und irgendwas musste ja passieren. So kamen die Fluctine in mein Leben.
Drei Wochen Einschleichzeit, sagte Brock, die Spitze seines schweren Kugelschreibers rollte über das Rezept. Ich hatte gerade eine Woche in diesen Baracken in Weißensee hinter mir, in der 4a. Ein Trinker, ein Suizidversuch, ein Klo, eine Dusche, ein Waschbecken und ich. Die Kurse, das Rumsitzen im Kreis, die Männer mit den leeren Augen, die eine Zigarette an der anderen anmachen, die bescheuerten Spaziergänge im Innenhof, der Kies knirscht im Kopf wie ein Erdrutsch, die Schreie aus den Nebenzimmern, die Geschichten der Patienten ohne Anfang und ohne Ende, der alte zahnlose Mann, der sich zum Kunstkanzler ernannt hat mit seinen Projekten in Südafrika, die Besuche der schweigsamen Eltern von Benno. Ich hätte alles genommen, um da rauszukommen, und Brock wusste das. Die Tabletten sind eigentlich Kapseln, eine Hälfte ist grün, eine weiß. Grün, denke ich, ist die Hoffnung, weiß das Nebelmeer. Kleine grün-weiße U-Boote tauchen in meinen Körper und schwimmen zum Kopf. Ich hab die Tage bis zum Einschleichzeitpunkt gezählt wie ein Entlassungskandidat seine Tage bei der Nationalen Volksarmee.

EK, so hieß das doch, Anschnitt, Zwischenpisser, Maßbandküssen, Sackmachen. Brock hat mich nie richtig verstanden, er hat mich nie gefragt, wo ich herkomme und was ich eigentlich will. Nicht, dass ich das hätte beantworten können, aber er hätte ja wenigstens fragen können. Er hat nur genickt, als ich ihm sagte, was ich gelernt habe. Noch ein Schreiber, dachte er sicher, all die Schreiber, die die Stadt überschwemmen, neben den Schauspielern. Irgendwas mit Medien.

Brock sitzt am Potsdamer Platz, gar nicht weit von hier, aber leiser, viel leiser, Brocks Fenster schlucken jedes Geräusch. Man sieht die seltsamen künstlichen Häuserkulissen, die sie dort aufgebaut haben, Potemkinsche Dörfer, die uns einreden sollen, dass Berlin einmal fertig werden könnte. Riesige Stahlgerüste mit kunstvoll bemalten Planen davor, die garantiert allein schon so teuer waren wie ein kleines Haus. Einmal hab ich versucht, Dr. Brock zu erklären, dass die Welt da vor seinem Fenster sich gar nicht so sehr von meiner künstlichen Welt unterscheidet, mit ihren Projekten. Brock sah mich nur feindselig an, als wolle ich die Lage seiner Praxis schlechtmachen, für die er wahrscheinlich ein Heidengeld bezahlt. Brock sitzt immer mit dem Rücken zum Fenster, ich gegenüber. Manchmal sehe ich einen blauen Fesselballon, aus dessen Korb Touristen schauen. Der Ballon ist am Boden festgemacht, damit er nicht wegtreibt, und genauso komme ich mir manchmal vor.

»Darüber können wir reden«, hat Brock gesagt. »Sie fühlen sich also wie ein Ballon, der nicht fliegen kann.« Und die Art, wie er das sagte, so als singe es Nena oder die Gruppe Silbermond, kapselte mich ab, schweißte mich ein. Brock ist ein hoffnungsloser Fall. Hoffnungsloser als ich.

»Ich weiß, es klingt komisch, dabei ist es eher tragisch«, sagt der Arzt, der vermutlich glaubt, ich lächele über die kleine Geschichte, die er mir gerade von einem russischen Isolationsprojekt

erzählt hat, wo sich die Stammcrew regelmäßig Wodka an Bord schmuggeln ließ.
»Wie die meisten lustigen Geschichten«, sage ich.
»Jedenfalls die guten«, sagt der Arzt, setzt sich seine Brille wieder auf und sieht mich erwartungsvoll an. Ich nicke und blase vorsichtig auf die Ascheflocken auf meinem Hemd. Ganz vorsichtig, man soll die Toten ruhen lassen, heißt es doch. Ruhen.
Hinter dem Arzt hängt ein Kunstkalender. Der Mai sieht bunt und irgendwie naturwissenschaftlich aus, so als habe ihn Kandinsky illustriert, vielleicht aber auch Miró. Miró hängt doch in jeder Zahnarztpraxis, war so ein Satz von Paula, den sie mal sagte, als wir von einer Party bei irgendeiner ihrer Freundinnen zurückkamen, wo ein Miró-Poster in der Küche herumhing. Diese Sätze haben mich fertiggemacht. Sie wirkten immer angelernt. Paula hatte keine Ahnung von Malerei, sie sagte diese Sätze, weil sie sich zwischen ihnen sicherer fühlte, glaube ich.
»War es denn Ulrikes Telefonnummer, die Ihre Frau Huschke Ihnen gegeben hat?«, fragt der Arzt, und ich finde, dass es eine ziemlich naive Frage ist für einen Arzt, der die Luke des Raumschiffs bewacht, das mich aus der Hölle fliegen wird. Oder eine ziemlich gerissene.
»Glücklicherweise«, sage ich und schaue so lange in das bunte Kalenderbild in seinem Rücken, bis ich darin spazieren gehen kann.
Kleine Schritte, sagt Brock immer, der Arsch. Kleine Schritte.

Märchenbrunnen

Sie verabredeten sich im Diller, einer Kneipe in der Metzer Straße, die er bisher nur von außen gesehen hatte. Es gab eine lange Bar, an der ein paar Typen mit Helmfrisuren oder eckigen schwarzen Brillen beziehungsweise mit Helmfrisuren und eckigen schwarzen Brillen standen, und eine Empore mit ein paar Tischen. Da setzten sie sich hin. Seltsamerweise war keine einzige Frau in der Kneipe, außer Ulrike. Sie erzählte ihm, dass Diller ein Ostberliner Untergrundmaler gewesen war, der kurz nach dem Mauerfall auf einem Motorrad verunglückte. Er hatte seine Schwester in Hamburg besucht, von der er bis zur Wende gar nicht gewusst hatte, dass es sie gab, und war auf der Rückfahrt verunglückt. Neben den Klos hing ein kleines Bild von dem toten Maler, es sah bunt und eckig aus und steckte in einem goldenen Rahmen. Ulrike hatte ein Bild von Diller im Arbeitszimmer, sagte sie, ein größeres, und irgendwie ärgerte ihn das. Sie kannte sich in seiner Geschichte besser aus als er, und nicht nur das, sie kaufte sie sogar, sie besaß sie.

Er bestellte ein Glas Weißwein, sie einen doppelten Wodka. Auch das war nun typisch, dachte er, er bestellte das, was er in ihrer Gegenwart für angemessen hielt, sie das, worauf sie Lust hatte.

»Ich hab dich da heute Mittag vor unserem Fenster gesehen«, sagte sie.

»Ich weiß«, sagte er.
»Tut mir leid«, sagte sie.
»Nee, tut mir leid«, sagte er. »Ich weiß auch nicht, warum ich da aufgetaucht bin. Ich bin da wie ein Schlafwandler herumgetaumelt. Ich hätte gern mit jemandem geredet. Also mit dir geredet.«
»Hier bin ich«, sagte sie und kippte den Wodka.
Er erzählte ihr von Tomaczewski und Kowalski und von Cathrin Huschkes Krankenbesuch, verschwieg allerdings den kurzen Übergriff in der Tiefgarage. Sie hörte ihm so aufmerksam zu, als erkläre er ihr die Weltformel. Als er fertig war, hatte sie drei Wodka getrunken und leuchtete, als sei sie bereit, etwas Unvernünftiges zu tun, etwas, das nichts mit der gestärkten weißen Bluse zu tun hatte, die sie trug, und schon gar nichts mit ihren gebügelten Jeans. Sie fuhr sich ständig durch die Haare, was möglicherweise, wie er mal irgendwo gelesen hatte, sexuelle Bereitschaft signalisierte. Weil er aber nicht wusste, wie er das Feuer am Lodern halten konnte, bestellte er auch erst mal einen doppelten Wodka.
»Und wie war dein Tag?«, fragte er.
»Ach, ich glaub, der würde dich langweilen«, sagte sie.
»Wieso?«
»Ich erlebe einfach nicht viel. Ich steh auf, bring meine Tochter in den Kindergarten, geh ins Büro, telefoniere mit irgendwelchen österreichischen Weinfunktionären, geh nach Hause, schlaf ein bisschen, lese, telefoniere mit meinem Mann. Ich schaue aus dem Fenster in andere Fenster, in denen Frauen mit ihren Männern telefonieren oder mit ihren Liebhabern oder Gemüse hacken oder Hipp-Gläser aufschrauben oder Weißweinflaschen entkorken oder noch einen Schwapp Gin ins Tonic gießen, wenn niemand guckt. Mehr passiert nicht. Keine lustigen Kulturprogramme, niemand versucht, sich das Leben

zu nehmen. Eigentlich warte ich immer nur, ich weiß nur nicht, worauf.«
»Vielleicht auf mich«, sagte er.
»Ja«, sagte sie.
»Wie lange ist denn dein Mann noch in Cannes?«
»Er ist gar nicht mehr Cannes, er ist jetzt in Sofia, da dreht Bernhards Firma im Herbst irgendeinen Film. Sofia ist das neue Prag, sagen sie.«
»Sofia ist das neue Prag«, sagte Andreas Hermann und fühlte sich, als würde ihm ein Stück Boden unter den Füßen weggezogen, so wie in diesem Kinderspiel, das sie auf dem Schulhof in Neustrelitz gespielt hatten, als er in der ersten Klasse war. Nase, so hieß das Spiel.
»Bulgarien ist jetzt ein großes Filmland, weißt du.«
»Ach so«, sagte er. Er hatte als Junge von Bulgarien geträumt, ein Land, das damals am Ende der Welt lag. Ein warmes Land am Meer. So hatte er sich das vorgestellt. Er hatte es nie bis nach Bulgarien geschafft damals, und jetzt war es Filmkulisse, wie Berlin. Er könnte es sich im Kino angucken, aber er hatte kein Geld für die Tickets.
»Ja«, sagte Ulrike. »Wollen wir noch woanders hingehen?« Sie streichelte seine rechte Hand, die neben seinem halbleeren Weißweinglas auf dem Tisch lag. Er betrachtete ihre langen, schmalen Finger, auf einem trug sie einen breiten goldenen Ring, vermutlich ihr Ehering, der aussah, als habe er ein Vermögen gekostet. Er dachte daran, an welchen Stellen ihn diese Hand später berühren würde, die jetzt noch so unschuldig aussah.
Sie gingen in die Luna Bar, die jetzt Gun Club hieß, aber das war nur ein weiterer Name. Sofia war Prag, und die Luna Bar war der Gun Club. Es saßen immer noch die gleichen bärtigen Jungs rum, die aussahen, wie die Baustudenten in Leipzig aus-

gesehen hatten. Bären auf Frauensuche. Dazu passte das Geweih an der Wand, das war neu. Wie die Luna Bar früher, war auch der Gun Club die mit Abstand schlechtbesuchteste Kneipe in der ganzen Schliemannstraße, vielleicht lag es an den Schwingungen. Die Musik war ein bisschen zu laut, am Kickertisch standen zwei Mädchen, die offenbar um Schnaps spielten. Auf dem Rand des Tisches stand eine Reihe von leeren Gläsern. Ulrike trank zwei Wodka und riet mit ihm um die Wette, welcher Song gerade gespielt wurde. Sie gewann 10 : 0, mit dem gleichen Resultat schlug sie ihn am Kickertisch. Sie bediente die Griffe so fachmännisch wie die Hebel ihres Espressoautomaten. Er sah hilflos auf die zappelnden Figuren. Am Ende küsste sie ihn, als habe er gewonnen. Er spürte den leichten Schweißfilm auf ihrer Oberlippe.

Sie spielten dann noch eine Schnapsrunde gegen die beiden Mädchen, die sie mit 10 : 8 gewannen, ohne dass er einen einzigen Treffer beigesteuert hätte. Dann gingen sie in den ehemaligen Torpedokäfer oder die Kneipe, die neben dem ehemaligen Torpedokäfer lag, wo sie Sina trafen, die mit einem alten, bärtigen Amerikaner über Fotokunst diskutierte. Auf dem Tisch lag ihre russische Nachtsichtkamera. Der Amerikaner hieß Ira, kam aus New York, wohnte seit zehn Jahren im Prenzlauer Berg und kannte sich auch irgendwie mit Fotos aus, obwohl er eigentlich Videoartist war. Er erzählte ihnen, dass er irgendwann mal die Rolling Stones in Altamont und Godard in Santa Monica gefilmt hatte. Wie er von Altamont beziehungsweise Santa Monica aus hierher in die Dunckerstraße geraten war, blieb unklar, aber es war eigentlich auch egal. Es schien so, als habe sich hier die ganze Welt versammelt, alles drehte sich um sie. Ulrike gefiel das ausgezeichnet, und Andreas Hermann fühlte sich nach seinen Niederlagen am Kickertisch wieder ein bisschen stärker.

Sie tranken weiter Schnaps, Ulrike diskutierte mit Ira über irgendeinen koreanischen Videokünstler, der Fernsehgeräte übereinanderstapelte, soweit er das verstehen konnte, denn sie sprachen Englisch, und kurz vor drei fotografierte sie Sina mit ihrer Nachtsichtkamera auf der verlassenen Dunckerstraße. Ihn, Ulrike und den alten Amerikaner. Ira und Sina liefen dann zum Helmholtzplatz, vielleicht um weiter an der russisch-amerikanischen Freundschaft zu arbeiten. Sie sahen ihnen nach, Sina war einen halben Kopf größer als der amerikanische Videoartist, sie trug ihre Nachtsichtkamera wie eine Handtasche.

»Wohnst du weit weg von hier?«, fragte Ulrike.

Es war seltsam, wie der Schnaps und die Nacht die Unterschiede zwischen ihrem weißen Townhaus und seiner winzigen Hinterhofwohnung aufhoben. Es gab ein Bett, und es war völlig egal, dass es sich um ein 150-Euro-Ikea-Hochbett von einem raffgierigen Studenten aus Baden-Württemberg handelte. Es war ein Bett. Sie liefen den ganzen Weg darauf zu, über die Schönhauser Allee, die Kopenhagener bis zum Knick und dann über den dunklen Hof, sie stiegen die Treppen hinauf in den fünften Stock und die kleine Leiter aufs Hochbett. Er dachte nur einmal kurz an die Nebenwirkungen der Fluctine, als er sich aus seinen Boxershorts strampelte, dann versank er in Ulrike, die ihm in der Dunkelheit groß vorkam, riesig, wie die ganze Welt.

Am Morgen war das Zimmer dann wieder sein Zimmer. Gelbliches Licht schwamm durch die verrauchten Vorhänge, mit denen er sich in seinen dunklen Phasen wochenlang vor der Welt dort draußen schützte. Er lag in seiner Unterhose auf dem Bett, die er sich angezogen hatte, um Ulrike noch zur Haustür zu begleiten. Er hatte halb nackt auf der Straße gestanden und ihr nachgesehen, wie sie in ihrer leuchtend weißen Bluse und den gebügelten Jeans im dunkelblauen Licht nach Hause lief. Kurz bevor die Kopenhagener ihren Knick machte, hatte sie sich noch mal umgedreht und mit der linken Hand gewinkt. In der rechten trug sie das Totenbuch des Professors, das er ihr als Pfand mitgegeben hatte. Es war, zumindest aus ihrer Sicht, das Wertvollste, was er besaß, und es würde sie zusammenhalten, hatte er gedacht, als er es ihr in die Hand drückte. Er fühlte jetzt ein schlechtes Gewissen, so ein kleines Drücken im Bauch, aber vielleicht, dachte er, hätte es den Professor gefreut, dass seine niederschmetternden Erinnerungen von einer verliebten Frau durch den beginnenden Tag getragen wurden.

Er drehte sich um und versuchte den Geruch Ulrikes von den Laken zu sammeln. Er hatte ihren Körper im Dunkeln fast gar nicht gesehen, nur gefühlt, gerochen und geschmeckt. Er hatte sie aus der harten Schale der gebügelten Jeans und der gestärkten Bluse geschält wie eine dunkle, weiche Frucht. Es gab keine Missverständnisse, an die er sich erinnern konnte, keine quietschenden Bettpfosten, auf die er sich konzentriert hätte, kein sinnloses Rumgeturne oder Gerede, mit dem man dem anderen weismachte, wie geil man war, nichts, was man jetzt bereuen müsste, es war schön, erlösend und selbstverständlich gewesen. Er schloss die Augen, saugte den Duft aus dem Betttuch und kroch langsam zurück in die Welt. Aber dann donnerte eine S-Bahn an seiner Hofmauer vorbei, und die Nacht war endgültig vorüber.

Er öffnete die Augen, robbte sich an den Rand des Hochbettes und sah auf die Uhr an seiner Stereoanlage. Es war 8 Uhr 09, er war jetzt schon neun Minuten zu spät. Er stellte sich vor, wie

Ulrike am Fenster ihres Hauses stand und wartete, und das trieb ihn aus dem Bett. Er duschte, trank einen Kaffee, rauchte zwei Zigaretten, machte noch schnell ein Foto von seinem zerwühlten Bett, weil es aussah, als lächelte es, und nahm zwei Fluctine, eine für gestern Abend und eine für heute Morgen. Dann lief er zum Fabrikhof am Königstor, wo er kurz nach halb zehn eintraf. Ulrikes Fenster war verlassen.

»Ich war noch in der Gethsemanekirche«, sagte Andreas Hermann, als er ins Zimmer kam.

»Gethsemane, klar«, sagte Kosch sanft, obwohl der Raum wirkte, als habe er nur auf ihn gewartet. Anthony, Ramón, Danuschka, Liliane Müller, Leonid, Regina und Cathrin Huschke waren da, auch Vincent und Vanessa, die das Plakat für das neue Programm gestalten sollten. Außerdem saß eine junge Frau in der Ecke unterm Fenster, die er noch nie gesehen hatte, ihre Augenbrauen und Ohren waren mit kleinen silbernen Bolzen zugepierct. Er nickte ihr zu, aber sie starrte ihn wütend an und sah dann wieder zu Kosch, der ein Blatt Papier in den Händen hielt.

»Wie findet ihr das?«, fragte Kosch und schaute verträumt von dem Blatt Papier auf.

»Ich bin Polizist geworden, weil mein Vater Polizist war und auch mein Großvater«, sagte Kosch, mit verstellter, tiefer Stimme. »Ich komme aus einer Polizistenfamilie. Jede Gesellschaft braucht Polizisten, um Recht und Ordnung herzustellen. Es hieß ja immer: ›Die Polizei, dein Freund und Helfer‹, und manche haben sich darüber lustig gemacht, aber ich hab das wirklich so gesehen. Kennen Sie die Fernsehserie ›Der Leutnant vom Schwanenkiez‹? Nein? Na ja, auch egal, so jedenfalls hab ich mich gesehen: Freund und Helfer. Das war meine Aufgabe. Aber dann im Oktober, eigentlich ging es schon früher los, aber im Oktober war dann der Höhepunkt, da habe ich mich manchmal wirklich gefragt, wem ich eigentlich helfe, und auch, wo eigentlich meine Freunde sind. Verstehen Sie: Es waren plötzlich kaum noch Freunde da. Die Leute da draußen in unserem Abschnitt waren plötzlich alles Feinde. Und so weiter und so weiter«, sagte Kosch, legte das Blatt auf den Tisch zurück und sah sie an.

»So würde ich anfangen.«

Vanessa zuckte mit den Schultern. Vincent grinste. Das neue Mädchen starrte. Und Cathrin Huschke nickte mit geschlossenen Augen. Die anderen warteten, dass sich irgendeine Richtung abzeichnete. Sie hatten keine Ahnung, worum es ging, sie hatten eine weite Reise zurückgelegt bis zu dem verrumpelten Probenzimmer der Arbeitsbeschaffungsagentur »contact« am Königstor. Andreas Hermann dachte, dass es sich anhörte, als stamme es aus einem Drehbuch für den großen Mauerfallfilm mit Veronica Ferres und Heino Ferch, aber er sah keinen Grund, sich einzumischen. Seine Wut war verraucht. Er dachte an Ulrikes winzigen Slip, den er für einen Moment in der Hand gehalten hatte, leicht und seidig wie ein Brillenputztuch. Wahrscheinlich hatte sie den ganzen Abend lang den Plan gehabt, sich auszuziehen, schon bevor sie den ersten Schnaps kippte, schon als sie Cathrin Huschke ihre Telefonnummer gab, dachte er, oder sie trug immer solche winzigen Slips. Das allerdings erschien ihm unwahrscheinlich, auch wenn er nicht hätte sagen können, welche Art von Slip besser zu einer Frau wie Ulrike gepasst hätte.

»Ich frag' mich, wo sein Großvater Polizist gewesen ist«, sagte die junge Frau mit den Silberschrauben im Gesicht. »Unter welchem System.«

»Ja«, sagte Kosch und schaute verunsichert auf sein weißes Blatt.

»Was hat denn der Großvater damit zu tun?«, fragte Vanessa.

»Die deutsche Geschichte fängt nicht erst 1989 an, Mäuschen«, sagte die wütende junge Frau.
»Meinst du die Schlacht im Teutoburger Wald oder was?«, sagte Vanessa, die jetzt, kurz vor Kiel, noch mal zu großer Form auflief. Andreas Hermann dachte an ihr kleines, blasses Gesicht im Spiegel der Damentoilette des Planetariums. Sie war noch ein Kind wie das wütende Mädchen, mit dem sie sich über eine Zeit stritt, die sie beide nicht erlebt hatten. Er spürte, wie sich die Dinge von Männern wie ihm und Kosch lösten, und vielleicht war das ganz gut so. Unter normalen Umständen hätte er die Frau gefragt, wer sie eigentlich war, aber im Moment schien es ihm unnötig. Er brauchte ihren Namen nicht mehr, dachte er.
»Sie haben schon recht, Melanie«, sagte Kosch, der blitzschnell von seiner Polizisten- in seine Regierolle gewechselt war. »Aber vielleicht sollten wir unser Programm nicht überfrachten und unser Thema im Auge behalten.«
»Thema und Absicht«, murmelte Andreas Hermann, ohne es zu wollen, es rutschte ihm so raus. Die anderen sahen ihn nur kurz an, und er hatte auch keine Lust, ihnen von seinem Unterricht in journalistischer Methodik zu erzählen, wo es ständig darum gegangen war, Wirklichkeitsausschnitte zu finden, die für irgendwelche gesellschaftlichen Prozesse standen. Was siehst du, und wofür steht es? Das war ihm jetzt alles viel zu kompliziert, und genau genommen war es ihm immer zu kompliziert gewesen. Manchmal war es besser, die Dinge so zu belassen, wie sie waren, und sie nicht immer gleich einzuordnen, dachte er und schaltete seinen Computer an.
Er hatte zwei neue Nachrichten. Eine kam von Sina. Kein Text, nur ein Anhang, das Nachtsichtkamerabild von ihm, Ulrike und dem alten Amerikaner auf der Dunckerstraße. Aus dem aquariumgrünen Schimmer leuchteten Ulrikes steife Bluse

und der weiße Bart des Videokünstlers. Ulrike schien die größte von ihnen zu sein, sie hockten zu ihren Füßen wie zwei Zwerge. Wahrscheinlich hatte er auf einer Fensterbank gesessen, dachte er, aber das half ihm jetzt nicht viel. Die Angst, dass die Frau eine Nummer zu groß für ihn war, fuhr ihm in die Brust wie ein Messer. Er starrte auf das Bild, mit letzter Kraft klickte er die zweite Mail an. Sie war von Ulrike.

»Um halb zwei im Park? Café Schönbrunn? Kuss Ulrike«, stand da.

Es nahm ihm allen Druck von den Schultern. Er richtete sich in seinem Bürostuhl auf und sagte: »Ich finde, das ist ein sehr guter Anfang, Volker.«

Sie war noch nicht da, als er das Café Schönbrunn im Volkspark Friedrichshain betrat, von dem er bisher nicht gewusst hatte, dass es existierte. Es war ein eleganter Glasbungalow mit flacher Decke, an der runde Lampenschirme klebten, die seine Mutter vor dreißig Jahren Messemodelle genannt hätte, wie alles, was ihr irgendwie zu ausgefallen schien für Neustrelitz. Drinnen war es leer, im Garten des Restaurants saßen unrasierte Männer mit schillernden Pilotenbrillen, die ihn an Schmeißfliegen erinnerten, und ein paar Frauen, die ihren Kindern dabei zusahen, wie sie über die Wiese rannten. Eine von ihnen war, wenn er sich nicht täuschte, die Schauspielerin Heike Makatsch, sie trug eine riesige Sonnenbrille und wirkte krank. Er lungerte einen Moment an der Eingangstür herum, dann sah er Ulrike, die mit großen Schritten auf ihn zulief. Sie trug ein weißes Sommerkleid mit bunten Punkten, eine Jeansjacke und hatte die Haare zu einem Pferdeschwanz gebunden. Auch sie hatte eine Sonnenbrille im Gesicht, aber sie sah wirklich aus wie ein Filmstar,

dachte er, was natürlich daran liegen konnte, dass er in sie verliebt war und nicht in Heike Makatsch.
Ulrike gab ihm die rechte Hand und berührte mit der linken leicht seinen Unterarm, küsste ihn aber nicht, was er angenehm fand, angemessen irgendwie.
»Wollen wir ein bisschen spazieren gehen?«, fragte sie.
Er nickte, auch wenn er ganz gern vorher noch einen Kaffee getrunken hätte. Andererseits wäre es natürlich seltsam gewesen, zwischen den Scheißhausfliegen und den Frauen zu sitzen wie ein Ehepaar. Sicher saß sie hier manchmal, sah ihrer Tochter beim Spielen zu, redete mit den anderen Müttern.
Sie liefen einen Kieselsteinweg zwischen Wiesen entlang, es gab einen kleinen See mit Springbrunnen, und ihm fiel auf, dass er noch nie durch den Friedrichshain gelaufen war, obwohl er jetzt schon seit acht Jahren in Berlin wohnte. Es hatte sich nie die Gelegenheit ergeben. Er war zwei- oder dreimal im Mauerpark gewesen, der war näher an seiner Wohnung, und da passte er auch irgendwie besser rein. Der Weg wurde steiler, schattiger und schmaler, links und rechts standen struppige Büsche und Bäume, und kurz nach einer Kurve griff Ulrike sich seine Hand, zog ihn an sich und küsste ihn so süchtig, als habe sie die ganze Zeit darauf gewartet.
Den Rest des Weges, der bis hoch auf den Berg führte, ließ sie seine Hand nicht mehr los, sie zog ihn geradezu hinter sich her. Er war ziemlich außer Atem, als sie oben auf einem kleinen Rondell standen, von dem aus man über die Stadt schauen konnte. Man sah den Fernsehturm, das Hotel am Alexanderplatz, die Gipfel des Hochhausgebirges am Platz der Vereinten Nationen und das Neubaumeer im Nordosten, eine Ostberliner Skyline, scheinbar unberührt von den Ereignissen der letzten zwanzig Jahre.
»Mont Klamott. Auf'm Dach von Berlin«, sagte er. Es rutschte

ihm raus, wie ihm vorhin in der Agentur »Thema und Absicht« rausgerutscht war. Die Gene wahrscheinlich. Sein Vater rief manchmal ansatzlos Sachen wie »Freiheit oder Sozialismus« oder auch »Es gibt kein Bier auf Hawaii« in das Schweigen an ihrem Esstisch in Neustrelitz. Ulrike fragte glücklicherweise nicht, was er gemeint hatte, und so musste er nicht zu umständlichen, deprimierenden Erklärungen ausholen, in denen eine Band vorkam, die Silly hieß und deren Sängerin vor über zehn Jahren gestorben war. Er holte einfach sein Zigaretten-Etui heraus, auch wenn er in ihrer Gegenwart nicht so gern rauchte, aber dies war nun wirklich der perfekte Platz für eine Zigarette.

»Ach was, ich rauch jetzt eine mit«, sagte sie.

Sie inhalierte den Rauch, als habe sie ihr Leben nichts anderes gemacht. Andreas Hermann konnte sich nicht erinnern, wann er in den letzten acht Jahren so zufrieden gewesen war.

»Florian bleibt für zwei Wochen in Bulgarien«, sagte sie.

»Florian?«

»Mein Mann.«

Florian Beerenstein. Auch das noch, dachte er. Florian Beerenstein klang wie der Name eines unbezwingbaren Ritters. Wahrscheinlich gab es da sogar noch ein »von« zwischen Florian und Beerenstein, das sie ihm verschwiegen hatte, um ihn nicht völlig zu entmutigen. Er wollte sich nicht mit ihm duellieren, aber er würde an ihm gemessen werden, ein flaues Prüfungsgefühl breitete sich in seinem Magen aus.

»Wir haben zwei Wochen«, sagte sie, warf ihre Zigarette halb aufgeraucht auf den Boden und trat sie so entschieden aus, wie man eine Kakerlake zertritt.

»Freust du dich nicht?«, sagte sie.

»Doch, natürlich«, sagte Andreas Hermann »Und deine Tochter?«

»Luise«, sagte sie.
»Und Luise?«, fragte er.
Sie lachte.
»Luise fährt morgen früh mit Judy nach München zu meiner Mutter. Sie bleiben für zehn Tage. Judy ist unser Au-pair.«
Er schnippte seine Kippe auf den Schotter, mit dem das Rondell bedeckt war, und dachte darüber nach, welche Namen er Judy, Florian und Luise entgegenhalten konnte. Er hatte einen unehelichen Sohn, den er vor neunzehn Jahren mit einer Krankenschwester aus Altentreptow in einem Strandkorb auf Usedom gezeugt hatte. Der hieß Norman und fuhr jetzt vielleicht einen Mähdrescher. Er hatte ihn nie gesehen und musste seit sieben Jahren auch nicht mehr für ihn zahlen, weil er selbst nichts hatte. Sein eigener Vater hieß Werner, seine Mutter Ingeborg, seine Kollegen hießen Vanessa, Bernd, Cathrin Huschke und Kowalski. Er selbst hieß Andreas. Bernhard nannte ihn Andy, um ihn für seine Kollegen erklärbar zu machen. Das passte doch alles nicht zusammen.
Ulrike nahm seinen Kopf in ihre Hände, er roch die Zigarette in ihrem Atem.
»Hey«, sagte sie. »Ich will dich nicht gleich heiraten, ich will dich nur ein bisschen besser kennenlernen.«
»Aber später heiraten wir dann, oder?«, sagte er.
Sie lachte. Er sah auf seine Uhr.
»Meine Mittagspause ist in zehn Minuten vorbei. Was willst du denn als Erstes wissen?«
Sie legte ihre Hand auf seine Uhr.
»Bist du aus Berlin?«, fragte sie.
»Aus Neustrelitz.«
»Neustrelitz.«
»Das ist eine Kleinstadt im Norden, wirklich klein. Musst du

dir nicht merken. Es gibt ein Theater und einen Knast. Mein Vater hat im Knast gearbeitet. Leider.«
Sie nahm seine Hand und zog ihn langsam zum Weg zurück.
»Als Kind war es gar nicht so schlecht, es gibt ein paar schöne Seen in der Nähe«, sagte er. »Man merkt ja dann erst später, wie klein alles ist, wie eng. Ich hab da in den 90er Jahren ein Stadtmagazin gegründet. Es hieß ›Litz‹ und schaffte es knapp anderthalb Jahre. Es war einfach zu wenig los in Neustrelitz. Am Ende hatten wir nicht mal mehr ein Kino. Da stand ich natürlich blöd da mit meinen Filmkritiken.«
Er erzählte ihr, wie er sich auf Bernhards Empfehlung hin bei Eurosport in London beworben hatte, die allerdings fanden, dass er klang wie ein Begräbnisredner. Er erzählte von den Restaurantführern für Leipzig, Hamburg und Dresden, mit denen er sich mal ein Jahr über Wasser gehalten hatte, der Zeit beim Videomagazin »wesertech« in Bremen, den Fernsehkritiken, die er für ein paar Bezirkszeitungen geschrieben hatte, wo ehemalige Kommilitonen in den Kulturredaktionen saßen. Es klang so, als habe sich sein Berufsleben nach und nach aufgelöst, dachte er, während sie langsam den Berg hinabstiegen. Aber als sie unten waren, sagte Ulrike: »Du hast so viel erlebt«, und er widersprach nicht.
Sie drückte seine Hand, er spürte den dicken goldenen Ring. Er stand noch einen Moment neben einem vergitterten Fußballplatz und sah ihr zu, wie sie den Park mit schnellen Schritten verließ, so als habe sie ein Ziel. Hinter den Gittern spielten zwei Männer in seinem Alter mit zwei winzigen Jungen Fußball. Die Männer hatten breite Koteletten und Kaffeebecher in der Hand, die Pappstulpen trugen, damit man sich nicht die Finger verbrannte. Die Männer redeten miteinander und tippten gelegentlich den Ball ganz leicht in Richtung ihrer jaulenden Kinder.

Das Wochenende verbrachten sie im weißen Haus.
Ulrike hatte alle dunkelroten Rollos heruntergelassen, was das Haus am Tage in eine purpurfarbene Höhle verwandelte. Als das letzte Rollo eingerastet war, führte sie ihn in ihr Arbeitszimmer und zog sich aus. Sie faltete ihre Bluse und die Jeans und legte sie auf den kleinen Sekretär. Er zog sich die Schuhe aus, die Socken, dann die Hosen und schließlich sein T-Shirt. Er trug eine der schwarzen Calvin-Klein-Boxershorts, die ihm Bernhard vor ein paar Jahren aus New York mitgebracht hatte, zwei Dreierpacks, einer schwarz, einer mit verschiedenen Motiven, Größe L, eine Nummer zu klein für Bernhard, eine zu groß für ihn. Er hatte einen verknüllten Kleiderhaufen hinterlassen, sie ein ordentliches Päckchen. Sie standen sich in dem roten Licht ihres Arbeitszimmers wie zwei Kämpfer gegenüber, die schon ein paar Schlachten hinter sich hatten. Seine Beine sahen dünn und bleich aus, ihr Körper hatte nicht mehr die fließenden Formen einer jungen Frau, war aber fest, als würde sie ihn trainieren. Auch ihre Unterwäsche sah aus, als sei sie für eine Sportlerin entwickelt worden, kein Brillenputztuchslip mehr, sondern ein Schlüpfer, wie er unter den Röckchen von Tennisspielerinnen aufblitzte. Er konnte sich vorstellen, wie sie durch den Park joggte, er sah sie regelrecht vor sich herrennen, mit den Bewegungen einer Frau, die ihr Pensum abarbeitete.
Sie berührte ihn an der Schulter, küsste ihn auf den Hals, ganz leicht nur, aber es genügte, um seine Grübeleien abzuschalten. Er roch ihre Haare und spürte den sportlichen Büstenhalter an seiner Brust. Sie zog ihn auf die schmale, flache Ledercouch unter einem farbenfrohen Gemälde, das aussah wie eine geometrische Anordnung und sicher von dem verunglückten ostdeutschen Maler stammte. Diller. Es war eng, warm, das rote Licht bedeckte sie wie ein dünnes Laken, und wenn er die Au-

gen schloss, genoss er die glühenden Farben unter seinen Lidern. Er fühlte sich wie in dem Zweimannzelt auf dem Campingplatz in Mecklenburg, wo er zum allerersten Mal mit einem Mädchen geschlafen hatte. Er war sechzehn Jahre alt gewesen damals, das Zelt hieß Fichtelberg, das Mädchen Andrea. Fichtelberg lag in einem gelben Leinensack auf dem Dachboden seiner Eltern, was aus Andrea geworden war, wusste er nicht. Ihre Achseln waren nicht rasiert gewesen wie die von Ulrike, das war ein Unterschied.

Am Abend saßen sie an dem Tisch im Erdgeschoss, aßen in Öl eingelegtes Gemüse, Weißbrot und tranken Wein. Er redete von Neustrelitz, Ulrike von einem Mädcheninternat im Schwarzwald. Sie trug ein weißes Herrenoberhemd, das sicher ihrem Mann gehörte. Er fragte nicht, er griff durch den Stoff nach ihren Brüsten, bis auch das Hemd sie nicht mehr von ihm trennte.

In der ersten Nacht zog sich Ulrike in ihr Schlafzimmer im dritten Stock zurück, das Elternschlafzimmer, wie es in den Prenzlauer-Berg-Immobilienanzeigen hieß, die er stundenlang mit Vincent studierte, um die weißen Flecken seines Stadtbezirks nicht zu groß werden zu lassen. Er kannte sich mit Raumhöhen, Fußbodenheizungen, Terrassengrößen und Direktlifts aus, theoretisch. Sie drückte ihm einen kleinen Packen hellblauer Bettwäsche für die Couch in ihrem Arbeitszimmer in die Hand. Obenauf lagen zwei beigefarbene Frotteehandtücher, ein größeres und ein kleines. Er legte den Wäschestapel auf die Couch und setzte sich in den alten Ledersessel in der Ecke des Zimmers, über den sich eine schmale Leselampe beugte. Er knipste die Lampe an und wartete, bis es vollkommen still war, dann strich er durch das Haus und stellte sich vor, hier zu leben.

Es war schwer, irgendeinen Anhaltspunkt in dieser gespenstischen, gut aussehenden Ordnung zu finden. Anders als in seinem Leben, hatte hier alles seinen Platz. Er fuhr mit dem Finger die endlosen Reihen der alphabetisch geordneten DVDs ab, die im Arbeitszimmer von Ulrikes Mann in flachen weißen Regalen standen. Auf dem großen Schreibtisch des Mannes gab es neben dem Flatscreenmonitor und der Tastatur des Applecomputers nur eine einzige Mappe mit einem Drehbuch für einen Spielfilm. Sie lag genau da, wo sie hingehörte. Er wog das Drehbuch in der Hand. Auf dem Deckblatt stand: »Die Seele des Wassers«.

Im Treppenhaus hingen schwarzweiße, gerahmte Bilder der Familie, die aussahen, als seien sie für irgendeine Magazin-Titelgeschichte zum Thema Glück fotografiert worden. Haare und Hemden wehten dekorativ im Wind, Zähne blitzen aus sonnenverbrannten Gesichtern, selbst das Kind, Luise, lachte immer. Der Mann, Andreas Hermann versuchte nicht an seinen Namen zu denken, war groß, schlank, hatte dunkle, kurzgeschnittene Haare und kräftige, dicht behaarte Unterarme. Er beugte sich ganz dicht an ein Porträt, das zwischen dem ersten und zweiten Stockwerk an der Wand hing, um irgendeine Unstimmigkeit in diesem Gesicht zu finden, die Ulrike in seine Arme getrieben haben könnte. In der Dunkelheit des Treppenhauses schien es, als sei einer der weißen, kräftigen Frontzähne überkront, der Einser, vielleicht ein Reitunfall, dachte Andreas Hermann, aber ansonsten sah der Mann perfekt aus. Vielleicht war es das, was sie nicht mehr ertragen konnte. Er befühlte kniend den glatten, kühlen Betonfußboden in der Küche und die milchigweißen, langen Dielen in Ulrikes Zimmer, er zog die Küchenschubladen auf und betrachtete schlichte weiße Teller und Tassen für verschiedene Anlässe, die hauchdünn wirkten, federleicht, und das Besteck, das schwer und schnörkellos in den vorgesehenen Fächern lag, keine Gabel, die ins Löffelfach gerutscht wäre. Er suchte nach den Mitropa-Tassen, fand sie aber nicht, vielleicht hatte sie sie inzwischen aussortiert, weil sie nicht stimmten. Er dachte kurz an seine historische Rolle, an den seltsamen, verbissenen Kampf mit Kosch um die Deutungshoheit der ostdeutschen Geschichte. Dann sah er den Küchenschubladen zu, wie sie sich lautlos und selbständig zurückzogen, nachdem er ihnen einen kleinen Schubser gegeben hatte. Immer wieder tat er das.

In das Zimmer des Au-pair-Mädchens, Judy, wagte er sich nicht, und auch das Kinderzimmer betrachtete er nur durch die halbgeöffnete Tür. Es sah aufgeräumt aus, auf dem weißen Holzbett lag, glattgezurrt, eine dicke Patchworkdecke und auf dem Nachttisch ein großes, gelbes Langenscheidtbilderbuch mit dem Titel »My First Dictionary«.

Im Badezimmer auf seiner Etage stand eine trogförmige weiße Badewanne auf dem grauen Beton, hinter der ein verchromtes Rohr aus dem Boden wuchs, Wasserhähne sah er keine. An der Wand, die roh verputzt war, hing ein rechteckiges, langes Waschbecken unter einem riesigen Spiegel. Das Gesicht in diesem Spiegel passte nicht in dieses Badezimmer, nicht in dieses Haus, nicht in diese Welt. Er strich sich über seine Bartstoppeln, die am Kinn bereits grau wurden, drückte auf den geschwollenen, dunklen Stellen unter seinen Augen herum, fuhr sich durch die Haare, die noch voll waren, aber stumpf wirkten. Er sah aus wie ein alt gewordener Indianer, der in ein fremdes Reservat gesperrt worden war. Einen Moment fühlte er ein starkes, beinahe panisches Verlangen, das perfekte fremde Haus zu verlassen und in seine Wohnung zurückzukehren, in die Wildnis, sozusagen, aber dann nahm er die Kinderzahnpasta, die neben einem kleinen hellblauen Becher und einer Mickymaus-Zahnputzmaschine lag, drückte sich eine kleine rosa Wurst auf den Zeigefinger und putzte sich damit die Zähne. Die Zahnpasta schmeckte nach Kaugummi.

Im dunkelroten Morgenlicht kroch Ulrike unter den hellblauen Bettbezug, mit dem er sich zugedeckt hatte. Sie war warm und weich von der Nacht, aber ihr Mund schmeckte bereits nach Pfefferminz. Er dachte daran, noch schnell mit der Kinderzahncreme zu gurgeln, aber dann verlor sich sein schaler Geschmack in ihren Küssen. Als sie mit geschlossenen Augen auf ihm ritt, entdeckte er eine schmale Narbe über ihren Schamhaaren, die im roten Morgenlicht hell aussahen, blond.

Vorm Frühstück schlüpfte sie in ihrem Herrenoberhemd nach draußen, holte die Post, schlüpfte zurück und schloss die Tür schnell hinter sich wie eine Einbrecherin in ihrem eigenen Haus. Andreas Hermann fühlte sich einen Moment lang versteckt gehalten in dieser roten Höhle, eingesperrt, ohne jeden Spielraum. Er hätte jetzt gern eine Zigarette geraucht, aber auch das ging nicht in dieser Welt. Ulrike legte zwei Zeitungen auf den Tisch, die Süddeutsche und die Berliner, sie küsste ihn auf die Stirn wie ein Kind und ging in die Küche, um die Espressomaschine zu laden. Auf dem Titelbild der Süddeutschen Zeitung sah man zwei dünne schwarze Kinder in einer ausgedörrten, bleichen Landschaft, auf dem der Berliner Zeitung den Bürgermeister Wowereit, breit grinsend, mit einer Blütenkette um den Hals.

»Wie ist das Wetter?«, fragte er.

»Was?«, fragte sie.

»Das Wetter.«

»Zu kalt, um im Garten zu frühstücken«, sagte sie. »Oder auf der Dachterrasse.«
»Dachterrasse«, sagte er und las den Anfang des Streiflichtes, dessen Autor darüber nachdachte, wie sein Großvater es hinbekommen hatte, einen Laib Brot vor seiner Brust in immergleiche Scheiben zu schneiden.
»Ja, man sieht die St.-Bartholomäus-Kirche und den Fernsehturm«, sagte sie.
»Das wär's natürlich gewesen«, sagte er.
»Tut mir leid«, sagte Ulrike. »Wir wohnen hier halt ziemlich dicht zusammen, es ist ein bisschen wie auf dem Dorf. Das hat Vorteile und Nachteile.«
»Welche Nachteile?«, fragte er, obwohl ihn eher die Vorteile interessiert hätten.
»Ich hätte keine richtige Erklärung für dich.«
»Ich auch nicht«, sagte er und spürte, wie er verkrampfte. Er dachte an sein Bild in dem großen Spiegel des Kinderbads, an Florian Beerensteins dicht behaarte Unterarme, er versuchte, sich auf das Streiflicht zu konzentrieren, aber da ging es jetzt um Windenergie, und er hatte den Zusammenhang zum brotschneidenden Großvater verpasst. Er starrte auf die Zeitung, als sei er mit der Frau am Tisch seit zwanzig Jahren verheiratet. So läuft das also, dachte er grimmig, beinahe zufrieden, dass es nichts wurde mit ihnen.
»Ich hab keine großen Erfahrungen, weißt du. Mit Fremdgehen. Es ist nicht so, dass ich hier immer mal einen Mann mitnehme«, sagte Ulrike.
»Für mich ist das ja auch ziemlich ungewohnt«, sagte er. Er war jetzt fast gut gelaunt, als jagten sich die Phasen, von denen Dr. Brock ihm erzählt hatte, wie junge Hunde. »Bipolare affektive Störungen«. So hieß das Heft, das sein Arzt ihm zum Lesen mitgegeben hatte. Auf dem Umschlag ein

Mensch mit einer lachenden und einer verzweifelten Gesichtshälfte. Grünweiß wie die Kapseln. Die Hoffnung und der Nebel. »Ich glaube, ich hatte noch nie eine Freundin mit Haus. Und definitiv keine mit einem englischen Au-pair-Mädchen.«

»Irisch«, sagte sie.

»Ach irisch«, sagte er.

Sie lächelte, er nickte und dann fragte sie: »Hast du denn nie mit einer Frau zusammengelebt?«

»Ich hab's mal probiert, ein Jahr lang, aber es war eigentlich schon vorbei, als ich eingezogen bin«, sagte er.

»Und warum bist du dann überhaupt eingezogen?«

»Keine Ahnung, ich hatte schon einen Nachmieter für meine Wohnung. Ich hatte schon Schwung geholt, weißt du. Und irgendwie hofft man ja dann doch, dass es besser wird.«

Sie nickte, als wüsste sie genau, was er meinte, aber er hatte keine Lust, sie zu irgendwelchen Geständnissen zu drängen, hier, in ihrem Haus mit den glücklichen Bildern im Flur und allem. Er dachte kurz an die Frühstücksbrettchen von Paula, die sie ihm als ironisch verkaufen wollte. Frühstücksbrettchen in Schweine- und Entenform, die sie im Werkunterricht gebastelt hatte. Er hatte die verdammten Bretter gehasst, aber am Ende hatte er sie vermisst. Jeden Morgen dachte er an sie, an Frühstücksbrettchen in Schweineform. Er sah wieder auf die Zeitungsseite vor ihm auf dem Tisch.

»Lustig?«, fragte sie.

»Ich weiß noch nicht genau«, sagte er.

»Schreibst du eigentlich noch?«

»Kaum. Es war immer so, dass ich einen Auftrag brauchte, um zu schreiben. Von außen. Ich hab keine innere Stimme, die mich drängt, irgendwas aufzuschreiben. Manchmal schreib ich ein Gedicht, wenn jemand Geburtstag hat. Aber ansonsten fotografiere ich lieber. Ich hätte Fotograf werden sollen. Oder Erfinder.«

»Erfinder?«

»Na ja. Ich hab ein paar Sachen erfunden. Leider waren es bisher immer Sachen, die niemand braucht«, sagte er.

»Was denn?«

»Ich hab mal ein Daumenkino für den FC Bayern München entwickelt und eine Werbestrategie für Flensburger Bier. Und zur Weltmeisterschaft vor drei Jahren hab ich mir die Kampagne für die ARD ausgedacht.«

»Wow!«

»Ja, aber sie haben sie nicht genommen.«

»Aber das sind doch Riesenaufträge.«

»Ehrlich gesagt, waren es nicht direkt Aufträge. Ich hab's einfach gemacht, hingeschickt, und sie haben sich nicht gemeldet.«

»Oh«, sagte sie.

»Ich weiß, es klingt wahnsinnig, aber ich hab manchmal diese Ideen. Ich hab viel Zeit, und dann mach ich es.«

»Es klingt nicht wahnsinnig, es klingt ungewöhnlich«, sagte sie, und obwohl sich das anhörte wie aus einem Ablehnungsschreiben, hatte er das Gefühl, dass sie seine Erfindungen ernst nahm.

Sie sah ihn mit schiefgelegtem Kopf zu, so als sei er eine neue Vase, von der sie noch nicht genau wusste, wohin sie passt. Er erzählte ihr von den Gesichtern, die er sich für die Schnappverschlüsse der Flensburger Bierflaschen ausgedacht hatte, von dem Frühstückstablett, das man in Dominosteine zerlegen konnte, und auch von den Dingen, die er fotografierte, Dinge, die er im Gestrüpp seines Alltags entdeckte, lachende und weinende Bauplanen, ärgerliche Gerüste, lächelnde Bettdecken und Turmspringer im Asphalt. Sie hörte aufmerksam

zu, es kam ihm vor, als hielte er einen Vortrag, und als er fertig war, küsste sie ihn wie vor ein paar Tagen, als sie ihn mit 10 : 0 am Kickertisch geschlagen hatte. Wie einen Sieger.
Sie hatte offenbar einen Platz für die Vase gefunden.
Sie tranken Kaffee und hörten den Geräuschen zu, die von draußen in ihre rote Höhle drangen. Kinder, die durch die schmale Straße zwischen den weißen Häusern rannten, Vogelgezwitscher, manchmal ein Auto, dessen Motor klang, als müsse er sich zusammenreißen, nicht aufzubrüllen. Ab und zu rumpelte der 200er-Bus in der Ferne, die Maschinen auf dem Fabrikhof schwiegen, und so waren es Geräusche einer Vorortsiedlung. Sie erinnerten ihn an heiße Sonntagmittage seiner Kindheit. Man konnte hier bestimmt sehr allein sein, dachte er. Man musste rausgehen mit seinem Kind und dem Mann, den Nachbarn etwas über die Gartenmauer zurufen, ein Gruß von einer Dachterrasse zur anderen, eine Fachsimpelei vor den Garagen. Alles das war heute nicht möglich, nicht mit ihm. Das Haus mit den heruntergelassenen Rollos wirkte in dieser kleinen weißen Welt sicher wie eine Bedrohung, es könnte spuken, es könnte zum Verkauf stehen, es war nicht wie die anderen. Er war nicht wie sie.
»Und was sind die Vorteile?«, fragte er.
»Welche Vorteile?«
»Du hast vorhin gesagt, man lebt hier wie auf dem Dorf. Das hat Nachteile und Vorteile.«
»Auf dem Hinterhof gibt es eine kleine Fabrik«, sagte sie und lachte.
Er nickte und dachte kurz an die Agentur.
»Lass uns ein bisschen im Tagebuch des Professors lesen, ja?«, sagte Ulrike, sprang vom Tisch auf und lief die Treppen zu ihrem Arbeitszimmer nach oben. Er sah ihren Slip unter dem Oberhemd aufblitzen, direkt vor seinen Augen. Er hatte das

Bedürfnis, ihr von hinten in den Schritt zu greifen, hier vor den Familienfotos, aber er ahnte, dass er damit zu weit gehen würde und ließ es bleiben. Sie holte das schwarze Heft aus der obersten Schublade ihres Schreibtischs und drückte es ihm in die Hand. Dann legte sie sich auf die Liege.

»Lies mir vor«, sagte sie.

Er setzte sich in den Sessel unter der Lampe, als sei er Ulrikes Psychoanalytiker, und schlug das Buch an der Stelle auf, wo ein Lesezeichen steckte. Es war eine Kinokarte für »Der Tintenfisch und der Wal« aus dem Sommer 2007. Damals hatte der Professor noch gelebt, dachte Andreas Hermann.

Er begann vorzulesen. Sie war bereits weiter als er, aber er schien nicht viel verpasst zu haben.

> 8. Juni. Heute beginnt die neuartige Chemotherapie. Die Mischung ist an der Duke University in North Carolina entwickelt worden. Die Hoffnung kommt aus Amerika, was in meinem Fall eine schöne Pointe ist. Ich habe ja ein Leben lang das Gegenteil behauptet. Ich habe ein wenig recherchiert und herausgefunden, dass die Universität mit dem Geld eines Tabakbarons gegründet wurde, und das passt dann doch wieder besser in mein Bild. Die Duke University ist so etwas wie das Harvard des Südens, hat mir Dr. Lübke erklärt, und ich hatte den Eindruck, er erwarte, dass ich stolz darauf sein müsste. Seltsamerweise fühlte ich mich wirklich ein wenig geschmeichelt, so als hätte ich ein Stipendium zugesprochen bekommen.
>
> Ich habe, wie gesagt, nicht viel Hoffnung, aber irgendetwas muss man ja tun, und die Fahrten zur Charité durch die Stadt tun mir gut. Ich verlasse das Haus in die Richtung, in die ich es vierzig Jahre lang verlassen habe. Meine Nachbarn – ich ahne nur, dass es diese Nachbarn gibt –

könnten annehmen, ich fahre wieder zur Universität. Und gewisserweise tue ich ja genau das, nur liegen meine Interessen nun nicht mehr auf juristischem, sondern auf medizinischem Gebiet. Ich laufe also wieder regelmäßig unter Freds Fenster entlang, aber ich schaue nicht einmal hoch, weil ich nicht weiß, welchen Gesichtsausdruck ich aufsetzen sollte, wenn ich ihn dort entdeckte. Betroffen natürlich, das würde gehen, betroffen über seinen Zustand, betroffen über meinen und betroffen darüber, dass wir uns jetzt, da wir uns eigentlich am meisten bräuchten, am wenigsten helfen können. Aber ich will nicht betroffen schauen.

Es ist ein schöner warmer Mai gewesen, und auch der Juni ist heiß und sonnig. Man sollte ja annehmen, dass mich das gute Wetter ärgert, weil es so gar nicht zu meiner Situation passt, aber das ist nicht der Fall. Ich trage den beigen, leichten Sommeranzug, den ich mir vor vielen Jahren in einem Exquisit-Laden in Leipzig gekauft habe, wenn ich mich auf den Weg mache. Ich habe früher gern kurze Hosen getragen, und ich habe auch Fred immer dazu ermuntert, seine knappen, speckigen Lederhosen anzulegen, aber irgendwann ließ das Bedürfnis nach, und ich bin nun, ehrlich gesagt, recht froh darüber. Die meisten nackten Männerbeine dort draußen erscheinen mir unnatürlich derb, zur Schau gestellt, so als wollten sie mir ins Gesicht schreien, dass jetzt Sommer ist. Sie erinnern mich an all die deutschen Fahnen.

Es ist Fußball-Europameisterschaft, und die Stadt beflaggt sich wieder wie schon bei der Weltmeisterschaft vor zwei Jahren. Auf dem kurzen Stück der Rietzestraße habe ich gestern sechs deutsche Fahnen gezählt. Ich bekomme immer noch einen Schreck, wenn ich die Fahnen sehe. Ich weiß nicht genau, ob es daran liegt, dass ich Angst vor den Leuten habe, die sie hissen, oder Angst um sie. Ich stelle mir vor, wie meine Nachbarn sie aus den Kellern holen, ausklopfen und dann aufstecken. Ironischerweise stecken einige der Fahnen in den Fahnenhaltern, in denen vor dreißig Jahren die DDR-Fahnen befestigt wurden. Fred hat damals in einer verzweifelten kleinen Protestaktion seinen Fahnenhalter mit einer Eisensäge entfernt. Wir haben uns gestritten, weil ich es für eine sinnlose, symbolische Aktion hielt, mit der man gar nichts erreichte, zumindest war das meine Argumentation gewesen. In Wahrheit fürchtete ich, Ärger an der Universität zu bekommen. Fred konnte wenig passieren, er war ja nur Kellner. Aber natürlich war er von Hause aus mutiger als ich.

»War das gefährlich?«, fragte Ulrike.
»Was? Die Fahnenstangen abzusägen?«
Sie nickte.
»Ich weiß nicht, ich hab's nie probiert. Wir hatten ein Einfamilienhaus. Da gab's keine Fahnenstangen.«
»Weil dein Vater sich geweigert hat.«
»Ich glaub nicht, dass man das so sagen kann. Es gab ja keine Fahnenstangenvorschriften für Eigenheimbauer oder so was. Wir hatten auch gar keine Fahne, soweit ich weiß.«
»Aber wieso hat Fred dann seine Fahnenstange abgesägt?«, fragte Ulrike, die ihn von der Liege ansah, den Kopf mit dem Arm gestützt.
»Keine Ahnung, vielleicht waren die Regeln in Berlin irgendwie anders, Hauptstadt der DDR und so weiter«, sagte er und wusste gleich, dass das Unsinn war. Er wurde ein bisschen sauer, auf sich, auf den Professor, aber auch auf Ulrike, die

Fred Fred nannte, als sei er ein alter Bekannter. Wie schon bei dem Bild des verunglückten Malers, schien es ihm, als würde sie sich Dinge aneignen, die ihr nicht gehörten. Es war die Unbeschwertheit, die ihn störte, dachte er. Sie war einfach neugierig, aber der Maler war gestorben und der Professor auch.
»Interessant«, sagte sie, und damit war seine Berlin-Bemerkung Geschichte geworden. Er konnte das tun jetzt, Mitropa-Geschirrr verschwinden lassen wie David Copperfield und Berliner Fahnenstangenverordnungen aus dem Hut zaubern. Er hatte keine Lust, das weiter auseinanderzunehmen, auch weil am Ende nichts übrig blieb außer einem vagen Gefühl. Ein schwuler Kellner, der Ende der 70er Jahre mit einer Eisensäge aus dem Fenster eines Altneubaus in der Rietzestraße hing, war für ihn einfach kein gefährliches Bild. Andererseits konnte er sich gut vorstellen, dass es für einen Juraprofessor an der Humboldt-Uni ziemlich unbequem war, in so einer Sache zu argumentieren. Man geriet immer gleich in riesige politische Zusammenhänge. Wer nicht für den Frieden war, war gegen ihn.
»Lass dir erst deine Zähne brechen, dann werden wir uns weiter sprechen«, sagte eine Kinderstimme in seinem Kopf. Eine kleine unsichere Stimme, die eine Fabel von Wilhelm Busch mit dem Nato-Doppelbeschluss verband. Seine Stimme. Es war zu kompliziert, er wollte einfache Dinge. Er klappte das Buch zu, wandte sich zu Ulrike auf der Couch und fuhr mit der Hand unter ihr Oberhemd. Sie nahm ihn seufzend auf wie einen Freund, auf den sie lange gewartet hatte.
»Wie stellst du ihn dir vor?«, fragte sie ihn später.
»Wen?«
»Den Professor.«
Es störte ihn, weil es klang, als habe sie die ganze Zeit an den Professor gedacht, als liege er jetzt zwischen ihnen.
»Von Maden zerfressen«, sagte er. »Er stinkt.«

»Wie sah er aus?«, rief sie.
»Glatzköpfig, dick, Brustbehaarung, grau und verfilzt«, sagte er.
»Nein«, sagte sie, an die Decke schauend. »Er war schlank und sehr groß. Wenn er unter den Türstürzen seiner Altneubauwohnung entlangging, zog er instinktiv den Kopf ein.«
»Aber er hatte doch Haarausfall.«
»Nur ein bisschen. Geheimratsecken. Er trug die Haare nach hinten gekämmt, silberne Haare, ein bisschen länger im Nacken. Kurze Koteletten, alte, gute Hemden, Leinen, Manschettenknöpfe, eng geschnittene Anzüge, so alt, dass sie schon wieder modern sind. Und einen Sommermantel, auch wenn es warm war, ein bisschen verknittert, beige.«
»Hut?«
»Eher nicht, nein, keinen Hut. Sehr alte, sehr gepflegte Schuhe, schuhspannergepflegt.«
»Das klingt eher nach München als nach Prenzlauer Berg.«
»Ach komm, da gibt's auch keine Unterschiede mehr«, sagte sie und fuhr ihm über den Rücken.
»Stimmt«, sagte er, weil es einfacher so war. Er dachte an die spermafarbenen, gelöcherten Schuhe mit angegossener Sohle, die der Professor wahrscheinlich getragen hatte. An die beigefarbenen Altmännerwesten mit aufgesetzten Taschen und die gelblichen Haare des Professors, die hinten dünn wurden und ihm vorn ins Gesicht fielen wie den Arbeiterschauspielern in den 50er-Jahre-Filmen der DEFA. Graue Socken und im Winter ein Kunstpelzschiffchen auf dem Kopf. Andreas Hermann hätte gern eine Zigarette geraucht.
»Und als er jünger war, sah er aus wie Maximilian Schell in ›Das Urteil von Nürnberg‹«, sagte er.
»Nein, wie Cary Grant«, sagte sie, immer noch verträumt an die Decke schauend.

»Er war schwul«, sagte er.
»Rock Hudson dann«, sagte sie. »Oder dieser schöne, große Engländer, wie heißt der?«
Sie zappelte vor Freude wie ein Mädchen über das Spiel, das sie spielten. Er dachte, dass sich Cary Grant nicht in die Rietzestraße verirrt hätte, Rock Hudson schon gar nicht. Und Ulrike würde dort sicher auch nie hinkommen. Es waren keine Häuser für sie, zu flache Decken, zu kleine Fenster, zu schlechte Raumschnitte, zu wenig Platz für Judy aus Irland. Die Höhere-Töchter-Albernheit war ihm fremd, er spürte, wie sie von ihm wegtrieb. Er küsste sie, drängend, er wollte die Bilder aus seinem Kopf vertreiben. Sie öffnete sich zögernd, als könne sie es nicht wahrhaben, dass sie jemanden so dauerhaft entflammen konnte. Sie erinnerte ihn dunkel an seine Russischlehrerin in Leipzig, die er als Student ein paar Monate lang besucht hatte, nach dem Unterricht, in ihrer Neubauwohnung in Grünau. Es war das gleiche ungläubige Seufzen.
»Nimmst du irgendwelche Tabletten?«, fragte sie. Sie schaute ihn an, das Weiße in ihren Augen rosa von den Jalousien.
»Es muss an dir liegen«, sagte er.
Er strich ihr das Oberhemd ihres Mannes von der Hüfte und sah auf den blonden Flaum auf der Innenseite ihrer Oberschenkel. Als sie sich ganz nah waren, fiel ihr der Name des großen, schönen Engländers ein und ihm der seiner Russischlehrerin. Rupert Everett und Marion Lüdeke.

Sie gewöhnten sich schnell aneinander, wenn man bedachte, wie hoch die Mauer war. Sonnabendnacht musste Ulrike sich regelrecht von ihm losreißen. Sie lief mit schweren Schritten hoch in ihr Schlafzimmer, fühlte sich dabei wie ein Mädchen, das nach dreiwöchigem Ferienlager die erste Nacht zu Hause schläft, fremd und voller Sehnsucht. Er erkundete das schlafende Haus weiter, dessen Wege, Schränke und Treppen ihm vertrauter wurden, auch wenn er sich immer weniger vorstellen wollte, hier zu leben. Am Sonntagmorgen fühlte sich ihr Körper fast an wie sein eigener, er roch sich nicht mehr, nur noch sie. Er hatte 24 Stunden lang nicht geraucht, und ihr teurer Duft war überall. Er wusste, dass sie Coco von Chanel und eine Spirale trug. Er wusste, dass sie 39 Jahre alt und eigentlich blond war.

»Du bist die einzige Blondine der Welt, die sich die Haare dunkel färbt«, sagte er.

»Nein«, sagte sie. »Winona Ryder tut es auch.«

»Winona Ryder?«

»Winona Ryder.«

»Winona Ryder klaut auch im Kaufhaus«, sagte er und lachte.

Sie blieb ernst, und er bedrängte sie nicht weiter, er hatte nur eine Ahnung.

Er wusste, dass Florian Beerenstein seiner Mutter ähnelte und nachts eine Aufbissschiene trug, weil er mit den Zähnen knirschte, zwei Dinge, die ihm gut gefielen und die sie ihm vielleicht gerade deshalb erzählt hatte. Er wusste, dass sich ihre Eltern getrennt hatten, als sie zehn Jahre alt war. Er wusste, dass sie mit dreizehn zum neuen Mann ihrer Mutter in einen Münchener Vorort gezogen war. Er wusste, dass sie nach ihrem Vater kam, der als Gerichtsreporter für die Süddeutsche Zeitung gearbeitet hatte, bevor er als Scriptdoctor zur Bavaria ging, wo er unglücklich geworden war. Sie sagte es nicht, aber es klang, als habe er damals angefangen zu trinken. Er achtete darauf, wo sich zwischen ihren Sätzen die wirklichen Geschichten versteckten. Er spürte, dass sich ihr Vater und ihr

Mann nicht mochten. Er spürte, dass ihre Mutter in dem Münchener Vorort so unglücklich war wie ihr Vater bei der Bavaria. Und er spürte, dass sie ihre Mutter besser verstand, seit sie selbst hier in dem weißen Haus wohnte. Er wusste jetzt, dass ihre Nachbarn nicht nur aus Süddeutschland kamen, obwohl er das nie gedacht hatte. Sie räumte mit Vorbehalten auf, die er gar nicht hatte. Es wohnten auch zwei Rockmusiker hier, sagte sie, die sich unter falschen Namen an den Klingelschildern mit ihren Familien zurückgezogen hatten, ein Wissenschaftsjournalist der ZEIT und ein paar Leute aus dem Filmgeschäft. Er wusste, dass sie die Namen aufsagte, um sich und ihm einzureden, nicht in eine langweilige, tote Reihenhaussiedlung gezogen zu sein. Er nickte anerkennend, obwohl er weder die Rockmusiker noch die Filmleute kannte, und schon gar nicht den Wissenschaftsjournalisten von der ZEIT.
In der Nacht zum Sonntag suchte er zwischen drei und vier Uhr in ihrem Kosmetikschrank nach dem Parfüm Coco von Chanel, weil er den Duft vergessen hatte, und fand zwischen den vielen Cremedosen und Tuben, die erstaunlich chaotisch in diesem ordentlichen Haushalt herumstanden, eine Packung Fluctin, die seiner aufs Haar glich. Er öffnete die Packung und fand fünf Folien, nur noch zu einem Drittel mit grün-weißen Kapseln gefüllt. Über dem nächsten besetzten Fach stand »Sonntag«. Sie hatte ihre Kapsel also bereits genommen. Er schloss den Kosmetikschrank vorsichtig und legte das Ohr an die Tür zu ihrem Schlafzimmer, bis er sich einbildete, ihren Atem zu spüren, im gleichen Rhythmus mit seinem eigenen.
Dann stieg er auf die Dachterrasse, um eine Zigarette zu rauchen. Er sah die Kirche und den Fernsehturm, aber nur wenige Lichter in den anderen weißen Häusern. Die meisten Nachbarn waren sicher in ihren Sommerhäusern in Brandenburg,

in wieder anderen Dörfern, dachte Andreas Hermann, und rauchte dann doch keine Zigarette, weil er noch bei Ulrike bleiben wollte. Er stand einfach nur da.

Am Sonntagmittag besuchten sie die letzte Vorstellung des »Traumfabrik«-Programms. Sie fand zum jährlichen Frühlingsfest der Projektagentur in der Berliner »contact«-Zentrale in Schöneberg statt. Ulrike hatte sich den Flyer aufgehoben, den ihr Danuschka damals in die Hand gedrückt hatte, was er im ersten Moment rührend, dann aber sofort beunruhigend fand. Er hatte versucht, ihr den Ausflug auszureden. Er fürchtete, dass es sie zu sehr an die Mauer erinnern würde, die zwischen ihnen stand, aber Ulrike war wild entschlossen. Sie rollten in einem schwarzen VW-Geländewagen mit riesigem runden Hintern an den anderen dunklen Wagenärschen vorbei aus der Siedlung, es roch nach Leder im Auto, es gab einen integrierten Kinderledersitz und es lief Radio 1, wo eine Frau mit einer Mickymaus-Stimme mit einem Mann mit einer Gebrauchtwagenhändlerstimme über Autos redete. Als die Werbung kam, schaltete Ulrike auf CD-Player um, dann sang Johnny Cash, der ganz bestimmt der Lieblingsmusiker ihres Ehemanns war, beziehungsweise der Musiker, den ihr Mann bei einer Umfrage als seinen Lieblingsmusiker angeben würde. Andreas Hermann fühlte sich in dem Wagen, wie er sich vor anderthalb Tagen im Kinderbad der Beerensteins gefühlt hatte, eingesperrt in ein fremdes Leben. Er sah auf das vorbeisummende, schläfrigwarme Sonntagnachmittagberlin und verfluchte Danuschka, den bescheuerten Flyer und die ganze sinnlose »Traumfabrik«, die wie das große Showfinale hinter ihrem zarten Kennenlernwochenende stehen würde. Johnny

Cash sang »Wichita Lineman«, gleich würde Anthony singen »Ich wollt', ich wär ein Huhn«, und Ulrike würde begreifen, dass alles ein großer Irrtum war. Glücklicherweise musste er diesmal nicht mitspielen, dachte Andreas Hermann, denn Kurt hatte seine Dreharbeiten in Leipzig beendet und war wieder Bel Ami, der Liebling der Frau'n.

Sie parkten den Geländewagen dreihundert Meter vom Verwaltungsgebäude der Projektzentrale entfernt und liefen getrennt zum Fest. Ulrike hatte nicht widersprochen, als er das vorschlug, was ihm jetzt, da er sie vor sich weglaufen sah, wehtat.

Im Hof der Agentur waren ein paar Schirme des Jobcenters Nord aufgestellt, es gab Bratwürste und Bier und ein handgemaltes Plakat, das ihren Auftritt ankündigte wie eine Ausstellung des Töpferkurses der Anonymen Alkoholiker. Danuschka huschte in ihrem funkelnden Ballkleid aufgeregt und stolz zwischen den Langzeitarbeitslosen und ihren Betreuern herum. Als sie Ulrike erkannte, strahlte sie ungläubig und begrüßte sie mit einem Knicks. Ulrike lächelte gütig, so wie man ein Kind anlächelt, das gleich seine Schulaufführung hat. Als sie endlich dran waren, begann ein Platzregen, und alle rannten ins Foyer der Zentrale, ein fünfstöckiges Westberliner Funktionsgebäude aus den 80er Jahren. Marin und Anthony bauten die zusammenklappbare »Traumfabrik«-Kulisse im Raum zwischen den vier Fahrstühlen auf, und irgendwann, kurz bevor es draußen wieder heller wurde, kündigte Cathrin Huschke den Auftritt ihrer Truppe als weiteren Höhepunkt des Festes an: »Die Traumfabrik!« Sie bat Florian Martens nach vorn, zwischen die Fahrstühle, den Regisseur der Revue, wie sie sagte. Er hatte sich die »Traumfabrik« vor einem Jahr ausgedacht und war inzwischen in einem Schulprojekt in Pankow-Heinersdorf beschäftigt, was in Cathrin Huschkes

Rede klang wie ein Karriereschritt. Martens war ein 50jähriger schwuler Neuköllner, der im Eigenverlag eine Peter-Igelhoff-Biographie herausgegeben hatte, die »Wir machen Musik!« hieß, genau wie das Abschlusslied des »Traumfabrik«-Programms. Er trug ein Seidentuch im Hemdkragen und verbeugte sich vor den knapp vierzig Zuschauern, die Cathrin Huschke zusammengetrommelt hatte. Die meisten Besucher des Frühlingsfestes waren inzwischen wieder auf dem Hof. Andreas Hermann stand neben dem Mischpult von Marin, Ulrike in der ersten Reihe neben Florian Martens und einer dicken Frau in einer lila Küchenschürze. Ulrike wirkte so verloren wie eine Königin, die sich auf dem zweiten Arbeitsmarkt ihres Volkes verirrt hatte, den man ihr immer verheimlicht hatte. Er sah sie wieder nur von hinten, wie immer, wenn sie in seine Welt geriet, dachte er, ein Zeichen sicher. Als Anthony zusammen mit Juan »Ich wollt', ich wär ein Huhn« sang, zuckten ihre Schultern, und er erkannte nicht, ob sie weinte oder lachte.

Er hätte Ulrike am liebsten entführt, aber weil er nicht wusste, wohin, ging er zu den anderen auf den Hof, um die erste Zigarette des Wochenendes zu rauchen. Sie schmeckte seltsam, und seit Jahren dachte er wieder einmal daran, mit dem Rauchen aufzuhören.

Von drinnen zwitscherte es matt in das Gemurmel der Biertrinker hier draußen. »Lili Marleen«, »Von Kopf bis Fuß«, »Roter Mohn«. Die zweite Zigarette schmeckte besser. »Bel Ami«, »Bitte einen Cha-Cha für den Maharadscha«, »Ich lass mir meinen Körper schwarz bepinseln«, »Ich bin die fesche Lola«. Er trank ein Sturzbier von Berliner Pilsner, das Bier von hier, sagte der Langzeitarbeitslose am Ausschank, und Andreas Hermann nickte. »Goodbye, Johnny«, sein Lied, noch eine Zigarette, »Ein Freund, ein guter Freund, das ist das beste,

was es gibt auf der Welt« als Trio von Anthony, Ramón und Leonid, dann ging er wieder rein, wo sich Magda und Juan langsam zu »Cucurucucu« drehten wie Ginger und Fred. Leonid spielte Akkordeon dazu, eine weitere Fellini-Figur. Ulrike stand ganz still neben Florian Martens wie dessen Ehefrau. Er fragte sich, ob sie irgendwann so aussehen würde wie die anderen, wenn sie hierbliebe.
Er spürte, wie das Bier einschoss. *Wir machen Musik!* Alle noch mal zusammen zum großen Finale auf die Showbühne zwischen den Projektzentrumsfahrstuhltüren. Cathrin Huschke erklärte, dass dies die letzte von nunmehr 74 »Traumfabrik«-Vorstellungen war. Sie bedankte sich bei allen Beteiligten. Sie nannte auch seinen Namen, die Zweitbesetzung von Kurt, und winkte in seine Richtung. Er winkte zurück. Ulrike drehte sich zu ihm um und lächelte. Er zuckte mit den Schultern, was alles bedeuten konnte. So wie ihr Lächeln alles bedeuten konnte. Sie war entweder gerührt von der Armseligkeit oder belustigt von der Naivität, vielleicht auch beides. Sie wusste noch nicht, ob es eher traurig war oder eher lächerlich, dachte er. Sie fand ihn womöglich authentisch und bedauernswert zugleich und liebte ihn für beides. Er schämte sich für beides.
Cathrin Huschke verwies auf das neue Programm, an dem sie gerade probten, und äußerte die Hoffnung, dass die Verträge der Künstler, die heute zu sehen waren, auch für das nächste halbe Jahr verlängert werden würden. Solange sie noch nicht den Weg zurück an Theater, Film und Fernsehen gefunden haben, sagte Cathrin Huschke, die traurigen, schweren Brüste im grauen Kostüm versteckt, ihrer Projektuniform. »Künstler«, sagte sie und »Verträge«, und alle nickten, als seien sie nur vorübergehend hier, eine Umbaupause, zwischen zwei Engagements sozusagen. Die Vorstellung in der Vorstellung. Irgend-

jemand drückte einen Diskoknopf, Abba sang »The Winner Takes It All«, was vielleicht als Überleitung gedacht war, vielleicht auch nicht. Er sah, wie Danuschka auf Ulrike zustürzte, und las ihr das Wort »Wein« von den Lippen. Ulrike ließ sich von Danuschka unterhaken und nach draußen zu den Ständen führen. Als sie an ihm vorbeiliefen, lächelten sie ihn an wie Freundinnen.

Er trank noch ein Bier mit Marin und beobachtete, wie Ulrike an ihrem Wein nippte und zwischendurch nickte zu dem, was ihr Danuschka erzählte, und dann nickte sie auch zu Magda und Cathrin Huschke, die mit an den Stehtisch gekommen waren. Er trank noch ein Bier und sah ihr zu. Er freute sich, dass sie so spielerisch die Milieus wechseln konnte, und fragte sich, ob das auch auf ihn zutraf. Wenn sie sich hier unter ihrem Niveau amüsierte, amüsierte er sich in ihrem Haus über seinem. Liliane Müller flitzte mit kleinen, flinken Schritten über den Hof zum Ausgang, wahrscheinlich zu ihrem Kabarettauftritt in Wilmersdorf, die »Trumpfkarten«, wieder eine andere Welt. Florian Martens strahlte Anthony an, Leonid spielte drinnen russische Lieder auf dem Akkordeon, umringt von ein paar mittelalten Frauen in Schürzen, vielleicht russische Aussiedlerinnen. Als Andreas Hermann das dritte Bier zur Hälfte geleert hatte, verabschiedete sich Ulrike, und er folgte ihr, eine Minute später oder zwei. Sie wartete, an ihr großes, dickes Auto gelehnt, und sah aus, als hole sie ihn vom Flughafen ab, am Ende einer sehr langen Reise. Und so küsste sie ihn auch.

Wahrscheinlich entstand in jenem Moment der Plan, ihn dort herauszuholen, dachte er später.

Sie fuhren schweigend durch die Stadt zurück, die Strecke, die sie schon einmal gefahren waren, aber diesmal kamen sie nicht vom Fest einer Filmfirma, sondern vom Fest einer

Arbeitslosenagentur. Der Potsdamer Platz sah aus wie aus Pappe geschnitten, die Leipziger Straße war staubig und verlassen, der Alexanderplatz hätte in Sarajevo liegen können oder in Wladiwostok. Andreas Hermann fragte sich, wann genau die zwei florianbeerensteinfreien Wochen vorbei waren. Er wusste nicht, an welchem Tag Ulrike angefangen hatte zu zählen, aber im günstigsten Fall hatten sie noch zehn Tage.

An jenem Sonntagabend bot sie ihm an, an einer Ausschreibung für eine kleine Kampagne mitzuarbeiten, auf die sich ihre Agentur gerade vorbereitete. Es schien ihr ganz spontan an ihrem Küchentisch einzufallen, nach einer halben Flasche Wein, aber das glaubte er nicht. Er nickte, obwohl er nicht wusste, worum es gehen sollte, und wozu sie gerade *ihn* brauchten. Sie machte ein Geheimnis daraus, weil sie die sinnliche Beziehung zwischen ihm und dem Produkt nicht stören wollte, sagte sie, und er nickte einfach trotzdem. Später dachte er, dass sich mit diesem Nicken ihr Verhältnis verändert hatte. Es wurde solider und damit gleichzeitig brüchiger, was nur wie ein Widerspruch klang. Sie schlossen eine Art Vertrag, so wie man eine Ehe schließt. Er hatte sie in seine Welt gelassen, und nun wollte sie ihn in ihre führen. Sie wollte ihn für sich ausbilden, für eine Zukunft möglich machen. Es war ein neues Projekt. Je länger sie über die geheimnisvolle Kampagne redete, das Wesen der Kampagne an sich und das sensible Verhältnis von Kampagnenmacher und Kampagnengegenstand, desto sicherer war er, dass sie heute nicht mehr miteinander schlafen würden, weil es die Ernsthaftigkeit ihrer Überlegungen beeinträchtigte.

Ulrike bat ihn, noch etwas aus dem Buch des Professors vorzulesen, bevor er nach Hause ging. Sie ließ ihn nicht als Liebhaber in ihr Schlafzimmer, sondern als Sandmann.
Er inspizierte das Zimmer, während sie im Bad war, einer der letzten weißen Flecken des weißen Hauses. Es war schmucklos bis auf das Poster einer Mailänder Modenschau aus dem Jahr 1956. Neben ihrem Bett lagen zwei dicke Zeitschriften, ein Designmagazin und eine amerikanische Vanity Fair, ihr Mann las ein ziegelsteingroßes Buch mit dem Titel »Der Turm«, in dem viele gelbe Lesezeichen steckten, vielleicht hatte er die Filmrechte gekauft. Neben dem Buch stand eine silberne, glänzende Dose. Andreas Hermann öffnete sie. Es war eine Spezialanfertigung für die Aufbissschiene von Florian Beerenstein, dem Zähneknirscher. Die Schiene lag in einem schwarzen Plastefutteral. Er hatte sie hier vergessen, oder er besaß – was wahrscheinlicher war – eine zweite für unterwegs, in einem Reisedöschen, vielleicht in Mattsilber oder Weiß. Andreas Hermann nahm die Schiene aus der Dose, sie war federleicht und durchsichtig. Er hielt sie gegen das Licht, sie sah blitzsauber aus, im Badezimmer surrte irgendeine Maschine. Er steckte sich die Aufbissschiene in den Mund. Sie passte nicht. Im Backenzahnbereich war sie zu breit, vorn dagegen, an den Eckzähnen, eher zu schmal. Sie schmeckte nach nichts. Er ließ sie ein wenig im Mund umhertanzen, dann verstummte das Surren im Bad, und es wäre an der Zeit gewesen, die Schiene zurückzulegen, aber er konnte sich noch nicht von ihr trennen. Als sich die Klinke bewegte, spuckte er die Aufbissschiene in die Hand und steckte sie in die Hosentasche. Dann hockte er sich mit dem schwarzen Lederbuch des Professors neben Ulrikes Bett und wartete. Sie trug einen blau-weiß gestreiften Schlafanzug, der normalerweise ihrem Ehemann signalisierte, dass sie müde war, zu müde.

Er schlug das Buch in der Mitte auf, weil er dachte, dass es nicht darauf ankam. Er sollte sich irren.

Gestern Abend sah ich auf der Terrasse eines Hospizes in der Bernauer Straße ein Fußballspiel. Ich interessiere mich nicht für Fußball, muss aber sagen, dass mich die Begeisterung der heißen Stadt für die Europameisterschaft nun nicht völlig kaltlässt. Das Wetter ist seit Tagen schön, es war eine warme Nacht, die Deutschen spielten gegen Portugal. Ich war auf jener Terrasse, weil mir ein Arzt aus der Charité das Hospiz empfohlen hatte. Es war seltsam, wie gelassen ich den Vorschlag entgegennahm, der ja eher eine Nachricht war. Ich hatte das Gefühl, mich von außen zu beobachten, als er mir die Adresse des Hospizes nannte und den Namen einer Oberschwester, die dort die Verantwortung trägt. Ich nickte und schrieb mir die Adresse auf. Eine seltsame Gegend, nicht Osten und nicht Westen, aber das Haus selbst wirkt ansprechend. Es gibt eine Art Atrium, mit hohen dunklen Pflanzen, einen gläsernen Fahrstuhl und einen Bereich für Pfleger und Schwestern, der eher an eine Hotelrezeption erinnert. Die Oberschwester zeigte mir ein paar Zimmer, klein, aber hell und freundlich, und am Ende päsentierte sie die Dachterrasse, die natürlich der Clou war, man sah in Richtung Westen über die Dächer der Stadt. Ich hatte wirklich das Gefühl, in ein Hotel einzuchecken oder eine Art Ferienanlage vorgeführt zu bekommen. Auf dem Dach hatten sie eine Leinwand gespannt, auf der wohl regelmäßig die Fußballspiele der Europameisterschaft gezeigt wurden. Die Deutschen nennen das jetzt Public Viewing, was, wie ich irgendwo gelesen habe, im Englischen eigentlich Aufbahren von Toten bedeutet. In die-

sem Fall nicht ganz unpassend, muss ich sagen! Ein paar kranke Männer saßen auf der Terrasse verteilt, manche hatten ihre Familien dabei, den meisten sah man nicht an, dass dies die letzte Station ihrer Lebensreise war. Auch ich sehe, genau genommen, nicht krank aus. Das wird sich sicher ändern, aber momentan steht mir der Gewichtsverlust sogar ganz gut, finde ich. Die Oberschwester lud mich ein, das Spiel hier zu sehen, bei »einem Glas Wein oder Bier«, wie sie sagte, und obwohl es eigentlich nicht meine Art ist (Fred war immer der gesellige Teil von uns beiden und beschimpfte mich manchmal als asiozalen Autisten!), blieb ich.
Es hatte aber, um ehrlich zu sein, weniger mit mir als vielmehr mit Daniel zu tun, dem Pfleger aus der Charité, der mich hierher begleitete. Daniel schien sehr angetan von dem Platz, dem Hospiz, er kam aus dem Staunen gar nicht heraus, und ich wollte ihn gewiss nicht enttäuschen. Daniel ist Mitte dreißig, höchstens Ende dreißig, er ist klein und dünn, und er raucht zu viel. Er stammt aus Mainz und wohnt nun seit einiger Zeit auf dem Land, irgendwo in Brandenburg, in einem Bauernhaus. Mit vielen Tieren und mit seinem Freund! Ich weiß natürlich, dass es albern ist, in meinem Alter, in meinem Zustand, aber ich hab mich ziemlich verguckt in den Jungen. Er ist so nervös und dünnhäutig, dass man glaubt, ihm direkt ins Herz schauen zu können. Wir sind also geblieben, eine Halbzeit lang, weil Daniel unbedingt eine bestimmte S-Bahn nach Strausberg Nord schaffen musste, um den letzten Bus auf sein Dorf nicht zu verpassen. Wir setzten uns zu einem einzelnen, sehr freundlichen, stillen Herrn mit schwarzer Strickmütze an den Tisch, ein Kettenraucher, wie Daniel. Das Spiel habe ich weitgehend verges-

sen, ich sagte ja, ich interessiere mich nicht für Fußball. Ich erinnere mich vor allem an einen der Portugiesen, offenbar ihr bester Mann, ein Körper wie ein griechischer Gott, beinah unwirklich schön. Vielleicht doch ein Sport für mich! Ich weiß natürlich, dass die Deutschen gewannen, auch weil bei jedem deutschen Tor Raketen in den Berliner Sommerhimmel flogen. Auch Daniel schien mit der deutschen Mannschaft mitzufiebern, ebenso der nette, stille Herr an unserem Tisch. Ein Journalist von der Berliner Zeitung übrigens, wie ich später erfuhr, sogar ein sehr guter, muss ich sagen. Ich erinnerte mich an seinen Namen durchweg positiv und glaube fast, ihm einst einen bewundernden Leserbrief geschrieben zu haben. Es ging um einen sehr ausgewogenen, klugen Text zum Thema Ostpreußen. Ein guter Mann, er erinnerte sich nicht an meinen Brief, natürlich nicht, er konnte sich nicht einmal an den Text erinnern, ein Tumor im Kopf. Es klingt traurig, aber der Mann schien seltsam leicht, beinah frei. Er hatte leuchtende, blaue Augen, und das Spiel der deutschen Mannschaft schien ihn zu erfreuen.

Daniel ging in der zweiten Halbzeit, um seine Bahn zu erwischen. Er strich mir beim Abschied sanft über das Haar, ich spüre, da ich dies niederschreibe, immer noch die Berührung. Ich fiebere regelrecht meinem nächsten Besuch in der Charité entgegen. (Ist das nicht verrückt?!!!) Ich blieb noch eine Stunde bei dem kranken Mann mit der schwarzen Wollmütze sitzen, bis das Spiel zu Ende war. Fast hätte ich ihn um eine Zigarette gebeten, so wohl fühlte ich mich. (Ich hab das Rauchen vor dreißig Jahren aufgegeben und möchte eigentlich, obwohl es ja nicht mehr darauf ankommt, nun nicht mehr damit beginnen.) Ich ließ mich aber noch zu einem Glas Wein überreden und lief dann sehr beschwingt zum nahen Nordbahnhof, von dem aus man »in null Komma nichts« zum Bahnhof Greifswalder Straße gelangt.

»Ist das nicht schön«, sagte Ulrike ganz leise, ihre Augen waren geschlossen, aber eine Hand winkte ihn heran. Er kroch unter die Decke und fühlte ihren Körper durch den dicken Schlafanzug. Sie seufzte noch einmal, dann gab sie auf.
Als er das Haus verließ, hörte er, wie die erste der weinroten Jalousien hochsurrte, dann die zweite, die dritte, sie stimmten in einen Kanon ein. Ulrike zog den Vorhang auf, zu einem neuen Leben vielleicht, dachte er. Er lief an den dunklen Autoärschen vorbei und hörte die Jalousien noch surren, als er die kleine, verlassene Pförtnerloge passierte und die offene Prenzlauer-Berg-Nacht einatmete. Auf der anderen Straßenseite traten zwei Männer aus dem Park. Er erinnerte sich daran, dass der Friedrichshain einst als Schwulentreff galt, er hatte keine Ahnung, woher er das wusste und ob es stimmte. Hinter den Blättern schimmerte es hell, der Märchenbrunnen, dachte er. Er stand auf der dunklen warmen Straße und fühlte den Professor kommen, der beschwingt und frisch verliebt durch eine Nacht im vorigen Sommer lief. Andreas Hermann hatte vor drei oder vier Jahren im Colosseum auf der Schönhauser Allee mit Paula mal einen Fantasyfilm mit Sandra Bullock und Keanu Reeves gesehen. Paula liebte Keanu Reeves, obwohl Brecht sicher nicht viel mit ihm hätte anfangen können, aber mit solchen Bedenken durfte man Paula nicht kommen. Da war man schnell der Kulturspießer, der Brecht zu eng sah beziehungsweise Keanu Reeves und so weiter. Sandra Bullock jedenfalls lebte in einem Haus am See, in dem auch Keanu Reeves einst gelebt hatte, bevor er starb. Über einen Brief-

kasten kommunizierten sie miteinander wie durch einen Zeittunnel, bis sich ihre Leben im Haus am See immer mehr übereinanderlegten. Und obwohl er den Film damals albern, unlogisch und ärgerlich fand, fühlte er sich nun, als sei er genau dort hineingeraten. Er lief neben einem Mann durch die warme Mainacht, der vor ein paar Wochen gestorben war.
Er überquerte die Straße und betrat den dunklen Park, wo die weißen Figuren des Märchenbrunnens im Mondlicht schimmerten. Einmal umkreiste er den Brunnen, der Professor noch immer neben ihm, in einem beigen, leicht zerknitterten Sommermantel, gebeugt, die Hände professorenhaft auf dem Rücken verschränkt, kein Hut. Es war beeindruckend, wie genau Ulrike den Mann beschrieben hatte, sie hatte ihn nach ihren Vorstellungen gestaltet, sie hatte ihn erschaffen. Sie hatte ihn in ihre Geschichte eingepasst, und jetzt war er an der Reihe. Es würde nicht viel Spielraum geben von nun an, aber seltsamerwiese beunruhigte ihn das im Moment nicht, im Gegenteil. Er hatte eigentlich genug Spielraum gehabt in den letzten zwanzig Jahren. Das Wasser des Märchenbrunnens plätscherte leise. Märchenbrunnen, dachte Andreas Hermann, was für ein schönes, tröstendes Wort. Er sah auf die vier Froschkönige und überlegte, welche Märchenfigur am besten zu seiner eigenen Geschichte passte. Wahrscheinlich Rapunzel.
Er betastete die Zahnschiene in seiner Hosentasche wie ein Beutestück. In der anderen Hand hielt er das Buch des Professors, sein Pfand. Andreas Hermann war froh, den Prenzlauer Gärten entkommen zu sein, und sehnte sich mit ganzem Herzen dorthin zurück. Es war ganz still, die Jalousien waren offen.
Zum ersten Mal ahnte er, warum das Königstor Königstor hieß.

Ich nehme an, das ist das Buch?«, sagt der Arzt.
Ich weiß erst nicht, was er meint, aber dann folge ich seinem Blick und sehe das schwarze Buch auf dem Tisch, begraben unter meinen Händen. Wahrscheinlich habe ich es unbewusst aus der Reisetasche geholt, als Argument. Ich streiche über das weiche, alte Leder. Die Reisetasche habe ich für den Fall mitgebracht, dass sie mich gleich hierbehalten. Es gab keine Anweisungen in der Ausschreibung für den Marsflug – wenn es denn überhaupt der Mars ist, zu dem wir aufbrechen –, aber ich würde gern hierbleiben. Ich bin zu müde, um noch einmal umzudrehen. Ich will nicht zu verzweifelt wirken, den Arzt nicht unter Druck setzen, aber ich habe alles dabei, Zahnputzzeug, alles.
Die Reisetasche ist jetzt offen, man sieht ein Stück von dem schwarzen Clash-T-Shirt, das ich so gern mag. Das wäre mein Schlaf-T-Shirt. Should I Stay Or Should I Go. Stay, denke ich und muss lächeln.
Der Arzt lässt die grauen Lamellen mit seiner Fernbedienung ein wenig auseinandersurren und schaut aus dem Fenster. Es ist immer noch hell, aber die Sonne scheint nicht mehr direkt in unseren Raum.
»Ja«, sage ich in sein Profil. »Das ist das Buch.«
Ich hoffe, dass er es jetzt nicht sehen will, weil ich es nur ungern herzeigen würde, aus verschiedenen Gründen. Aber eigentlich

sollte er sich weniger für das Buch interessieren als vielmehr für das Angebot von Ulrike. Ich habe ihm doch die Fährte gelegt, vielleicht hätte ich nicht noch einmal mit dem Professor anfangen sollen. Aber ohne ihn geht es auch nicht, er gehört zu meiner Geschichte. Auf meinem Hemd sind noch immer die weißen Aschekrümel.

Der Arzt dreht sich langsam vom Fenster weg, aber sein Blick ist immer noch irgendwo in der Ferne. Die Sonne steht tiefer, seine hohe Stirn hat aufgehört zu glänzen. In seinem Rücken spannen ein paar Gestalten ein Werbetransparent an einer Fassade auf. Noch kann man nicht genau erkennen, was das Produkt ist, das beworben werden soll.

»Ich kenne das Hospiz«, sagt der Arzt irgendwann, und ich glaube, er kämpft mit den Tränen. Ich könnte jetzt abbiegen und dem Arzt in seine Geschichte folgen, die sicherlich ihre eigene Tragik hat, aber es ist so schon kompliziert genug, die Fäden zusammenzuhalten.

Ich muss bei mir bleiben, sagt Dr. Brock immer, wenn wir in seiner Praxis am Potsdamer Platz zusammensitzen, und so warte ich einfach, bis der Mann auf der anderen Seite des Schreibtischs sich wieder im Griff hat. Ich höre die Maschinen draußen, vielleicht ist die Mittagspause vorbei, oder ich bin besser in Form, auf jeden Fall stört mich der Lärm nicht so sehr wie vor anderthalb Stunden, als wir anfingen. Der Ball liegt beim Arzt, ich versuche hier nur, meine Geschichte unter Kontrolle zu halten.

»Haben Sie eigentlich jemals bereut, nach Berlin gezogen zu sein?«, fragt der Arzt, und das gefällt mir nicht.

»Ich weiß keine andere Stadt«, sage ich.

»Das ist das Problem, was?«, sagt er, es klingt bitter.

»Es liegt nicht an der Stadt«, sage ich.

»Ich weiß, ich weiß«, sagt er und dann noch mal: »Ich weiß.«

»Wo kommen Sie denn her?«, frage ich.

»Esslingen«, sagt er.
Ich nicke und sehe seine Eltern vor mir, die karierten Steppjacken, die gepflegten, aber auch ein wenig ausdruckslosen Gesichter, mit denen sie auf die Enkelkinder schauen, auch die in Steppjacken. Seine Frau, die sich ein bisschen zu dick oder ein bisschen zu dünn findet, jedenfalls unzufrieden mit ihrer Figur ist wie auch mit ihrer Rolle, mit Berlin, das ihr zu groß und zu unfreundlich vorkommt, aber – wie sie sich immer wieder einredet – für diesen Moment ihres Lebens wohl der richtige Platz ist. Abends sitzen sie in ihrer Wohnküche und wissen nicht, worüber sie reden sollen. Reden aber.
»Das ist in Baden-Württemberg«, sagt der Arzt.
»Klar«, sage ich, und mir fällt ein, wie mir mal jemand erzählt hat, dass die Schwaben auf der einen Seite der Greifswalder Straße leben und die Rheinländer auf der anderen. Protestanten hier, Katholiken dort. Sie teilen ihre Welt ein.
»Bei dem Isolationsexperiment in Moskau, im Sternenstädtchen, von dem ich Ihnen erzählt habe, gab es damals einen tragischen Zwischenfall. Wobei tragisch vielleicht das falsche Wort ist. Eigentlich ging es um Liebe«, sagt der Arzt plötzlich und ohne erkennbaren Zusammenhang, aber ich bin erleichtert, dass er uns nicht weiter quält. »Irgendwann nach einer feuchtfröhlichen Party der russischen Stammbesatzung hat einer der Russen versucht, die Kanadierin zu küssen. Es war Neujahr, was ja in Russland ein großer Feiertag ist.«
»Das Jolkafest«, sage ich schnell, bevor er es sagen kann. Ein kleines Vergnügen nur, er nickt darüber hinweg. Die Arbeiter, die im Rücken des Arztes das Plakat aufspannen, sind jetzt fast fertig. Man erkennt die Werbeidee nun, sie haben sie entfaltet wie eine Geschichte.
»Es war der Kapitän des Raumschiffs, ein hochrangiger Offizier. Er hat später gesagt, es sei ein russischer Brauch, die Frauen in

der Neujahrsnacht zu küssen. Die Kanadierin hat das zunächst verstanden, sie hatte sich auch gar nicht gewehrt. Aber dann hat ihr das österreichische Crewmitglied eingeredet, dass es sich um einen Fall von sexueller Belästigung handele. Die Enge, die Fremde und vielleicht auch die Übermacht auf der russischen Seite haben dazu geführt, dass sie schließlich dem Österreicher glaubte und nicht dem Kommandanten. Sie meldete es nach draußen, aber die kanadische Raumfahrtbehörde versuchte, sie zu beschwichtigen, schließlich hatten sie viel Geld investiert, und es ging, am Ende des Tages, auch um Völkerverständigung. Die russische Seite forderte ihre Besatzung auf, sich umgehend zu entschuldigen, aber die bockte. Sie waren sich keiner Schuld bewusst, es war doch nur ein alter russischer Brauch. Sie schlossen sich in ihre Hälfte der Raumstation ein. Dort allerdings war die einzige Dusche. Der Druck wurde größer, der Japaner, ein Student noch, hatte keine Lust, sich auf eine Seite zu schlagen, er wollte aussteigen. Das geht natürlich nicht, wenn man es ernst nimmt, mitten im All. Das ganze Experiment stand auf der Kippe. Die nationalen Behörden beredeten sich und schickten einen deutschen Vermittler ins All. Aber auch der konnte den Japaner nicht beschwichtigen. Die anderen aber blieben an Bord, um das Experiment zu beenden. Auf der Pressekonferenz nach der Landung ließ die Kanadierin die Bombe platzen. Der Kuss am Neujahrstag klang inzwischen wie eine versuchte Vergewaltigung. Es war nicht einmal eine große Nachricht, weil nicht viele Journalisten zu einer solchen Pressekonferenz nach Moskau reisen oder nur Wissenschaftsjournalisten. Für den russischen Kommandanten aber war die Karriere beendet. Die Armee hat ihn sofort entlassen. Er stand unmittelbar vor seinem ersten wirklichen Raumflug, er hatte sich jahrelang darauf vorbereitet. Und nun war alles vorbei. Ein Kuss nur.«

»Immerhin, ein Kuss«, sage ich.

»Ja«, sagt der Arzt und lächelt. »Immerhin. Ein ganzes Leben für einen Kuss.«

Er scheint kein großer Romantiker zu sein, der Arzt vor der Einstiegsluke. Mir fällt Professor Sönnichsen ein, der Aids-Papst des Ostens, dem ich hier ganz in der Nähe mal gegenübersaß, vor über zwanzig Jahren, unglaublich ist das. Es ging damals auch um die Schwierigkeiten von internationalen Beziehungen. Ich dachte, ich hätte mir Aids eingehandelt, weil ich in einem Sommerlager in Polen mal mit einer Studentin aus dem Kongo geschlafen hatte und später im Wohnheim mit einer Nicaraguanerin. Dann kamen die Berichte aus Amerika und auch die ersten Aids-Fälle im Osten, und ich war mir sicher, ich hatte es, ich meine, wirklich sicher. Es gab zwanzig Fälle in ganz Ostdeutschland, und ich war überzeugt, der einundzwanzigste zu sein. Der alte Sönnichsen nahm mich nicht richtig ernst, glaube ich. Natürlich nicht. Ich gehörte ja keiner Risikogruppe an, wie sie das nannten. Am Ende gaben ihm meine Blutwerte recht, aber ich habe ihm nicht geglaubt. Ich dachte, sie hätten die Ampulle mit meinem Blut vertauscht, und wäre am liebsten zu einem anderen Aids-Arzt gegangen, aber es gab, soweit ich weiß, nur den einen. Professor Sönnichsen. Der einzige Experte, und ich traute ihm nicht. Wahrscheinlich hat es damals bei mir angefangen, jedenfalls sieht es Dr. Brock so. Er hat nur genickt, als ich ihm davon erzählte. Todesangst ist ein Symptom, sagte er. Das steht auch in »Bipolare affektive Störungen«, dem Buch, das er mir empfohlen hat.

»Aber was hat das alles mit Liebe zu tun?«, frage ich.

»Bitte?«, fragt der Arzt zerstreut.

»Sie sagten, bei dem Moskauer Raumfahrtexperiment sei es um Liebe gegangen.«

»Ach so«, sagt er. Er nickt. »Der Österreicher war in die Kanadierin verliebt. Er hat gedacht, er rettet sie, und sie nimmt ihn aus

Dankbarkeit zum Mann. Sie reiten zusammen in den Sonnenuntergang und leben glücklich zusammen bis an ihr Lebensende. Wie im Märchen. Im Märchen.«

»Und hat er sie gekriegt?«

»Nein, nein. Sie hat nichts für ihn empfunden, gar nichts. Es war ein Irrtum. Tragisch. Der Kommandant dämmert als arbeitsloser Trinker in einem dieser riesigen Moskauer Neubaugebiete dahin. Die Kanadierin lebt zusammen mit ihrer Mutter irgendwo in den Wäldern von Ontario, der Österreicher ist bei einem Entwicklungshilfeprojekt im Sudan ums Leben gekommen. Keines der Besatzungsmitglieder ist je ins All geflogen. Keiner von ihnen hat überhaupt noch etwas mit Raumfahrt zu tun. Tragisch.«

Er notiert irgendwas, vermutlich war die Geschichte eine Art Test, wenn ich auch nicht genau weiß, was getestet wurde. Er schreibt und schreibt. Wahrscheinlich habe ich irgendwo einen Fehler gemacht, ein Wunder wäre es nicht. Anderthalb Stunden reden wir schon! Egal, aus irgendeinem Grund habe ich das Gefühl, den Test doch bestanden zu haben. Diesen jedenfalls. Ich werde den Arzt hier nicht unterschätzen. Auch wenn er angeschlagen wirkt, wie er da so sitzt und nicht aufhören kann zu schreiben, weil ihm nichts mehr einfällt, was er mich fragen kann. Ich meine, wirklich fragen. Ich sehe ihn einfach nur an, ganz ruhig, und irgendwann gibt er auf und macht endlich seinen Zug.

»Was für ein Projekt hat Ulrike Ihnen denn nun vorgeschlagen?«, fragt der Arzt. Ich lehne mich zurück und schaue durch die grauen Lamellen der Jalousien in den blassen Berliner Himmel, der sich über uns allen spannt wie eine Zirkuskuppel.

Flaschengeister

Andreas Hermann stand bei Ulrike im Ladenbüro, schaute raus auf die Käthe-Niederkirchner-Straße und dachte daran, wie er vor etwa einer Woche von dort draußen hier hereingeschaut hatte. Er wusste nicht genau, ob er den Mann dort hinter der Scheibe, den Mann in der Vergangenheit, sich selbst also, in einem anderen Leben, eher bedauern oder beneiden sollte. Neben ihm stand Ulrike, auf der anderen Seite ihres Tisches saßen ihre Kolleginnen Tanja, Suse und Annekathrin auf weißen Drehhockern. Sie beobachteten Lars, der ihn damals vom Drucker aus angeschaut hatte. Lars fummelte an einem Diaprojektor herum, der in einer Wandnische stand, sein Scheitel fiel ihm immer wieder vors Gesicht, er wischte ihn weg, versuchte ihn hinter die Ohren zu klemmen, aber dafür war er nicht lang genug. Das Ladenbüro hieß wirklich »Grauer Mönch«.

»Wie der Wein?«, hatte er gefragt.

»Genau«, hatte eine der Frauen gesagt. »Pinot Gris, ein Grauburgunder aus Österreich.«

»Bei uns kam er aus Bulgarien«, hatte er gesagt und gegrinst.

»Wirklich?«, hatte die Frau gefragt.

»Ich glaub schon«, hatte er gesagt.

»Ich denke, es war eher Ungarn, Andreas«, hatte die Frau gesagt. »Südungarn. Die produzieren da einen Grauen Mönch, der auch in der DDR vertrieben wurde. Wir haben sogar ein paar alte Flaschen hier.«

Sie lächelten ihn an, seine Erinnerungen zurechtzupfend. Sie liefen sicherer durch seine Geschichte als er selbst. Sie hatten wirklich einen uralten Kasten des ungarischen Weines aus irgendwelchen HO-Beständen aufgetrieben und in ihr raumhohes Weinregal einsortiert, das im hinteren Teil des Ladens stand, den sie ihm bei einer kleinen Tour vorgeführt hatten. So nannten sie das, Tour, als handele es sich nicht um eine Berliner Ladenwohnung, sondern um die Niagarafälle, dachte er, immer noch wütend darüber, dass er seinen Erinnerungen nicht trauen konnte. Sie waren zu Klischees geworden. Wenn er an eine ostdeutsche Gaststätte dachte, fielen ihm die Reserviert-Schilder ein, der Rauch und die unfreundlichen Kellner. Alles war grau, keine Farben, er hatte die Bilder eines Fernsehfilms im Kopf, wenn er an seine Jugend dachte.

»Trinken kann man den natürlich nicht mehr«, hatte eine der Frauen gesagt.

»Trinken konnte man den eigentlich nie«, hatte er gesagt, und dann hatten sie alle gelacht, erleichtert gelacht. Er selbst hatte am lautesten gelacht. Die anderen hatten Ulrike angesehen, als habe sie den richtigen Mann mitgebracht, und Ulrike hatte wissend genickt. Und er war nicht etwa wütend gewesen oder beleidigt, nein, er war froh gewesen, froh, dass sie ihn akzeptierten. Er fühlte sich, als habe er eine Prüfung bestanden. Sie hatten einen Espresso getrunken und sich kurz vorgestellt, den Laden, ihre Projekte und sich selbst. Er schätzte sie alle auf Ende dreißig. Sie hätten aber auch Mitte dreißig sein können oder Anfang vierzig oder Anfang dreißig oder Ende vierzig. Sie wirkten auf ihn wie altgewordene begabte Kinder, sie spielten immer weiter, jetzt gerade mit lustigem Wein aus Südungarn.

Ulrike hatte ein paar Sätze über ihn gesagt, wofür er ihr dankbar war, auch wenn die Sätze aus einem anderen Leben zu stammen schienen. Sie waren nicht falsch, sie klangen bloß zu gut. Wie eine Totenrede, dachte er später. Und natürlich fehlte das entscheidende Detail, das ihn hierher in ihre Welt geführt hatte, ihr letztes glorreiches Wochenende, die Liebe, ihre Leben, die Pläne, die roten Jalousien. Sie schwiegen, bis endlich ein quadratisches Licht auf die kahle weiße Wand gegenüber fiel, verdunkeln mussten sie den Raum nicht. Er lag auf der Nordwestseite der Käthe-Niederkirchner-Straße, und vor dem Fenster stand ein kleiner Baum, eine japanische Kirsche, wie ihm Suse gesagt hatte oder Tanja oder Annekathrin, er hatte es vergessen. Er fand es erstaunlich, wie wichtig diese Details für sie waren, ihm waren Baumsorten völlig egal, er hätte nicht einmal sagen könne, ob in der Kopenhagener Straße Bäume standen und schon gar nicht, welche. So wie Paula nie hatte sagen können, ob ein Mann, den sie gerade getroffen hatte, einen Bart trug oder nicht. Ach, Paula, dachte er.
Lars klickte das erste Bild ein. Es war eine Frau mit einem 60er-Jahre-Haarturm auf dem Kopf und einem Glas in der Hand, aus dem gemalte Perlen aufstiegen. Die Frau lächelte, ihre Zähne sahen schief und lang aus, mit den Zähnen würde sie es heute nicht mehr in die Werbung schaffen, dachte Andreas Hermann. Das Glas sah aus wie ein Cocktailglas, und von hinten näherte sich ein Mann mit kurzen, gescheitelten Haaren, einem dunklen schmalgeschnittenen Anzug, der ein weiteres Glas in der Hand hielt, aus dem gemalte Blasen aufstiegen. Vorn im Bild stand eine große, grüne Flasche, auf der Vipa stand.
Eine der Frauen lachte, Tanja, glaubte er. Es war kein wirkliches Lachen, soweit er das einschätzen konnte, sondern ein Geräusch, das die Stille füllen und einen Stimmungspunkt setzen sollte.

Er spürte, wie Ulrike ihn ansah. Sie hatte ihm nicht verraten, worum es ging, weil sie die sinnliche Begegnung mit dem Produkt nicht stören wollte, wie sie es ausgedrückt hatte. Er hatte sie nicht bedrängt, obwohl er diese Dinge für Unsinn hielt, für Sprüche. Und jetzt sah sie ihn an, und er wusste, dass er irgendetwas fühlen musste, aber er fühlte nichts. Vipa war eine weinhaltige Brause aus der DDR, an die er sich dunkel erinnerte. Als Kind war sie für ihn uninteressant gewesen, weil zu viel Alkohol drin war, und später als Jugendlicher auch, weil zu wenig Alkohol drin war. Er hoffte, dass es nicht das Produkt war, das beworben werden sollte, sondern nur eine Einstimmung, ein Witz, ein falsches Dia, aber er ahnte, dass das nicht der Fall sein würde, und die Enttäuschung schnürte ihm den Hals zu. Ein Ostgetränk. Er fühlte sich, als solle er eine sinnliche Beziehung zu einer Banane aufbauen. Er lächelte spöttisch, oder er versuchte, spöttisch zu lächeln. Gestern Abend hatte er kurz mit Bernhard telefoniert, der ihm geraten hatte, immer cool zu bleiben, bis er herausgefunden hatte, was die Mehrheit im Raum empfand. Der *pitch* ist ein großes Pokerspiel, hatte Bernhard gesagt, du musst die *vibrations* der anderen aufnehmen und ausmalen. Später kannst du dann immer noch dein Ding machen, hatte Bernhard gesagt, jetzt geht's erst mal um den Auftrag. So hatte Bernhard sein ganzes Leben gelebt, im Osten und auch jetzt. Er hatte die *vibrations* der anderen aufgenommen und ausgemalt. Am Ende hatte er nie sein Ding gemacht, sondern immer nur das, von dem er dachte, die anderen würden es mögen. Womöglich war ja genau das Bernhards Ding, dachte Andreas Hermann, aber das half ihm jetzt auch nicht weiter. Er spürte keine *vibrations*, er hörte seine Mutter sagen: *Machste jetzt die Tausend Tele-Tipps, Andilein? Sauerkraut ist sooooo gesund!*

Das nächste Bild klickte ein. Es zeigte die Flasche in Großaufnahme, auf dem grünen Etikett sah man das dreieckige Glas und eine stilisierte Weintraube.

»Das ist doch so geil«, sagte Lars und wischte sich den Scheitel aus dem Gesicht.

»Abgefahren«, sagte Suse.

»Schlank«, sagte Tanja.

Ulrike lächelte.

Andreas Hermann begriff, dass sie seine Einschätzung zur Banane wollten, weil sie selbst gar nicht wussten, wie gut sie schmeckte. Aber es war alles zwanzig Jahre her, mittlerweise wusste er auch nicht mehr, was das Besondere an Bananen war. Wenn er es jemals gewusst hatte. Er konnte sich nicht erinnern, jemals in seinem Leben Bananen vermisst zu haben. Vielleicht war alles ein großes Missverständnis, wie die Feinstrumpfhosen, die seine Mutter ständig von ihrer Großcousine Erika aus Hannover geschickt bekommen hatte, aber gar nicht brauchte. Sie stapelten sich in ihrem Kleiderschrank, so wie sich die kleinen erdbeerroten Tortengusspäckchen von Dr. Oetker in der Küche gestapelt hatten. Er fragte sich, warum seine Mutter ihrer Cousine Erika aus Hannover nicht einfach gesagt hatte, dass sie keinen Tortenguss brauche. Andererseits hatte er seine Mutter auch nie gefragt, warum sie nicht gefragt hatte, und so ging das immer weiter bis zu diesem Moment, wo eine Handvoll Werbefachleute glaubte, er habe irgendein ganz besonderes Verhältnis zu einer weinhaltigen Ostlimonade. Das Etikett auf der grünen Flasche dort vorn war schlicht und deswegen irgendwie modern. So wie die Armeetrainingsjacken und Mopeds und Motorroller und Nachttischlampen und Couchtische aus dem Osten irgendwie modern aussahen, inzwischen auch in seinen Augen. Er hatte neulich einen alten Wartburg 311 gesehen und musste stehenbleiben, weil er ihn so schön fand. Es war natürlich seine

Jugend, die diese Dinge verzauberte, und es war die Propaganda der letzten zwanzig Jahre, aber nicht nur, es gab auch das, was sie einen universellen Kern nannten, den sie alle empfanden. Ulrike und Lars und Suse, Tanja und Annekathrin wollten ein emotionales Bekenntnis, das man leicht ironisch verdrehte. Ein distanziertes Herz. Kein kaltes Herz, aber ein cooles. Er sollte ihnen das Herz zeigen, das sie dann verdrehen konnten. Er hatte kein Herz mehr, aber scheiß drauf, dachte Andreas Hermann. Das Missverständnis war der einzige Trumpf, den er noch in der Hand hielt. Sein Spielraum war so groß wie eine Einzelzelle in Sing-Sing.

»Es ist ganz seltsam«, sagte er.

Sie sahen ihn an wie eine Laborratte, nur in Ulrikes Blick war wirkliches Interesse, Anteilnahme, vielleicht sogar Liebe. Sie war nicht wie die anderen. Sie war sein Partner in der Fremde, dachte er, genau wie am vorigen Sonntag auf dem Fest der Projektagentur. Sie flogen zusammen in einer Seifenblase durch die Welt. Sie hatten die gleichen Sorgen. Er dachte an die grünweißen Kapseln in ihrem Medizinschrank. Vielleicht hatten sie sogar denselben Arzt, vermittelt von Bernhard. Dr. Brock, der Shrink der neuen Mitte. Er fragte sich, ob er jemals den Mut finden würde, mit ihr darüber zu reden. Er musste es tun, irgendwann, dachte er, müsste er es tun, aber vorsichtig, damit die Seifenblase nicht platzte.

»Ich hätte nicht mehr gewusst, wie es heißt, aber ich habe noch den Geschmack auf der Zunge.«

»Es ist nicht mehr so süß jetzt«, sagte Lars. Die Frauen sahen ihn verärgert an, so als würde er den Kontakt zu ihrem Medium stören. Lars zuckte mit den Schultern.

»Das kann ja nur gut sein«, sagte Andreas Hermann, die anderen nickten. Er hätte jetzt auch in den Diabetrachter pinkeln können, und sie hätten das authentisch gefunden und abge-

fahren und schlank. Er war ein Zirkuspferd, ein ostdeutscher Ötzi, er war ein Rockstar.
Gebt mir V!
Gebt mir I!
Gebt mir ein P!
Gebt mir ein A!
Einen Moment lang dachte er daran, ihnen zu erzählen, dass er nach seiner ersten Mecklenburger Liebesnacht mit Andrea im Zweimannzelt »Fichtelberg« mit Vipa angestoßen hatte, dass seine Eltern ihr Kajütboot Müritz 2 mit einer Vipaflasche tauften, irgend so was. Er hätte jetzt alles erzählen können, aber weil es Ulrike gut meinte, weil sie da war, weil sie auf ihn setzte, weil sie ihn ansah, wie sie ihn ansah, unterdrückte er die kleine terroristische Anwandlung. Es war die einzige Möglichkeit, in ihrer Nähe zu bleiben, hier, auf ihrer Seite der Mauer lag die einzige Zukunft, die sie hatten. Es sei denn, Ulrike und ihre Tochter wollten bei ihm in der Kopenhagener einziehen. Judy, das irische Au-pair, müsste dann allerdings im Stehen schlafen.
»Ich hätte nicht gedacht, dass es das noch gibt«, sagte er.
»Die Produktion wurde auch Anfang der 90er eingestellt. Sie haben erst vor zwei oder drei Jahren wieder damit angefangen«, sagte Ulrike. Es war seltsam, ihre Stimme hier zu hören, in dem geschäftlichen Kontext. Er hätte sie gern berührt, er hätte sie gern hier rausgeholt, wie er sie am Wochenende gern vom Arbeitslosenfestival gerettet hätte, aber er wusste wieder nicht, wohin. Das war die einzige Welt, die ihnen zur Verfügung stand. Sie mussten einfach dicht zusammenbleiben, dann schafften sie es vielleicht. Lars räusperte sich. Ulrike lächelte.
»Vor zwei, drei Jahren hat dann die Hanse Sektkellerei Wismar wieder begonnen, Vipa zu vertreiben«, sagte Lars. »Es heißt

jetzt Vipa Classic, die Flaschen sind ein wenig kleiner als damals. Das hat irgendwelche rechtlichen Gründe. Die Etiketten sehen noch genauso aus wie damals, die Geschmacksrichtung ist jetzt eher trocken. Sie haben 3,5 Millionen Flaschen verkauft.«

»Wow«, sagte Andreas Hermann.

»Das ist nicht so viel, wie es klingt«, sagte Lars. »Früher waren das zehnmal so viele.«

»Da war es ja auch noch süß«, sagte Andreas Hermann und grinste.

»Ja«, sagte Lars ernst.

»Jedenfalls glaubt die Kellerei, dass man das steigern kann«, sagte Ulrike.

»Und da kommen wir ins Boot«, sagte Lars und klickte das nächste Dia ein, eine Produktionsstrecke, über die Tausende grüne Vipa-Flaschen ratterten.

»Wismar«, sagte Andreas Hermann.

»Leider nicht«, sagte Lars. »Der Vertrieb ist in Wismar, die Produktion ist im Westen. Sie haben es erst in Dresden versucht, bei einer Firma namens Margon, mussten aber nach ein paar Monaten aufgeben.«

»Wo im Westen?«, fragte Andreas Hermann, als sei das von Bedeutung. Er spielte einen Experten, wie damals, als er für den Nordkurier auf der stillgelegten Formel-1-Strecke in Südfrankeich den neuen 3er BMW getestet hatte. Niemand hatte Ahnung von irgendwas, alle taten nur so. Hakelige Kupplung! Deswegen hatte er mal ein neues Leben anfangen wollen, aber das wollte er ja jetzt auch. Alles hatte seinen Preis.

»Böckingen. Irgendwo in Rheinland-Pfalz«, sagte Lars. Andreas Hermann dachte an Bruno, seine Lederwesten, die Weinshow im Planetarium, Vincent, Vanessa, das rockende Universum, die Damentoilette, wo ihn Ulrike zum ersten Mal

berührt hatte. Er war in den Wein geraten wie in ein Gestrüpp aus fleischfressenden Pflanzen, die Ranken fesselten ihn und zogen ihn immer tiefer in diese Geschichte, dabei hatte er gar keine Ahnung von Wein. Heute nicht und damals nicht. Grauer Mönch, Stierblut, Rosenthaler Kadarka und die süßen rumänischen Weine in den dünnen Flaschen, Cotnari und Murfatlar, das waren seine Weine gewesen damals, als es noch keine Bananen gab. Er hatte Wein getrunken, weil es die Mädchen so wollten. Es hatte eher Weinbrand gegeben in seiner Jugend. Goldbrand. Natürlich hätte kein Mensch jemals daran gedacht, ein Produkt wie Goldbrand zu bewerben. Goldbrand war, was er war, eine preiswerte Droge. Goldbrand kostete 14 Mark 50, und so hatten sie ihn genannt: Vierzehnfuffzich. Vielleicht erklärte das auch einiges. Andreas Hermann war wie sein Schnaps. Anders die Westschnäpse, die immer irgendwas darstellen wollten. *Im Asbach Uralt liegt der Geist des Weines. Darauf einen Dujardin. Der Tag geht, Johnny Walker kommt.* Allerdings konnte er sich an keine einzige Weinwerbung erinnern. Vielleicht war das ein Ansatz. Wein war speziell, seiner Heimat verpflichtet, und das musste eine weinhaltige Brause auch sein.
»Einem Wein aus Wismar hätte ich sowieso nicht getraut«, sagte er.
»Wo liegt eigentlich Wismar?«, fragte eine der Frauen.
»An der Ostsee«, sagte er und spürte, wie er festen Boden unter die Füße bekam.
»Ach«, sagte die Frau.
Sie schauten auf das Foto der Flaschenproduktion in Böckingen. Er würde es versuchen, dachte Andreas Hermann. Irgendwas würde ihm schon einfallen. Sie würden beide noch mal anfangen, Vipa und er. Beide nicht mehr ganz so süß wie früher. Classic, dachte er. Hermann Classic. *The football is*

coming home. Die Gedanken fingen an zu sprudeln, er müsste sie nur abfüllen. Wie Flaschengeister.
»So«, sagte er. »Was kann ich für euch tun?«

Seine Überlegungen zu *Vipa* ließen sich problemlos mit seinen Überlegungen zum Wendeprogramm der Agentur kombinieren. Kosch hätte ihm über die Schulter schauen können, ohne misstrauisch zu werden. Andreas Hermann saß in der Arbeitslosenfabrik am Königstor und suchte in den Kellern des Internets nach der Geschichte des VEB Weinverarbeitung, der Vipa in den 60er Jahren patentieren ließ. Erfunden hatte die Weinbrause ein Berliner Apotheker, 1959. Vipa wurde fünfzig Jahre alt, noch ein Jubiläum. Das Getränk bestand aus Weißwein, Mineralwasser, Zucker und acht Kräutern, las er, darunter Veilchenwurzel. Veilchenwurzel. Man konnte in dem unnützen Wissen versinken wie in Treibsand. Am Ende hatte alles mit allem zu tun, und nichts hatte mehr Sinn. 1959 erfand ein Berliner Apotheker eine weinhaltige Limonade, fünfzig Jahre später erfand ein Berliner Arbeitsloser eine Werbekampagne dafür.
Ramóns Vertrag war nicht verlängert worden, dafür war jetzt Melanie da, das gepiercte Mädchen, noch ein Flaschengeist. Melanie stammte aus Kleinmachnow, wohnte aber zur Untermiete in der Uhlandstraße, sagte sie, und erfüllte so die Charlottenburg-Bedingung für das Schauspielprojekt. Sie hatte mal in einer Band gesungen, die Kippen für Karl hieß, aber eher unter der Abkürzung KfK bekannt war, wie Melanie behauptete. Was für eine Art von Musik KfK gemacht hatte, hatte er nie richtig verstanden, obwohl Melanie nicht müde wurde, sie zu beschreiben. Vielleicht hatte sich darüber auch die Band

zerstritten, im Moment versuchte Melanie zusammen mit Max, dem ehemaligen Bassgitarristen von KfK, einen Neuanfang in einer Band ohne Namen. Heavyfolk machten sie jetzt, hatte ihm Melanie bei einer Rauchpause im Fabrikhof gesagt, Heavyfolk mit deutschen Texten. Max brachte das Mädchen früh zur Fabrik und holte sie nachmittags wieder ab. Melanie sah aus wie ein gerupftes schwarzes Huhn, Max dagegen hatte eine Frisur wie Mireille Mathieu. Er trug eine weiße Perlenkette und fuhr einen uralten gelben VW-Bus, auf dem »Fucking Miss Sunshine« stand. Die ganze Wut schien aber nur aufgemalt zu sein. Max war ein sanfter Junge mit guten, altmodischen Manieren, eine treue Seele, und Melanie ein unsicheres Mädchen, das einfach so weit wie möglich vom Einfamilienhaus ihrer Eltern in Kleinmachnow wegwollte. Der Probenraum der Agentur war ziemlich weit weg von Kleinmachnow, dachte Andreas Hermann, obwohl er Kleinmachnow nur vom Hörensagen kannte und aus einem traurigen Buch, das er als Junge gelesen hatte.
Genaugenommen war Melanie die dritte Ostlerin im Team, allerdings hatte sie keine Erinnerungen an den Mauerfall. Sie war acht damals. Immerhin war sie von ihren Eltern nach einem Song der Puhdys getauft worden, sagte sie, vom Album »Heiß wie Schnee«. In ihrem Mauerfall-Programm spielte sie eine Punkerin, die in den Herbsttagen des Jahres 1989 von der Staatssicherheit verhaftet und in die berüchtigten Keller der Keibelstraße geschleppt wird. Außerdem sang sie zusammen mit Danuschka Nina Hagens Schlager »Du hast den Farbfilm vergessen« und hatte für das große Finale eine Punkversion der DDR-Nationalhymne geschrieben, die irgendwann in eine Punkversion der gesamtdeutschen Nationalhymne überging. Kosch hatte sich selbst die meisten Rollen zugeteilt. Er spielte den verunsicherten Volkspolizisten aus der Gethsemane-

wache, er spielte Günter Schabowski beim Verlesen der Nachricht vom Mauerfall, und er saß mit Leonid, Liane Müller und Kurt in der Gruppe, die nachspielte, wie in Lehnitz bei Berlin die SDP gegründet wurde. Außerdem schrieb er sich einen Monolog als Ostberliner Geschichtslehrer mit Skrupeln, den eigentlich niemand haben wollte. Andreas Hermann war sich sicher, dass Kosch auch den Bürgerrechtler-Volkspolizisten-Streit gern allein spielen würde, als Doppelrolle sozusagen, aber den Bürgerrechtler gab er nicht mehr her. Er hatte so lange an seinem Teil gebürstet und gefeilt, er hatte ihn so lange poliert und geschliffen, bis Harald eine wirklich historische Figur geworden war, ein universeller Aufständischer, der auch in Guantánamo hätte landen können oder unter der Guillotine. Außerdem hatte er zur Auflockerung eine Nummer über den Mitropa-Kellner geschrieben, der im Wendejahr angeblich mit vergifteten Mentholzigaretten betäubt und in den Westen entführt worden war. Anthony spielte den benebelten Kellner, er war der lustige Mohr, der Narr der Projektagentur, und die anderen hatten Tränen in den Augen, als sie die Nummer zum ersten Mal probten, so komisch war es. Leonid spielte Gorbatschow, Juan spielte Fidel Castro, und Anthony spielte Robert Mugabe in einem fiktiven Gespräch auf der 40-Jahrfeier der DDR im Palast der Republik. Kurt war Nicolae Ceauşescu und Danuschka Katarina Witt. Magda, Regina und Liliane Müller spielten drei Näherinnen aus dem VEB Treffmodelle, die darüber diskutierten, was mit ihnen passieren wird, wenn die Mauer fällt. Die Tischlerei »holzbock« baute ihnen eine Mauer aus Pappe, die im großen Finale einfach umfallen sollte, während Melanies Punkversion der DDR-Nationalhymne in ihre Punkversion der gesamtdeutsche Hymne überging.

Sie probten täglich mindestens zwei Stunden und schrieben

an weiteren Rollen, obwohl das Programm jetzt schon aus allen Nähten platzte.

Es sah nicht gut aus für Reginas Kleinen Trompeter, der einst Ulrike in seine Arme getrieben hatte.

Die Show hieß nicht »The Wall«, sondern »Mauerspechte«. Das war Liliane Müller eingefallen, und genauso klang es auch, dachte Andreas Hermann, wie ein Wilmersdorfer Kabarettprogramm. Er hatte keinen besseren Vorschlag und auch kein Interesse mehr an einem besseren Vorschlag. Die Agentur, das Wendeprogramm waren nun vor allem eine Legende, die er benutzte. Er saß in der Agentur, sah aus dem Fenster oder auf seinen Bildschirm oder in das Gesicht von Volker Kosch und dachte an Vipa, die weinhaltige Brause aus seiner Vergangenheit. Er hatte innerhalb der Agentur seine eigene Agentur entwickelt, wie Kowalski, der Captain, hatte er einen Vorhang gezogen, hinter dem die wirklich wichtigen Geschäfte abgewickelt wurden. Diese Dinge geschahen in einer Mangelwirtschaft zwangsläufig, dachte Andreas Hermann. Dinge wie die Schwarztaxis, die Ende der 80er Jahre durch die ostdeutschen Nächte fuhren. Er lebte seit langer Zeit in einer Mangelwirtschaft, er fuhr jetzt auch Schwarztaxi, wenn man es sich richtig überlegte, war er selbst ein Schwarztaxi, sozusagen.

Die Tage verbrachte Andreas Hermann in der Projektagentur, die Abende bei Ulrike. Sie hatten jetzt eine offizielle Begründung für seine Anwesenheit, auch wenn niemand danach fragte. Ein paarmal hatte er auf den kleinen Veranden über den Garagen der weißen Häuser Paare herumstehen sehen, wenn er kam. Sie sahen aus wie moderne, wohlhabende Varianten der Paare, die hinter den Gartenzäunen seiner Kindheit in Neustrelitz herumgestanden hatten. Sie hatten bessere Hosen und Haarschnitte hier, aber in ihren Blicken stand die gleiche Mischung aus Angst, Verachtung und Neugier. Er nickte ihnen zu, sie nickten zurück, am Anfang ein bisschen misstrauisch, aber das legte sich. Man konnte in die Welt hineinwachsen, wenn man sich nur lange genug darin bewegte. Einmal telefonierte Ulrike mit ihrem Mann, während sie in der Küche saßen. Sie waren ganz ruhig geblieben, beide, denn das Gespräch hatte nichts mit ihnen zu tun. Ulrike lächelte und sagte, dass sie gerade mit einem Kollegen über die neue Kampagne spreche. *Der Andreas. Vielleicht hab ich ihn schon mal erwähnt. Nein? Na ja, jedenfalls macht der jetzt mit.* Ihr Mann schien nicht besorgt, er erzählte Geschichten aus Bulgarien, seine Stimme summte aus der Ferne. Andreas Hermann streckte die Beine aus auf dem glatten Betonfußboden, an den er sich langsam gewöhnte. Er konnte sich inzwischen allein einen Espresso zubereiten und wusste, wo der Zucker stand. Sie liebten sich im Elternschlafzimmer unter der leichten Sommerbettwäsche, wie Ulrike das nannte. Sie hatte wirklich Bettzeug für verschiedene Jahreszeiten, obwohl das Haus über Fußbodenheizung und Klimaanlage verfügte. Nachts, wenn Ulrike eingeschlafen war, lief er nach Hause in die Kopenhagener und legte sich unter seine Decke, die ihm nun kratzig und schwer vorkam wie eine russische Gefangenenlagerdecke. Er begann, weniger Schlaf zu brauchen, was ihn einerseits beunruhigte, natürlich, weil es bedeutete, dass er wieder zum Werwolf wurde. Andererseits fühlte er sich, als sei er mit neuem, hochwertigem Treibstoff gefüllt, schnell und voller Energie. Die Kapseln vergaß er nun oft. Er lief fast jede Nacht eine Runde um den Märchenbrunnen, und manchmal traf er den Professor, dessen Gang unbeschwerter wurde, je näher er dem Tod kam. Andreas Hermann trug das Tagebuch ständig bei sich wie einen Talisman, der ihn auf seinen Zeitreisen begleitete. Bevor er aufbrach, las er Ulrike daraus vor. Es war ein Stück deutscher Geschichte, das er und sie gemeinsam durchlitten. Das Schicksal des Professors hielt sie zusammen wie die Kapseln, über die sie nicht sprachen.

Ulrike lag in ihrem Schlafanzug oder nackt unter der leichten Sommerdecke, die Augen geschlossen. Er saß auf dem Fußboden, den Kopf ans Bett gelehnt, das Buch auf den Knien, und las. Das leere Futteral für die Aufbissschiene hatte er in das Dunkel unterm Ehebett gestoßen, wo es vielleicht die Putzfrau finden würde oder der Herr des Hauses selbst, aber daran wollte er nicht denken. Manchmal kraulte Ulrike ihn in den Haaren, und rückblickend schien es ihm, als seien sie sich in jenen Momenten am nächsten gewesen, als der Professor bei ihnen war.

Es ging dem alten Mann besser, so wie es ihnen besserging. Mit seinem Spielraum wuchs auch ihrer. Vorübergehend. Der Professor hatte beschlossen, im Hospiz einzuchecken. Wenn ihre Schicksale zusammenhingen, hatten sie nicht mehr viel Zeit. Der Onkologe hatte dem Professor gesagt, er solle die Tage genießen, die ihm noch blieben. Und das tat er.

Daniel, der junge Pfleger aus der Charité, lud den Professor und den lahmen Fred zum Fußballgucken aufs Land ein. Es spielte Deutschland gegen die Türkei im EM-Halbfinale, aber darum ging es nicht oder nur teilweise. Fred zierte sich ein bisschen, weil ihn jede Art von wirklichem Leben inzwischen demütigte, wie er sich ausdrückte, aber als er den schicken Krankenwagen sah, den sich Daniel über Nacht von irgendeiner Mietwagenfirma geborgt hatte, war er mit von der Partie. Daniel wohnte in einem kleinen Bauernhaus in der Märkischen Schweiz mit ein paar Hühnern, Gänsen und Schafen und natürlich seinem Freund, Achim. Achim war Ostberliner und sehr stolz darauf, schrieb der Professor, der eifersüchtig wurde, als Achim und Daniel sich zur Begrüßung auf den Mund küssten. Ein beinah vergessenes Gefühl, notierte er, das sich aber legte, als sie einen Joint rauchten. Der Professor hatte in seinem Leben keine großen Erfahrungen mit Drogen sammeln können und war eigentlich immer stolz darauf gewesen, was er jetzt als sterbender Mann auf Landpartie in Brandenburg nicht mehr nachvollziehen konnte. Er saß in der Abendsonne und sah in die blinkenden Augen eines Windparks am Horizont wie in die Milchstraße. Die Windräder sahen aus wie Gäste aus der Zukunft, schrieb er. Er war überzeugt, dass er sie wiedertreffen würde. Er habe noch nie so etwas Schönes gesehen.

Das Fußballspiel lief auf einer Leinwand, auf einem nahen Kulturhof. Die Kulturschaffenden waren Westberliner Altlinke, die sich hier draußen mit europäischen Fördermitteln ein Paradies geschaffen hatten. Sie hatten aus den ehemaligen Stallgebäuden eines Landschlosses riesige Lofts geschlagen, in denen sich der Professor zunächst unwürdig fühlte, unbedeutend, nichtsnutzig. Die alte Bitternis über den Lauf der Zeiten brach durch, aber er sah nun gewissermaßen von oben auf sie herab. Am Lagerfeuer im Hof verstand er, dass er ohne die geschäftstüchtigen Altlinken nie hierhergefunden hätte, und war zufrieden, Joints kreisten. Deutschland gewann knapp, wenn er sich richtig erinnerte, durch ein Tor von diesem kleinen, knuffigen Verteidiger, den er nicht von der Bettkante gestoßen hätte, aber das Spiel war wirklich nur eine Nebensache, Bestandteil einer Sommerparty, die bis tief in die Nacht gefeiert wurde. Die Hälfte der Kulturgutbetreiber war schwul oder lesbisch oder wenigstens bi, schätzte der Professor, sie tanzten und tranken und küssten sich, die Lagerfeuerfunken stoben in die Nacht. Irgendwann glaubte der Professor, die Dorfbevölkerung im Dunkeln auf der Hofmauer stehen zu sehen, ein schweigender Kreis, der ihnen zusah, mit Abscheu und Neugier, aber das lag sicher nur am Gras. Er saß auf der Erde, lehnte an Freds Rollstuhl, spürte die lahmen Beine seines Freundes am Rücken. Daniel kam manchmal vorbei, um nach ihnen zu sehen, einmal küsste er ihn auf die Wange, und der Professor roch den jungen Mann, den Schweiß, die Tiere, den Tabak und den Alkohol, er verfluchte sein Alter und seine Krankheit. Später lag er mit Fred in einem der geschmackvoll eingerichteten Fremdenzimmer, die es im Kulturgut gab. Sie schliefen in getrennten Betten, Fred atmete gleichmäßig, er hatte an diesem Abend wieder die Züge des furchtlosen und freudvollen Menschen gezeigt, den der Professor einst geliebt hatte. Aber das würde in der Rietzestraße vergehen, wie alles, was einmal gut war.

Der Professor lag also im Bett, schlaflos, aber nicht verzweifelt, draußen verebbte die Party langsam in der Nacht, das Licht war tiefblau, die Luft rein, die Dinge beruhigten sich doch, dachte er, sie fügten sich.

»Wer hätte gedacht, dass es am Ende so viel Hoffnung geben würde und so viel Schönheit«, schrieb er in sein Totenbuch.

Andreas Hermann las ganz langsam, als könne er damit das Ende hinauszögern, vielleicht sogar ändern. Er erzählte Ulrike nicht, dass ihn der Professor manchmal auf seinen nächtlichen Spaziergängen begleitete. Er erzählte ihr nicht, dass er eines Nachts sogar versucht hatte, ihn zu fotografieren. Auf den Bildern sah man dann später nur die Figuren des Märchenbrunnens, zwischen denen sich der Professor bewegt hatte. Der

Froschkönig. Schneewittchen. Rotkäppchen. Natürlich, Geister waren nicht zu fotografieren. Er wusste es ja, er wusste es. Aber er war dennoch enttäuscht, weil er den Professor gern ins Leben zurückgeholt hätte. So wie der Captain ins Leben zurückgeholt worden war.
Die Ärzte hatten Kowalski aufgeschnitten und nichts gefunden, was den Schatten auf den Computerscans seines Gehirns verursachen konnte. Kowalskis Erinnerungszentrum war immer noch durcheinander, er war in seine Vergangenheit gerutscht, sagten die Ärzte. Er redete von Broten, von Robur-Pritschenwagen und KIM-Eiern. Auch der Schatten auf den Bildern war noch da, aber es schien nichts zu geben, was ihn warf. Nichts jedenfalls, was man sehen konnte. Kowalski blieb vorerst zur Beobachtung in der Charité.
Als Wunder, sozusagen.

Sie bewegten sich selbstverständlicher durch das Viertel, langsam tastend, ohne sich an den Händen zu halten oder zu küssen. Sie berührten sich scheinbar zufällig, pendelten gegeneinander, wenn sie einem der vielen Kinderwagen ausweichen mussten, die die Bürgersteige des Bötzowviertels verstopften, und streichelten sich sekundenschnell mit den Fingerspitzen. Fünf Tage, bevor Ulrikes Mann aus Bulgarien zurückkehren sollte, überquerten sie zum ersten Mal die Greifswalder Straße, um in einem Restaurant zu essen, das Ulrike liebte. Es hieß »Herr Rossi«, und Andreas Hermann hatte zunächst keine Lust, weil »Herr Rossi« eine Kinderfilmfigur war und er Ulrike nicht in ein Restaurant begleiten wollte, das Mütter ansprach. Sie würden dort wirken wie ein bedauernswertes kinderloses Paar, dachte er. In ihrem Viertel fühlte er sich ohnehin wie ein

Eunuch. Er spürte die abschätzigen Blicke der Mütter und Väter, wenn er zwischen ihren Fahrradanhängern, Rollern und taumelnden Kleinkindern balancierte. Von seinem Sohn Norman hatte er Ulrike bislang nicht erzählt. Er wusste nicht, wie es ihm inzwischen ging, er hatte es nie gewusst, und das hätte sie ganz bestimmt nicht verstanden. Er ahnte, dass die weißen Flecken in seinen Erzählungen ihre Beziehung früher oder später bedrohen würden. Die Fragen, die er ihr nicht stellte, die Geschichten, die er ihr verschwieg, die Ängste, über die sie nicht redeten, die Vorurteile, die sie nicht ausräumten. So war es immer gewesen oder wenigstens bei Paula und ihm. Er hatte seinen Freundinnen ein Leben präsentiert, von dem er annahm, dass er es ihnen zumuten konnte. Er würde sich nach Norman erkundigen, dachte er, auch wenn er nicht wusste, wie und bei wem.

Die Greifswalder Straße war ein Urstromtal, das die letzte Eiszeit hinterlassen hatte, und das spürte man immer noch. Sie lag wie ein großer, reißender Strom zwischen den Gründerzeitvierteln um die Winsstraße und die Bötzowstraße. An den Ufern klammerten sich die billigen Läden fest, die Drogeriemärkte, die Türkenimbisse und Spätverkaufsstellen. Jenseits des Stroms, im Winsviertel, gab es nicht mehr so viele Kinder, und »Herr Rossi« war auch ein Erwachsenenrestaurant, schlicht, aber nicht billig, und so waren auch die Gäste. Das Essen sah gut aus, die Bedienung wirkte, als würde sie hier wohnen und das Besteck, das Geschirr und die Zutaten aus ihrem Privathaushalt benutzen. Es waren Italiener, der Mann hinter der Bar sang, und der Chef trug einen kleinen Hut. Es wirkte authentisch, dachte Andreas Hermann, und das war etwas, wonach Ulrike suchte, auch bei ihm.

Er war allerdings nicht mehr der Mann, den sie vor zwei Wochen kennengelernt hatte. Er war schneller geworden, er schlief nur noch vier Stunden pro Nacht und schrieb jede Menge Gedichte und Konzepte. Reime tobten in seinem Kopf, auch jetzt, als sie an dem kleinen, alten Holztisch saßen und Ulrike ihm von einer Reise nach Wien erzählte, die sie in der kommenden Woche unternehmen würde.

»Es wäre wunderbar, wenn du mitkommen könntest«, sagte sie. »Wir könnten unsere Zeit ein bisschen verlängern.«

»Ja«, sagte er und trank sein Glas Wein in einem Zug aus. »Ich war noch nie in Wien.«

»Es ist seltsam, kitschig und irgendwie reaktionär, aber auch wunderschön und großstädtisch«, sagte sie.

So viele Attribute wären ihm nicht mal zu Berlin eingefallen, dachte Andreas Hermann, obwohl er nun schon acht Jahre hier lebte.

»Ich muss Kosch irgendwas sagen und Frau Huschke«, sagte er.

»Frau Huschke?«

»Cathrin Huschke, unsere Projektchefin.«

»Ach so«, sagte sie enttäuscht. »Kannst du dich nicht krankschreiben lassen?«

Er zuckte mit den Schultern. Sie hatte sicher gehofft, er sei bereits weiter in seiner Entwicklung, aber alles, woran er denken konnte, war, wie sich Kosch den Bürgerrechtler schnappen würde, wenn er nicht aufpasste. Es war beängstigend, wie viel ihnen beiden die Rolle von Harald inzwischen bedeutete. Dr. Brock vom Potsdamer Platz hätte sicherlich viel Spaß, wenn er das wüsste.

»Ich weiß«, sagte Ulrike. »Aber wir hätten anderthalb Tage, fast zwei, in einer fremden Welt. Niemand von mir, niemand von dir. Nur wir. Wir könnten auf die Hügel am Stadtrand steigen, wo sie den Heurigen machen.«

»Der Heurige«, sagte er und dachte noch mal kurz an seinen

Einmarsch im Planetarium, die roten Gesichter, das Lächeln, die tanzenden Sterne, der DJ aus der österreichischen Botschaft, Sailing.

»Ja«, rief Ulrike schnell und strahlend. »Sie schenken ihn in kleinen Gaststuben aus. Man sitzt unter Pergolen und bekommt hausgeschlachtete Wurst dazu und selbstgebackenes Brot.«

»Ich lass mir was einfallen«, sagte er und drehte sein leeres Weinglas hin und her. Er hätte sich gern nachgeschenkt, aber er wusste, dass auch das nächste Glas seinen Durst nicht stillen würde. Er hatte gestern Nacht innerhalb von einer halben Stunde einen Einliter-Karton Rotwein ausgetrunken, um ruhig zu werden. Er sollte keinen Alkohol trinken, wenn er die Fluctine nahm, aber es sah so aus, als habe er auf diese Dinge im Moment keinen Einfluss. Die Umstände spielten mit ihm wie kräftige, schnell drehende Winde. Er hatte Limonenrisotto bestellt, das gut roch und aussah, aber zu wachsen schien wie der Brei in Grimms Märchen, in seinem Mund und auf seinem Teller. Es war immer das Gleiche. Der Hunger ließ nach, der Durst kam, die Ideen rollten ein und sprengten ihm fast den Kopf.

Kein Thema, keine Absicht, nur die Wörter, die wie alberne Kinder umhersprangen.

> Es ist heiß im Osten
> ich will Frische kosten
> ich habe so ein Jieper
> auf ein Glässchen Vipa

Er versuchte, sich Lars' Gesicht vorzustellen, wenn er einen solchen Reim vortrug. Es war schwer zu berechnen, das Wort Jieper kannte Lars sicher nicht. Es war ein Berliner Wort,

soweit Andreas Hermann wusste. Vielleicht fanden sie es authentisch, vielleicht lächerlich, die Grenzen verwischten.
»Sensationell, oder?«, sagte Ulrike, als könne sie seine Gedanken lesen. Es hätte alles so viel einfacher gemacht, aber sie meinte nur den Fisch, den sie fachmännisch zerlegte, noch eine Sache, die sie ihm beibringen konnte, später, neben Segeln und Skifahren und Tennisspielen.
»Wunderbar«, sagte er, einen Klumpen Limonenrisotto hinunterwürgend wie eine tote Maus. Auf weinhaltig reimte sich natürlich auch nichts, und auf Brause reimte sich nur Krause. Krause. Einen Krause gab es im »Kleinen Grünen Kaktus« der Comedian Harmonists, den Ramón in der »Traumfabrik« gesungen hatte. Ramón war im Pankower Schulprojekt untergekommen, wo der Regisseur des »Traumfabrik«-Programms, Florian Martens, arbeitete. Zweimal die Woche spielte Ramón die »Karibische Nacht« im Hotel Hilton am Gendarmenmarkt. Dafür war jetzt Melanie da, Max' Freundin, die im gelben VW-Bus anreiste, auf dem »Fucking Miss Sunshine« stand. Es ging immer weiter, immer mehr Namen, mehr Geister. Keine Flaschen, die sie halten konnten, die man zukorkte und ins Regal stellte, damit endlich Ruhe war.

Ein kleines grünes Fläschen,
steht draußen vor der Tür
vipapapavipapavipapa
Was sagen Se denn, Herr Krause
zu dieser coolen Brause
vipapavipapavipapa

Vielleicht sollte er die Nummer mit seiner Schauspielgruppe einüben und alle mit zum Vorsingen in die Käthe-Niederkirchner-Straße bringen. Er musste lächeln, als er sich vorstellte, wie Kosch und Danuschka und Cathrin Huschke und Leonid und Melanie in dem weißen Laden aussehen würden. Sie würden wirken wie eine Installation hinter dem Schaufenster. Man könnte sie »zwischen Engagements« nennen, dachte er, noch ein Gedanke, mit dem nichts anzufangen war.

»Was ist so lustig?«, fragte Ulrike und hob eine Gräte aus dem Fisch, an der nicht ein Fitzelchen mehr klebte.

»Ach nichts«, sagte er.

Dann war es still. Er hörte jetzt das Paar am Nebentisch. Sie trugen schöne bunte Hemden, für die sie allerdings bereits zu alt waren und zu ernsthaft. Der Mann erklärte seiner Partnerin gerade, warum der Titel des neuen Tarantino-Films bewusst falsch geschrieben worden war. Ulrike sah ihren perfekt zerlegten Fisch an, vielleicht erinnerte sie sich gerade an die Essen mit ihrem Mann. Zwei Menschen, die sich an einem Tisch gegenübersitzen und schweigend Fische zerlegen wie Uhren, dachte Andreas Hermann. So wollte er nicht enden.

»Was sagen Se denn, Herr Krause, zu dieser coolen Brause«, sagte er.

»Was?«

»Das habe ich gerade gedacht«, sagte er und sang ihr die Strophe vor. Er sang ziemlich laut, weil er nichts mehr vor ihr zurückhalten wollte. Das Paar am Nebentisch drehte sich um. Ulrike lächelte sie an, als werbe sie um Verständnis für ein Kind. Sie lächelten zurück, aufgeschlossene, verständnisvolle Menschen in lustigen Hemden.

»Seit ich den Auftrag von euch bekommen habe, hab ich diese Reime im Kopf, weißt du. Wie ein Rapper.«

»Ist das gut oder nicht so gut?«, fragte sie.

»Es lenkt ab«, sagte er.

»Wovon?«

»Von unserem Gespräch hier, vom Leben allgemein, ich weiß auch nicht.«
»Tut mir leid«, sagte Ulrike und nahm seine Hand, die neben dem immer noch viel zu vollen Teller mit Risotto lag.
»Muss dir nicht leidtun. Es ist immer so, wenn ich mich mit einer Sache beschäftige. Ich habe so Phasen«, sagte er.
»Was für Phasen?«, fragte Ulrike. Er spürte, dass es die Gelegenheit war, ihr von Dr. Brock zu erzählen und den Kapseln, erst recht jetzt, nachdem er beschlossen hatte, nichts mehr zurückzuhalten. Sie sollten nicht enden wie die schweigenden Paare, die irgendwann mit dem Zurückhalten angefangen haben mussten, bis es schließlich nichts mehr gab, was sie einander erzählen konnten, weil alles mit allem zusammenhing. Andererseits wusste er nicht, ob er bereit wäre für ihr Geständnis, und noch weniger wusste er, wie er darauf reagieren würde, wenn sie nicht gestand, und so ließ er die Gelegenheit verstreichen.
»Ich mache eben lange Zeit nichts oder wenig oder Dinge, die mir nichts bedeuten und dann Sachen, die mich sehr beschäftigen. Es kommt in Wellen, sozusagen.«
»Sachen wie dieses Vipa überrennen dich?«, fragte sie.
»So bescheuert wie es klingt, ja. Vipa oder der FC Bayern München oder was weiß ich, es ist wie ein Virus oder ein Ohrwurm«, sagte er.
»Ich hätte dir gern einen anderen Wurm ins Ohr gesetzt, Andreas. Aber ich war wie vernagelt, wirklich«, sagte sie. Ihre Hand, die auf seiner Hand neben dem Risottoteller lag, zitterte leicht. »Du hast mir ja von den Mitropa-Tassen erzählt und vom Leipziger Hauptbahnhof und alles, und dann schlage ich dir diese Ostlimonade vor. Ich hab das erst begriffen, als Lars das erste Dia einschob. Wie du da geschaut hast, das hat mir fast das Herz gebrochen. Ich sollte dir das eigentlich nicht sagen. Ich sollte ja froh sein, dass dich die Idee so beschäftigt.

Aber ich will nicht, dass du denkst, es hätte irgendwie mit uns beiden zu tun.«

»Es ist gut so. Ich kann das trennen«, sagte er. In seinem Kopf lief eine Waschmaschine zur Musik der Comedian Harmonists, er konnte gar nichts trennen. Er wusste nicht, warum ihn die Stimmen und die Weinranken bedrängten, er wusste nur, dass sie da waren. So war es immer. Die Idee kontrollierte ihn. Sie war der Lichtschein unter der Tür, aber das hätte Ulrike alles nur verwirrt, und das wollte er jetzt nicht.

»Was ist eigentlich mit den Mitropa-Tassen passiert?«, fragte er.

»Bitte?«

»Die Tassen. Ich frage mich, wo die Tassen sind. Ich habe den Eindruck, sie sind verschwunden.«

»Hast du sie gesucht?«

»Vermisst«, sagte er und lachte. Er wollte den Berg nicht hinunterfahren, noch nicht oder vielleicht auch nie. Eine falsche Weiche, und die Dinge waren nicht mehr aufzuhalten. So war es doch immer, bei Paula, beim Nordkurier, bei den Behörden. Er dachte an die Naturbänke, die er aus den Fichten bauen lassen wollte, die der Orkan Kyrill im Thüringer Wald gefällt hatte. Eine seiner früheren Ideen. Only a wood bank is a good bank, war das Motto gewesen. Er hatte lange Briefe an das Umweltministerium in Erfurt geschrieben, in denen er ihnen den Zusammenhang zwischen Naturkatastrophen und Finanzkrisen erläuterte, und einen einzigen kurzen, ablehnenden Brief zurückbekommen, in dessen P.S. ihm irgendein Beamter erklärte, dass Bank im Englischen »bench« heiße und nicht »bank«. Seine Briefe waren immer wütender geworden, am Ende war er den Beamten dort wahrscheinlich gefährlicher vorgekommen als der Sturm Kyrill und die Weltfinanzkrise zusammen.

»Ich wollte dir schon einen Gefallen tun. Mit den Tassen und auch mit dem Auftrag jetzt, aber ich will nicht, dass es mit uns zu tun hat, im Herzen«, sagte sie.

»Aber es hat mit uns zu tun«, sagte er.

»Du weißt, was ich meine«, sagte sie.

»Nicht genau.«

»Du musst dich zu nichts verpflichtet fühlen.«

»Ich weiß«, sagte er endlich, obwohl es nicht stimmte. Er würde sie verlieren, wenn er versagte. Sie hatten einen Vertrag geschlossen.

»Es ist nur Werbung, es ist ein kleines Projekt, selbst für uns«, sagte sie.

»Das macht keinen Unterschied«, sagte er. »Ich habe versprochen, dass ich eine Woche brauche, um ein paar Vorschläge zu machen. Und das will ich jetzt auch einhalten. Das muss ich einhalten. Ich mach mich sonst lächerlich.«

»Vor wem denn?«

»Vor dir, vor Lars. Vor mir.«

Sie schob sich ein Stück des weißen Fischfleischs auf die Gabel, sehr langsam, weil sie das ernsthafte Gespräch nicht durch etwas Profanes wie Essen entwerten wollte. Er goss sich das Glas voll und trank es aus. Und dann goss er es wieder voll, aber ruhiger wurde er nicht. Anderthalb Stunden später ging es dann einigermaßen, die Waschmaschine hatte deutlich an Schwung verloren.

Sie saßen inzwischen im Luxus, einer Bar in der Belforter Straße, gegenüber vom Café Fröhlich, wo er in seinem alten Leben Rabatt bekommen hatte. Er hatte drei Whisky getrunken und einen Schluck Gin Tonic von Ulrike, als sie auf dem Klo war. Die Sänger in seinem Kopf schliefen. Es war eine warme Nacht, die Tür des Luxus stand weit offen, und der Wirt hatte drei kipplige Tische auf den Bürgersteig gestellt. Im

Hinterzimmer der Bar saß ein Handvoll junger Männer mit lustigen Hüten und Kinnbärten, an einem Tisch in der Ecke ein älteres, übergewichtiges Paar, das aussah, als wohne es seit vierzig Jahren in der Gegend, die anderen Gäste waren Ausländer, die meisten klangen wie Amerikaner. Er sah in ihren Augen, dass sie sich besonders fühlten, europäisch wahrscheinlich, losgelassen und unbeobachtet. Sie redeten laut und mit großer Selbstverständlichkeit englisch, was ihn ärgerte, weil hier die Belforter, Ecke Prenzlauer war und nicht Cleveland, und dann ärgerte ihn auch, dass er so was dachte, so was Spießiges, schließlich kam er auch nur aus Neustrelitz. Ulrike aber schien sich unter ihnen wohler zu fühlen als unter den netten Leuten bei Herrn Rossi. Sie mochte die Fremde und schien sich auf einer Reise zu befinden. Alle rauchten, ausnahmsweise natürlich, die Amerikaner und auch Ulrike, die ein unvernünftiges Funkeln in den Augen hatte wie in ihrer ersten Nacht. Sie fing an, ihm Geschichten aus ihrer Studentenzeit in Freiburg zu erzählen, wo sie Ende der 80er Jahre eine Gruppe unterstützt hatte, die Rote Zora hieß. Es waren Frauen, die Supermärkte anzündeten und ausräumten und auch sonst versuchten, den Imperialisten und Chauvinisten zu schaden, wo es ging. Er hatte nie von der Roten Zora gehört, was Ulrike wunderte, weil die Rote Zora vor allem in Berlin aktiv war, wie sie sagte. Natürlich hatte sie die Mauer vergessen, aber er hatte keine Lust, sie ausgerechnet daran zu erinnern.

»Ich hatte einen Punkerschnitt damals«, sagte sie. »Ich habe Gedichte geschrieben und Geschichten.«

»Du schreibst?«, fragte er, eher höflich als interessiert. Er hätte sie auch fragen können, ob sie eine Ratte auf der Schulter getragen hätte, damals in Freiburg. Er sah, wie auf der anderen Straßenseite der Wirt des Café Fröhlich auf zwei Frauen einredete, die an seiner Bar saßen. Die Stühle waren bereits hochgestellt. Der Wirt gestikulierte wild, wie es aussah, ging es eher um die Scientologysekte, die Berlin *sukzessive* zersetzte, als um die Bäume, die er hier vor 25 Jahren gepflanzt hatte. Tom Cruise, noch eine Bedrohung, wie die Rote Zora und Kyrill, der Sturm. Es war eine seltsame Welt, die sich hier auf dieser kleinen Fläche versammelt hatte, dachte Andreas Hermann. Sie hockten auf dem Prenzlauer Berg wie auf einer Arche, sie wollten nicht in ihren langweiligen Leben ertrinken, Ulrike nicht, er selbst nicht und höchstwahrscheinlich auch die Amerikaner nicht. Bestimmt würde gleich Sina, die Urenkelin Anastasias, mit dem bärtigen Videokünstler aus New York vorbeikommen und ein Foto für die Ewigkeit schießen.

»Ich *habe* geschrieben«, sagte Ulrike.

»Und warum hast du aufgehört?«

»Das BKA hat die Geschichten geholt«, sagte Ulrike.

»Das BKA«, sagte er, wacher jetzt, aber nicht besorgt. Drei Buchstaben nur, die ihm nichts bedeuteten.

»Ja, sie kamen eines Morgens in unsere WG, sie stürmten sie sozusagen, und schleppten unsere Zeitschriften, Tagebücher und überhaupt alles, was wir jemals aufgeschrieben haben, weg. Ich meine, wir hatten nichts getan, wir fanden die Rote Zora gut, das war alles. Vielleicht haben wir mal einen Unterstützerbrief geschrieben, aber nicht mehr. Jedenfalls habe ich mehrfach gefordert, dass sie mir meine Gedichte und Geschichten zurückgeben sollten, aber sie haben nicht mal reagiert. Es war im Mai 1989. Seitdem schreibe ich nicht mehr.«

»Noch ein Jubiläum«, sagte er. »Tut mir leid.«

»Es war auch nicht viel anders als bei euch«, sagte sie.

»Na ja«, sagte er und fühlte sich, wie er sich vor ein paar Tagen im Gespräch mit Harald, dem Bürgerrechtler gefühlt hatte, auf der falschen Seite der Geschichte. Er war immer nur mitgeschwommen. Das größte Risiko seines Lebens war sein Stadtmagazin in Neustrelitz gewesen. Litz. Und das war ein finanzielles Risiko gewesen, das armseligste aller Risiken.

»Sie haben erst die Angst verloren, als die Mauer fiel. Die große Angst jedenfalls. Ich frage mich manchmal, was aus mir geworden wäre, wenn die Mauer stehen geblieben wäre«, sagte Ulrike.

»Ich mich auch«, sagte Andreas Hermann, obwohl er sich das im Moment eher nicht vorstellen wollte. Er wünschte sich einen ähnlich überzeugenden Grund für seine Schreibkrise, die genaugenommen nicht mal eine Schreibkrise war. Er war einfach kein Schreiber, Schreiben bedeutete ihm nichts. Irgendwann musste er auch endlich etwas riskieren, dachte er, er war 42, er wurde immer schwächer. Er sollte in die BKA-Zentrale einbrechen und die Gedichte der 19jährigen Ulrike aus den Giftschränken retten, dachte er, das wäre eine gute Tat. Er würde sie erlösen und vielleicht auch sich. Ulrike redete über ihre beiden Freiburger Mitbewohnerinnen, die nach dem BKA-Einsatz nie wieder richtig auf die Beine gekommen waren, und es klang so, als fände sie das folgerichtiger als das Leben, in dem sie gelandet war. Sie sah ihn an, als würde sie ihm das alles beichten wie einen Verrat an ihren Idealen. Vielleicht vermutete sie, dass er dem revolutionären Kampf allein durch seine Lebensumstände näher war. Womöglich nahm sie an, sie hätten für dieselbe Sache gekämpft. Demnach hatte der Mauerfall sie getrennt und nicht vereint. Ein seltsamer Gedanke. Sie stieg zu ihm herab und wollte, dass er gleichzeitig zu ihr hinaufstieg, irgendwo würden sie sich treffen wie Cate Blanchett und Brad Pitt in »Der seltsame Fall des Benjamin Button«. Es war alles ein großes Missverständnis, im Guten wie im Schlechten. Sie umarmten ihn, oder sie verurteilten ihn. Er hatte keine Lust, das aufzuklären, weil das in der Regel alles noch schlimmer machte, aber er wollte irgendetwas Ehrliches sagen, irgendetwas abgeben, ein Stück von seinem Leben, das sie noch nicht kannte.

»Weißt du, dass ich dich auf der Straße gesehen habe. Als Geist.«

»Als Geist?«

»Ja, kurz nachdem wir uns das erste Mal trafen, habe ich angefangen, dich überall zu sehen. Einmal warst du sogar auf einer unserer Traumfabrik-Veranstaltungen in einem Altersheim in Spandau.«

»Ein Altenheim. Wie schön. Wie sehe ich denn aus mit achtzig?«

»Du warst nicht alt, du standest da als Besucherin zwischen den Pflegern und hast gelacht, als Anthony sang.«

»Vielleicht hast du mich gesehen, weil ich so gern da gewesen wäre, vielleicht war mein Geist da«, sagte sie und küsste ihn. Der Tisch kippelte zwischen ihnen auf dem Bürgersteig der Belforter Straße wie bei einer Séance. Ihre Geister berührten sich an den Fingerspitzen. Andreas Hermann hatte plötzlich große Angst davor, dass der Kontakt abriss. Er wollte sie nicht verlieren, doch es würde passieren. Es war unausweichlich wie der Tod. Er dachte an den Professor, der noch voller Hoffnung war und gleichzeitig tot. Vielleicht brachte ihn dieser Gedanke auf den Friedhof, vielleicht war es ihr Gerede über Geister, oder es hatte damit zu tun, dass hier am Königstor alles so dicht zusammenlag. Jedenfalls sah er plötzlich die Mauern des Marienfriedhofs aus dem Dunkeln auftauchen und schlug Ulrike vor, das Grab des Professors zu besuchen, jetzt, sofort. Man sah den Friedhof vom Luxus aus wirklich, er lag direkt auf der anderen Seite der Prenzlauer Allee, am höchsten Punkt des Prenzlauer Berges, wo die Belforter zur Heinrich-Roller-Straße wurde. Ulrike war begeistert. Es waren nur kleine

Schritte, und das wusste ja auch sie zu schätzen. Kleine Schritte.
Am Friedhof kletterten sie auf ein Autodach und zogen sich an einem der vielen Transparente, die aus irgendeinem Grund an der Mauer hingen, hinauf. Dann sprangen sie ins Dunkel. Andreas Hermann wusste nicht, warum er so sicher war, dass der Professor gerade auf diesem Friedhof beerdigt worden war, und sie fanden sein Grab auch nicht, jedenfalls nicht in dieser Nacht. Später dachte er, dass sie ihn gar nicht gesucht hatten, sondern einfach bei den anderen Geistern sein wollten, denen man nichts erklären musste. Sie liefen zwischen den Gräbern umher, die teilweise beeindruckend groß waren, eher Begräbnisstätten als Gräber, eher Gruften als Steine. Das Stadtlicht verlosch, die Geräusche verstummten, die hohen, dichten Bäume schlossen sich über ihren Köpfen, und die zugewucherten Wege zwischen den verwitterten Grabplatten lösten sich unter ihren Füßen auf. Nach ein paar Minuten waren sie aus der Stadt verschwunden. Ulrike und Andreas standen auf dem Gipfel des Prenzlauer Berges und hielten sich an den Händen. Die Stadt dort draußen schlief, das Rad stand still, die Mauern waren gefallen. Sie standen auf den Trümmern der untergegangenen Welt und schauten auf ihr Reich. Sie hatten ihre Leben abgestreift, sie ihres und er seines. Sie waren unfotografierbar und unsterblich wie alle Geister. Königstorkinder.

Es ist natürlich nicht kommerziell«, sagte Bruno. »Das verbietet das deutsche Weingesetz.«
»Das deutsche Weingesetz«, sagte Andreas Hermann und ließ eine Rebe durch seine Hand gleiten, die von gestern Nacht

schmerzte. Er hatte sich beim Abspringen von der Friedhofsmauer in einem der Transparente verheddert und war mit ihm auf den Bürgersteig der Heinrich-Roller-Straße gestürzt. »Immobilienhaie kommen nicht in den Himmel!«, hatte auf dem Transparent gestanden. Ulrike und er hatten es anschließend wieder notdürftig befestigt. Sie wussten beide nicht, was der Spruch genau bedeuten sollte, aber er klang richtig. Die Rebe fühlte sich staubig an.

Andreas Hermann stand mit Bruno auf halber Höhe auf dem Wasserturmberg zwischen Weinstöcken, die er immer für normales Gebüsch gehalten hatte, wenn er hier vorbeilief. Manche Dinge sah man nicht, weil man sie sich nicht vorstellen konnte. Wein am Wasserturm, dessen Vermarktung unters deutsche Weingesetz fiel, gehörte ganz bestimmt dazu. Um sie herum summte das Viertel, der heißeste Immobilienmarkt Ostberlins, wie ein Bienenkorb, Kinder, Händler, Makler, Lebenskünstler und Touristen. Bruno und er hockten hier im Unterholz wie Strauchdiebe.

»Ja, wir dürfen den Wein nicht verkaufen. Das dürfen nur Produzenten aus den deutschen Weinregionen, Rheinland-Pfalz, Mosel, Saale-Unstrut und so weiter. Berlin gehört nicht dazu«, sagte Bruno.

»Aber ich hab doch die Flaschen gesehen. Was macht ihr denn damit?«, fragte Andreas Hermann.

»Wir verschenken sie, wir stellen sie aus. Wir benutzen den Wasserturmwein als Anschauungsmaterial. Die meisten Leute wissen doch gar nicht, dass in Berlin mal Wein angebaut wurde. Das ist doch interessant.«

»Ja«, sagte Andreas Hermann, obwohl er nicht wusste, was daran interessant sein sollte. Er sah die wimmelnde Rykestraße hinunter. Einen Moment lang spürte er eine tiefe Müdigkeit, die unter all der Aufgeregtheit lag, die ihn vorantrieb.

Er hatte nur drei Stunden geschlafen, Ulrike und er hatten auf den Sommerlaken eher gerungen als gevögelt, was am Tod lag und am Alkohol, dachte er. Bruno ließ eine winzige grüne Kugel fachmännisch durch die Finger rollen, eine Erbse eher als eine Traube, er zermalmte sie zwischen Daumen und Zeigefinger und schnüffelte in dem Brei herum. Andreas Hermann hatte die nächste Frage auf den Lippen, aber das brachte alles nichts. Er würde Bruno nur den Wind aus den Segeln nehmen und sich selbst auch. Bruno klebte ein Krümel von dem grünen Brei an der Nasenspitze.

»Ich fotografier hier mal ein bisschen rum«, sagte Andreas Hermann.

»Na klar«, sagte Bruno. »Aber denk dran, dass wir in einer halben Stunde mit Dr. Schmidt verabredet sind. Eher in 25 Minuten.«

»Roger«, sagte Andreas Hermann und tauchte tiefer in die Weinstöcke ab, um irgendetwas zu erfassen, das man mit bloßem Auge nicht sehen konnte. Den Geist des Weines zum Beispiel. Er brauchte eine Idee, er brauchte etwas Optisches, deswegen hatte er Bruno heute Morgen in der Kaffeeküche der Agentur angesprochen. Bruno hatte natürlich sofort Dr. Schmidt aus dem Ärmel gezogen, den Direktor des Berliner Weininstituts, der seinerzeit im Planetarium herumgestanden hatte. Und natürlich hatte der Mann mit den Schaufelhänden sofort Zeit für sie. Dr. Schmidt und Bruno würden nicht verstehen, worum es ging, dachte Andreas Hermann, aber der Wasserturmberg war schon mal gut. Man sah die Stadt und den Wein, die Frage war, wie man beides zusammen ins Bild bekam. Er müsste mit Vincent reden, Vincent hatte immer Ideen.

Zwanzig Minuten lang kroch Andreas Hermann mit seiner Digitalkamera durchs Weinunterholz am Wasserturm. Am

Ende fand er ein Motiv, das ihn ansprach. Es war eine dunkle, verschlungene Weinrebe, die aussah wie ein Notenschlüssel. Ein Bild zur Musik in seinem Kopf. Er beschloss, dass der Wasserturmwein nachts fotografiert werden müsse, nur so holte man die Stadt aufs Bild. Dazu würde er Sina brauchen, das Auge der Finsternis. Zunächst kam aber Dr. Schmidt. Und Dr. Schmidt war die eigentliche Überraschung der Exkursion.

Der Institutsleiter hockte zwischen anderen Phantasieunternehmen in einem kleinem Ladenbüro in der Rykestraße. Links von ihm befand sich ein Berliner Messerschmied, der sich in japanischer Messerschmiedetradition sah, rechts eine winzige Filmfirma mit dem Namen »Meet the Cut the«, was, wenn man es deutsch aussprach, wie Miezekatze klang. Das hatte ihm Bruno ziemlich wichtigtuerisch erklärt. Was das bedeuten sollte, wusste er allerdings auch nicht. Es war ein Name, nur ein Name, wie Berliner Weininstitut. Schmidts Büro war ein ehemaliger Schnapsladen, über dem schmalen Schaufenster stand in verwaschenen Buchstaben »Spirituosen und Geister«. Es gab ein Sofa, einen Sessel und einen Schreibtisch, im hinteren Bereich stapelten sich die Kisten des Rieslings vom Prenzlauer Berg, der nicht verkauft, sondern nur verschenkt werden durfte.

»Andreas Hermann ist ein Journalist, der in unserem Projektzentrum mitarbeitet«, sagte Bruno, als stelle er jemanden vor, der sie jetzt berühmt machen würde. Mit derselben hochstaplerischen Haltung hatte er ihn schon einmal vorgestellt, damals im Planetarium, aber Dr. Schmidt hatte keine große Lust auf den Kokolores, was Andreas Hermann gefiel. Als er zu einer Erklärung ansetzte, die ihn als Journalisten ins rechte Licht rücken würde, winkte Dr. Schmidt nur müde ab. Er wollte wissen, worum es ging.

»Vipa!«, sagte Schmidt, nachdem er die Geschichte gehört hatte. »Natürlich. Vipa.«
»Genau«, sagte Andreas Hermann.
»Ich erinnere mich gut«, sagte Schmidt. »Nicht mein Bereich allerdings.«
»Was ist denn Ihr Bereich«, fragte Andreas Hermann.
»War«, sagte Bruno.
»War, klar«, sagte Andreas Hermann.
»Möbel«, sagte Dr. Schmidt.
»Möbel«, sagte Bruno.
»Hellerau, Zeulenroda und und und.«
»Ach«, sagte Andreas Hermann und beschloss, so schnell wie möglich zu verschwinden, weil er eigentlich keine Zeit mehr für große Umwege hatte. Er blieb dann aber doch, und seltsamerweise waren es genau die Umwege, die ihn hier festhielten. Schmidt war in seinem früheren Leben bei der Staatlichen Plankommission für die bezirksgeleitete Möbelindustrie zuständig gewesen. Nach der Wende hatte er vier Jahre lang ein Schulprojekt in Moskau betreut, dann hatte er die Werbung für eine Kugelschreiberfabrik im Vogtland übernommen. Das machte er immer noch, aber nur nebenbei. Vor drei Jahren hatte Schmidt dann das Berliner Weininstitut gegründet. Er stammte aus der Weinstadt Freyburg an der Unstrut, sagte er zur Erklärung. Wie der Rotkäppchensekt, sagte Bruno, der Andreas Hermann immer mehr an einen dieser Vögel erinnerte, die Krokodilen Essensreste aus den Zähnen pickten. Die anderen beiden Gründungsmitglieder waren zwei süddeutsche Hausbesetzer vom Weinbergsweg, die sich mittlerweile total zerstritten hatten, und der Berliner Kulturkorrespondent einer österreichischen Tageszeitung namens Die Presse, der das Mietshaus in der Rykestraße gekauft hatte, in dem sie gerade saßen. Inzwischen gab es Mitglieder in ganz Deutsch-

land, in Österreich, Ungarn, Bulgarien und im Kaukasus, sagte Bruno, Schmidt war ihr ehrenamtlicher Präsident. Das Institut klang wie ein Spiel für Erwachsene, eine Idee, die ein paar angetrunkene Männer in einer lauen Berliner Sommernacht ausgeheckt hatten. Berlin war die einzige deutsche Großstadt, in der man noch am nächsten Morgen an so eine absurde Idee glauben konnte. Das mochte Andreas Hermann. Deswegen saßen sie hier in einem ehemaligen Schnapsladen, er, der künftige Werbestratege einer untergegangenen Ostlimonade, Bruno, gelernter Jugendklubleiter in Weinbauernuniform, und Dr. Schmidt, Frühstücksdirektor eines Phantasieinstituts, der vor nicht allzulanger Zeit ein Moskauer Schulprojekt betreut hatte. Ihm gefiel die Selbstverständlichkeit, mit der Schmidt durch die verschiedenen Welten segelte, es machte ihm Mut. Schmidt war bestimmt Ende sechzig, aber immer noch voller Energie. Er hatte dichte weiße Haare, ein kantiges Kinn und erinnerte Andreas Hermann an Christopher Plummer, den amerikanischen Schauspieler, der am ehesten so aussah, als würde er sächsisch sprechen. Den zweiten Platz in dieser Kategorie belegte Charlton Heston. Den dritten hatte er vergessen. In seiner Zeit als Herausgeber des Neustrelitzer Stadtmagazins Litz hatte sich Andreas Hermann alle möglichen Listen ausgedacht, die ein wenig Glamour in seine Heimat bringen sollten. Litz war eine Möglichkeit gewesen, seine strudelnden Gedanken loszuwerden, vielleicht die letzte. Der Oscargewinner, von dem man sich am ehesten vorstellen konnte, dass er in Neustrelitz eine Fahrschule betrieb, war Philip Seymour Hoffman. Dr. Schmidt allerdings sprach anhaltinisch und nicht sächsisch. Sein Vater war Lebensmitteltechnologe im Weinbereich gewesen und im Alkohol ertrunken, wie er sich ausdrückte, und sein Chef bei der Staatlichen Plankommission hatte sich erschossen, weil er erkannte, dass der Plan nicht aufging. Dr. Schmidt hatte sicher viele schlechte Erfahrungen gemacht in den letzten zwanzig Jahren und auch davor, aber er hatte sich nicht entmutigen lassen. Er sprach über die Weine seiner Kindheit, die Hänge der Unstrut, die Kellereien in Meißen, wo sie den Wein vom Wasserturm kelterten, die winzigen ostdeutschen Weingüter, die einen Neuanfang versuchten, mit biologischem Anbau, neuem Image, schnörkellosen Etiketten.

Andreas Hermann hockte tief im Sofa des Berliner Weininstituts und wusste, dass es irgendwo im Redestrom des Direktors den Geist für die Vipa-Werbung gab, den er herausfiltern musste wie Goldstaub. Er musste, um im Bild zu bleiben, die Lebensgeister einfangen, die durch die Zeiten perlten. Bauarbeiter, die die Grube für den Palast der Republik aushoben, tranken Vipa und die, die ihn dreißig Jahre später wieder auseinanderschweißten, auch. Man müsste die Vipa-Flasche durch die Zeiten reisen lassen wie Forrest Gump, vielleicht konnte man sie in historische Bilder montieren. Sie stand neben Walter Ulbrichts Tischtennisplatte, sie stand in Wolf Biermanns Wohnung in der Chausseestraße und auf dem ersten Runden Tisch im Herbst 89, die Magdeburger Fußballer bespritzten sich nach ihrem Europacupsieg gegen den AC Mailand im Sommer '74 mit Vipa, Heiner Müller nahm fünfzehn Jahre später einen Schluck in der Probenpause zur Hamletmaschine, Barack Obama öffnete eine Flasche bei seinem Besuch in Weimar im Frühjahr 2009.

Er müsste sofort mit Vincent reden. Und mit Bernhard. Es müsste schnell weitergehen, schnell.

»Jedermann an jedem Ort«, sagte Andreas Hermann.

»Einmal in der Woche Sport«, sagte Dr. Schmidt.

Sie lachten, Bruno sah sie verständnislos an.

»Das ist ein Motto von Walter Ulbricht aus den 60ern. Ich

weiß auch nicht, wie Herr Hermann jetzt darauf kommt«, sagte Dr. Schmidt.

»Lange Geschichte«, sagte Andreas Hermann, er hätte Schmidt am liebsten geküsst. Bruno nickte.

»Vielleicht haben Sie Lust, zu unserem Institutstreffen in die Bötzowbrauerei zu kommen«, sagte Dr. Schmidt und schob eine Visitenkarte über den Tisch, die auf beiden Seiten bedruckt war. Vorn war er Direktor des Berliner Weininstituts, hinten Öffentlichkeitsarbeiter der Vogtländer Kugelschreiberfabrik.

»Warum nicht«, sagte Andreas Hermann.

»Nächsten Freitag«, sagte Bruno.

»Klar«, sagte Andreas Hermann, obwohl er da eigentlich mit Ulrike in Wien sein sollte. Das würde er später auseinanderdrieseln. Er machte noch ein Foto vom Direktor, der zwei Flaschen Wasserturmwein in den Händen hielt wie Revolver. Ein alt gewordener Revolverheld, ein bisschen langsam, aber nicht ungefährlich.

Andreas Hermann trat beseelt auf die Rykestraße, aufgeladen, er hatte einen Faden in der Hand, dachte er. Er hatte wieder Spielraum. Er würde sie nicht enttäuschen. Er hielt sein Gesicht in die Vormittagssonne und schloss die Augen.

»Das war schon mal gut, Bruno«, sagte er.

»Dr. Schmidt, sag ich doch«, sagte Bruno und rieb sich die Hände.

»Guter Mann, wirklich«, sagte Andreas Hermann, fast hätte er hinzugefügt: authentisch. Im Grunde suchte er das Gleiche wie Ulrike, dachte er.

»Ja. Wenn du's für dich behältst: Er hat mir einen Posten als Sachbearbeiter im Institut in Aussicht gestellt. Wenn die Fördermittel durchgehen.«

»Wer fördert denn ein Berliner Weininstitut?«, fragte Andreas

Hermann, die Augen wieder offen, in die weiße Sonne blinzelnd.
»Weiß auch nicht, irgendeine Europäische Agrarkommission«, sagte Bruno. »Aber das muss wirklich unter uns bleiben.«
Andreas Hermann nickte und spürte, wie ihm der Gedanke an europäische Landwirtschaftsfördertöpfe die Energie aus den Knochen sog. Bruno würde vom zweiten auf einen anderthalben Arbeitsmarkt wechseln. Das war doch alles total niederschmetternd, dachte er, aber dann rief glücklicherweise Bernhard an, mit dem er ja sowieso reden musste.
»Andi«, rief Bernhard. »Hast du einen Moment?«
»Klar«, sagte Andreas Hermann und lächelte Bruno ermunternd an.
»Gut ... gut ... gut ...«, rief Bernhard, im Hintergrund rumpelte irgendwas, vermutlich die Espressomaschine, sein Hometrainer oder der Zimmerservice in Cannes beziehungsweise Sofia. Es war mittags, aber Bernhard war ein Spätaufsteher. Beim Film stand man spät auf, hatte er ihm mal gesagt, und Bernhard war ein Mann, der sich nach diesen Dingen richtete, selbst wenn er dafür drei Stunden wach im Bett liegen musste.
»Ich habe gestern Abend mit ein paar Leuten über euer Schauspielprojekt geredet. Die waren alle total begeistert. Ich glaube, daraus könnten wir was machen.«
»Was für Leute?«, fragte Andreas Hermann und nickte Bruno weiter zu, während Bernhard begeistert in sein Ohr zwitscherte. Bruno nickte zurück. Er sah ein bisschen besorgt aus, wahrscheinlich bereute er bereits, ihn in seine Karrierepläne mit Dr. Schmidt eingeweiht zu haben. Bernhard jedenfalls schien ziemlich aufgekratzt und wollte ihn sehen.
»Sicher«, sagte Andreas Hermann. »Ich bin gerade in der Nähe. Wollen wir nicht gleich drüber reden?«

»Oh«, sagte Bernhard.»Wo bist du denn?«
»Ich kann in zehn Minuten da sein.«
»Zwanzig«, sagte Bernhard.
»Bis gleich«, sagte Andreas Hermann.
Bruno sah ihn nachdenklich an. Er hatte immer noch den kleinen grünen Weintraubenkrümel an der Nase, der inzwischen sehr dunkelgrün geworden war, fast schwarz. Andreas Hermann beschloss, Bruno einfach mitzunehmen. Bruno würde ihn daran erinnern, worum es ging. Wenn Bernhard erst mal anfing zu reden, verlor man schnell die Übersicht.

Was für Leute?«, fragte Andreas Hermann noch mal, nachdem ihnen Bernhard drei doppelte Espressi an seiner blitzenden Espressomaschine zubereitet hatte. Die Maschine war noch größer als die von Ulrike, der Espresso sah aber genauso aus.
Sie saßen an dem langen hellen Holztisch in Bernhards Küche. Der Blick durch die vollständige verglaste Vorderfront der Wohnung ging über den Helmholtzplatz westwärts, man sah den Fernsehturm, den Wasserturm und ein paar Kirchturmspitzen. Der Küchentisch war Bernhards Lieblingsplatz, das hatte Andreas Hermann oft genug gehört. Die moderne Küche ist das Zentrum der Wohnung, behauptete Bernhard, Wohnzimmer, Arbeitszimmer, Salon, alles in einem. Irgendein berühmter deutscher Regisseur hatte Bernhard das eingeblasen, der hatte die *vibrations* aufgenommen und seine Wohnung praktisch um die Bemerkung des Regisseurs herum bauen lassen. Die Küche war bestimmt hundert Quadratmeter groß und hatte neben einem offenen Kamin, einem Flatscreenfernseher, einer Kochbuchbibliothek in Stapel-

turmform, einem roten Ledersofa auch einen freistehenden doppelstöckigen Backofen. Was Bernhard dort buk, war natürlich die Frage, aber Bruno stand der Mund offen.

»Filmleute, Geldleute, Leute mit Ideen, die irgendetwas Neues anschieben wollen«, sagte Bernhard und rührte so langsam in seiner kleinen braunen Kaffeetasse wie Robert de Niro in »Es war einmal in Amerika«, ein Film, den sie beide geliebt hatten. In Bernhards Bad allerdings hing ein großes schwarzweißes Poster aus »Taxi Driver«, ein Film, den sie beide überhaupt nicht mochten, aber die Leute, auf deren Urteil Bernhard Wert legte, wahrscheinlich umso mehr. Bernhard war ein Sergio-Leone-Fan, der für einen Martin-Scorsese-Fan gehalten werden wollte, dachte Andreas Hermann, aber darauf wollte er jetzt nicht eingehen. Es war so schon kompliziert genug, seine und Bernhards Interessen auseinanderzuhalten.

»Ja und?«, fragte er.

»Du hast mir doch auf meiner Geburtstagsfeier von diesem Schauspielprojekt erzählt, Hermi, in dem du untergekommen bist.«

»Ich hatte nicht den Eindruck, dass du mir zuhörst.«

»Ich höre immer zu, Hermi. Immer«, sagte Bernhard.

Einen Moment lang dachte Andreas Hermann daran, Bernhard nach der »Tauwetter«-Rolle zu fragen, die er ihm zum vierzigsten Geburtstag geschenkt hatte, ließ es aber. Es brachte sie nicht weiter, sie beide nicht. Bernhard rührte weiter in der Tasse.

»Was denn nun?«, fragte Andreas Hermann.

»Also dieses Projekt, arbeitslose Schauspieler, Intellektuelle, die Programme aufführen und so weiter, ist das eure Erfindung?«

»Traumfabrik.«

»Traumfabrik, genau, genau. Hah. Das über den Mauerfall.«

»Nee, das heißt Mauerspechte. Traumfabrik handelt von den 20er und 30er Jahren. Marika Rökk und Hans Albers. Andres Programm.«
»Ach so.«
»Ja. Ein kleiner grüner Kaktus, Lili Marleen, pipapo.«
»However. Habt ihr euch das ausgedacht?«
»Ich glaub schon, ich hab jedenfalls nie sonst davon gehört, auch wenn das natürlich nichts bedeuten muss.«
»Klarklarklar«, sagte Bernhard.
»Die Idee hatte Florian Martens, glaub' ich.«
»Florian Martens?«
»Irgendein arbeitsloser Theaterkritiker.«
»Für wen schreibt der?«
»Er ist arbeitslos, Bernhard.«
»Richtig. Für wen hat er geschrieben?«
»Keine Ahnung, ob der jemals irgendwo angestellt war. Im Moment macht er ein Schulprojekt in Pankow.«
»Gut.«
»Was ist daran gut?«
»Nichts. Vergiss es einfach. Ich hab jedenfalls mit ein paar Leuten über euer Projekt gesprochen, einflussreichen Leuten, und sie finden das spannend. Sie könnten sich eine Doku-Soap vorstellen«, sagte Bernhard.
»Doku-Soap«, sagte Bruno.
Bernhard sah ihn kurz an. Bruno nickte.
»Machen Sie da auch mit?«, fragte Bernhard.
»Er ist im Weinprojekt«, sagte Andreas Hermann.
»Weinprojekt?«, fragte Bernhard.
Bruno räusperte sich und zuppelte an seinem Hosenbund, bereit, loszulegen.
»Dazu kommen wir später«, sagte Andreas Hermann schnell. »Erzähl erst mal.«

Bruno strich vorsichtig über das Holz auf dem Küchentresen, als überlege er, sich auch so einen Tresen bauen zu lassen. Andreas Hermann hatte keine Ahnung, wie Bruno lebte und wo. Bernhard schien verwirrt. Seine Haare waren noch ein bisschen nass vom Duschen, und man sah, dass sie auch vorn ausfielen.
»Sie haben da was an der Nase«, sagte Bernhard.
Bruno wischte den kleinen schwarzen Krümel ab und betrachtete ihn.
»Wie stellt ihr euch das vor?«, fragte Andreas Hermann. »Du und deine Leute.«
»Wir würden bei einer eurer Vorstellungen einfach ein, zwei Kameras mitbringen, nichts Aufwendiges, Video wahrscheinlich, wir würden das aus der Hand filmen, um es möglichst authentisch zu halten.«
»Authentisch ist immer gut«, sagte Andreas Hermann, aber Bernhard klappte nur einen seiner schmalen Ordner auf, in dem ein paar Zeitungsausschnitte lagen. Er nahm den obersten Artikel und schob ihn Andreas über den Küchentisch. Es war ein Artikel aus dem Spiegel, in dem es um die Sehnsucht des Theaters nach Wirklichkeit ging. Laien, die als »Experten des Alltags« eingesetzt werden, würden das Programm der deutschen Schauspielhäuser »politisch aufladen«, stand da. Obendrüber war ein großes Foto aus einem Arbeitslosentheaterprojekt in Hamburg. Die Überschrift war: »Wir kommen mit unserer Wut!«
»Experten des Alltags. Die Dinge von unten sehen. Was, Bernhard, wie früher«, sagte Andreas Hermann. Er konnte sich vorstellen, wie sich die Entscheidungsträger gestern Nacht an diesem Tisch an der Idee berauscht hatten, nach der dritten Flasche Rotwein. Noch ein Projekt im Projekt, wahrscheinlich gab's auch dafür irgendwelche Fördermittel. Alle förderten

sich gegenseitig, dachte Andreas Hermann. Manchmal war es wirklich schwer, noch für jemanden zu sein, beziehungsweise gegen jemanden.

»Hör jetzt auf mit dem Scheiß«, sagte Bernhard, entzog ihm den Zeitungsausschnitt aus der Arbeitslosentheaterwelt wieder, legte ihn zurück in seine Mappe und sah ihn an. Aber der Blick hielt nicht lange. Am Ende folgte Bernhards Herz immer Bernhards Interessen.

»Wie weit seid ihr denn?«, fragte er.

»Wir haben in einer Woche Generalprobe.«

»Perfekt. Das schaffen wir.«

»Hey Bernhard, es ist nicht dein Programm. Jedenfalls noch nicht. Ich muss die Projektleiterin fragen und die Schauspieler.«

»Ich kann das machen«, sagte Bernhard.

»Lass mal.«

»Wir würden eine Aufwandsentschädigung zahlen.«

»Das hilft sicher.«

»Deal«, sagte Bernhard und streckte die Hand über den Tisch.

»Ich frage und sag dir Bescheid«, sagte Andreas Hermann, ohne die Hand zu ergreifen.

Er genoss es, Bernhard ein wenig hinzuhalten. Er konnte sich nicht erinnern, wann das zuletzt der Fall gewesen war. Die einzige Sache, bei der Bernhard nie hatte richtig mithalten können, waren Mädchen. Er war immer ein Bär gewesen, auch als Student, ein Bär mit Beziehungen. Ein bisschen zu laut, ein bisschen zu selbstgewiss, ein bisschen zu groß und zu breit in den Hüften, ein bisschen leicht zu durchschauen. Ein Mann ohne Geheimnisse, hatte ihm mal Bernhards Freundin Cathy gesagt, mit der Andreas Hermann am Morgen nach der Party zu Bernhards dreißigstem Geburtstag rumgeknutscht hatte, als Bernhard Schrippen holen gegangen war. Sie war einfach zu ihm auf die Ausziehcouch gekrochen, als Bernhard die Tür hinter sich zuzog und als er vom Schrippenholen zurückkam, kochte sie schon Kaffee. Wenn er und Bernhard an zwei Mädchen vorbeiliefen, sahen beide Mädchen ihn an. Und wenn es drei waren, sahen ihn drei an. Aber das war jetzt auch egal, denn Bernhard lebte nun in einer Welt ohne Geheimnisse. Das Filmgeschäft war wie er, ein bisschen zu laut, ein bisschen zu selbstgewiss und ein bisschen zu breit in den Hüften.

»Mauerspechte ist natürlich ein Scheißtitel«, sagte Bernhard.

»Ja, ich weiß«, sagt Andreas Hermann. »Ist nicht von mir. Aber hör mal, ich wollte dir eigentlich von einem ganz anderen Projekt erzählen.«

Bernhard nickte zerstreut.

Andreas Hermann erzählte ihm erst mal, wie er die Vipa-Flasche durch die Zeiten reisen lassen wollte. Bernhard starrte ihn einfach an, so wie sie damals Professor Kranepuhl angestarrt hatten in seinen Seminaren. Da war kein Leuchten in seinen Augen, er sah älter aus als Dr. Schmidt vom Weininstitut, leerer, müder, und irgendwann sagte er: »Interessant.« In dunklen Zeiten hätte das genügt, um Andreas Hermann in die Knie zu zwingen, aber im Moment hatte er zu viel Energie. Er rang Bernhard das Versprechen ab, mit dem Team, das ihre Premiere filmen würde, gleich noch ein paar Vipa-Einstellungen zu drehen. Was das für Einstellungen sein würden, wusste er noch nicht, und Bernhard fragte auch nicht nach. Andreas Hermann hatte noch keine Idee, aber bereits die Technik, sie zu verwirklichen.

»Wie bist du eigentlich zu dem Job gekommen?«, fragte Bernhard.

»Job?«, fragte Andreas Hermann.

»Du weißt schon«, sagte Bernhard.
»Lange Geschichte«, sagte Andreas Hermann und sah Bruno an. Bruno schaute verständnislos wie Bernhard. Er passte sich seiner Umgebung an wie ein Chamäleon. Eine Woche in Bernhards Nähe, und er würde seine schlammfarbene Weinbauerngarderobe gegen schwarze Rollkragenpullover und tiefsitzende Jeans tauschen. Bruno war einer dieser winzigen Fische, die mit den großen Walen mitschwammen, dachte Andreas Hermann. Wale wie Dr. Schmidt und Bernhard.
»However«, sagte Bernhard.
Bruno nickte.
»Genau«, sagte Andreas Hermann und sah auf sein Handy, wo eine SMS aufleuchtete. »Wir sind heute Abend zu ein paar Freunden zum Essen eingeladen. Ja? Love U.«
Er klickte die SMS ein paarmal an und aus. An und aus. *Love U!* Sie hatten noch vier Tage, Ulrike gab ihn nicht auf. Sein Herz wuchs und sein Mut. Als er aufs Klo ging, sah er dort das »Tauwetter«-Bild. Bernhard hatte es mit Klebestreifen an der Wand befestigt, vermutlich kurz nachdem sie telefoniert hatten.
»Was hast du eigentlich mit dem Regal gemacht, das ich dir mal geschenkt habe?«, fragte er, als er zurück war.
»Was für ein Regal?«, fragte Bernhard.
»However«, sagte Andreas Hermann und fühlte sich ziemlich gut dabei. Das Gefühl hielt bis zur Prenzlauer, dann begann ihn Bruno leider nach Bernhard auszufragen. Je mehr er erzählte, desto begeisterter fragte Bruno, und die gute Laune wich aus Andreas Hermanns Körper wie Luft aus einem undichten Wasserball. Als sie am Königstor waren, war er fast leer. Glücklicherweise verstand Vincent sofort, was er mit der Zeitreise der Vipa-Flasche meinte. Er machte sich gleich an die Arbeit, was Andreas Hermann so rührte, dass ihm die Tränen

in die Augen traten. Er stand hinter Vincent, der im Internet durch irgendwelche ostdeutschen Fotoarchive blätterte, und hätte ihn gern auf den Hinterkopf geküsst. Das war kein gutes Zeichen, natürlich nicht.

Das Abendessen fand in Annekathrins Wohnung statt, in der Hufelandstraße.

»Das ist die schönste Straße des Bötzowviertels«, sagte Ulrike, während sie am Kino vorbeiliefen, dem Filmtheater am Friedrichshain, und in die Bötzowstraße einbogen. »Vielleicht sogar die schönste Straße im Prenzlauer Berg.«

Sie hätte selbst gern hier gewohnt, sagte sie, aber Florian, ihr Mann, wollte ja unbedingt ein Haus im Ghetto.

Andreas Hermann nickte, obwohl er das alles nicht so richtig verstand. Für ihn sah die Hufelandstraße aus wie jede andere Straße in Ulrikes Viertel. Sie war ein bisschen breiter, und es gab mehr Geschäfte, aber die verkauften alle das Gleiche. Italienische Lebensmittel, Milchkaffee und Babysachen. Und jetzt, kurz nach acht, als sie die Hufeland erreichten, sah man hier genau so wenige Menschen wie in den Prenzlauer Gärten. Er mochte Ulrikes kleines weißes Vorstadtviertel inzwischen ganz gern, auch weil die Leute da ihre Vorlieben nicht so versteckten wie die Altbaumenschen. Aber die Fehler, die man in Ulrikes Welt machen konnte, waren für jemanden aus seiner Welt nicht erkennbar, dachte er. Die Fehler waren wie die Hochfrequenztöne, die nur Hunde hörten.

Annekathrins Wohnung wirkte sehr leer. Es gab hohe Decken und viele weiße, rohe Wände. Annekathrin hatte bildende Kunst studiert, in Florenz, Leipzig und Krakau. Sie hatte vieles ausprobiert und gesehen in der weiten Welt der Bilder, aber es gab kein einziges Bild in der Wohnung. Nur im Flur, neben dem Bad, hing eine winzige Tuschezeichnung von einem Swimmingpool in der Wüste, eine Skizze eher, die dort zufällig aufgehängt worden zu sein schien. Die Flüchtigkeit war ihr Stil, dachte Andreas Hermann, die Angst, Fehler zu begehen, war so groß. Die Leere war ihr Spielraum, in seiner Wohnung wäre sie ertrunken. Es gab auch keine Bücher oder CDs, im Wohnzimmer stand ein grünes, glänzendes Ledersofa und ein altmodischer Fernseher mit einem runden Buckel hintendran. Außerdem gab es zwei lange weiße Sideboards, auf dem einen stand eine Porzellanente, die sicher ironisch gemeint war. Hinterm Wohnzimmerfenster sah man die Krone eines Laubbaums, davor, auf dem Balkon, standen zwei Männer und eine Frau, die rauchten. Annekathrin und zwei andere Frauen, die so ähnlich aussahen wie sie, standen mit einem kahlköpfigen Mann in der Küche, die auch ziemlich leer aussah und gar nicht wie eine Küche. Man sah keine Töpfe, es gab keine Gewürzregale oder Weinständer, es gab nur glatte, weiße Flächen. Einen Herd gab es natürlich und einen Tisch. Um den Tisch herum standen zehn Stühle, davor lagen Bestecke und dicke weiße Stoffservietten, auf der Tischplatte waren ein paar Blüten verstreut. Der Mann arbeitete am Herd, er war sicher der Gastgeber, man sah seinen kahlen Kopf vor dem schwarzen Fenster der Backröhre hin und her pendeln.

Ulrike übergab die beiden Flaschen Wein, die sie mitgebracht hatten, und stellte ihn den beiden Frauen vor, die so ähnlich aussahen wie Annekathrin und auch so ähnlich hießen. Er würde sich ihre Namen nicht merken. Aus dem hinteren, nicht einsehbaren Bereich der Wohnung hörte man Kindergeschrei. Annekathrin rollte mit den Augen, Ulrike sah auf den Boden, er ging zu den anderen auf den Balkon, um eine Zigarette zu rauchen.

»Wir reden gerade über die Fledermaus, die ich in einem jüdischen Spielzeugladen im Wien des Jahres 1938 ansiedeln will«, sagte der dickere der beiden Männer zu ihm. Er trug ein weißes Hemd, das weit geöffnet war, und eine Brille mit dickem schwarzen Rahmen. Er war kahlköpfig, bis auf ein paar Koteletten, die an seinen Schläfen klebten wie schwarze, haarige Pflaster.

»Fledermaus«, sagte Andreas Hermann.

»Die Operette«, sagte die Frau.

»Klar«, sagte Andreas Hermann.

Er hatte, während sich Ulrike in ihrem Bad zurechtmachte, ein paar kräftige Züge aus einer bauchigen Likörflasche genommen, die in der Speisekammer stand, um ruhiger zu werden, und fühlte sich jetzt angenehm matt, gerüstet für die langsam kreisenden Gespräche, die ihn hier erwarten würden.

»Eric Kandel, der New Yorker Nobelpreisträger, der dieses Gedächtnisbuch geschrieben hat, war ja Sohn eines jüdischen Spielzeughändlers in Wien«, sagte der andere Mann, ein dünner, großer Kerl mit gut geschnittenen grauen Haaren und einem geblümten Hemd, der ein bisschen aussah wie David Bowie.

»So ein Zufall«, sagte die Frau. Die beiden Männer sahen sich an und lachten, der Dicke kriegte sich gar nicht mehr ein, sein Lachen hämmerte laut und satt durch die Hufelandstraße. Aus der Küche schallte ein hohes Frauenkichern zurück wie ein Echo, sie waren sicher froh, dass sich alle so gut unterhielten, jetzt schon. Nur die Frau auf dem Balkon stimmte nicht ein, sie blieb ernst. Es gefiel Andreas Hermann, dass sie nicht so tat, als habe sie hier absichtlich einen Witz gemacht.

»War es nun Zufall oder nicht?«, fragte er, um ihr den Rücken zu stärken, aber sie schien nicht dankbar zu sein, dass er sich mit ihr solidarisierte. Sie schaute ihn ausdruckslos an.

»Das liegt im Auge des Betrachters«, sagte der Dicke und zündete sich eine neue Zigarette an der alten an. Die alte drückte er in den Blumenkasten.
»Georg erklärt seine Arbeit nicht«, sagte die Frau kühl. »Das überlässt er den Kritikern.«
»So ist es«, sagte der Dicke, der offenbar Regisseur war.
Man hörte die Greifswalder Straße rauschen und das Gemurmel der Frauen aus der Küche, ansonsten war es still.
»Ich hab Kandel damals interviewt, kurz nachdem er den Preis gewonnen hat, in New York«, sagte der dünne Mann.
»Huch«, sagte die Frau. Georg, der Regisseur, starrte die Straße hinunter, man hörte ein Rollo fallen, die Babysachenverkäufer und Milchkaffeeaufschäumer gingen schlafen.
»Wofür hat er den denn bekommen?«, fragte Andreas Hermann.
»Irgendwas mit Nervensträngen in Nacktschnecken«, sagte der Dünne und kicherte.
»Na fein«, sagte die Frau.
»Aber wir haben damals mehr über den verdrängten Antisemitismus der Österreicher gesprochen«, sagte der Dünne. »Kandel war Jahre nach dem Krieg noch mal zu einem Kongress in Wien und hat sich den Platz angeguckt, wo sein Vater damals den Spielzeugladen hatte. Sie waren Ende der 30er Jahre gerade so rausgekommen. Jedenfalls steht er da auf dem Platz, da kommt eine alte Frau auf ihn zu und sagt: ›Na schau her, du bist doch der kleine Kandel. Wo warst denn oall die Jahre?‹«
Der Dicke rieb sich mit einer Hand hektisch über den kahlen Schädel.
»Noch fünf Minuten«, rief Annekathrin von drinnen.
»Jan Peter war mal Kulturkorrespondent der FAS«, sagte die Frau.

»Ist«, sagt Jan Peter. »Es sei denn, du weißt mehr als ich.«
»Nacktschnecken«, sagte der Dicke und schüttelte grinsend den Kopf. »Ich hoffe, Annekathrin kocht nichts Französisches.«
Die Frau schaute ernst.
»Und was machst du?«, fragte der Kulturkorrespondent.
»Ich helfe Ulrike bei einer Werbekampagne«, sagte Andreas Hermann, denn das war das, was sie ausgemacht hatten.
»Diese Weinsache?«, fragte die Frau mit spitzen Lippen.
»Sozusagen«, sagte Andreas Hermann, und die Frau nickte. Der Dicke schüttelte grinsend den Kopf, ob immer noch wegen der Nacktschnecken oder bereits wegen Ulrikes Weinsache, konnte Andreas Hermann nicht sagen. Er hatte das Gefühl, sein Kopf wuchs und schrumpfte, wuchs und schrumpfte, sein Hirn pumpte wie ein Herz. Er wäre gern vom Balkon in den schönen, dichten Laubbaum gesprungen, mit Anlauf.
»Sozusagen?«, fragte die Frau.
»Es geht um Vipa«, sagte er. Der Regisseur grinste, der FAS-Mann sah auf die Straße, und die Frau nickte, was er als Ermunterung verstand.
»Kennt ihr Vipa?«, fragte Andreas Hermann.
»Eine Schlange«, sagte der Regisseur.
»Berlinisch ausgesprochen«, sagte der Kulturkorrespondent und kicherte.
»Oder dieser amerikanische Sportwagen«, sagte der Dicke und schickte ein nächstes Wiehern in die schönste Straße des Bötzowviertels.
»Nee, nee, nicht Viper, Vipa«, sagte Andreas Hermann und begann ihnen von der Weinlimonade zu erzählen, er erzählte ihnen von dem Berliner Apotheker, von der Fabrik in Dresden und vom Vertrieb in Wismar, von Bruno und Dr. Schmidt, vom Wasserturm und seiner Idee, die Flasche durch die be-

wegte Geschichte Ostdeutschlands reisen zu lassen. Es interessierte sie auch, spürte er, weil keiner von ihnen dazwischenredete, und vielleicht, dachte er, während er immer weiter in die Kapillaren seines Plans schwamm, waren sie froh, endlich mal etwas zu hören, das nichts mit Theater zu tun hatte oder mit Nacktschnecken oder der Frankfurter Sonntagszeitung, sondern mit dem richtigen Leben und auch mit dem Osten, in den sie ja sicher nicht zufällig gezogen waren. Aber als Annekathrin sie zum Essen rief, schienen die drei erleichtert zu sein, dass er endlich aufhörte.

»Ich hoffe, es gibt richtigen Wein zum Essen«, sagte der Regisseur und haute ihm auf die Schulter wie dem Dorfdummen. Zum ersten Mal lächelte die ernste Frau.

Andreas Hermann setzte sich benommen an den Tisch, zwischen Jan Peter, den dünnen Kulturkorrespondenten, und eine der Annekathrin-Doppelgängerinnen, er stürzte seinen Wein hinunter und trank auch das nächste Glas schnell aus. Das Gespräch floss um ihn herum wie Wasser um einen Stein. Es ging um irgendeine Operninszenierung, um die Funktion der Oper an sich, um die katastrophale Schulsituation in Mitte und Prenzlauer Berg, um die beste katholische Gemeinde in Ostberlin, ökologische Miniblockheizkraftwerke, die man in die Keller von Mietshäusern bauen konnte, die Zukunftschancen des Berliner Bürgermeisters Wowereit und die der New York Times. Andreas Hermann trank und zählte, wie früher in den Ökonomieseminaren, die Menschen am Tisch, die noch nichts gesagt hatten. Nach der Vorspeise – halbierte Feigen, die mit Schafskäse bestreut waren, und mit Parmaschinken umwickelte Zuckermelonenecken – waren es noch drei, eine der Frauen, Ulrike und er. Aber dann sagte Ulrike irgendwas über einen Mann namens Sulzberger, der Chef der New York Times war, wenn er es richtig verstand, und auch über dessen Vater und Vorgänger, die beide – wen wunderte es – bereits vom FAS-Mann Jan Peter interviewt worden waren, und da waren es nur noch zwei. Nach dem Salat kam ein weiteres Paar aus dem 4. Stock, eine hübsche dunkeläugige Frau und ein struppiger Amerikaner, der nur sehr schlecht Deutsch sprach, wie seine Frau gleich am Anfang erklärte, was die Zahl der Schweigsamen zwischenzeitlich wieder auf vier erhöhte. Andreas Hermann lächelte den Amerikaner an, der lächelte zurück. Sie waren zwei Männer, die die Sprache am Tisch nicht verstanden, und das verband sie. Es gab Fisch, drei Fische auf ovalen Platten, die komplett mit Salz bedeckt waren. Der Koch legte den ersten unterm Applaus der Gäste frei, und dann konzentrierte sich Andreas Hermann ein paar Minuten darauf, keine Gräte zu verschlucken, denn die Fische, Rotbarben, waren im Ganzen in der Salzkruste gebacken worden. Die Frau, die noch nichts gesagt hatte, redete nun über Jamie Oliver und sein Londoner Restaurant, der Regisseur, der ihm gegenübersaß, grinste ihn an, wahrscheinlich eine Anspielung auf die Nacktschnecken oder die Vipern, oder was auch immer. Andreas Hermann grinste zurück, was ihm das Gefühl gab, auch ein wenig am Gespräch teilgenommen zu haben. Er trank weiter Wein. Der FAS-Mann hatte Jamie Oliver einst für die Zeitschrift Essen und Trinken interviewt. Es ging um die schlechte Schulspeisung in England, aber das Interview fand in Hannover statt. Lustigerweise, sagte der Kulturkorrespondent, und die anderen schmunzelten. Die Hausherrin redete über den Architekten, der ihre Küche entworfen hatte. Keine »Küche-Küche«, sagte sie. Die anderen nickten ernsthaft, nicht mal der dicke Regisseur lachte, wenn es um Innenarchitektur ging. Er rieb sich den Schädel. Die Arbeitsplatten sind aus Ulmenholz, geölt, sagte Annekathrin. Am Anfang sieht man jeden Fleck, sagte ihr Mann, der Koch, aber nach und nach suppen sie in

einen einheitlichen Ton. Sehr warm, sagte seine Frau. Ihre Worte griffen ineinander wie Zahnrädchen. Alle sahen auf die Arbeitsplatten, nur er sah Ulrike an, die auf den Tisch starrte wie ein verstörtes Kind. Nach dem Hauptgang sagte die Jamie-Oliver-Expertin, dass sie Anna und Karl ins Bett bringen müsse, sie sei gleich wieder da. Offenbar wohnte sie ebenfalls im Haus, und weil nach ihrer Bemerkung ein bisschen Stille einzog, räusperte sich Andreas Hermann und fragte: »Wohnt ihr denn alle in dem Haus?«
Sie sahen sich an, betreten und glücklich zugleich, nur Ulrike schaute traurig und ausgeschlossen auf ihren Fisch wie vor ein paar Tagen, als er ihr nicht sagen wollte, worüber er nachgedacht hatte. Er verstand das alles nicht. Er konnte sich nichts Unangenehmeres vorstellen, als mit lauter Bekannten in einem Haus zu wohnen, die im Hausflur redeten, wenn er wochenlang die Wohnung nicht verließ, und ihn beobachteten, wenn er seine Pappmöbel in die Müllecke brachte.
»Es hat sich so ergeben«, sagte Annekathrin und schob verträumt ein paar grobe Meersalzkrümel über die Tischplatte.
»Lusia kannte den Hausbesitzer von einem Projekt in München«, sagte eine der Frauen.
»Was machen denn Hausbesitzer für Projekte?«, fragte Andreas Hermann. Es war ein bisschen zu laut und zu forsch, der viele Wein hatte die Mattheit in seinem Kopf gelöst. Die langsam kreisenden Gespräche nervten ihn, er wollte es schneller. Der Ton schien die anderen nicht zu stören, vielleicht war es sogar das, was sie von ihm erwarteten. Sicherlich hätte er auch mit Anlauf in den Baum vorm Fenster springen können, ohne für Aufregung zu sorgen.
»Es war so eine Installation, viele rote Rosen im Pool eines stillgelegten Schwabinger Stadtbades, in dem 1941 zehn Kommunisten hingerichtet worden waren«, sagte die Frau.

»Kommunisten«, sagte Andreas Hermann und grinste.
»Ja«, sagte die Frau ernst.
Der Regisseur fing an zu rauchen, obwohl es keine Aschenbecher gab, die schmallippige Frau vom Balkon schaute Annekathrin an, und Annekathrin nickte lächelnd. Die Frau wühlte ein weiches Päckchen filterloser Zigaretten aus ihrer Handtasche.
»Andreas hier kommt aus dem Osten«, sagte der FAS-Mann Jan Peter, und die anderen nickten.
»Geht ihr am Sonnabend zu dem Straßenfest in die Rollerstraße?«, fragte Annekathrin später, als sie das Dessert auftrug, zitternde weiße Türmchen, neben denen ein paar grüne Minzeblätter lagen und kleine, abgezählte Granatapfelkügelchen.
»Wir sind in Gerswalde«, sagte der FAS-Mann Jan Peter.
»Das ist in der Uckermark«, flüsterte die Frau neben ihm leise.
Andreas Hermann lächelte sarkastisch, was völlig idiotisch war, weil er bis zu diesem Zeitpunkt überhaupt nicht gewusst hatte, dass Gerswalde in der Uckermark lag, er hatte nicht mal gewusst, dass es Gerswalde gab. Es war ihre Heimat, auch weil es seine nie gewesen war, dachte er, aber er fühlte sich dennoch ausgeplündert, besetzt von diesen entspannt plaudernden Lebenskünstlern.
»Wie weit seid ihr denn?«, fragte der Hausherr.
»Wir haben die Dielen drin, Schlossdielen, aus so einem alten Kasten in Suckow, sehr schön, vier Meter lang und dreißig Zentimeter breit, aber die Pfeifen aus Prenzlau sagen, das Holz passt nicht zu ihrer Fußbodenheizung.«
»Was für Holz?«
»Lärche.«
»Lärche ist sehr schön, aber ein bisschen weich, das stimmt schon. Kein guter Leiter.«

Der FAS-Mann sah zum ersten Mal an diesem Abend ratlos aus, dachte Andreas Hermann. Er hatte einen jüdischen Nobelpreisträger zu Nacktschnecken und dem Holocaust befragt, aber seine Fußbodenbretter brachten ihn aus der Fassung.
»Geht's immer noch um den Friedhof in der Rollerstraße?«, fragte die schmallippige Frau in die Pause, sie stieß einen kurzen Schwall Rauch an die hohe Decke.
»Ja ja. Schlimm genug«, sagt Annekathrin.
»Was ist denn mit dem Friedhof?«, fragte Ulrike und lächelte Andreas Hermann an. Er rieb sich die Hand, mit der er in dem Plakat hängen geblieben war. *Immobilienhaie kommen nicht in den Himmel.* Es war nicht mal 24 Stunden her, aber es erschien ihm wie ein anderes Leben. Sie waren unzertrennbar gewesen dort oben auf dem Berg, thronend über ihren Welten, ihrer Welt und seiner Welt, unzerstörbar. Jetzt saß Ulrike ganz am anderen Ende des Tisches, unerreichbar.
»Ihr kriegt gar nichts mit auf eurem Dorf, was?«, sagte Annekathrin.
»Das sag ich dir«, sagte Ulrike gleichmütig, aber Andreas Hermann sah den Schmerz in ihren Augen. Sie schämte sich für ihr kleines weißes Viertel, und er konnte ihr nicht helfen. Weil er zu weit weg saß und ihre Hochfrequenztöne nicht hörte. Ihm gefielen die dicken Autos besser als die unauffälligen. Er kam aus einem Ghettoland, vielleicht lag es daran.
»Die Kirche will allen Ernstes Teile des Friedhofs verkaufen, um Häuser darauf bauen zu lassen. Auf Gräbern«, sagte der FAS-Mann.
»Klingt wie aus einem Stephen-King-Roman«, sagte Andreas Hermann, er spürte seine schwere Zunge kämpfen.
»Genau«, rief der dicke Regisseur und lächelte ihn an, respektvoll diesmal. Vielleicht entwickelte er hier gerade die Idee für

seine nächste Operette. Tommyknockers in Prenzlauer Berg. Der Marienfriedhof der Kuscheltiere.

»Na ja, jedenfalls protestieren die Anwohner der Heinrich-Roller-Straße verständlicherweise dagegen«, sagte Annekathrin.

»Verständlicherweise, your ass«, rief der Regisseur. »Die denken doch nicht an die teuren Toten. Die haben Schiss, dass die neuen Häuser ihren schönen Blick auf den Fernsehturm verbauen könnten. Die sind doch nicht besser als die Zonenkindergärtnerinnen, die mit Trillerpfeifen über den Alexanderplatz demonstrieren.«

»Ich versteh den Zusammenhang nicht, Georg«, sagte Annekathrin

»Scheißprotestanten«, sagte der Regisseur, winkte ab und drückte seine Kippe in die Reste des zitternden weißen Quarktürmchens auf seinem Teller und brannte sich sofort eine neue an. Der Amerikaner lächelte.

»Protestanten?«, fragte Ulrike.

»Georg hat die Theorie, dass hier im Bötzowviertel die rheinischen Katholiken leben und da drüben im Winsviertel die protestantischen Schwaben«, sagte die schmallippige Frau.

»Kennst du denn jemanden, der da wohnt?«, fragte die Frau des Amerikaners.

»Nee«, sagte Annekathrin. »Aber darum geht's doch auch nicht, Henriette. Es ist nicht richtig, also geht es uns auch was an. Demnächst bauen sie *uns* irgendwas vor die Nase.«

»Was bauen sie uns vor die Nase?«, fragte die Jamie-Oliver-Expertin, die gerade vom Kinderinsbettbringen an den Tisch zurückkehrte.

»Nichts, Sweetiepie«, sagte der Regisseur.

»Sag doch mal.«

»Nichts, es geht um den Friedhof in der Rollerstraße.«

»Ach so«, sagte die Frau, sichtlich erleichtert.
»Denk doch an die Diskussion um die Baumhöhe in der Hufeland«, sagte Annekathrin.
»Oder die Parkbuchten, die Verkehrsbumper«, sagte ihr Mann. »Die Aufrufe hast du sicher auch mit unterschrieben, Georg. Als rheinischer Katholik.«
»Ein Baum ist ein Baum«, sagte der Regisseur.
»Das stimmt natürlich«, sagte die schmallippige Frau und lächelte kopfschüttelnd.
»Außerdem bin ich vor zwanzig Jahren ausgetreten«, sagte der Regisseur.
»Immobilienhaie kommen nicht in den Himmel«, sagte Andreas Hermann, weil er den Eindruck hatte, dass es gerade gut passte. Der Satz flutschte ihm aus dem Mund wie ein Fisch, er hatte wirklich zu viel Wein getrunken. Ulrike lächelte unsicher, die anderen schauten ihn verständnislos an.
»Es ist ein Plakat, das da an der Friedhofsmauer hängt«, sagte er. »Ich bin gerade dran vorbeigelaufen.«
»Wo wohnst du eigentlich?«, fragte Jan Peter, der FAS-Mann.
»Kopenhagener«, sagte Andreas Hermann.
»Mauerpark, häh?«, sagte Jan Peter.
»Sozusagen«, sagte Andreas Hermann.
»The real deal«, sagte Jan Peter.
Andreas Hermann zuckte mit den Schultern, weil er nicht genau wusste, was damit gemeint war. Er leckte sich den Finger an und pickte ein letztes Granatapfelkügelchen auf.
»Ich geb' euch nachher mal den Flyer«, sagte Annekathrin. »Es gibt Bratwürste und Clowns; und eine Band spielt auch.«
»Clowns«, sagte der Regisseur.
»Genau, Georg«, sagte Annekathrin.
»Kann ich einen Schnaps bekommen?«

»Calvados?«, fragte der Gastgeber.
Von draußen war ein Auto zu hören, aus dem »Sternenhimmel« dröhnte, der Neue-Deutsche-Welle-Schlager aus den 80ern. Die Musik näherte sich, fuhr an ihrem Haus vorbei und blieb ein paar Meter weiter stehen. »Ich seh den Sternenhimmel, Sternenhimmel, Sternenhimmel. Oho!«
»Charly Cheese«, sagte der Gastgeber, die Flasche Calvados in der Hand.
»Charly Cheese?«, fragte der Amerikaner.
»The place at the corner«, sagte seine Frau.
»The cheesy one?«, fragte der Amerikaner.
»Well ...«, sagte seine Frau und grinste in die Runde.
»O Sterne. Kann denn Liebe Sünde sein?«, rief Hubert Kah von unten, aus dem offenen Wagen.
»Ich halt das nicht mehr aus«, sagte die Frau, die ihre Kinder zu Bett gebracht hatte, Karl und Anna.
»Ich hoffe, die Leute aus der Rollerstraße kommen auch, wenn wir ein Straßenfest gegen das Publikum organisieren«, sagte Georg.
»Welches Publikum?«, fragte Ulrike.
»So nennt Annette die Leute da unten«, sagte er. »Das Publikum.«
»Wessen Publikum?«, fragte Ulrike.
»Unseres, denke ich. Frag Annette.«
»So sehe ich das«, sagte die schmallippige Frau. »Die wohnen doch nicht hier. Die kommen abends hierher oder am Sonntagmorgen und hängen im Charly Cheese ab oder in dieser Prollbar auf der Bötzowstraße. Saphire, oder wie die heißt. Die sitzen da breitbeinig unter ihren Heizpilzen rum und glotzen uns an. Deswegen.«
»Ich frag mich wirklich auch, was die hier wollen, Uli, ehrlich«, sagte Annekathrin zu Ulrike gebeugt.

Ulrike schüttelte den Kopf, sie sah verzweifelt aus. Die Musik draußen wechselte jetzt zu »All Summer long« von Kid Rock, dem Ex-Freund von Pamela Anderson. Aber das wussten sie nicht, dachte Andreas Hermann. Kid Rock und Pam waren Publikumswissen.

»Was wollt *ihr* denn hier?«, fragte er, goss sich sein Glas voll und trank es aus. Er fühlte sich von Ulrikes Fragen ermuntert, aber er konnte nicht erkennen, ob sie wirklich wollte, dass er es zu Ende führte. Sie saß einfach zu weit weg.

»Wir wohnen hier«, sagte die Jamie-Oliver-Expertin mit einem Gesichtsausdruck, der ihn an die beiden blonden Rennrodlerinnen erinnerte, die er vor ein paar Tagen auf dem Kinderspielplatz mit dem Piratenschiff gesehen hatte. Stoisch.

»Ja, aber *warum* wohnt ihr hier?«, sagte Andreas Hermann.

»Kommt jetzt das Schwaben-Bashing? Die Bionadebiedermeier-Vorwürfe?«, fragte der FAS-Mann neben ihm. »Das ist doch inzwischen total abgehangen. Die Geschichte kauft dir nicht mal mehr der Stern ab.«

»Es ist schön hier. Deswegen wohnen wir hier. Still und grün und zentrumsnah«, sagte Annekathrin. Ihr Mann ließ den Calvadoskorken aus der Flasche ploppen.

»Du hättest mal seh'n müssen, wie das Viertel ausschaute, als wir hierherzogen«, sagte die Jamie-Oliver-Frau. »Wie nach dem Krieg. In den Fassaden sah man noch die Einschusslöcher.«

»Einschusslöcher? Wann seid ihr denn hierhergezogen?«, fragte Andreas Hermann.

»Also ich 1994, damals allerdings in die Esmarchstraße«, sagte die Frau und sah ihn so triumphierend an, als habe sie noch die Schüsse gehört.

»1994, da war das sicher noch nicht ganz ungefährlich«, sagte Andreas Hermann lächelnd.

Ulrike sah auf den Tisch. Sie hatte es nicht gewollt, dachte er. Aber es war zu spät jetzt.
»Es war hässlich«, sagte der FAS-Mann.
»Das liegt im Auge des Betrachters, würde Georg sagen«, sagte Andreas Hermann. Georg lächelte und bedeutete ihm mit einer fast königlichen Geste fortzufahren. »Ich würde eher sagen, es war nicht wie ihr.«
»Eher wie du dann?«, fragte Jan Peter.
»Vielleicht eher wie die dort draußen«, sagte Andreas Hermann und nickte in Richtung Balkon. »Das Publikum.«
»Und jetzt kommen sie, und wir haben Angst, dass sie ihr Gebiet zurückhaben wollen?«
»Sozusagen.«
»Wie die Indianer?«
»Wie die Indianer. Sie wollen eure Skalps.«
»Komm, sie haben doch ihre Reservate bekommen. In Marzahn, im Brandenburger Speckgürtel, in Pankow, in Lichterfelde, je nachdem. Und du hast deinen Spielplatz am Mauerpark, wo ihr abends lustige Lagerfeuer anstecken könnt, an denen ihr billiges Flaschenbier trinkt. Jeder sucht sich seinen Platz, so ist das überall auf der Welt. Ich kenn Straßen in New York, da durftest du vor zwanzig Jahren als Weißer nicht hin. Heute verkauft da Banana Republic Businesshemden und Boxershorts.«
»Jan, hör auf«, sagte eine der Frauen.
»Ach lass ihn, er hat ja recht«, sagte Andreas Hermann, auch wenn er nicht wusste, was Banana Republic war. Er stand ein bisschen zu schnell auf, kippte fast auf den Tisch. Zu viel Wein, zu wenig Schlaf, dachte er, stemmte sich von der Tischplatte hoch, so würdevoll, wie es ging. Er konnte nicht mehr in den Baum springen, er würde am Balkongeländer hängen bleiben. »Ich werd mal zu meinem Spielplatz zurückge-

hen, ans Lagerfeuer. Bevor ihr hier die Zugbrücke hochzieht.«
»Andreas, komm«, sagte Annekathrin und fing an, die Dessertteller einzusammeln, die in ihrer Nähe standen. Sie wollte den Abend wieder in seinen ruhigen, vorhersehbaren Rhythmus zurückführen, wo die Sätze ineinanderpassten wie gut gemachte Intarsien.
»Jan Peter verteidigt hier bloß die These seines letzten Artikels«, sagte Ulrike. »Je schwächer sie ist, desto bissiger wird er. So ist das immer.«
»Ich dachte, du liest diesen hochmütigen Mist nicht mehr«, sagte Jan Peter.
»Mach ich auch nicht. Ich weiß auch so, was drinsteht«, sagte sie. »Businesshirts and Boxershorts, right. Du hattest schon immer eine Schwäche for alliterations. You're so pathetic.«
»Well«, sagte Jan Peter.
»Ist schon gut«, sagte Andreas Hermann, der nicht wusste, warum auf einmal alle Englisch sprachen. »Ich muss morgen früh raus. Ich hab zwei Jobs. Vielen Dank für die Einladung.«
Er nickte allen zu, auch Ulrike, deren Augen ihn anflehten, aber er wusste nicht, ob sie ihn baten zu bleiben oder zu gehen, und so ging er langsam aus der Küche.
»Sipping whiskey out the bottle, not thinking 'bout tomorrow«, sang Kid Rock auf der Hufelandstraße. Klang eigentlich ziemlich vernünftig, dachte Andreas Hermann.
»Kid Rock, der Arsch, hat für Bush gespielt«, sagte der FAS-Mann in seinem Rücken, als könne er Gedanken lesen.
»Viel Glück mit den Lärchendielen in Gerswalde«, sagte Andreas Hermann.
Jemand lachte, wahrscheinlich Georg. Er wagte nicht, sich noch mal nach Ulrike umzudrehen. Annekathrin brachte ihn

zur Tür. Ein Kuss links, ein Kuss rechts, ein bedauernder Blick. Dann fiel die Tür zu, und Tränen schossen ihm in die Augen. Als er im Erdgeschoss ankam, war sein Gesicht nass. Er sah sich in dem großen Spiegel an, der zwischen den Marmorwänden der Lobby hing. Draußen sangen jetzt die Toten Hosen »Bommerlunder«. So ein schöner Spiegel, dachte Andreas Hermann. Er wäre lieber in den Spiegel hineingestiegen als nach draußen zu gehen. Er würde fünf Minuten auf Ulrike warten, sagte er sich, höchstens zehn. Sie brauchte die Zeit, um sich einzupendeln, dachte er, auf eine Position zwischen Rote-Zora-Sympathisantin aus Freiburg und Produzentenehefrau aus den Prenzlauer Gärten. Sie hatte plötzlich angefangen, Englisch zu sprechen, weil sie sich nicht mehr zurechtfand. Sie wollte vor der Abendgesellschaft nicht das Gesicht verlieren, und er verstand das. Es war kein Klassenstandpunkt, aus dem heraus sie sich für die weißen Häuser schämte, es war eine Stilfrage. Am Ende würde es ihr mit ihm ganz ähnlich ergehen. Er könnte natürlich abhauen, aber er wusste, dass die Genugtuung höchstens bis zur Schönhauser Allee halten würde. Er setzte sich auf den Steinfußboden und klickte die SMS an, die sie ihm heute Mittag geschickt hatte. Sollte »Love U«, Love You bedeuten oder Love Ulrike? Irgendwann ging das Licht an, und er hörte ihre Schritte, langsam tastend. Er glaubte, Distanz in den Schritten hören zu können. Es war ihr nicht leichtgefallen, sich noch einmal für ihn zu entscheiden, dachte er. Im Licht, das von der Straße kalt in den Flur schien, sah er sie weinen. Sie rutschte an der Wand zu ihm hinunter auf den schattigen Fußboden. In der Dunkelheit hielten sie sich fest wie zwei Kriegsheimkehrer. Erst nach ein paar Minuten standen sie auf und sahen sich im Spiegel an, bis sie lachen mussten. Er hätte das Bild zwischen Lachen und Weinen gern als Foto gehabt, als Erinnerung für später, wenn er wieder allein sein würde.

Dreieinhalb Tage vor dem Ziel war er gestolpert, dachte Andreas Hermann, aber noch war es nicht vorbei. Seine Liebste hatte sich für ihn entschieden. Sie war hier, direkt neben ihm.

»Bist du traurig?«, fragte er.

»Es geht so auf und ab«, sagte sie.

Sie liefen die Hufeland hoch zur Bötzow, wo das Auto, ein schwarzer Golf GTI, gerade abfuhr, irgendeinen Aerosmithsong hinter sich herziehend wie einen Schwanz. Auf den Aluminiumstühlen auf dem Bürgersteig blieben ein paar Männer mit kurzen Haaren und engen T-Shirts zurück, in Jeans mit Schlag, aus deren Hosentaschen die langen Bänder ihrer Schlüsselbunde hingen, sowie ein paar Frauen mit gefärbten Haaren, die rauchten. Auf den Tischen lagen ihre Handys, Zigarettenschachteln und Feuerzeuge neben Gläsern, aus denen Strohhalme ragten und kleine Schirmchen. Es war Freitagnacht, die Gäste des Charly Cheese sahen zufrieden aus. Ulrike und Andreas Hermann liefen wortlos an ihnen vorbei in die Dunkelheit. Sie hatten beide kein Zuhause mehr.

Tief in der Nacht klammerte sich Ulrike an ihn, wie an einen guten Vorsatz. Er musste sich regelrecht aus ihrer Umarmung befreien. Sie ließ ihn gehen, leise seufzend.

Kurz nach fünf kroch Andreas Hermann zwischen die Weinstöcke auf dem Wasserturmberg. Er hatte zunächst in der Wohnzimmer-Bar am Helmholtzplatz nach Sina gesucht, um sie zu bitten, den Berliner Wein mit ihrer Nachtsichtkamera zu fotografieren, aber Sina hatte Frühschicht. Er hatte noch ein paar Bier mit den Kellnerinnen der Spätschicht getrunken, bis sie die Kneipe abschlossen, nun legte er sich auf den Rücken und beobachtete, wie der Himmel langsam heller wurde. Bei Sonnenaufgang fotografierte er die winzigen Trauben von unten. Schwarze Perlen vor dem Berliner Morgenlicht, das nordöstlich leuchtete und allem klare, scharfe Konturen gab. Man sah die Stadt und den Wein, dachte Andreas Hermann. Er war zufrieden, obwohl er nicht mehr die Kraft fand, seine Bilder im Display anzuschauen. Es war kurz nach sechs, als er einschlief. Kurz nach acht wachte er wieder auf.

Das Viertel war noch still, denn es war ein Sonnabendmorgen. Andreas Hermann blinzelte in den Himmel, der bereits weicher wirkte und wärmer. Es ging ihm besser jetzt, er hatte nichts verpasst. Er erhob sich aus den Sträuchern wie aus einem Bett, streckte sich und sah auf die Welt dort unten, durch die ein paar Väter mit ihren Kleinkindern schlichen, weil die Frauen noch ein bisschen weiterschlafen wollten. Sie kamen ihm, von hier oben betrachtet, degeneriert vor, bedauernswerte, ausrechenbare Geschöpfe. Er fühlte sich großartig, um ehrlich zu sein, fühlte sich Andreas Hermann wie der Gott des Prenzlauer Berges. Das Abendessen gestern war seine Krönung gewesen. Jan Peter und Georg würden noch stundenlang neben ihren unzufriedenen Frauen im Bett liegen oder halb besinnungslos mit ihren Kleinkindern auf irgendwelchen phantasievollen Spielplätzen herumtaumeln, er aber lief aufrecht zur Kopenhagener, duschte, trank einen Kaffee, nahm die Fluctine der letzten vier Tage ein und die für das vor ihm liegende Wochenende gleich dazu, rasierte sich, zog sich um und schrieb Mails an Sina, Vincent und Bernhard, in denen er ihre Aufgaben für das Vipa-Projekt umriss. Dann kaufte er frische Brötchen und lief zurück zum Königstor.

Es fiel ihm an diesem, ihrem letzten Wochenende schwer, im weißen Haus zu bleiben. Er war zu unruhig. Die Wörter tobten in seinem Kopf und wollten freigelassen werden. Er entfal-

tete seine Pläne vor Ulrike. Er redete, sie bewirtete ihn. Sie hörte ihm zu und nahm ihn in die Arme. Manchmal, wenn er sehr lange geredet hatte, schien sie müde zu sein, und das Gefühl, er könnte sie langweilen und verlieren, presste ihm das Herz zusammen. Aber dann lachte sie, griff seine Hände und vertrieb die Schatten, die sich über seine Ideen schoben. Er fürchtete die Dunkelheit, deswegen blieb er in Ulrikes Nähe, obwohl er eigentlich raus wollte. Du bist meine Sonne, sagte er ihr, weil Sonne besser klang als Fluctin, und sie lächelte.
In der Nacht zum Sonntag schlich er in die Küche und entwarf bei Kerzenlicht Szenarien für die Werbefilme, die er mit Bernhards Hilfe und den Schauspielern aus seinem Projekt drehen würde. In einem der Filme sprach die Vipa-Flasche mit der Synchronstimme von Gérard Depardieu, der ja ebenfalls Wein anbaute, und Andreas Hermann weinte, so schön fand er die Idee, so treffend. Er schrieb die Wörter »Sting« und »Francis Ford Coppola« auf ein Blatt Papier, andere berühmte Weinbauern dieser Welt. Dahinter schrieb er: »englischer und amerikanischer Markt!!!« Er würde sie alle zusammen vom zweiten in den ersten Arbeitsmarkt führen, dachte er, während seine Tränen auf das Papier tropften. Als der Likör aus der Speisekammer fast alle war, trank er Wodka aus dem Eisfach, um nicht schreiend in die Nacht rennen zu müssen. Es war finnischer Wodka, der mit einem Korken verschlossen war, was er so auch noch nicht gesehen hatte. Er hätte gern ein paar Nachbarn geweckt, um sie in seine Pläne einzuweihen, weil er sich sicher war, dass es ihre Laune verbessern würde. Ulrike hatte ihm inzwischen erzählt, dass die Bewohner der Prenzlauer Gärten, die nicht aus dem Rockpopbereich stammten, Erben und Beamte waren. Erben und Beamte! Die konnten sicher ein wenig Aufmunterung und Abwechslung gebrauchen, dachte Andreas Hermann, riss sich aber zusammen. Er hatte noch

zwei Tage, bis der Hausherr aus Bulgarien zurückkehrte, und er begriff zum ersten Mal, dass es nicht ausreichen würde. Am Sonntagnachmittag entdeckte er Ulrike zusammengerollt und schluchzend auf dem Bett ihrer Tochter, das Gesicht in ein Stofftier gepresst, eine Gans, wie es aussah. Er holte das Totenbuch des Professors aus dem Arbeitszimmer und begann, Ulrike weiter vorzulesen, bis sie sich beruhigte. Es war nicht mehr viel übrig, und so las er noch langsamer.

Daniel, der Pfleger, führte den Professor durch die Stadt, er zeigte ihm Orte im Westen, die der Professor nie gesehen hatte. Das schwarze Buch verwandelte sich seitenlang in einen Berlinführer. Am Anfang liefen sie noch, später schob Daniel den Professor im Rollstuhl durch die Stadt. Er liebte den Schlachtensee und den Spandauer Forst, aber auch den vertrauten, nahen und kleinen Weißen See, wo die Räder seines Rollstuhls gemütlich über den Kiesschotter knirschten, wie er schrieb. Er genoss die warmen Abende auf der Terrasse des Café Milchkännchen, das überraschend modern aussah »in seiner 60er-Jahre-Haut«, direkt am Wasser, in dem er als Junge gebadet hatte. Am erstaunlichsten erschien dem Kranken Kreuzberg. Er empfand die Ausflüge dorthin wie eine Reise in ein fremdes Land. Ein fremdes, selbstbewusstes Land, in dem er sich nicht fühlte wie ein Tourist, sondern wie ein Einheimischer. Die Gesichter, Gerüche und Geräusche öffneten ihm das Herz.

> In Kreuzberg aber fand ich das, wonach Fred und ich auf unseren Schiffsfahrten über die Weltmeere vergeblich gesucht hatten. Die Schönheit und die Vertrautheit der Fremde. Ich überquerte endlich die Grenzen unserer kleinen Welt. Ich bin in dem Gewirbel versunken wie in einem warmen, sprudelnden Bad, einem Jacuzzi, und das, obwohl ich oft im Rollstuhl saß. Ich weiß nicht, ob

Fred das jetzt noch erkennen könnte, und ich weiß nicht, ob ich es vor zwei Monaten erkannt hätte. Daniel hat mir die Augen geöffnet. Oder sagen wir: Es war die Liebe. Die Liebe hat mir die Augen geöffnet. Es ist eine wunderbare Stadt, in der wir leben. Früher habe ich das nicht gesehen, weil es kaum erkennbar war und ich den Blick für etwas Schönes nie gelernt habe, später wollte ich es nicht wahrhaben. Ich hätte meine Festung schon lange vorher verlassen sollen.

»Ich auch«, sagte Andreas Hermann, aber Ulrike hörte ihn nicht mehr. Er klappte das Buch zu und legte sich einen Moment zu ihr, um sich zu wärmen. Nur einen Augenblick, dachte er, aber dann schlief er doch ein. Er träumte, wie er mit Ulrike und zwei Kindern einen Berg von Reisetaschen und Koffern in einem Auto verstaute, offenbar fuhren sie in den Urlaub. Als er fertig war, packte er noch einen Wasserball ganz oben auf die Taschen, der immer wieder herausrollte, aber schließlich bekam er die Heckklappe des Autos zu. Die Kinder waren zwei blonde Mädchen, eines hielt ein Stofftier in der Hand. Eine Gans. Er setzte sich auf den Fahrersitz und versuchte, die Mädchen im Rückspiegel zu erkennen, aber er sah sie nicht. Er drehte den Rückspiegel hin und her, aber er konnte die Kinder nicht sehen. Als er sich zum Beifahrersitz drehte, war auch der leer. Er stoppte das Auto und stieg aus. Er stand auf einer langen Straße, die ihn eher an Amerika erinnerte als an Deutschland. Es gab diese typisch amerikanischen Telegrafenleitungsmasten, aber keine Menschenseele, und als er wieder einsteigen wollte, war auch das Auto verschwunden. Dann wachte er auf. Er dachte kurz an Dr. Brock, der viel Freude mit dem Traum haben würde. Aber so weit war er noch nicht. Noch nicht.

Er stand auf, deckte Ulrike vorsichtig zu, strich ihr über das Haar, steckte das Buch ein und verließ die Prenzlauer Gärten im Morgengrauen, die Autos streckten zögernd ihre Ärsche in das zarte, frische Montagslicht. Er sah die Kirche und den Fernsehturm, je näher er dem Park kam, desto kleiner wurden sie. Einen Moment dachte er daran, nach Hause zu gehen, aber dann bog er einfach in die schmale Gasse ein, die zur Agentur führte, und begann die Arbeitswoche, in der er sein Vipa-Konzept vorstellen musste. Auf dem Parkplatz brannte er sich eine Zigarette an und sah auf die weißen Townhäuser. Er rauchte und hatte den Eindruck, dass sich die kleinen Unterschiede in den Fassaden, die er vor ein paar Wochen entdeckt hatte, vor seinen Augen aufhoben. Er hatte noch knapp zwei Tage. Es sah wirklich aus, als schließe sich das weiße Viertel wieder zu einer Mauer, aber das konnte auch am milchigen Morgenlicht liegen.

Sie haben sie nicht wiedergesehen?«, fragt der Arzt, und für einen Moment weiß ich nicht, wovon er spricht. Wir müssen bald aufhören, wirklich.

Es ist immer noch nicht dunkel, obwohl wir seit Stunden hier sitzen, und der Arzt ist immer noch voll bei der Sache. Er scheint sogar interessierter zu sein als am Anfang. Er schaut auf mich, als sei ich eine dieser Telenovelas, die am Nachmittag laufen. Er hat genau den Blick. Mein Kopf ist ein Fernseher, in dem eine Seifenoper gezeigt wird. Vielleicht ist die Geschichte profaner, als ich dachte. Ich lege meinen Zeigefinger vorsichtig auf die Asche an meinem Hemd. Der Arzt kennt Dr. Brock nicht, sonst wäre das Bewerbungsgespräch schon zu Ende. Sie nehmen keine Kranken mit auf ihre Weltraumexpeditionen, man darf ja nicht mal Pilot werden, wenn man 0,5 Dioptrien auf dem linken Auge hat wie ich. Ein Umstand, der mich deprimiert hat, als ich ein Junge war. Er engte meinen Spielraum ein, später kamen andere Sachen dazu. Ich wollte nie Pilot werden, aber ich hätte gern die Option gehabt. Sicherheitshalber habe ich die Brille zu Hause gelassen.

Der Arzt darf natürlich nichts von der Anstalt wissen, vom Gefängnis in Weißensee, in das ich freiwillig gehe. Nichts vom nie versiegenden Wortstrahl des Kunstkanzlers und den Schreien von Frau Wroblewski in der Nacht darf er hören. Er will meine

Liebesgeschichte. Ich fühle mich wie der Schriftsteller in dem amerikanischen Film Misery, der von seiner verrückten Krankenschwester gefoltert wird. Kathy Bates spielt die Krankenschwester, Oscargewinnerin Kathy Bates. Ein spätes Mädchen, das mir viel Hoffnung gemacht hat damals, Hoffnung darauf, dass es doch noch losgehen kann, jenseits der vierzig. So wie bei Chandler oder Fontane. Kathy Bates hat später noch einmal in einer anderen Stephen-King-Verfilmung mitgespielt. Dolores Claiborne. Aber das hilft mir jetzt nicht weiter, ich spüre, wie das Meer des Allgemeinen steigt, in dem ich mein Leben lang hilflos herumpaddle. James Caan war der Schriftsteller in Misery. Sein Sohn spielt in der Oceans-Serie mit, er selbst war Michael Corleones älterer Bruder im Paten. Seltsame Haare, wie Zuckerwatte, vor allem in »Elf«, wo er den Vater von Will Ferrell spielt, ein Wahnsinn, dass ich den Film kenne. »Elf«. Schluss jetzt damit, Schluss. Bitte. Caans Sohn Scott spielt in der Oceans-Serie den Bruder von Ben Afflecks Bruder Casey. Ben Affleck schien auch unterzugehen, aber er rettete sich. Ben Affleck macht Hoffnung wie Fontane und Chandler und Ingrid Noll, Annie Proulx und all die anderen späten Mädchen. Er führt jetzt sogar Regie und nicht mal schlecht, hat mir jemand gesagt, ich habe vergessen, wer.

»Was denken Sie denn?«, frage ich.

Der Arzt spitzt die Lippen und zieht die Augenbrauen zusammen, es ist nur eine Sekunde oder zwei, denn natürlich ist er der Arzt, und gleich wird ihm das auch wieder einfallen. Aber jetzt zögert er, und sein Zögern verrät ihn. Er fühlt sich wohl in meiner Geschichte, weil ihm seine nicht gefällt. Sie kratzt wie ein schlechter Pullover. Ich fühle sie regelrecht auf seiner Haut. Er wohnt im Dach, ich bin mir sicher, dass er im Dachgeschoss wohnt.

Er wollte die Terrassen, den Himmel über Berlin, aber jetzt sitzt er dort gar nicht, niemand sitzt wirklich auf diesen Dachterrassen, er schon gar nicht. Die Sonne knallt ihm auf den Kopf, und er sieht nicht gut aus in der Sonne mit seiner hohen Stirn und all der rosa Kopfhaut. Seine Frau scheut das Licht, sie liegt oft bei geschlossenen Gardinen im Bett und starrt an die Decke, wenn die Kinder im Kindergarten sind. Es ist ein zweisprachiger Kindergarten, aber das Englisch kann man vergessen. Sie berlinern jetzt ein bisschen, das ist alles. Sie hasst das Berlinern, weil es ihr zeigt, dass sie die Kinder an diese Welt verliert, in der sie sich nicht zu Hause fühlt, und sie hasst die niedrigen Decken ihrer Wohnung, die sie an die Zimmer der armen Mitschülerinnen ihrer baden-württembergischen Vorstadtkindheit erinnern, und noch mehr hasst sie die Geräusche, die entstehen, wenn man mit der Faust gegen die Gipskartonplatten schlägt, die ihre Wände sind. Eine Pappwelt, denkt sie dann, ich lebe in einer Pappwelt. Die Türen ploppen wie die Schleusentore eines U-Bootes, wenn man sie schließt. Die Türen ihrer Eltern waren hoch und schwer gewesen, sie hatten geächzt, nicht geploppt. Hoch und schwer. Sie hat keinen Ort, zu dem sie zurückwill, und gleichzeitig hat sie das Gefühl, nicht weiterzukommen. Die Berliner Gesichter auf den Straßen sind ihr zu fremd, und die Gesichter der Westmütter sind ihr zu vertraut. Sie heißt Annegreth oder Hannah oder Carmen. Sie wollte nie zu früh Kinder kriegen, aber jetzt, wenn sie noch mal von vorn anfangen könnte, wäre sie gern eine junge Mutter. Ihr Mann sieht das Unglück in ihren Augen, wenn er abends nach Hause kommt, aber er hat weder die Kraft noch die Phantasie, sie glücklich zu machen. Auch er fühlt sich eingesperrt in ihrer Dachgeschosswohnung im Prenzlauer Berg und hätte lieber eine junge Mutter im Bett. Er liebt seine Kinder, aber im Gesicht seines Sohnes entdeckt er immer öfter seinen Schwiegervater, den er nicht mag, weil der ihn nicht mag. Auf der Hochzeit, irgendwo in einem Berghotel im Schwarzwald oder vielleicht auch schon auf einem kleinen, angegammelten, winzigen Landschloss in Brandenburg, musste der Arzt seinem Schwiegervater versprechen, dessen Tochter glücklich zu machen. Er konnte das Versprechen nicht halten, und seine eigene Tochter beklagt sich jetzt schon über diesselben Dinge wie seine Frau. Das Mädchen heißt Laura oder Sofie oder Antonia. Sie lacht ihn aus, wenn er vom Friseur kommt, so als habe er große Optionen, was seinen Haarschnitt angeht. Sie belächelt die Hemden, die er sich kauft, und beklagt sich darüber, dass er zu laut isst. Es kann nicht die Pubertät sein, sie ist fünf Jahre alt.

Dieser Arzt ist in meine Geschichte gestiegen wie in ein Entspannungsbad, er fühlt sich wohl hier. Das ist doch der Grund, aus dem er einmal nach Berlin kam, all die Möglichkeiten, das wirkliche Leben, noch mal jung sein. Er will noch nicht nach Hause. Aber es ist meine Geschichte, verdammt nochmal. Sie würde ihn nicht glücklich machen, aber das kann ich ihm nicht beweisen, weil er mich dann nicht aufs Schiff lässt. Ins Raumschiff. Er hält mich für authentisch, dabei bin ich das Gegenteil. Ich bin eine Erfindung.

Seine Frau schläft nicht mehr mit ihm, seit der Sohn auf der Welt ist. Karl oder Jonas oder Maxim. Er ist vier. Erst dachte er, das legt sich. Aber es passiert nichts, und inzwischen weiß er nicht, wie er reagieren würde, wenn sie nachts zu ihm rüberkriechen würde wie früher. Manchmal wichst er morgens in der Dusche, aber auch das hat er sich nur von Kevin Spacey abgeguckt, dem Star aus »American Beauty«. Er will jemand anders sein und gleichzeitig wirklich. Er wohnt in einem Bungalow, den sie auf ein altes Haus gestellt haben, seine Frau hat Petersilie, Dill und Tomaten auf der Terrasse gepflanzt. Tomaten. Er hat ein Vorstadtleben mitten in der Stadt. Er könnte anfangen zu laufen oder ins Golden Gym gehen, das ja gleich auf der anderen Straßenseite liegt. Er könnte eine Affäre mit einer der jungen Schwes-

tern auf seiner Station anfangen, doch das würde ihn nur noch mehr frustrieren, glaubt er. Er ist ein schwäbischer Protestant, und am Ende war er es, der seine Frau ins Unglück führte. Er wollte nach Berlin. Er hat ein schlechtes Gewissen, aber auch eine große Wut. Er käme nie auf die Idee, dieser Welt mit einem Raumschiff zu entfliehen, weil er schon beim Countdown darüber nachdenken würde, wen er alles zurücklässt. Im Stich lässt, so sieht er das. Er wünscht sich, dass ein Sturm seinen Dachbungalow erfasst und wegbläst wie Ellies Hütte in »Der Zauberer von Oz«, und gleichzeitig hat er Angst davor. Vor ein paar Wochen hat er in einem Stern, der in seinem Wartezimmer lag, eine Geschichte über Schamhaarfrisuren gelesen. Alle machten das, stand da. Am nächsten Morgen stand er mit dem Nassrasierer in der Dusche. Als er anfing, sich den Sack mit Rasierschaum einzusprühen, bekam er plötzlich einen Lachanfall. Seine Frau rief aus dem Schlafzimmer: Was ist denn los? Nichts, sagte er und duschte sich den Rasierschaum und die Tränen weg. Es war das letzte Mal, dass er gelacht hat. Im Depressionstest von FOCUS in seinem Wartezimmer landete er im tiefroten Bereich. Er hat keine Freunde hier in dieser Scheißstadt, und jeden zweiten Morgen denkt er nach dem Aufwachen an Selbstmord. Er würde sich erschießen, denkt er, aber er weiß nicht, wo man eine Waffe bekommt. Er beschließt mindestens einmal am Tag, einen Kollegen aus der Psychiatrie um Rat zu fragen. Vielleicht hat er es inzwischen bereits getan und hat Fluctin im Schreibtisch oder Lithium, und an den Tagen, an denen er angeblich zum Hockey geht, wie früher in Esslingen, besucht er eine Therapeutin in Wilmersdorf oder erst mal einen Coach in Charlottenburg, die Alibitasche mit dem guten alten Hockeyschläger lässt er ständig auf dem Beifahrersitz. Manchmal, wenn er abends noch im Auto wartet, um nicht sofort nach oben zu müssen, streichelt er seinen alten, glatten Hockeyschläger wie seinen Schwanz.

Ich weiß allerdings nicht, ob ein Mann mit so einem Leben einen Mann mit so einer Geschichte wie meiner mit auf die Marsreise nehmen würde. Oder erst recht.
»Sie haben gesagt, die weiße Wand schloss sich wieder«, sagt der Arzt. »Ich habe das als Metapher verstanden.«
Ich nicke, weil ich will, dass er erst mal weitermacht.
»Sie müssen wissen, dass dieses Experiment keine Therapie ist, kein Entzug von irgendwas. Ihre Probleme werden nicht kleiner auf der Reise«, sagt er.
»Ich weiß, aber auch nicht größer«, sage ich und lache leicht.
»Da wäre ich mir nicht so sicher«, sagt der Arzt. »Nicht so sicher. Nicht so. Sicher.«
Es wäre der perfekte Zeitpunkt, ihm von Weißensee zu erzählen, wo ich hingehe, wenn ich wirklich Angst vor mir selbst bekomme. Das Pingpong der Tischtennisplatte, die Gesundheitsteeschnittkäsegerüche, die Zeitlupenbewegungen der Betäubten, das Rauchen, die ausdruckslosen Augen von Benno, mit denen er seine alten, besorgten Eltern ansieht wie ein Pandabär. Ich gebe die Überweisung von Dr. Brock an der Rezeption ab, sie ziehen meine Versicherungskarte durch den Computerschlitz, zeigen mir mein Zimmer und lassen mich in Ruhe. Ich entfliehe der Welt in dieses Kuckucksnest, wirklich. Der Kunstkanzler begrüßt mich wie einen alten Bekannten, er erzählt sofort von der Musikanlage, die er in Johannesburg aufbauen wird zur Eröffnungsfeier der Fußball-WM, gigantische Boxentürme, die mit Aluminiumfolie umwickelt sind. Bumbumbum macht der Kunstkanzler. Er braucht eine halbe Stunde, um sich eine Zigarette zu drehen, weil er unentwegt redet. Der Kunstkanzler ist Mitte sechzig, stammt aus Düsseldorf und hat zuletzt im Mauerpark gewohnt. Drogen haben sein Gehirn weich gekocht, glaube ich, aber er lässt sich auf kein Gespräch darüber ein. Er hört nicht zu, er spuckt nur Wörter aus wie eine Tennisballwurfmaschine Tennisbälle. Er ist über

und über mit selbstgebastelten Buttons und Aufnähern behängt und weiß, wie man die Welt retten kann. Ich lasse seinen Wortfluss durch meine Adern spülen. Meist sitze ich einfach nur in einem der hübschen Innenhöfe dieser seltsamen Bungalowlandschaft, rauche und warte darauf, dass mein Motor wieder anspringt. Es dauert zwei, drei Tage, manchmal fünf. Dann gehe ich zurück ins Leben.

»Ich brauche auch keinen Entzug oder so was, ich bin ganz gut beieinander«, sage ich. »Ich will nur ein bisschen nachdenken, in Ruhe. Und das Geld kann ich natürlich auch gebrauchen.«

»Ja, klar«, sagt der Arzt und schreibt irgendwas in die Kladde vor ihm.

Ich würde gern das Bild auf seinem Schreibtisch sehen. Seine Frau, seine Kinder. Ich würde gern über seine Frau reden. Alles ist Material, das ist meine Hoffnung und mein Untergang.

»Sie fühlten beide, dass es vorbeigeht, glaube ich«, sage ich.

»Sie?«, fragt der Arzt.

»Wir«, sage ich ruhig. »Ulrike und ich.«

Er schaut mich irritiert an. Wie ein frisch geficktes Eichhörnchen, sagten wir früher. Es ist schwer, in einer geborgten Geschichte zu leben, keiner weiß das besser als er.

»Die Welten waren doch zu verschieden«, sage ich und steuere das Gespräch damit weg von Krankheiten. Lenins Klassendefinition ist die einzige Definition aus dem ersten Teil meines Lebens, die ich noch eine Weile im Kopf behalten habe, inzwischen ist sie auch weg. Meine Erinnerung ist seine Erinnerung, beinahe. Eine Generation noch, dann sind alle Unterschiede weggewaschen. Vergessen, das ist alles, was die deutsche Einheit braucht.

Der Arzt nickt traurig. Ich habe zum ersten Mal das Gefühl, dass er mich wirklich verstehen will. Die seltsame Liebesgeschichte aus dem Raumfahrtexperiment im Moskauer Sternenstädtchen, die er mir vorhin erzählt hat, war ja letztlich vor allem eine Ana-

logie auf die Unvereinbarkeit unserer Kulturen. Er ist bestimmt schlauer, als ich zuerst dachte, was es leichter macht und zugleich natürlich schwieriger. Ich würde ihn gern in den Arm nehmen, aber es geht hier nicht um ihn, sondern um mich. Dr. Brock sagt oft, dass ich mich zu sehr von den Erwartungen anderer abhängig mache. Ich muss meine eigene Geschichte zu Ende bringen, weil sie mich nicht mitnehmen, wenn es ein offenes, loses Ende gibt, das hinten aus der Luke baumelt. Sie wollen keine Probleme an Bord, es ist ein langer Flug.

»Hat denn Ulrike wenigstens erfahren, wie das Buch zu Ende geht?«, fragt der Arzt.

»Das Buch«, sage ich.

»Das Totenbuch des Professors«, sagt er.

»Ich weiß nicht«, sage ich.

»Ach, kommen Sie«, sagt er.

»Natürlich habe ich es ihr erzählt, aber ich weiß nicht, ob sie das Ende wirklich verstehen konnte«, sage ich.

»Verstehen konnte?«, fragt der Arzt. »Was soll denn das bedeuten?«

»Jede gute Geschichte endet doch nicht im Buch, in dem sie erzählt wird. Sie endet in unseren Leben«, sage ich, ohne wirklich zu wissen, was ich damit meine. Es klingt ganz gut, aber es reicht noch nicht, um die Luke richtig zu verschließen. Ich schaue in die Asche auf meinem Finger. Asche zu Asche. Staub zu Staub. So soll es sein.

Totentanz

Andreas Hermann rollte Sinas rechte Brustwarze zwischen seinen Zähnen hin und her, als Ulrike zum vierten Mal anrief. Das Handy in seiner Hosentasche vibrierte wie ein Zitteral. Es war nachts um drei, sechzehn Stunden, bevor Ritter Florian zurückkehren würde. Andreas Hermann war betrunken und hellwach von dem Stromstoß in seiner Hose. Er ließ die Brustwarze los und löste sich von Sina. Er trank einen Schluck Wodka aus der Literflasche Gorbatschow, die bereits zur Hälfte leer war, und zog das Handy aus der Tasche. Ulrikes Nummer leuchtete in die rote Dunkelheit, ein Licht am Ende des Tunnels. Das Telefon vibrierte noch zweimal, dann war es endlich still. Sina saß breitbeinig und mit schiefgelegtem Kopf auf ihrem Labortisch, das Weiße ihrer Augen strahlte aus dem Dunkelkammerrot. Sie wartete einen Moment, dann sprang sie vom Tisch, hob ihr T-Shirt vom Boden auf und streifte es über ihren harten, nackten Oberkörper.

»Ich kann nicht«, sagte Andreas Hermann. Er heulte schon wieder, obwohl er nicht wirklich traurig war.

»Vergiss es«, sagte Sina. Sie lief zum Bad, in dem die besten Wasserturmbilder schwammen, grüne Berliner Weinlandschaften, geheimnisvoll wie der Hintergrund einer romantischen Ballade.

Andreas Hermann stellte sich neben sie, starrte auf all das phantastische, rotbeleuchtete Grün im Wasser und sah eine Träne ins Bad tropfen. Sina drehte sich zu ihm um, schaute ihm ins nasse Gesicht und sagte: »Du musst deine Pillen nehmen.«

»Mache ich ja«, sagte er.

»Dann ist es wirklich Liebe«, sagte sie und lachte. Es war ein heiseres, dunkles Lachen, und es zog ihn an wie ein Tier. Sie nahm einen tiefen Zug aus der Flasche. Ihre Fingernägel waren noch schwarz vom Dreck des Wasserturms, über den sie gerobbt war, um den Geist des Berliner Weines zu finden. Sie hatte sofort gespürt, worum es ihm ging. Er fühlte den elektrischen Strom, der zwischen ihnen floss, und musste sie immer wieder berühren, um nicht auszugehen, um weiterzuleuchten. Es war so leicht gewesen nach all der Anstrengung, die er in den vergangenen Tagen unternommen hatte, um den Kontakt zu Ulrike zu halten. Zu leicht natürlich, zu leicht. Der dicke osteuropäische Strom verband sie, sie waren Barbarenblutsbrüder.

Er küsste Sina in den pelzigen Nacken und roch ihren Schweiß und wäre gern in sie hineingekrochen, während sein Traum im Entwicklerbad Gestalt annahm. Sie spürte ihn und schnurrte wie eine Katze. Einen Moment lang standen sie so da, schnaufend, das Wasserbad schlug Wellen. Er war jetzt fast oben auf dem Berg, er sah bereits den Gipfel. Er brauchte seine Energie für das letzte Stück, dachte er, und so verstrich die Zeit, und das Wasser wurde still. Sina nahm ein Bild aus der Flüssigkeit, auf dem die winzigen Trauben funkelten wie Smaragde. Sie legte es auf den Trockner, wo es dampfte und glatt wurde, sie beschnitt die Kanten, und er sah ihr dabei zu, was ihn immer weiter beruhigte. Das Ratschen des Messers und das Dampfen des Trockners. Eine russische Maschine. Sie gab ihm das fertige Bild und holte das nächste aus dem Wasserbad.

»Du bist meine Zaubererin der Smaragdenstadt«, sagte er.

»Und du bist der Eiserne Holzfäller«, sagte sie.

Sina ließ die Rs im Eisernen Holzfäller rollen, und dann surrte sein Handy, um ihm zu zeigen, dass Ulrike ihre Nachricht beendet hatte. Es musste eine lange Nachricht gewesen sein. Andreas Hermann hatte nicht die Kraft, sie abzuhören. Er schlief auf dem alten braunen Ledersessel ein, der nach Sina roch oder ihrer Katze, so genau konnte man das nicht unterscheiden. Die Katze hieß Anna, Anna Karenina. Als er aufwachte, fand er neben seinem Stuhl einen schmalen Stapel glatter, glänzender Fotos, darauf stand ein Wasserglas, das mit Wodka gefüllt war. Er trank es in einem Zug aus, nahm die Fotos und ging. Sina saß mit dem amerikanischen Videokünstler in der Küche und aß irgendetwas aus runden Aluschüsseln, das asiatisch und fettig aussah und roch. Draußen im Hof war es immer noch dunkel, aber der Himmel wurde langsam blau.

»Hunger?«, fragte Sina.

»Nee«, sagte Andreas Hermann. »Ich erklär's dir später.«

»Vergiss es«, sagte Sina und aß weiter.

Der alte Amerikaner nickte ihm zu, er sah erleichtert aus, womöglich konnte er dort weitermachen, wo Andreas Hermann aufgehört hatte. Andreas Hermann rannte nach Hause, duschte und nahm noch ein paar Tabletten für den Aufstieg zum Gipfel. Er trank Kaffee, rauchte, schnitt eines der grünen Fotos in die Form einer dicken Weintraube und klebte sie auf das Schwarzweißbild einer Hauswand, das er einst gemacht hatte. »Wir waren das Volk! Ihr nicht!«, stand nun in schwarzen Buchstaben über der leuchtend grünen Traube. Er sah noch keinen Zusammenhang, aber das würde sich ergeben. Der Fuchs und die Trauben, dachte er. Das klang

gut. Der Fuchs und die Trauben. Die anderen Bilder brachte er später am Morgen zu Vincent, der sie erst einmal einscannte.
Dann ging Andreas Hermann zu seinem Projekt, wo das Mauerfallprogramm seine Generalprobe erlebte.

Die Türen zu seiner alten Welt standen weit offen, und er lief aufrecht hinein. Der Bürgerrechtlerbart kratzte ein bisschen, aber Andreas Hermann fühlte sich durchaus zu Hause, als er zu seinem Monolog ansetzte. Er dachte noch einmal an Ulrike, die sicher gerade die Koffer für Wien packte, an den verwunschenen Abend in der Hufelandstraße, an Sinas winzige Brüste und an die Nachrichten auf seinem Telefon, die immer noch auf dem Weg zu ihm waren. Ein kleiner Spielraum noch.
»Es ist nicht so, dass ich unglücklich war«, sagte er durch seinen fussligen Bart.
Er sah seine Mitstreiter an, die in Kostümen steckten, die teilweise noch nicht ganz fertig waren. Leonids Gorbatschowglatze saß wie eine Badekappe, und Kosch stand mit den Hacken auf dem Rand seiner zu kleinen Polizistenschuhe. An der Wand lehnten die drei Pappmauerstücke aus der Holzwerkstatt, die Juan, Leonid und Marin später umstoßen würden. Auf einem erkannte er das Peace-Zeichen, auf einem anderen einen Galgen. Er dachte an Kowalskis Hirn, das stehengeblieben war wie eine alte Uhr, er dachte an Marek Tomaczewski, der in seinen dunklen Bildern verschwand, und dann an Harald, den friedlichen Revolutionär, in dessen Geschichte er nun schlüpfen würde wie in ein weiches, warmes Bett.

»Wir hatten Möglichkeiten und Spielräume, sie waren nicht groß, aber wenn man zurückschaut, waren sie alles, was ich wollte«, sagte er.

»Ich habe mich an den Widerständen gerieben wie ein Bär, dem der Pelz juckt. Ich hatte eine Aufgabe, zumindest erschien mir das so. Wissen Sie, ich komme aus einem kleinen Kaff im Bezirk Cottbus, ein Dorf nur. Mäcki Lauck, der Fußballer, ist auch von da. Kennen Sie den? Nein. Na ja, wundert mich nicht. Dabei hat Mäcki für den ostdeutschen Serienmeister BFC Dynamo gespielt und 1974 im deutsch-deutschen Weltmeisterschaftsspiel in Hamburg Günter Netzer abgemeldet. Netzer steht heute als Experte im ARD-Studio, Mäckie Lauck hat sich totgesoffen. Das ist die Geschichte der deutschen Wiedervereinigung in einem Satz. Er hat zum Schluss auf irgendeinem Kohlenhof gearbeitet, sie fanden ihn auf der Straße. Er spielte für einen Berliner Stasiverein, ich weiß auch nicht genau, warum ich mich ihm nahe fühle, heute. Vergessen Sie es einfach. Also, ich kam aus diesem Dorf zur Lehre nach Berlin. Das war 1975, und Berlin hat mich umgehauen. Ich bin jeden Abend ausgegangen, und irgendwann habe ich in einem Jugendklub in der Wilhelm-Pieck-Straße ein Mädchen kennengelernt, die aus so einem Pfarrhaushalt kam, also nicht direkt Pfarrhaushalt, aber so ähnlich. Katarina. Ihr Vater war Kantor an der Hedwigskathedrale. Das ist die große katholische Kirche mit der grünen Kuppel, die hinter der Staatsoper steht. Ich hatte bis dahin nie irgendwas mit Kirche zu tun gehabt. Wenn meine Oma von Gott redete, dachte ich, sie spinnt. Katarinas Familie wohnte in der Mulackstraße auf 200 Quadratmeter oder so. Eine Gegend, die dunkel war wie eine Kohlenmine, wirklich. Aber drin war es hell und warm, was kitschig klingt jetzt, aber so war's. Sie waren sechs Kinder zu Hause. Sie aßen alle zusammen, sie musizierten zusammen, sie redeten miteinander. Katarina spielte Cello, ihr Vater Klavier, die Mutter sang, es gab keinen Fernseher. Es war anders als alles, was ich kannte. Bis dahin waren diese Viertel in der Mitte Berlins für mich einfach nur schwarz gewesen, schwarze, stinkende Löcher, aber plötzlich ging eine Wand auf, und ich trat da hinein. Da war eine Freiheit, eine Lässigkeit, die ich bis dahin nicht kannte. Ich meine, die Menschen, die ich hinter der Wand traf, waren wirklich unabhängig, nicht so wie heute, wo es um Geld geht und Zeit und darum, die richtige Entscheidung zu treffen. Damals hatten wir unendlich viel Zeit und kein Geld, und viel entscheiden musste man auch nicht. Katarina ging irgendwann nach Weimar, um klassischen Gesang zu studieren, und wir verloren uns aus den Augen. Ich blieb. Ich machte meine Lehre zu Ende, eine Druckerlehre, und arbeitete dann als Heizer in St. Hedwig, so ein katholisches Krankenhaus in der Großen Hamburger Straße. Ich war 19 und wartete auf meinen Einberufungsbefehl zur Armee, den ich verweigert hätte. Ich ging zu Lesungen in Wohnungen, einmal sah ich sogar Grass bei so einem Arzt in der Rollerstraße. Günter Grass, er las aus dem »Butt«. Ich half den Jungs in der Umweltbibliothek an der Zionskirche, Flugblätter herzustellen und ihre Zeitung, ich war ja Drucker. Wir tranken eine Menge, und es waren immer hübsche Frauen da. Ich wohnte mit einem Fotografen in einem dunklen Hexenhaus in der Choriner, Knut, so hieß der Fotograf. Es war so ein kleines, zweistöckiges Haus, uralt und ziemlich runtergekommen, aber es gab einen wunderbaren Garten, in dem wir die schönsten Feten feierten, an die ich mich erinnern kann. Wir waren ja auch jung. Knut war als Hausfotograf im Gewandhaus angestellt, trieb sich aber meistens auf irgendwelchen illegalen Punkkonzerten herum. Er führte mich in die Punkszene, Herbst in Peking, Expander des Fortschritts, die Art und so weiter. Die Winter waren hart, aber die Sommer waren wundervoll. Im Januar '89 gab es die Chance auszureisen, nach England sogar. Merry old England. Ein paar aus unserer Runde gingen damals weg, ich wäre nie auf die Idee gekommen. Es ist nicht so, dass sie mich gefragt hätten, so direkt und offiziell, aber ich hätte die Möglichkeit gehabt, das weiß ich inzwischen auch aus den Akten. Ich wäre nicht gegangen. Kann sein, dass ich es auch nur von heute so bewerte, nach all dem, was mit mir passiert ist, was mit uns passiert ist. Aber ich wollte nicht weg. Ich wollte reisen, klar. Ich wollte nicht in den Knast, natürlich nicht. Ich wollte ordentliche Zeitungen und Bücher, ich wollte die Filme im Kino, die mich interessierten. Und, na klar haben mich die Bürokraten genervt, die Doofen, die Diktatur der Doofen, die Kellner und Autoschlosser und Exquisitverkäuferinnen, die dieses Land in Wahrheit regierten. Aber ich war nicht unglücklich, wirklich nicht. Ich habe später in meinen Akten gelesen, dass wir die ganze Zeit beobachtet wurden. Leute, mit denen ich gekocht habe, Kumpels, mit denen ich den Wein für unsere Partys geklaut habe, schrieben Berichte für die Stasi. Selbst Musiker aus den Punkbands waren dabei. Das ist natürlich frustrierend, aber ich sage Ihnen was. Es zerstört meine Erinnerungen nicht. Nicht im Geringsten. Wenn ich an die 80er Jahre denke, denke ich an den wilden Hof hinter unserem Haus, den Duft da. Wir haben sogar mal versucht, Gras anzubauen, aber wir hatten natürlich keine Ahnung. Einer der Westjournalisten, die uns ab und zu besuchten, hat mal »Grün ist die Hoffnung« von T. C. Boyle mitgebracht, einen Kifferroman, daher hatte ich mein Wissen. Apropos Westjournalisten. Kann sein, dass ich da falsch liege, aber denen hat es bei uns auch besser gefallen. Es war nicht so festgefahren wie bei ihnen. Sie waren Kriegsberichterstatter, nur dass es bei uns lange nicht so gefährlich war wie in Vietnam oder Somalia. Ich könnte mir vorstellen, dass sie den goldenen Zeiten genauso hinterherschauen wie ich. Um ehrlich zu sein, und das habe ich noch nie jemandem erzählt, taten mir die Westreporter immer ein bisschen leid. Diese seltsamen Mäntel. Sie kamen mir vor wie Spanner, wie Freier in unserem schönen, großen Puff. Und wir haben die doch auch ausgenutzt. Die brachten Zeitschriften mit und Bücher und Platten und nahmen uns alles ab, was wir schrieben. Teilweise furchtbares Zeugs, aber wenn er verboten ist, funkelt auch der langweiligste Text. Am Ende, so im Spätsommer '89, da haben wir die Reporter bestellt, als seien wir Könige. Wirklich. Damit wollen wir in die Tagesschau! Solche Sätze sind damals gefallen. Wir haben das gefordert, und die haben das gemacht, meistens jedenfalls. Wir haben uns gefühlt wie Popstars. Nicht, dass Sie mich hier falsch verstehen: Es war wunderbar, was '89 passiert ist. Das war die schönste, aufregendste Zeit meines Lebens. Es war so erhebend zuzusehen, wie die Menschen hier, meine Nachbarn, munter wurden. Es war, als fangen sie an zu leben, endlich, Holzpuppen, die zu atmen beginnen. Wie Pinocchio. Wenn ich irgendwann sterbe, dann läuft bestimmt noch mal die Nacht an meinem Auge vorbei, in der die Mauer fiel. Wir waren in Kreuzberg, drei Tage und drei Nächte. Wir feierten unsere eigene Beerdigung, aber das haben wir natürlich nicht begriffen, manche meiner Kumpels von damals haben es bis heute nicht kapiert. Die denken: Einmal Bürgerrechtler, immer Bürgerrechtler. So als sei das ein Beruf oder was. Nee. Mir ging so im Frühjahr 1990 ein Licht auf. Es war nicht mal das schlechte Wahlergebnis bei den Volkskammerwahlen, es war eher so, dass ich Druck verspürte. Zum allerersten Mal hatte ich das Gefühl, mich für irgendwas entscheiden zu müssen. Wir hatten ja dafür gekämpft, dass es endlich Alternativen gibt. Und nun gab es die zum ersten Mal. Ich musste was tun, dachte ich, sonst würde der Zug ohne mich abfahren. Und was soll ich sagen: Er ist ohne mich abgefahren. Ich hatte keine Lust auf Stadtverordnetenversammlungen oder Europaparlamente. Meine Aufgabe war erfüllt, wenn ich jemals eine gehabt habe. Die Mauer war weg, die Kellner hatten ihre Macht verloren, und ich konnte jeden Film sehen, den ich wollte. Ich wusste, dass ich jetzt irgendwie anfangen musste zu arbeiten. Ich wollte kein Drucker sein, das war klar, ich wollte auch nicht nach Cottbus zurück. Ein Jahr lang habe ich noch mit Knut, dem Fotografen, in dem Haus in der Choriner gehaust, wir haben Partys gefeiert, saßen in diesem schwerelosen Sommer 1990 halb nackt in unserem Garten, tranken, rauchten. Ab und zu kam ein Fernsehteam vorbei und hat uns interviewt, zuletzt die Japaner. Kurz nach der deutschen Einheit habe ich angefangen, Film zu studieren, in Köln. Das klang interessant. Ich weiß nicht, ob ich Talent hatte, auf jeden Fall hatte ich nichts vorzuzeigen. Wie auch. Die Aufnahmekommission hat sich meine Geschichte angehört, und dann haben sie mich genommen. Sie kauften die Geschichte, meine Geschichte. Es war ein symbolischer Akt, denke ich manchmal. Ich hatte eine gute Zeit in Köln, keine schlechte Stadt, mein Abschlussfilm handelte von einem meiner Kumpels aus den wilden Zeiten, mit denen ich in Cunnersdorf im Erzgebirge mal eine unabhängige Republik gründen wollte. Der hatte in ein paar lokalen Parlamenten rumprobiert und war frustriert, von dem, was möglich war, oder besser gesagt, nicht möglich war. Jedenfalls hat er '93 oder '94 beschlossen, nach Eugene auszuwandern. Das liegt in Oregon. Er wollte da ein Lesecafé aufmachen. Das war auch so eine Idee von uns in den 80ern, ein Lesecafé in Eugene, Oregon, verdammte Scheiße. So waren wir damals. Keine Ahnung von nichts, aber immer große Pläne. Paule, so hieß er. Paule Kaczmarek, der

Held meines ersten Films. Ich hab eine glatte Eins bekommen, der Film ist mal im ZDF gelaufen, zum fünften Jahrestag der deutschen Einheit, um null Uhr dreißig. Sie haben mir eine große Zukunft vorausgesagt auf der Schule in Köln. Na ja. Bis jetzt ist nicht viel passiert. Vielleicht, wenn ich ihnen weiter Filme über die Wendezeit im Osten gedreht hätte, über die unblutige Revolution pipapo. The story of my life. Dann. Aber ich wollte mich ja weiterentwickeln. Ich hab ein paar Dokumentarfilme für Arte gemacht. Windkraft in Mecklenburg, ein rumänisches Kinderheim, ein Film über den kleinen Grenzverkehr in Frankfurt an der Oder und einen über ein GM-Autowerk in der Ukraine. Eigentlich bin ich immer weiter in den Osten gewandert, um meine Themen zu finden. Wenn ein Psychologe unter Ihnen ist, würde der vielleicht sagen: Ich wollte tief in meine Vergangenheit zurück, in den Mutterschoß. Vielleicht stimmt es. Keine Ahnung. Ich habe einfach nach Dingen gesucht, die mich bewegen, die mich wirklich interessieren, und die lagen einfach eher in Kiew als in, sagen wir mal, Bilbao. Ist so. Aber die Kreise wurden immer enger, der Osten wurde Folklore. Der letzte Film handelte von einer Prenzlauer-Berg-Untergrundmalerin, die von ihrer großen Liebe, einem Prenzlauer-Berg-Untergrundpoeten, an die Stasi verraten worden war. Es war ein Film für den WDR, weil die Untergrundmalerin jetzt in Köln lebt. Einer meiner Lehrer von der Filmschule hat mir den Job vermittelt, es war ganz gut bezahlt, aber es hat mich nicht mehr interessiert. Die beiden sind mir unglaublich auf die Eier gegangen, die Malerin und ihr Dichterfreund. Die haben unsere Vergangenheit für ihren scheiß Ehekrieg benutzt, so sehe ich das. Jedenfalls war ich nicht mit dem Herzen dabei, und ich glaube, das hat man dem Film dann auch angemerkt. Es war, wie gesagt, mein letzter. Acht Jahre ist das her. Seitdem schlag ich mich so durch. Ich brauch nicht viel. Die neuen Besitzer von unserem kleinen Haus in der Choriner haben mir Ende der 90er eine ordentliche Abfindung gezahlt, damit ich meine Wohnung räume. Knut, der Fotograf, hat noch ein bisschen länger durchgehalten, aber irgendwann ist auch er raus. Er wohnt jetzt in der Uckermark und fotografiert Findlinge oder westdeutsche Hausbesitzer oder was weiß ich. Ich hab eine Anderthalbzimmer-Wohnung am Arkonaplatz, alter Mietvertrag. Ich lebe allein. Ich dreh mir Zigaretten und kauf auch nicht auf diesen Bauernmärkten ein, wo es doppelt so teuer ist wie bei Kaiser's. Jetzt, wo es alle möglichen zwanzigjährigen Jubiläen gibt, rufen wieder die Fernsehsender an und die Zeitungen. Ich hab mir eigentlich geschworen, da nicht mehr mitzumachen bei diesem Revolutionskunstgewerbe. Aber dann sag ich mir auch: Wer soll's denn sonst erzählen, wenn nicht wir? Wir, die wir dabei waren. Also mach ich hier und da mit und erzähl aus meinem eigenen Leben wie ein verdammter Museumsführer. Ich bin eine Museumsfigur, tut mir leid. Die Leute in meinem Viertel sind alle neu, sie sehen mich manchmal mit so seltsamen Blicken an, vor allem die Kinder. Vielleicht erinnere ich sie an einen der Zauberer aus ihren Büchern, der Bart, die langen Haare, der Mantel, was weiß ich. Manchmal lauf ich an unserem kleinen Haus in der Choriner vorbei. Sie haben es schön hergerichtet, die alten Fenster drin gelassen und so weiter. Es sieht edel aus, mehr kann ich nicht sagen. Auf den Hof kommt man nicht mehr, da ist ein Tor jetzt. Aber das, was man sieht, sieht gepflegt aus. Schön, wirklich, aber nicht wild. Nicht wild.«

Es war ganz still im Probenraum, als Andreas Hermann fertig war. Und dann stand Danuschka auf und klatschte und dann auch Anthony, Magda und Regina. Er konnte sie kaum sehen, weil ihm schon wieder Tränen die Augen verklebten. Er hatte das alles nicht mehr im Griff. Auch Cathrin Huschke hatte feuchte Augen. Melanie tippte anerkennend einen Finger in seine Richtung, Liliane Müller starrte vor sich hin, nur Leonid lehnte unbeteiligt auf seinem Akkordeon.

»Danke«, sagte Andreas Hermann, der immer noch Harald war, zumindest zur Hälfte. Die andere Hälfte dachte bereits an den Vortrag, den er in ein paar Stunden für Ulrikes Kollegen in der Agentur »Grauer Mönch« halten würde. Er würde noch eine Geschichte erzählen, aus einem anderen Leben. Für einen Moment dachte er, dass er es eigentlich bereits getan hatte, hier, mit diesem Vortrag. Haralds Rede war eine Rede an sie gewesen, an Lars und Annekathrin und auch, ja, Ulrike. Der Fuchs und die Trauben, dachte er, der Fuchs und die Trauben.

»Vielleicht ein bisschen lang«, sagte Kosch und schrieb irgendwas in sein grünes Buch.

»Finde ich nicht, Volker«, sagte Cathrin Huschke.

Kosch nickte und erhob sich, um seinen Volkspolizistenmonolog zu halten, der steif war wie Kosch. Kein Herz, keine Liebe, kein Schmerz, Andreas Hermann weinte trotzdem weiter. Nach der Probe sagte ihm Danuschka leise, sie habe nun endlich verstanden, was damals in seinem Land passiert war. Er spürte ihren Atem, während sie sprach, und ihr Verlangen, noch mehr zu wissen von seiner Geschichte, ganz hineinzuschlüpfen als Künstlerin und als Frau. Er sah, wie sich ihre Brüste unter ihrer weißen Bluse hoben. Er leuchtete jetzt lichterloh, er glitzerte und funkelte wie die Liebe. Er sagte ihnen, dass sein Freund Bernhard mit einem Kamerateam zur Premiere erscheinen würde, die in einem Altersheim in der Gürtelstraße stattfinden würde. Er erzählte ihnen von den Arbeitertheatern, von dem Wunsch der Filmemacher, etwas Authentisches einzufangen, den Punkt, an dem sich Kunst und Leben berührten. Sie folgten ihm wie seine Jünger. Er verkaufte ihnen Bernhards Idee, und sie nahmen sie ihm ab, ohne eine Sekunde darüber nachzudenken. In dem Zustand, in dem er jetzt war, hätte er ihnen Tickets für eine Wolgakreuzfahrt verkaufen können, so überzeugend war er. Melanie küsste ihn auf die Wange, bevor sie nach draußen ging, wo ihr Freund Max in seinem gelben Fucking-Miss-Sunshine-Bus wartete. Sie hätten ihn mitgenommen, wohin auch immer, um sich an ihm zu wärmen.

Ulrike hinterließ an diesem Tag sieben weitere Nachrichten, die er erst spätabends abhören konnte. Sie hatten viereinhalb Stunden geprobt, und dann hatte er weiter fünf Stunden an seiner Präsentation gearbeitet, bis sie flog wie ein Kormoran. Das jedenfalls war das Bild, das er im Kopf hatte, ein Kormoran, der über einen See schoss. Er entdeckte immer mehr Figuren in den grünen Bildern von Sina, manche bewegten sich, tanzten aus dem Bild, während er es anschaute, und so schrieb er am Ende mit schwarzem Filzstift Namen auf die Rückseite der Bilder, die ihn an seine Visionen erinnern sollten. »Jagger '75«, schrieb er auf ein Bild, das ihn an ein Warhol-Porträt des Sängers aus dem Jahr 1975 erinnerte (eine kleine Zeitungskopie davon hatte Andreas Hermann jahrelang in seiner Brieftasche aufbewahrt, nachdem ihm ein Mädchen aus seiner Schule gesagt hatte, er sehe ein bisschen aus wie Mick Jagger), »Lunochod« auf ein anderes, »Kolibri«, »Eule, schlafend«, »Spatz«, »Geier«. Die meisten Figuren waren Vögel, von Natur aus flatterig und zappelig. Er war zufrieden, aber unruhig, als er schließlich auf den Hof trat. In Ulrikes Fenster brannte Licht, in ein paar Stunden würde ihr Mann zurückkehren. Andreas Hermann klappte sein Zigarettenetui auf und entnahm ihm die sechste Zigarette des Tages. Er war kaum zum Rauchen gekommen heute. Er steckte die Zigarette an und hörte die Nachrichten ab. Eine kam von Sina: Nimm deine Pillen, Holzfäller! Eine von Lars: Freuen uns auf morgen, 11 Uhr. Der Rest war von Ulrike.

»Hey, ich habe gar nicht mitbekommen, wie du gegangen bist. Du bist so leise, wie ein Fuchs. Oder ich schlafe wie ein Bär. Such dir was aus. Und ruf mich an.«

»Andreas, ich hab mir mal ein paar Flüge nach Wien rausgesucht. Sie sind im Moment nicht teuer. Und du müsstest ja sowieso nichts bezahlen, weil es ja eine Dienstreise wäre, sozusagen. Kommst du mit? Wien ist wirklich großartig, und ich kenne so ein kleines wunderbares Hotel im 4. Bezirk. Es ist ein Weinhotel, ob du's glaubst oder nicht. Alle Zimmer sind nach einem Wein benannt und verschieden eingerichtet. Komm bitte.«

»Hi, Andreas, es ist jetzt mitten in der Nacht. Ich will dich nicht nerven, aber ich mache mir Sorgen. Du warst so voller Energie. Wahrscheinlich ist ja alles ganz harmlos, vielleicht ist dein Handy alle. Wow, bitteschön, ich hab dir sogar schon eine passende Entschuldigung mitgeliefert. Ist okay. Don't mention it. Ich sollte das nicht sagen, aber ich vermisse dich wirklich. Vielleicht hat es damit zu tun, dass unsere Zeit, also unsere ungestörte Zeit, ausläuft. Aber ich glaube es nicht. Es war ein seltsamer Abend gestern bei Annekathrin. Ich habe mir so gewünscht, dass wir allein wären. Es war eine solche Zeitverschwendung, und dann auch wieder nicht, weil ich begriffen habe, was mir wichtig ist. Na ja. Ich würde jedenfalls gern unsere Zeit ein bisschen ausdehnen. WIEN, Darling. VIENNA. Ruf mich doch an.«

»Hey, ich bin's. Ich will dich nicht unter Druck setzen. Wirklich nicht. Es ist nicht Wien oder Schluss. Es wäre nur einfach schön. Night.«

»Ich habe jetzt einen Flug gebucht und einen reserviert. Es ist am nächsten Freitag. Du hast also noch vier Tage Zeit. So geht's, denke ich. Melde dich.«

»Annekathrin hat sich bei mir für Jan Peter entschuldigt und mich gebeten, es dir auszurichten. Das muss sie nicht, ich weiß. Das hätte ich auch tun können, aber eigentlich tut er mir leid. Er ist so unsicher, und dann muss er in seiner bescheuerten Kulturkorrespondentenrolle ständig alles Mögliche einschätzen, beurteilen. Das macht ihn immer unsicherer und am Ende eben aggressiv. Ich habe das schon zu oft erlebt, um wirklich erschüttert zu sein. Also: Vergiss es. Mir tut nur Annekathrin leid. Sie will, dass alles gut wird. Wirklich.«

»Ich habe dich jetzt 22 Stunden nicht mehr gesehen, ich weiß nicht, ob ich es viel länger aushalte. Komm. Und ja. Lars will wissen, ob alles klargeht morgen.«

»Ich habe eine Flasche Wein ausgetrunken und leg mich jetzt schlafen. In sechs Stunden geht mein normales Leben wieder los. Lass mich bitte schlafen.«

Andreas Hermann weinte ununterbrochen, während er das hörte, nach der letzten Nachricht überfiel ihn eine plötzliche Panik. Er stürzte quer über den Hof, lief den schmalen Gang am Rücken der weißen Häuser vorbei zum Park und bog dann in die Prenzlauer Gärten ein. Die Straße schlief schon, nur am Ende der Siedlung, wo ein altes Backsteinhaus stand, entluden drei Männer einen Minivan. Sie trugen schwarze Instrumentenkoffer in das Backsteinhaus. Als sie Andreas Hermann mit der glimmenden Zigarette im Mund entdeckten, winkten sie ihn heran. Die Männer waren in seinem Alter, aber jünger gekleidet. Sie stellten sich mit ihren Vornamen vor. Er verstand, dass dies sicher die Rockmusiker waren, die Ulrike erwähnt hatte. Mitglieder einer Band, die er nicht kannte, aber kennen hätte müssen.

»Franky lieścht im Koma«, sagte einer. »Uns fehlt 'n vierta Mann, um dit große schwarze Ding da in Keller zu tragen. Wat iss? Vier Mann, vier Ecken?«

»Klar«, sagte Andreas Hermann.

Die Kiste war schwer, der Probenkeller beeindruckend. Ein Gewölbe mit vier Meter hohen Decken, das mit moderner Technik vollgestopft war. Sie boten ihm ein Bier an und einen Joint. Er akzeptierte beides, weil er annahm, Ulrike so leichter erklären zu können, dass er sie für immer liebe. High. Er rauchte und trank. Die Panik, die er eben noch gespürt hatte, verschwand. Die Männer redeten von einem stillgelegten Stahlwerk in Brandenburg, wo sie heute Abend aufgetreten waren, und weil er ihnen nichts von Ulrike erzählen konnte, die ja ihre Nachbarin war, erzählte er ihnen von seiner Präsentation, die er morgen Vormittag halten würde. Sie lachten sich halb tot über Wein im Prenzlauer Berg, er lachte mit. Es machte ihm das Herz leicht, aber noch während er lachte, vergaß er, was eigentlich so komisch war. Er zog an seinem Joint und trank noch ein Bier und dann war ihm plötzlich klar, dass er nicht zufällig hier war, sondern schicksalhaft. Er brauchte noch ein Lied, und sie würden ihm das Lied schreiben. Den Weinsong. Sie lachten wieder, er auch, aber irgendwann begann einer der Männer, Toni, seine Gitarre zu nehmen und ein Lied zu spielen. Es hieß »Willin'«, sagte er, und war von einer Band namens Little Feat. Es gab die Zeile »and if you give me weed, whites and wine, and you show me a sign, I'm still willin' to be movin'«, was wunderbar passte, auch zu seinem Vortrag.

»I'm still willin'«, sang er. »To be movin'.«

Auch die anderen beiden packten die Gitarren aus und schalteten eine große, blinkende Maschine ein. Sie nahmen »Willin'« auf. Irgendwann erschien Franky im Keller, erwacht aus dem Koma, und sie wiederholten die Aufnahme mit seinem Schlagzeug. Nach zwei weiteren Joints und ein paar Bieren schlug Franky, dem es inzwischen wieder richtig gutzugehen schien, vor, auch noch »Sieben Fässer Wein« von Roland Kaiser aufzunehmen, als Punksong. Erst lachten alle wieder, aber dann fanden sie die Idee immer besser, und schließlich spielten sie »Sieben Fässer Wein« ein, betrunken und schief, brannten es zusammen mit »Willin'« auf eine CD und gaben sie Andreas Hermann. Er lud sie alle zu seiner Präsentation ein. Sie nickten müde, denn es war bereits halb neun morgens, als Andreas Hermann aufbrach. Er umarmte die Musiker nacheinander. Er wäre gern noch ein wenig geblieben. Er fühlte sich in dem lichtlosen Keller zu Hause wie im Bart des Bürgerrechtlers.

»Wohnt ihr eigentlich alle hier, in dem Viertel?«, fragte er.

»Nur icke«, sagte Toni.

»Und wie ist es?«, fragte Andreas Hermann.

»Jut«, sagte Toni.

»Irgendwo musste ja wohnen«, sagte Franky, streckte sich auf einem der Sofas aus und schloss die Augen.

I'm still willin', dachte Andreas Hermann, als er in die weiße Morgensonne trat. Er stand taumelnd vor dem roten Backsteinklotz und sah die schmale Gasse zwischen den weißen Häusern hinunter auf den Park, aus dem die Kirchenspitze wuchs und der Fernsehturm. Er musste sich an die Wand lehnen, um nicht umzufallen. Ein Taxi bog in die Straße ein und rollte langsam in seine Richtung. Es hielt in der Mitte der Siedlung, dort, wo Ulrikes Haus stand, und er wusste, wer es war. Der Mann war groß, dunkel und trug einen beigen Sommeranzug. Der Mann hatte einen erstaunlich kleinen Koffer für die lange Reise, von der er zurückkehrte, dachte Andreas Hermann. Aber womöglich kam ihm die Reise weitaus länger vor als dem Mann. Es war ein kleiner silberner Metallkoffer, der in der Vormittagssonne funkelte, leichtes Gepäck. Der Mann trug ihn zur Treppe, die zu seiner Haustür führte, und verharrte einen Moment. Vielleicht wollte er seiner Familie die Chance geben, ihn zu empfangen, oder er dachte darüber nach, wieder umzudrehen. Aus der Entfernung gesehen schien beides möglich.

Andreas Hermann stieß sich von der Backsteinwand ab und nahm den Hinterausgang aus dem Viertel, der an der Rückseite alter Mietshäuser entlang zur Greifswalder Straße führte, die im Berufsverkehr summte. Er kotzte in das Wartehäuschen der Linie 28, wischte sich den Mund ab und stieg in die nächste Straßenbahn Richtung Zentrum, um sich für sein neues Leben etwas Nettes zu kaufen.

Er ahnte, dass die Präsentation nicht fliegen würde, als er den Adler nicht fand. Es war Bild 1, und Bild 1 hieß »Adler«, weil Andreas Hermann vor ein paar Stunden dort einen Adler gesehen hatte, der durch das funkelnde Smaragdenlicht schwebte. Aber jetzt sah er keinen Adler mehr. Da war nur ein grünes Bild an der Wand, das nicht viel anders aussah als all die anderen Fotos, die Sina in den vergangenen zehn Jahren mit ihrer Nachtsichtkamera auf den Berliner Straßen aufgenommen hatte. Ein Blick in ein schmutziges Aquarium, beruhigend unter normalen Umständen, aber dies waren keine normalen Umstände. Er klammerte sich an der Fernbedienung des Diaprojektors fest, klickte das nächste Bild an. Ein grünes Nichts. Er hetzte vor und zurück durch die grüne

Hölle, aus den Boxen der kleinen Stereoanlage lief »Sieben Fässer Wein« in der Version seiner neuen Freunde aus den Prenzlauer Gärten, die jetzt sicher ihren Rausch ausschliefen. Toni und Franky und die anderen. Er beneidete sie. Er war unendlich müde, durfte aber noch nicht schlafen.

Sieben Fässer Wein können uns nicht gefährlich sein.
Das haut uns nicht um, ja, das schaffen wir ganz allein.

Er war sich nicht so sicher. Die Vögel waren weggeflogen. Kein einziger hockte mehr in den grünen Käfigen. Ein Kormoran schien auf dem Sideboard hinter Ulrike zu sitzen, dachte Andreas Hermann. Er wagte nicht, dort hinzuschauen. Der Vogel saß ganz still.

In den schwersten Stunden lasst mich bitte nicht allein.
Denn es wird Zeit, wir müssen langsam geh'n.

Andreas Hermann trug einen Anzug von Givenchy, den er sich vor einer guten Stunde in den Galeries Lafayette in der Friedrichstraße für 675 Euro gekauft hatte, Geld, das er nicht hatte, aber bald haben würde. Es war ein grauer, enggeschnittener Nadelstreifenanzug, in dem er gut aussah, obwohl er seit Tagen nicht mehr geschlafen hatte. Das Hemd war von agnès b., seiner Lieblingshemdenschneiderin, und hatte 95 Euro gekostet, preisgesenkt. Er war der erste Kunde des Kaufhauses an diesem Morgen gewesen, denn er hatte einen 11-Uhr-Termin in einer Werbeagentur. Der spindeldürre Verkäufer am agnès b.-Stand hatte ihn erst misstrauisch angesehen und dann bewundernd. Mit etwas mehr Zeit hätte sich Andreas Hermann noch ein paar Schuhe dazu gekauft, aber er wollte nicht zu spät zur ersten Präsentation seines Lebens kommen. Er war mit dem Taxi in der Käthe-Niederkirchner-Straße vorgefahren. Seine alten Sachen lagen in einer großen Papiertüte der Galeries Lafayette, die neben dem Schreibtisch stand.

»Sieben Fässer Wein können manchmal die Rettung sein. Wie das Leben so spielt, vieles löst sich von ganz allein«, sangen seine neuen Freunde aus dem Bandkeller.

»Football is coming home«, sagte Andreas Hermann.

Es war das erste Stichwort auf dem weißen Blatt, das vor ihm lag. Er hatte nicht viele Stichwörter aufgeschrieben, weil er davon ausgegangen war, dass der Zauber der Bilder ihn durch die Präsentation tragen würde. Aber nun, da es keinen Zauber gab, musste er sich an die Stichwörter halten.

»Wir haben heute nichts mehr zu verlieren, jetzt kann uns gar nichts mehr passieren«, sang die Band, und das stimmte doch. Es stimmte doch. Andreas Hermann sah in die Runde. Die Gesichter seines Publikums waren in das zarte Grün des Dias getaucht. Sie vermissten die Vögel nicht, weil sie sie nie gesehen hatten, dachte er. Und der Kormoran hinter Ulrike verhielt sich weiterhin still. Es war noch nicht vorbei. Vorgestern hatte er die Kollegen aus dem Schauspielprojekt mit seinem Bürgerrechtler Harald zu Tränen gerührt, dachte er, da würde er doch wohl einen Weinwerber hinbekommen. Wenn er nur nicht so verdammt müde und zerfasert gewesen wäre. Er erzählte ihnen von Sina und ihrer Kamera, vom Weinberg und von Dr. Schmidt. Sie sahen ihn interessiert, aber emotionslos an. Er startete »Willin'« von Little Feat mit der zweiten Fernbedienung. Er hatte jetzt zwei Fernbedienungen in der Hand wie ein Revolverheld. Ulrike saß ganz hinten auf ihrem Platz, er wagte nicht, sie anzusehen, auch weil er den Vogel nicht nervös machen wollte. Den letzten Kormoran. Er erzählte von Freyburg und der Staatlichen Plankommission, in der Dr. Schmidt für Möbel verantwortlich gewesen war. Er dachte an Hellerau. Es war kein Zufall, dass Dr. Schmidts Möbelwerke den Schreibtisch unter seinem Hochbett produziert hatten, in dem das Totenbuch des Professors lag, dachte er plötzlich. Alles hing miteinander zusammen. Er hörte seine Stimme ziellos durch das endlose Meer segeln. Er hatte das Buch dabei, er hatte es durch die Nacht getragen, weil er Ulrike noch den Schluss vorlesen wollte, bevor ihr Mann zurückkehrte, der Ritter Florian. Er hatte sich von der Band ablenken lassen, er hatte das Wesentliche aus dem Auge verloren, er war dem Einzelnen hinterhergerannt, und so war er zu spät gekommen, wie oft in seinem Leben. Er könnte das Ende des Totenbuches jetzt vorlesen, dachte er. Es ging ihm ja sowieso nur um Ulrike. Ihretwegen war er hier und redete über Berliner Wein. Seine Freunde aus der Garagenband beendeten ihre Arbeit.

And if you give me weed, whites and wine
and you show me a sign
I'll be willin' to be movin'

Ein Zeichen wäre nicht schlecht, dachte Andreas Hermann, aber er sah kein Zeichen.

»Ich habe einen alten Freund, der beim Film arbeitet und mir Animationen machen würde, Bernhard. Ulrike kennt ihn«, sagte er und nickte in Ulrikes Richtung, der Vogel saß still. Ulrike lächelte leicht, wie unter Schmerzen.

»Die Flasche könnte tanzen und singen, ich dachte, sie könnte mit der Stimme von Gérard Depardieu sprechen«, sagte Andreas Hermann. »Der Synchronstimme.«

»Depardieu?«, fragte Lars.

Andreas Hermann nickte, Tanja kicherte kurz.

»Cyrano de Bergerac«, sagte Lars und schaute triumphierend in die Runde. »Gute Weingegend. Bergerac.«

»Deswegen ja«, sagte Andreas Hermann. »Oder man könnte die Stimme von dem kleinen dicken Amerikaner aus Sideways nehmen.«

»Paul Giamatti?«, fragte Annekathrin.

»Genau der«, sagte Andreas Hermann.
Er schob die Box mit den Fotomontagen von Vincent in den Diaprojektor. Auf dem ersten Bild sah man zwei Bauarbeiter, die zum halbfertigen Fernsehturm hinaufschauten, ihr Blick war stolz, in ihren Händen hielten sie Vipa-Flaschen. Dann Walter Ulbricht und Ballack und Angela Merkel mit Obama und Sarkozy, die Vipa-Flaschen auf dem Tisch. Ein Paar in stonewashed Jeansanzügen saß auf der Mauer, November 1989, Vipa in den Händen. Vincent war im Zickzackkurs durch die Geschichte gereist. Es gab Jugendliche aus aller Welt, die offenbar zu den Weltfestspielen 1973 in Berlin aufgenommen worden waren, und Jugendliche, die offenbar während der Fußball-WM 2006 aufgenommen worden waren. Alle trugen Vipa-Flaschen in der Hand. Sie färbten das weiße Büro bunt, und zum ersten Mal hatte Andreas Hermann das Gefühl, dass es doch funktionieren konnte. Vincent hatte wirklich verstanden, was er fühlte, er spürte, wie ihm die Tränen in die Augen schossen, aus Dankbarkeit für Vincent, der dort draußen in einer anderen Welt saß, obwohl er doch eigentlich hierher gehörte. Es war ganz still, als das letzte Bild anhielt. Die grüne Wiese, auf der einmal der Palast der Republik gestanden hatte, darauf ein junges Paar.
»Toll«, sagte Annekathrin irgendwann. »Die letzten Bilder.«
»Groß«, sagte Tanja.
»Vielleicht ein bisschen zu groß«, sagte Lars, seinen langen Scheitel langsam hinters Ohr stopfend. »Es ist eine kleine Kampagne. Wir wollen nicht die Welt einreißen. Wir wollen ein Erfrischungsgetränk verkaufen. Für den Mauerfall sollte man sich vielleicht Champagner aufheben oder wenigstens Rotkäppchensekt.«
Lars' Scheitel fiel wieder zurück vors Gesicht, wo er ihn erstmal hängen ließ. Die anderen widersprachen nicht. Sie nick-

ten, wenn auch nur leicht. Die Dia-Maschine ruckte ein letztes Mal und zeigte den grünen Notenschlüssel, den Andreas Hermann vor ein paar Tagen im Gestrüpp des Wasserturmweins fotografiert hatte.

»Das kleine Leben ist groß«, sagte Andreas Hermann und tastete wie ein Blinder nach dem Buch des Professors, das vor ihm auf dem Tisch lag. Dort drin stand ja, wie groß das kleine Leben war. Er hätte gern ein bisschen Musik gehabt jetzt, aber mehr Musik gab es nicht.

»Klarklar«, sagte Lars. »Klar, und ich sag ja nicht, dass wir das wegwerfen müssen. Es ist interessant.«

»Ich hab groß gesagt, nicht interessant«, sagte Andreas Hermann.

Lars nickte. Sein Scheitel wackelte wie eine schwere Übergardine. Andreas Hermann hätte den Scheitel gern mit einer großen Schere abgeschnitten. Er sah auf den Notenschlüssel an der Wand. Es war ein struppiges Gekräusel aus Reben, das auch die Gedärme von Ötzi, dem eingefrorenen Steinzeitmenschen, hätte sein können. Man brauchte Magie, um die Musik zu hören. Hier gab es keine Magie. Es war nur ein anderer Raum, in dem sich Leute irgendwelche Projekte ausdachten. Vipa hatte so wenig mit dem richtigen, pulsierenden Leben zu tun wie die Ausstellung über den Weinanbau in Berlin, dachte er. Sie waren alle Projektarbeiter. Vincent und Lars arbeiteten letztlich an derselben Sache. Wahrscheinlich fühlte sich Lars ein bisschen wichtiger dabei als Vincent, aber auch das war nicht sicher. Warum setzte sich ein vernünftiger Mensch denn bei der Arbeit in ein Schaufenster? Doch nur, um der Welt dort draußen zu beweisen, dass er noch da war. Dass er lebte.

Im Glas der Fensterscheibe spiegelte sich Andreas Hermann. Ein Mann in einem Anzug, der teuer aussah und nicht ganz ernst gemeint. Er müsste nur ein paar Nächte durchschlafen und Lars nach seinem Friseur fragen, dann könnte er aussehen wie sie, in ihrem Schaufenster. Er könnte sich dazusetzen oder sich ein anderes Schaufenster suchen, es zur Hälfte mit Milchglasfolie bekleben und sich hineinsetzen. Aber er wollte das doch gar nicht. Er wollte das nicht. Er wollte dort draußen auf der Straße stehen und hier hineinsehen, kurz hineinschauen, sich schütteln und dann weiterlaufen. Er wollte das Glas nicht mehr, zwischen sich und der Welt. So funktionierte das nicht, dachte er. So nicht. Die Worte des Professors würden in dieser Umgebung bedeutungslos zerwehen. Ein schwarzer Schatten flog durch den Raum, der letzte Vogel hatte ihn verlassen. Der Kormoran war so schnell, dass die anderen ihn gar nicht sahen.

»Football is going home«, sagte Andreas Hermann.

Er nahm das Totenbuch, tat es in die große Papiertüte mit seinen alten Klamotten und ging. Kurz vor der Greifswalder holte ihn Ulrike ein. Sie standen vor der Voodoo Lounge, wo ein mittelalter, verquollen aussehender Mann in Lederhosen an der Beleuchtung der Bar herumschraubte.

»Tut mir leid«, sagte Andreas Hermann. »Ich hab's versucht.«

Ulrike schüttelte den Kopf und nahm ihn an der Hand. Sie sah sich um, einen Moment lang wirkte sie ratlos, nur einen Moment. Sie führte ihn auf den Mittelstreifen der Greifswalder, ein kleines grünes Band zwischen Straßenbahnschienen und Fahrbahnen, wo nur die Alten und Lahmen ihre struppigen Hunde ausführten. Es war eine Insel, die unsichtbar machte, weil sie so hässlich war. Niemand schaute dorthin. Sie liefen händchenhaltend ein Stück auf den Fernsehturm zu, dann zog ihn Ulrike in das Gestrüpp. Sie saßen zwischen all der Hundescheiße im Gras, lehnten sich mit dem Rücken gegen das Git-

ter, das die Straßenbahnschienen begrenzte, der lärmende Verkehr umspülte sie.
»Bad vibrations«, sagte er und nickte zurück in Richtung Käthe-Niederkirchner-Straße.
Sie lächelte, streichelte sein Gesicht.
»Ich hab vorhin kurz darüber nachgedacht, das Totenbuch vorzulesen«, sagte er.
»Unser Buch?«, sagte sie.
»Es kam mir plötzlich vor wie das einzige Echte in meinem Leben«, sagte er. »Das einzige, was es wirklich gibt, weißt du. Oder gab.«
Sie nickte.
»Hast du den Vogel gesehen?«, fragte er.
»Welchen Vogel?«.
»Den Kormoran. Er saß die ganze Zeit hinter dir.«
Sie schüttelte den Kopf, ganz vorsichtig, als probiere sie es zum ersten Mal aus.
»Ist nicht so schlimm«, sagte er. »Er saß ganz still.«
Ulrike weinte, und er wusste nicht, ob sie weinte, weil er seine Präsentation versaut hatte oder weil sie ihre kostbare Zeit mit einer weinhaltigen Ostbrause verschwendet hatten. Eigentlich war es auch egal, ihre Zeit war jetzt um.
»Was hast du eigentlich gedacht, damals, als wir uns zum ersten Mal gesehen haben in der Agentur?«, fragte er.
»Ich weiß nicht«, sagte sie. »Nicht viel.«
»Warum ich?«
»Weil du ein richtiges Leben hast«, sagte sie.
»Ich hab zu wenig geschlafen«, sagte er.
»Schöner Anzug«, sagte sie und streichelte den Stoff seines Hosenbeines.
»Eigentlich habe ich gar nicht geschlafen.«
Eine Weile saßen sie so da und dachten beide daran, dass Flo-

rian Beerenstein zurückgekommen war und ihren Spielraum auf dieses Stück zwischen den Gleisen der Straßenbahnen begrenzt hatte, die die Greifswalder Straße im Fünf-Minuten-Takt hoch- und runterfuhren. Aber sie sprachen es nicht aus, weil es zu traurig war.
»Ich dachte, du wolltest nach Wien«, sagte er.
Sie zuckte mit den Schultern, und er las ihr das Ende des Totenbuches vor.

Ich habe fast eine Woche nicht geschrieben. Mir fehlten die Zeit und vielleicht auch die Worte. Es ist viel passiert. Aber gut, der Reihe nach.
Am Tag, als ich in das Hospiz eincheckte, verlor Deutschland das Endspiel der Fußballeuropameisterschaft. Es war ein Sonntagabend, und Daniel war bei seinem Freund auf dem Land. Ich schaute das Spiel zusammen mit dem freundlichen Reporter. Der Mann mit der Wollmütze und den leuchtenden Augen. Wir saßen auf der Terrasse über den Dächern von Berlin. Der kleine, knuffige deutsche Verteidiger patzte, wenn ich es richtig verstanden habe. Ein spanischer Stürmer enteilte ihm und schoss ins Tor. Der Spanier sah aus wie ein Engel, unwirklich schön und unschuldig. Und so waren wir beide nicht traurig, ich nicht, weil Deutschland von einem blonden Engel besiegt worden war, und der kranke Reporter nicht, weil er das Tor sofort vergessen hatte, nachdem es gefallen war. Wir tranken Bier, und ich rauchte eine Zigarette mit dem Reporter. Später suchte ich mit ihm sein Zimmer, denn er hatte vergessen, wo es war. Er konnte sich auch an seinen Namen nicht erinnern, aber er konnte noch darüber lachen, dass er nicht mehr wusste, wie er heißt. Zwei Tage später starb der Mann. Auf natürliche

Art, könnte man sagen. Er war verlöscht. Ich habe keine Angst mehr vor dem Tod. Ich bin gleich wieder aus dem Hospiz ausgezogen, sie können mich auch zu Hause betreuen.

Es ist gut so. Wenn ich etwas bedauere, dann, dass ich Daniel nicht früher kennengelernt habe, in einem anderen Leben. Und natürlich auch, dass ich ihn in diesem Leben nicht länger halten konnte. Ich habe ihn seit drei Tagen nicht mehr gesehen, und ich glaube zu wissen, dass er nicht mehr wiederkommt. Wir saßen in meinem Lieblingscafé am Weißen See. Es war warm, Daniel aß einen Eisbecher, ich trank einen Kamillentee. Ich war immer ein großer Eisbecheresser, aber es geht nicht mehr, leider. Er hat mir zuliebe einen Schwedeneisbecher bestellt, mein Lieblingsbecher. Vanilleeis, Apfelmus, Eierlikör, Sahne. Es war ein wunderbarer Nachmittag. Daniel hat mir von einem Hammel erzählt, den sie am vorigen Wochenende auf ihrem Bauernhof schlachten mussten. Ein Hammel mit dem Namen Jesus! Gibt's denn so was! Alle ihre Tiere tragen Namen. Sie achten sie, aber nicht auf eine kitschige »Schweinchen-Babe-Art«, so sagt Daniel. Sie vergessen nie, dass sie Bauern sind. Jesus jedenfalls musste daran glauben, und Daniel sprach mit so viel Witz und Achtung vom Tod dieses Hammels, dass ich auf die Idee kam, ihn mit meinem Nachlass zu betrauen. Es klingt nun, da ich es aufschreibe, weitaus absurder, als ich es meinte. Ich habe gewisse Vorstellungen von meiner Bestattung, sie sind etwas unkonventionell, womöglich nicht mal legal. Ich wüsste niemanden, den ich lieber damit betraut hätte als Daniel, meine letzte Liebe, aber ich kam nicht mal dazu, ihm die Details zu erläutern. Er wollte nichts davon hören. Kein Wort. Er stieß den Schwedeneisbecher, halb gegessen, von sich. Er sei ein Krankenpfleger, rief er. Kein Nachlassverwalter oder Trauerredner. Dann stand er auf und lief davon. Es war die letzte große Szene meines Lebens! Ich musste lächeln, als ich ihn dort wütend weglaufen sah, im Halbkreis um den See herum. Fünf Minuten später kam er zurück und schob mich wortlos zur Berliner Allee, wo mich ein Krankentransport abholte. Ich glaube, er war beschämt, dass so ein alter Narr so viel Hoffnung mit ihm verbindet. Er wollte keine Option für einen Beinahtoten sein. Wer will das schon. Aber am Ende surrt mein 76-jähriges Leben auf die zwei Monate zusammen, in denen ich Daniel kannte. Fred ist weg, aus meinem Kopf und meinem Herzen. Er sitzt wahrscheinlich gerade im Nebenaufgang und schaut aus dem Fenster wie ich, zwanzig Meter entfernt, praktisch neben mir, aber ich spüre nichts von ihm. Dreißig Jahre Fred sind einfach weg. Der Rest sowieso. All die Rechtfertigungen und der Krampf in den Parteiversammlungen und später in den Ehrenkommissionen waren umsonst. Dinge, die mich um den Schlaf brachten! Am Ende bleibt der Krankenpfleger, der mich um den Weißen See schob. Er ist alles, was bleibt. Ich hätte mich nicht gewehrt, aber ich habe nie etwas von Daniel erwartet, körperlich. Es war gut so, wie es war.

Am nächsten Tag erschien Judith. Sie ersetzte Daniel. Sie sagte irgendetwas von unerwarteten Schichtwechseln und Personalmangel, aber ich glaubte ihr kein Wort. Sie ist nett. Ich sitze jetzt viel an meinem Fenster und rauche die Zigaretten, die der Reporter hinterlassen hat. Die Stationsschwester hat sie mir mitgegeben, als ich wieder auszog. Fünf Stangen Pall Mall, blau, die Banderolen sind polnisch beschriftet. Ich sitze also an meinem Fenster im Prenzlauer Berg und rauche Schmuggelware. Leider fühle ich mich dabei nicht ganz so gut und aufgeräumt wie das klingt. Meine Werte sind im Keller, wenn ich das richtig verstanden habe. Der Arzt sieht mich ernst an, Judith erhöht nur noch die Dosis der Schmerzmittel. Keiner warnt mich mehr vor den Gefahren des Zigarettenkonsums. Ich frage nicht nach der Zeit, die ich noch habe. Sie ist bedeutungslos. Ich habe das erlebt, was ich erleben konnte. Mein Leben löst sich vor meinen Augen auf. Judith, meine Pflegerin, hat mich heute gefragt, ob ich denn keinen Besuch mehr erwarte. Mehr. Es klang so, als frage sie nach einem Pfarrer für die letzte Ölung. Ich habe den Kopf geschüttelt, und sie hat mich ganz traurig angesehen. Aber ich bin nicht traurig, wirklich nicht. Ich habe mir den Anfang dieses Buches noch einmal durchgelesen. Es ist, als habe das ein Fremder geschrieben, ein bitterer, alter Mann. Ich habe mich noch einmal verändert. Und es war nicht die Krankheit, die mir dabei geholfen hat. Ich glaube, das ist alles, was ich zu sagen habe.

Marianne, meine Nachbarin, wird sich jetzt um meinen Nachlass kümmern, hat sie versprochen. Es ist ja nicht viel. Ich weiß nicht, ob sie das Buch finden wird und ob sie es aufschlägt, wenn sie es finden sollte. Ich weiß nicht einmal, ob ich das will.

Andreas Hermann klappte das Heft zu. Da war noch ein Satz auf der allerletzten Seite, aber den Satz wollte er in der Hand behalten wie einen kleinen Vogel. Als Pfand. Er war zu erschöpft, um eine endgültige Entscheidung zu treffen. Die Müdigkeit strömte wie reißendes Wasser aus allen Richtungen in seinen Körper. Er konnte sich nicht mehr dagegen wehren. Er lehnte an dem Zaun, die Bilder und die Geräusche der Greifswalder Straße verwischten. Er kippte gegen Ulrikes Schulter.

»I'm still willin'«, sagte er.

»I know, my love«, sagte sie. »I know.«

Bevor er darauf kam, wie die Zeile weiterging, war er eingeschlafen, die Hand um das kleine Vögelchen fest geschlossen. Er träumte, dass er in einer bunten Kapelle in Las Vegas stand, vor ihm ein Pfarrer, neben ihm Ulrike in einem weißen Kleid. Es war sehr heiß, von draußen hörte man Sirenen, die Wände der Kapelle waren rosa, und es gab flackernde Lichterketten in allen Farben. Der Pfarrer redete englisch auf ihn ein. Er hatte einen ziemlich starken amerikanischen Akzent, weshalb ihn Andreas Hermann nicht verstehen konnte. Er sah rüber zu Ulrike, die nur nickte. Aber er verstand doch nichts. Er verstand nichts.

Als er wach wurde, lag er ausgestreckt auf dem Mittelstreifen der Greifswalder Straße. Die Farben und Geräusche fügten sich kreiselnd zu einem klaren Bild, wie das letzte Wasser, das mit einem Schlurpsen aus der Badewanne lief. Er sah die Bäume und hörte Autos, nur Ulrike sah er nicht in diesem neuen, klaren Bild. Auch der Pfarrer war verschwunden, drei Meter von ihm entfernt stand ein Rentner mit einem kleinen Hund. Der Hund winselte, der Rentner schaute mitleidlos. Er trug eine dunkelblaue Baumwolltrainingshose, ein kariertes Hemd und eine beige Anglerweste.

»Assis«, sagte der Mann und zog seinen Hund weiter.

Andreas Hermann richtete sich an dem Begrenzungszäunchen auf. Unter seinem Kopf lag eine kleine graue Strickjacke. Ulrike hatte ihn gebettet, bevor sie zurück zu ihrem Mann gegangen war oder zu ihren Kollegen. Er wusste nicht, wie lange er geschlafen hatte, aber das Fieber war weg. Er fühlte sich erschöpft. Seine Knie zitterten, als er schließlich stand. Er hob die Strickjacke auf. Urike hatte sie getragen, als er sie zum ersten Mal sah. Noch ein Pfand. Er hatte jetzt zwei. Zwei Schlüssel für den Hintereingang. Einen Satz des Professors und eine Strickjacke. Er vergrub sein Gesicht in der weichen grauen Wolle.

Die folgenden Tage verbrachte Andreas Hermann in einer Art Schleuse. Sein Leben war nicht zu schnell, es war nicht zu langsam, aber es wäre falsch gewesen, es normal zu nennen. Er schlief vier, fünf Stunden, rauchte seine zwanzig Zigaretten, trank einen halben Karton Rotwein für 99 Cent und nahm eine Kapsel Fluctin pro Tag, obwohl er den Eindruck hatte, dass er die Kapsel nicht brauchte. Nachts trug er die kleine graue Strickjacke im Arm wie ein Kätzchen, die Aufbissschiene von Florian Beerenstein hatte er weggeworfen, in eine der beiden Tonnen für Verpackungsmüll, die auf seinem Hof in der Kopenhagener standen. Er sah keine großen schwarzen Vögel mehr und bekam eine Gänsehaut, wenn er nur daran dachte, wie er Ulrike von dem Kormoran erzählt hatte, den er in ihrem Rücken entdeckt zu haben glaubte. Er sah wieder die Dinge, die er normalerweise sah, die er gesehen hatte, bevor er Ulrike kennenlernte, und wenn er Lust hatte, fotografierte er sie.

Gestern hatte er das Foto einer kleinen Wolke gemacht, die ihn an den Kopf des Gendarmen von Saint-Tropez erinnerte, Louis de Funès, mit Mütze. Er druckte das Bild in Postkartengröße aus und schrieb eine Nachricht an Ulrike auf den Rücken, schickte es aber nicht ab. In den Hofpausen in der Agentur war er nicht in der Lage, zu den weißen Häusern zu schauen, er drehte sich automatisch von ihnen weg. Er konnte es nicht ändern. Er konnte nur in der Schleuse herumstehen, rauchen und leicht angeschlagen darauf warten, dass sich eine der Türen öffnete.

Die Aufregung in der Agentur erreichte ihn kaum. Im Jobcenter Nord war eine anonyme Beschwerde über die Arbeitsmoral bei »contact« eingegangen. Der Briefschreiber wusste sehr gut über die Gepflogenheiten in der Agentur Bescheid. Er hatte minutiös aufgeführt, wie oft die Jungs aus dem »holzbock«-Projekt ihre Pausenzeiten überzogen, er hatte beschrieben, an welchen Tagen Bernd aus dem »Stattumzug«-Projekt mit Alkoholfahne zum Dienst erschien, er hatte von Ramóns illegaler Tätigkeit bei der »Karibischen Nacht« im Hilton am Gendarmenmarkt berichtet, von Vincents privaten Designjobs und vom Vorhang, hinter dem der Captain Kowalski seinen kleinen Schwarzhandel betrieb. Daraufhin gab es ein paar Aussprachen mit einer nervösen Abgesandten aus dem Arbeitsamt Nord, unter denen Cathrin Huschke am allermeisten zu leiden schien. Bernd und die Tischler brummelten halbherzige Entschuldigungen, Ramón war bereits zu einem anderen Projekt weitergezogen, Vincent wurde gebraucht, und Kowalski war immer noch krankgeschrieben. Sie entfernten den Vorhang im »Stattumzug«-Lager, viel mehr war nicht zu machen. Richtige Konsequenzen gab es ja nicht bei ihnen. Eigentlich waren alle von Anfang an vor allem daran interessiert gewesen, herauszufinden, wer sie angeschwärzt hatte. Sie mussten nicht lange warten. Im Verlauf einer Aussprache verriet sich Volker Kosch als der anonyme Briefeschreiber. Er zückte im Streit sein grünes Büchlein und trug daraus, mit erhobenem Zeigefinger, die Zeiten einer Rauchpause aus dem März vor wie ein Staatsanwalt seine Anklage. Die meisten Kollegen hatten Kosch nie gemocht, aber nun schnitten sie ihn. Andreas Hermann dagegen tat er plötzlich leid. Neben Cathrin Huschke und Danuschka war Volker Kosch offensichtlich derjenige, der ihre Beschäftigungstherapie wirklich ernst nahm. Sie bekamen anderthalb Euro pro Stunde, sie maßen Bürgersteighöhen und organisierten Ausstellungen, die nicht gezeigt wurden, sie machten eine Arbeit, die niemand brauchte. Kosch wollte das nicht akzeptieren, und das war nur menschlich, fand Andreas Hermann. Es war allerdings selbst für ihn schwer, Kosch sein gerade erwachtes Mitgefühl zu zeigen. Kosch war einfach nicht der Mann, den man gern in den Arm nahm. Andreas Hermann kümmerte sich also lieber um Kowalski, den Captain, der vor ein paar Tagen aus der Charité entlassen worden war, weil sie dort nicht mehr gewusst hatten, was sie mit ihm anstellen sollten. Kowalski saß nun zu Hause rum und wartete darauf, wieder in der Gegenwart anzukommen. Weil er den Captain mochte und auch, weil er nun wieder über jede Menge Zeit verfügte, besuchte Andreas Hermann seinen ehemaligen Kollegen nach Dienstschluss.

Kowalski wohnte in der Dietrich-Bonhoeffer-Straße. Die Bonhoeffer gehörte eigentlich zum Bötzowviertel und dann auch wieder nicht. Es war eine Straße wie alle anderen hier, aber aus irgendeinem Grund mieden sie die Neuankömmlinge aus dem Rheinland. Es war wirklich schwierig herauszufinden, wie dieses Immobilienspiel funktionierte, dachte Andreas Hermann. Es schien Grenzen und Mauern zu geben, die für einen Mann wie ihn einfach nicht sichtbar waren. Kowalski jedenfalls wohnte im unteren Teil der Bonhoeffer Straße, vielleicht fünfzig Meter von der Greifswalder entfernt, im ersten Stock, über einem wenig einladend aussehenden Zahnarztbüro. Er trug die schwarzen Wrangler, die er immer anhatte, dazu ein Campinghemd, keine Mütze. Die Wohnung hatte zwei Zimmer und eine Küche, schätzte Andreas Hermann, Kowalski machte mit ihm keine Besichtigungstour. Er war nicht stolz auf seine Wohnung, er wohnte hier einfach. Er bot ihm auch nichts an. Er führte ihn ins Wohnzimmer, wo es zwei prall gefüllte Bücherregale, einen riesigen Fernseher und einen Tisch gab, an dem vier Stühle standen. Auf drei Stühlen stapelten sich Bücher. Auch auf dem Tisch lagen Bücher herum, Hermann erkannte die »Ex libris«-Ausgabe der »Aufzeichnungen aus einem Totenhaus«, die auf Kowalskis Nachttisch in der Charité gelegen hatte. Vor dem einzigen freien Stuhl lag ein aufgeklappter DDR-Atlas. Daneben stand ein großer runder Aschenbecher aus grünem Glas, der bereits gut gefüllt war. Kowalski räumte einen Stuhl frei. Sie saßen sich eine Weile gegenüber und schwiegen, was Andreas Hermann ganz angemessen fand, schließlich kannten sie sich kaum. Kowalski schien die Ruhe auch nicht zu stören. Es roch muffig, die Zeit stand still, und Kowalskis Blick war irgendwo in der Vergangenheit steckengeblieben. Andreas Hermann holte sein schwarzes Etui heraus. Sie rauchten erst mal eine.

»Wofür iss eigentlich der Bezirk Gera bekannt?«, fragte Kowalski irgendwann und malte mit dem Finger den Bezirksumriss in seinem Atlas nach.

»Keine Ahnung«, sagte Andreas Hermann. »Ich war nie da, soweit ich mich erinnere.«

»Ick och nich«, sagte Kowalski. »Komisch, in bestimmte Gegenden kommt man nie. Gera. Ick weeß jarnich, wat ick da soll.«

Andreas Hermann nickte, aber er dachte dabei nicht an den fremden Bezirk Gera, oder wenn, im übertragenen Sinne. Er dachte daran, wie seltsam es war, dass Leute wie Annekathrin nur zwei oder drei Straßen von diesem Tisch entfernt wohnten. Menschen, die eine Installation in einem Münchner

Schwimmbad hierher geführt hatte, teilten ein Viertel mit einem Mann, der an einem warmen Frühsommertag im Campinghemd über einem DDR-Atlas lehnte. Menschen mit ökologischen Miniblockheizkraftwerken im Keller und Ulmenholzküchentheken, in die gleichmäßig kostbares Olivenöl sickerte, waren Nachbarn eines Mannes, der sich manchmal für eine Dechiffriermaschine aus dem Zweiten Weltkrieg hielt und manchmal für einen Dispatcher des Backwarenkombinates Berlin, das es seit zwanzig Jahren nicht mehr gab. Sahen sie sich auf der Straße? Nahmen sie sich wahr? Annekathrin und ihre Freundinnen sahen das Publikum, klar, aber sahen sie auch Kowalski und konnten sie sich vorstellen, aus derselben Gegend zu kommen wie er? Und wenn ja, freute sie das? Und Kowalski? War er jemals in einem der Milchkaffeeläden gewesen, in den italienischen Feinkostgeschäften, in den Geschenkboutiquen, wo man in Leder gebundene Taschenkalender für 35 Euro kaufen konnte und Schneeschüttelkugeln mit dem Palast der Republik für 60? Was fühlte er, wenn er in der Fleischerei in der Käthe-Niederkirchner-Straße ein Schlagzeug und ein Klavier entdeckte? Über diese Dinge könnte man schön nachdenken, hier in der Stille. Die Gedanken führten zu nichts, aber sie zogen beruhigende Schleifen. Es waren Schleusengedanken.

Kowalski hatte die Gardinen zugezogen, das Abendlicht fiel zögerlich in den Raum und spielte mit ihrem Zigarettenrauch.

»Und Suhl?«, fragte Kowalski, sein Finger pochte in den Atlas. »Der Bezirk Suhl?«

»In Suhl war ich schon«, sagte Andreas Hermann. »In Oberhof, in Zella-Mehlis, als Kind, im Winter.«

Er dachte an die vergessene Bezirksstadt Suhl, die von Funktionären zwischen die Berge geklemmt worden war, an Simson-Mopeds, Knickerluftgewehre, an seine Tourenski mit Kombinationsbindung und die ständig vereisten Schnürsenkel seiner Skischuhe. Wenn er noch länger hier blieb, würde er vielleicht auch in der Vergangenheit steckenbleiben, wie Kowalski. Sie würden alle Bezirke durchgehen, und irgendwann würde er in den DDR-Atlas fallen wie das Mädchen aus dem *aha*-Video in das Comicheft. »Take me home«, dachte er. So hieß das doch. Bring mich nach Hause. Aber es war nicht das, was er wollte.

»Lange her«, sagte Andreas Hermann.

»Klar«, sagte Kowalski. »Damals hat's noch richtig jeschneit.«

»Es ist Juni, Captain«, sagte Andreas Hermann.

»Ja und?«

»Nur wegen dem Schnee. Willst du eigentlich wieder zurückkommen?«, fragte Andreas Hermann.

»Klar«, sagte Kowalski. »Ick kann doch hier nich ewig rumhocken. Verschollen wie U 703.«

»U 703?«

»Deutsches U-Boot, im September '44 im Nordmeer verschollen und nie jefunden worden«, sagte Kowalski.

»Du bist ja immer noch hier«, sagte Andreas Hermann. »Und nicht im Nordmeer verschollen.«

»54 Mann Besatzung einfach weg«, sagte Kowalski.

»Tja«, sagte Andreas Hermann. »Ich soll dich von Frau Huschke grüßen.«

Kowalski sah ihn einen Moment nachdenklich an. Dann schüttelte er den Kopf und lächelte.

»Grüß se ma zurück.«

Dabei beließen sie es erst mal. Sie rauchten noch ein paar Zigaretten, und Andreas Hermann beschloss, am nächsten Tag wiederzukommen. Kowalski musste auf kleinen Schritten zurück ins Leben geführt werden. Kleine Schritte. Wer wusste das besser als er. Kleine Schritte.

Bevor er ging, nahm er das Dostojewski-Buch vom Stapel auf dem Tisch. Es war ein schöner, schlichter Umschlag, der beinah edel aussah, vor allem für ein Buch, das in der DDR erschienen war.

»Und wie isses?«, fragte Andreas Hermann.

»Jut. Nich wat ick erwartet hatte, aber doch jut«, sagte Kowalski.

»Was hattest du denn erwartet?«, fragte Andreas Hermann.

»Wat, wat mehr mit meiner Situation zu tun hat, meinem Zustand, verstehste.«

»Ein Ratgeberbuch?«

»Na ja, nich direkt. Aber uff eene Art iss it jenau dit. Een Ratgeberbuch. Olle Dostojewski.«

»Ich hab's vor vielen Jahren gelesen«, sagte Andreas Hermann.

»Dann weeste ja, wat ick meine.«

»Ungefähr«, sagte Andreas Hermann und ging.

Es war erstaunlich hell draußen, viel heller als in der Wohnung von Kowalski. Als Andreas Hermann zurücklief, sah er, wie ein paar Bauarbeiter gerade das Dach von dem Mietshaus in der Käthe-Niederkirchner-Straße rissen, auf das jemand vor langer Zeit geschrieben hatte: »Ich liebe dich«.

Bernhard plauderte bereits vertraut mit der Heimleiterin, als die Projektmitarbeiter die Kulisse zur ersten Vorstellung ihres Mauerfallprogramms auspackten. Er schien seit Stunden hier zu sein, er wirkte wie ein Freund des Hauses. Ein Patron. Er winkte Andreas Hermann aus der Rezeption zu, so als besuche der sein Projekt und nicht umgekehrt. Andreas Hermann winkte zurück, wenn auch ein wenig distanziert.

Das Heim stand am Rande eines der Neubaugebiete, die den Prenzlauer Berg auf seiner Ostseite begrenzten wie eine große Mauer mit kleinen Fenstern. Andreas Hermann kam selten in diese Gegenden, eigentlich nie. Er kannte hier keinen. Er war vier Stationen mit der Straßenbahn gefahren und auf einem anderen Planeten gelandet. Es war der Planet der Alten. Es gab fünf- und zehnstöckige Plattenbauten, zwischen denen schnellwachsende Laubbäume wucherten, die hier in den 60ern und 70ern gepflanzt worden waren. Ein regelrechter Dschungel war das. Ab und zu trat jemand mit einem Einkaufswägelchen aus dem Blätterwald, die meisten erschienen paarweise, nebeneinander herlaufend, als seien sie zusammengekettet. Wahrscheinlich waren die alten Paare hier auch einmal hergekommen, um zu laichen, dachte Andreas Hermann, so wie die stoischen blonden Mütter aus der Hufelandstraße. Die Bäume wuchsen, die Menschen schrumpften. Entspechend euphorisch reagierte die Heimleiterin auf die Filmmenschen, die sich dreimal so schnell bewegten wie die Leute, mit denen sie tagtäglich zu tun hatte.

Bernhard war nicht allein gekommen, er hatte Männer mit tiefsitzenden Hosen, an denen allerlei technischer Schnickschnack herumhing, mitgebracht, sowie Frauen mit knappen Tops, Headsets und hektischem Blick. Es roch nach Puder, heißen Scheinwerfern, Parfüm und ein wenig nach Urin. Es waren noch anderthalb Stunden bis zur Premiere, zwei Kameras standen im Foyer, obwohl sie eigentlich im Speisesaal hätten auftreten sollen. Bernhard hatte die Zügel in die Hand genommen, weder Andreas Hermann noch Volker Kosch hatten im Moment die Kraft, sie ihm wieder zu entreißen. Die Schauspieler liefen instinktiv zu Bernhard und seiner Crew über.

Kurt und Liliane Müller standen mit nachdenklichen Mienen um eine Redakteurin herum, die eine Klemmmappe in der Hand hielt, Danuschka kicherte ohne Pause, und Anthony stolzierte wie ein schwarzer Hahn durch den Speisesaal des Heims, wo das Catering aufgebaut worden war. Es war ihre Welt. Andreas Hermann schleppte mit Leonid und Marin die Pappmauerstücke aus dem Kleintransporter. Ein Typ mit kurzen, goldblond gefärbten Haaren und einem Walkie-Talkie an der Hose sagte ihnen, wo sie sie aufbauen sollten.

»Wer sind Sie denn?«, fragte Andreas Hermann mit einem letzten Rest Widerstandskraft.

»Der Joe«, sagte der Mann, sein Funkgerät knackte.

Bernhard winkte lachend und nickend aus der Rezeption, wo er inzwischen mit der Heimleiterin und einer ernsthaften jungen Frau stand, die aussah wie die Regisseurin. Andreas Hermann grinste müde. Joe dirigierte Melanie und Max mit den Gitarren zu der Heimwandzeitung, wo zwei Boxen standen, die nicht zu ihnen gehörten. Nichts schien mehr ihnen zu gehören. Bernhard streichelte die Heimleiterin am Oberarm wie eine alte Freundin und kam kurz zu ihm herüber.

»Sollte das nicht ganz unaufwendig werden, wackelig, Bernhard? Von unten?«, sagte Andreas Hermann.

»Genauso wird's auch, Hermi. Unauffällig heißt ja nicht unprofessionell. Ich hatte ursprünglich gedacht, ich komme mit einer Kamera aus oder maximal mit zwei. Aber für das Programm brauchen wir drei. Die beiden festen für euch und das Publikum im Gegenschuss, und eine Handkamera. Damit es wackelig wird«, sagte Bernhard. »Toller Monolog übrigens, Andi. Ganz großes Kino.«

»Großes Kino, Bernhard? Was ist denn das für'n Scheiß? Ich bin nicht Joe.«

»Komm, Hermi, sei nicht so schwierig.«

»Ich bin nicht schwierig, ich bin authentisch. Woher kennst du denn überhaupt das Programm?«

»Cathrin war so freundlich.«

»Cathrin?«

»Cathrin Huschke. Deine Chefin. Sehr nett übrigens. Schnell, kompetent. Klassische Ostfrau.«

»Klassische Ostfrau«, sagte Andreas Hermann, der dachte, dass er Bernhard durch die einfache Wiederholung seiner Worte klarmachen konnte, was er für einen Unsinn zusammenredete. Aber Bernhard verstand das nicht, er rief nur »klarklarklar« wie ein nervöser Rabe und rannte zu seiner Redakteurin zurück. Andreas Hermann war schwindelig. Vor drei Tagen hatte er von Lars gefordert, die Dinge groß zu sehen, und nun wollte er, dass Bernhard sie klein sah und wackelig. Alles hatte seine Bedeutung verloren, seine Geschichte rutschte ihm unter den Füßen weg, sie war Material geworden in den Wurstfingern dieser Männer. Er hätte jetzt gern ein bisschen in Kowalskis Atlas geblättert oder sein Gesicht in Ulrikes Strickjacke gesteckt, aber alles, woran er sich im Moment festhalten konnte, war der Bart des Bürgerrechtlers Harald.

Es ist nicht so, dass ich unglücklich war«, sagte Andreas Hermann. »Wir hatten Möglichkeiten und Spielräume, sie waren nicht groß, aber wenn man zurückschaut, waren sie alles, was ich wollte.«

Er rutschte in die Rolle wie in einen Handschuh, die Geschichte des Bürgerrechtlers Harald hielt ihn zusammen. Er sah direkt in die Kamera mit dem roten Licht und präsentierte seine Sicht auf die Dinge unter Haralds Fahne, mit angeklebtem Bart. Er erzählte von Katarina, der cellospielenden Pfarrerstochter, die ihn, den Dorfjungen aus Cottbus, in eine neue Welt führte, er berichtete vom schwarzen Teil Ostberlins, von illegalen Lesungen, Punkkonzerten, Wehrdienstverweigerungen und Ausreisemöglichkeiten, er beschrieb das Haus in der Choriner Straße, die wilden Sommer. Er saß mit seinem Freund Knut, dem Fotografen, im Gras, das kleine rote Licht auf der Kamera leuchtete. Die Rentner waren das Studiopublikum. Andreas Hermann sprach über ihre Köpfe hinweg direkt zum Volk. Dies hätte sein Leben sein können, der Alkohol, die Wut, das Lachen, die Sehnsucht. Er sah die alten Leute an, die nickten und dämmerten. Es war sein Leben. Er war nicht im Bezirk Cottbus großgeworden, aber im Bezirk Neubrandenburg, auch so ein weißer Fleck, den er kolorieren konnte. Die Augen seines Ensembles füllten sich sicher bereits wieder mit Tränen. Er setzte zum Finale an, der sentimentale Blick zurück in die wilden Wendezeiten, in denen alles möglich schien. Die Wiese hinter dem kleinen zweistöckigen Haus blühte wie in der Rama-Werbung. Er roch regelrecht, wie sie duftete. Er sah, wie Bernhard, der mit dem Rücken an der Rezeption lehnte, grinsend beide Daumen hob, und in diesem Moment, kurz bevor er endgültig mit seinem Charakter verschmolz, spürte Andreas Hermann den falschen Bart.

Er stoppte und räusperte sich.

»So hätte es sein können, was«, sagte er nach einer kleinen Pause.

»In dein' Kopp vielleicht«, rief jemand aus dem Publikum, das er leider nicht richtig sehen konnte. Die Scheinwerfer blendeten ihn.

»Lass ihn doch ma weitermachen, Werner«, rief eine Frau.

»Er hat ja recht. Ehrlich gesagt, wünschen wir uns, dass wir

uns genauso verhalten haben. Und die, die uns nicht kennen, aber lieben, wünschen sich das auch«, sagte Andreas Hermann.
»Vasteh ick nich«, rief die Stimme aus dem Publikum. Sie sprach aus dem Dunkeln wie ein Gewissen. Ein antiker Chor namens Werner.
»Gut, ich versuch's Ihnen zu erklären«, sagte Andreas Hermann. »Ich hab vor ein paar Wochen eine Frau kennengelernt, die aus München ist.«
»Scheißbayern«, rief die Stimme.
»Ach, kommen Sie«, sagte Andreas Hermann. »Machen Sie es sich nicht so leicht, Werner. Die Frau lebt schon eine Weile in Berlin, aber so richtig zu Hause ist sie wohl noch nicht. Sie versucht es, sie versucht, die Stadt und die Menschen zu verstehen. Wir haben uns ineinander verliebt, in die Vorstellung voneinander verliebt, so ist es ja eigentlich immer. Ich habe gedacht, sie ist eine Frau aus der richtigen Welt, und sie hat gedacht, ich bin ein Mann aus dem wirklichen Leben. Seltsam, was, aber so war es. Jedenfalls dachte sie, ich bin realer als sie, weil es mir nicht ganz so gut geht wie ihr, finanziell gesehen. Sie dachte, ich kann sie aus ihrer Vorstadtwelt retten, und ich dachte, sie kann mich aus meiner Projektwelt retten. Ich schlage mich nämlich so durch, wissen Sie. Seit ein paar Wochen bin ich in diesem Theater-Projekt hier. Sie haben uns vielleicht schon mal als Filmstars in ›Traumfabrik‹ gesehen.«
»Allerdings«, rief die Stimme. »War besser jewesen.«
Jemand lachte, aber Andreas Hermann ließ sich nicht stören. Er hatte die Rolle gewechselt, und auch die neue bot ihm Halt.
»Jetzt spielen wir also den Mauerfall nach. Ich spiele den Bürgerrechtler«, sagte er. »Ich habe einen Mann getroffen, der Bürgerrechtler war. Harald. Aus dem Gespräch mit ihm habe

ich eine Rede gebastelt. In den Proben ist die gut angekommen. Aber jetzt gerade merke ich, dass mein Text nicht Harald beschreibt, sondern die Vorstellung, die die Frau, in die ich mich verliebt habe, von mir hat. So will sie mich sehen, und weil ich sie nicht verlieren will, habe ich das Bild nicht zerstört. Ziemlich kompliziert.«

»Du sachst it«, rief die Stimme. Wieder Gelächter.

»Genau. Ich war kein Bürgerrechtler, ich war ein Mitläufer, wie die meisten von Ihnen sicher auch.«

»Ick nich«, rief Werner. »Ick war Revoluzza.«

»Ick will mein Kaffeeunkuchen«, rief eine Frau.

»Ruhe«, rief eine andere.

»Kaffeeunkuchen.«

»Stille jetze.«

»Danke«, sagte Andreas Hermann. Er sah, dass ihn eine der Handkameras in ziemlicher Nähe umkreiste wie ein gefährliches Tier. Ein Wolf. Er sah zu Bernhard, der die Daumen längst gesenkt hatte und auf seine Redakteurin einredete. Vielleicht hatte er gar nicht mitbekommen, dass Andreas Hermann die Rolle getauscht hatte. Er wusste nicht, ob er sich darüber freuen oder ärgern sollte. Er hielt schon wieder eine Rede, dachte er. Er redete andauernd, vielleicht, weil er bald sehr still sein würde. Die Kreise des Wolfs wurden immer kleiner.

»Ich hab damals, als die Mauer fiel, Journalistik studiert, in Leipzig«, sagte Andreas Hermann. »Dialektischen und historischen Materialismus, politische Ökonomie, wissenschaftlichen Kommunismus, das volle Programm. Ich habe nicht mehr dran geglaubt, aber ich habe es gemacht, weil es erwartet wurde.«

»Herzlichen Glückwunsch«, rief die Stimme.

»Kaffeeeeeee«, rief die andere.

»Ich bin also nicht der Bürgerrechtler Harald. Ich war Jugendredakteur bei der »Freien Erde«, Lokalseite Neustrelitz. Die heißt heute Nordkurier, aber das ist ja auch egal.«

»Scheißejal, du sachste it, Jungchen«.

»Wie auch immer, mein Einstiegstext im Volontariat handelte vom Pfingsttreffen der FDJ in Berlin. Ich kann Ihnen sagen, er war nicht besonders kritisch. Ich habe irgendwann aufgehört da beim Nordkurier, weil die Zeitung sich eigentlich nicht richtig änderte. Ich wollte aber raus aus meinem alten Leben, ob Sie's mir glauben oder nicht.

»Ick will raus *hier*«, rief die Stimme.

»Dann geh doch«, rief eine andere.

»Würd ick och, wenn ick loofen könnte.«

»Ich hab alles Mögliche ausprobiert, aber im Grunde bin ich seit zehn Jahren arbeitslos. Ich habe keine romantischen Gefühle, wenn ich an früher denke. Das unterscheidet mich von Harald, dem echten Harald. Ich trauere dem Osten nicht nach, weil ich ihn nicht bekämpft habe«, sagte Andreas Hermann. »Deshalb nehm ich jetzt auch den Bart ab.«

»Tootsie«, rief die Stimme aus dem Publikum. »Wie in Tootsie.«

»Genau«, sagte Andreas Hermann. Die Handkamera kreiste. »Wie in Tootsie. Ich krieg auch die Frau nicht. Es hat sich rausgestellt, dass wir uns nicht retten können. Ich bin nicht der Mann, den sie erwartet hat. Das hat sie gemerkt. Wahrscheinlich bin ich auch nicht der Mann, den Sie erwartet haben.«

»Dit kannste laut sagen, Keule.«

»Ich hoffe dennoch, Sie schauen meinen Kollegen weiter dabei zu, wie sie die Mauer einreißen. Viele von ihnen sind exzellente Schauspieler. Ich bin es nicht. Auf Wiedersehen«, sagte Andreas Hermann. Er hatte den Bart in der Hand und keinen Plan. Er hörte jemanden klatschen, aber es kam nicht aus dem Publikum. Das Klatschen kam aus seinem Rücken. Er drehte sich um und sah Kosch, der dort, hinter ihm, auf seinen Auftritt wartete. Er stand da in seiner Polizistenuniform, die Augen starr, und klatschte. Dann begann auch jemand im Publikum zu klatschen und dann noch jemand, nicht viele, aber ein paar. Andreas Hermann verbeugte sich und ging, weg von den Leuten, weg vom Licht. Er klopfte Kosch auf die Schulter, er spürte den filzigen, harten Stoff der Uniform. Kosch nickte und trat vor, auf die Bühne, um den Volkspolizisten aus der Gethsemanewache zu geben. The Show must go on. Andreas Hermann spürte, wie die Handkamera ihm langsam folgte, nachdem Bernhard das Kommando gegeben hatte. Bernhard bekam hier wirklich ganz großes Kino, das begriff er wohl instinktiv, wenn auch nicht, dass es dabei um ihr Leben ging. Er zog es ihnen unterm Arsch weg, faltete es zusammen und machte auch diesen Aufschrei nur zu einem weiteren Fernsehauftritt.

Andreas Hermann stieß die Tür auf und stand auf einem Innenhof zwischen zwei sechsstöckigen Plattenbauten. Es waren zwei ostdeutsche Altersheime, die mit neuen Fassadenfarben und Glasveranden für den Westen geschminkt worden waren. Der Hof war mit diesen krautigen Bäumen und Sträuchern bewachsen, die das ganze Neubaugebiet wahrscheinlich irgendwann einmal verschlingen würden, dazwischen gab es einen Plattenweg, der zu einem kleinen Springbrunnen führte. Am Brunnen standen drei Rollstühle, in denen Menschen dämmerten, die es nicht zum Mauerprogramm geschafft hatten. Andreas Hermann sah sich um. Der Mann mit der Handkamera verharrte in der Tür zum Hof und filmte ihn dabei, wie er ziellos über den Plattenweg lief. Auch das würde später aussehen, als hätte es im Drehbuch gestanden. Andreas Hermann schlug sich in die Büsche, die den Hof zwischen den beiden Heimen begrenzten, und schaute zwischen den Ästen zur Kamera, die noch einen Moment wartete und sich dann senkte. Dahinter sah er nun das Gesicht eines Mittzwanzigers, ein zotteliger Kinnbart und eine Wollmütze, trotz der Temperaturen. Kein Ausdruck im Gesicht, nur Ahnungslosigkeit. Der Junge schaute noch einen Moment in die Sträucher, dann kontrollierte er irgendwas an seiner Kamera, schulterte sie und ging wieder nach drinnen zu den anderen. Er hatte nicht verstanden, dass der Film hier nicht zu Ende war. Er hätte ihn weiter begleiten müssen, tiefer in sein Leben hinein, dorthin, wo sich der richtige Stoff befand, der Kern, das Authentische, von dem Andreas Hermann im Moment auch nicht hätte sagen können, was genau es denn war.

Er wühlte sich durch die Sträucher, bis er auf eine Mauer stieß. Sie war etwa anderthalb Meter hoch. Er zog sich hinauf und sprang in die Freiheit. Im Sprung dachte er an seine letzte Mauerüberquerung und die Nacht auf dem Friedhof. Er landete im weichen Gras und beschloss, den Wunsch des Professors zu erfüllen. Der letzte Satz seines Tagebuchs.

»Meine Asche soll auf dem Weißen See verstreut werden.«

Er hatte natürlich nicht gewusst, dass es eine Mahnwache gab. Als sie in die Rollerstraße einbogen, sahen sie die kleine Gruppe mit den Kerzen, und Bernhard wollte sofort wieder umdrehen. Andreas Hermann musste ihn an den Deal erinnern, den Pakt, den sie geschlossen hatten.

Er war vom Altersheim direkt zum Friedhof auf dem Prenzlauer Berg gelaufen, wo er nach anderthalb Stunden endlich das Grab des Professors gefunden hatte. Es war eine kleine Grabstelle mit einem Holzkreuz, ein Urnengrab, soweit er das einschätzen konnte. Bei einem Sarg hätte er aufgegeben. Er wusste, dass er es auch so nicht allein machen konnte, und ihm fiel gleich der Captain ein. Der Captain hatte Zeit und war dabei gewesen, als sie die Wohnung des Professors ausräumten. Kowalski sagte sofort zu, auch wenn er sich nur noch vage an die Wohnung in der Rietzestraße erinnern konnte und gar nicht mehr an den Hellerau-Schreibtisch aus dem kleinen Professorennachlass. Kowalski wirkte insgesamt ein wenig kippelig, und so war Andreas Hermann ganz froh, dass er auch Bernhard mit ins Boot holen konnte, sozusagen. Bernhard hatte am Abend bei ihm angerufen, total aufgeregt und begeistert über das Mauerfallprogramm, vor allem natürlich über Andreas Hermanns Auftritt, den er sich bereits dreimal angesehen hatte. Da stecke alles drin, hatte Bernhard gehechelt, zwanzig Jahre in zehn Minuten. Einige Stellen müsse man nur nachsynchronisieren. Andreas Hermann hatte ihn sich erst mal immer weiter in Rage reden lassen und dann, kurz nachdem Bernhard vom riesigen internationalen Interesse an so einem authentischen Stoff gesprochen hatte, gesagt, dass er einer Ausstrahlung nur zustimme, wenn Bernhard ihm ebenfalls einen Gefallen täte. Bernhard hatte zähneknirschend zugestimmt, Wache zu stehen. Einen Spaten würde er nicht anfassen, hatte er gesagt, und die Asche müssten sie ebenfalls ohne ihn in den See kippen. Sie hatten in Bernhards Küche ein paar Schnaps getrunken und waren kurz nach eins aufgebrochen. Kowalski hatte einen Spaten und drei Taschenlampen mitgebracht.

Es war kurz vor halb zwei.

Die Mahnwache stand unter den Transparenten an der Mauer, vier Männer, zwei Fackeln und ein paar Weinflaschen. Ein fünfter Mann pinkelte in zwanzig Meter Entfernung an einen Baum.

»Wat wollt'n ihr hier?«, fragte einer der Männer. Er schwankte ein bisschen und sah aus, als wohne er schon sehr lange auf dem Prenzlauer Berg, länger als die anderen jedenfalls, deren Gesichter zu fein geschnitten, zu unentschlossen waren für den Ton und die späte Stunde.

»Wir müssen kurz auf den Friedhof«, sagte Andreas Hermann.

»Hier kommt aber niemand ruff«, sagte der angetrunkene Mann. »Wat denkst'n, warum wir hier stehen. Aus Daffke?«

»Wer seid *ihr* denn überhaupt. Die Totenwächter oder wat?«, fragte der Captain.

»Sozusagen«, sagte einer der Männer mit den mutlosen Gesichtern. »Wir wollen gewissermaßen verhindern, dass der Prenzlauer Berg ein weiteres, äh, Frankfurter ...«

»Wir bewachen den Friedhof vor den Scheißkapitalisten«, sagte der Wortführer.

»Na ja«, sagte der Mann, der unterbrochen worden war.

»Sehen wir aus wie Kapitalisten?«, fragte Andreas Hermann.

»Der schon«, sagte der Mann und zeigte auf Bernhard.

»Der ist ja auch einer«, sagte Andreas Hermann.

»Sag ick doch.«

»Du hast mir gar nicht gesagt, dass hier 'ne Arbeiteraktion stattfindet, Hermi«, sagte Bernhard, der angesichts des konkreten Widerstandes langsam wieder zum Produzenten anwuchs. »Die stehen doch auch nur hier, weil sie Angst haben, dass die Immobilienpreise in ihrer Gegend fallen. Sie habe ich doch neulich auf Moritz' Premierenparty im Schönbrunn gesehen, Richard, oder? Lobbyist von der Telekom, oder was?«

»Ludwig«, sagte der Mann und nickte.

»Also«, sagte Bernhard. »Ludwig von der Telekom, du willst

mir doch nicht erklären, dass ihr auf Imperialistenjagd seid oder was. Mal abgesehen von Keule hier.«

»Wat«, sagte der Wortführer der Mahnwache und spannte sich. »Ick zeig dir glei ma, wat ne Keule iss.«

»Ich kann kaum warten«, sagte Bernhard und trat einen Schritt vor. Keule schwankte. Über ihm hing ein Transparent mit ein paar Hochhäusern, auf deren Dächern Kreuze standen. Darüber stand: »Friedhof der Spekulanten«.

»Wat iss denn hier los, Franki«, rief der Mann, der vom Pinkeln zurückkam.

»Die Spinna wolln uffn Friedhof ruff, Harry«, sagte der angeschlagene Mahnwachenführer.

»Jetzt mal ganz ruhig«, sagte der Mann.

»Harald?«, sagte Andreas Hermann.

»Ja«, sagte der Mann und musterte ihn. »Wir kennen uns, oder?«

»Ja, wir haben vorn paar Wochen mal in der Schwarzen Pumpe zusammen gefrühstückt. Das Mauerfallprogramm.«

»Die Hartz-IV-Revue«, sagte Harald.

»Harald gibt's wirklich!«, rief Bernhard und streckte seine Hand aus. Er schien zu bereuen, dass er kein Kamerateam mitgebracht hatte, um die endlose Tootsiegeschichte weiterzudrehen. Es wurde immer authentischer. Die anderen schauten sie ratlos an. Franki, Kowalski, Ludwig von der Telekom und seine Freunde.

»Meine Produktion macht da gerade eine Dokumentation«, sagte Bernhard. Er straffte sich, bereit loszulegen, die Verhandlungen aufzunehmen.

»Ja, Bernhard, aber deswegen sind wir nicht hier«, sagte Andreas Hermann. »Darüber könnt ihr beiden reden, wenn wir den Professor aus der Erde haben. Später. Harald ist übrigens auch vom Film.«

»Ach, was«, rief Bernhard.
»Sozusagen«, sagte Harald und drehte eine Schuhspitze verlegen auf dem Pflaster der Heinrich-Roller-Straße.
»Wat'n fürn Professor jetze«, rief Franki, und Andreas Hermann war ihm zum ersten Mal dankbar. Endlich ein Mann, dem der Tod mehr bedeutete als das Filmgeschäft. Er erläuterte der Mahnwache kurz die Geschichte des Professors und seines Tagebuches. Ulrike erwähnte er nicht, selbstverständlich nicht. Sie versprachen, den Mund zu halten, auch wenn dem Telekomlobbyisten sichtbar unwohl war. Dann kletterten Bernhard, Kowalski und Andreas Hermann auf die Mauer. Harald und Franki machten Räuberleiter.

Es wurde langsam hell, als Andreas Hermann im Volkspark Friedrichshain die Urne aufschraubte. Er stand mit Kowalski auf dem Rand des Märchenbrunnens.
Bernhard war schon nach Hause gegangen, er hatte beim Graben geholfen, er hatte die Taschenlampe gehalten, er hatte Kowalski über die Mauer gezogen und ihnen dann die Urne des Professors vorsichtig hinuntergereicht. Mehr wollte er nicht tun, konnte er nicht tun, und Andreas Hermann verstand das. Beim Abschied hatten sie sich umarmt. Das taten sie immer, aber diesmal war es eine ernstgemeinte Umarmung gewesen. Das würde sich ändern, vielleicht schon beim nächsten Mal, aber in dem Moment, als Bernhard mit dreckverschmierter Hose die Heinrich-Roller-Straße nach oben lief und er mit Kowalski und der Professorenasche nach unten ins Urstromtal der Greifswalder Straße, wusste Andreas Hermann wieder, warum Bernhard sein ältester Freund war. Vielleicht würden sie irgendwann einmal zusammen Ulrikes Tagebücher aus den

Fängen des Bundesnachrichtendienstes befreien. Die Mahnwache hatte zu diesem Zeitpunkt nur noch aus Franki bestanden, der zusammengerollt unter dem »Friedhof der Spekulanten«-Transparent schlief wie ein Obdachloser. Er bewachte hier Interessen, die er gar nicht hatte. *A rebel without a cause.*
Andreas Hermann und der Captain hatten mit der Urne noch in der Haltestelle am Königstor auf eine Straßenbahn nach Weißensee gewartet. Die Frau, die dort ebenfalls wartete, hatte immer wieder misstrauisch zu ihnen hinübergeschaut, und er konnte es ihr nicht verdenken. Andreas Hermann trug die blaugraue Urne in der Hand, die man nur mit sehr viel gutem Willen für eine Blumenvase halten konnte, Kowalski hatte einen Spaten auf der Schulter. Sie waren beide dreckverschmiert und sahen wirklich aus wie Grabräuber. Als sich drei Männer in blauer Arbeitskleidung der Haltestelle näherten, gingen sie vorsichtshalber. Erst liefen sie die Greifswalder in Richtung Weißensee, aber es war ein weiter Weg bis dahin, zu Fuß mindestens anderthalb Stunden. Es würde hell werden, und die Berliner Allee würde voller Menschen sein, das wäre nicht gut gewesen. Außerdem spürte Andreas Hermann, wie er müde wurde und langsamer, die Anspannung fiel von ihm ab, er hatte bald keine Aufgabe mehr, er trieb ins Nebelmeer. Er musste sich beeilen, wenn er den Herbst und den Winter nicht gemeinsam mit einer Urne in der Kopenhagener verbringen wollte. Deshalb hatten sie in der Einfahrt zum Hof ihrer Agentur eine kleine Zigarettenpause gemacht, um einen Plan zu entwickeln. Sie standen da und rauchten, die Straßenbahn, auf die sie gewartet hatten, fuhr vorbei.
»Ick hab nachjedacht«, sagte Kowalski irgendwann.
»Und?«, fragte Andreas Hermann.
»Die zwei T's in ›Stattumzug‹.«

»Was ist mit denen?«

»Na, im Prinzip sagen die, dit wir überflüssig sind. Ick meine, statt Umzug. Dit heißt doch nischt andret als: Kein Umzug.«

»Exakt«, sagte Andreas Hermann. »Was denkste denn, warum eine Agentur für Leute wie uns contact heißt?«

»Jute Frage«, sagte Kowalski, und während er über die Antwort nachdachte, verstand Andreas Hermann, dass auch der Weiße See nur ein Ort war. Es kam nicht auf den Weißen See an, der Professor wollte frei sein, er wollte unter Menschen sein, er wollte dort verschwinden, wo er glücklich gewesen war.

Und so standen sie nun hier kurz vor sechs auf der Brüstung des Märchenbrunnens am Königstor, und Andreas Hermann schraubte zum ersten Mal in seinem Leben den Deckel einer Urne auf. Er sah kurz zu Kowalski, der seine Helmut-Schmidt-Mütze abnahm und nickte. Der Spaten, mit dem sie den Professor ausgegraben hatten, lehnte an der Brüstung. Andreas Hermann kniete sich auf den Brunnenrand und schüttete die Asche, die ganz weiß und pulverig war, vorsichtig ins Wasser. Ein paar Flocken wirbelten weg und flogen an sein Hemd, an die Hosenbeine von Kowalskis schwarzer Wrangler, die Märchenfiguren, aber das meiste trieb auf dem Wasser, so wie es sich der Professor gewünscht hatte. Andreas Hermann erhob sich und stellte sich neben den Captain, der, die Mütze vorm Bauch, aufs Wasser schaute, das die Reste des Professors langsam aufnahm. Sie standen eine Weile so da, es wurde heller und lauter, die Straßenbahnen und Autos und Kinderstimmen mischten sich zu einem Berliner Morgensound, die Stadt machte weiter, der Professor kreiste im Märchenbrunnensystem. Die Steinfrösche standen reglos im Wasser.

»Sollte man nicht wat sagen?«, fragte Kowalski irgendwann.

»Ja«, sagte Andreas Hermann. »Aber ich hab den Professor so wenig gekannt wie du, Captain.«
»Warum sind wir denn dann hier?«
»Ich war ihm etwas schuldig.«
»Und was?«
»Er war mein Medium.«
»Medium?«
»Ja. Er hat mir geholfen, die Verbindung zu einer Frau zu halten, die es eigentlich gar nicht gab«, sagte Andreas Hermann. »So lange, wie es eben ging.«
»Ein Liebesgeist.«
»Sozusagen.«
»Und jetzt?«
»Jetzt ist die Verbindung natürlich abgerissen.«
»Auf die ewige Liebe also«, sagte Kowalski.
»Auf die Liebe«, sagte Andreas Hermann.
»Das Jahr es geht zu Ende, die Liebe fängt erst an«, sagte Kowalski.
»Wir haben Juni, Captain«, sagte Hermann.
»Wat?«, sagte Kowalski.
»Das Jahr ist noch nicht mal halb rum«, sagte Andreas Hermann.
»Na und.«
»Also, was meinste denn?«
»Nicht ick, Brecht. Das Jahr, es geht zu Ende, die Liebe fängt erst an. Iss von Brecht. Lied einer Liebenden.«
»Ist das alles? Das ganze Lied?«
»Sagen wir so: Dit, worauf es ankommt. Und vor allem stimmts irgendwie, egal ob Sommer iss oder nich«, sagte Kowalski und kletterte vom Brunnenrand.
Andreas Hermann blieb noch einen Augenblick dort oben stehen. Die Sonne glitzerte auf dem grünen Brunnenwasser. Er

klappte das kleine, mit schwarzem Leder bespannte Zigarettenetui auf, das er sich vor fünfzehn Jahren in London gekauft hatte, wo er für einen Job bei Eurosport vorgesprochen hatte, und entnahm ihm die zweite Zigarette des Tages. Er steckte sie sich mit dem schmalen, mattschwarzen Zippofeuerzeug an – ein Geschenk von Bernhard zum 35. Geburtstag –, sah in das funkelnde Wasser wie auf einen Ozean und fühlte den Spielraum, den er noch hatte.

Der Arzt lächelt, so wie man nach einem guten, aber langen Essen lächelt, kurz bevor der Espresso kommt.

»Brecht, was?«

Ich nicke.

»Die Liebste gab mir einen Zweig, mit gelbem Laub daran.«

»Was?«

»Die Liebste gab mir einen Zweig, mit gelbem Laub daran. Das Jahr, es geht zu Ende, die Liebe fängt erst an«, sagt er.

Ich nicke und schaue durch ihn durch, mein Vorsprung ist aufgebraucht, wenn ich jemals einen hatte. Es ist ja seltsam, dass wir im Osten immer dachten, Brecht gehöre uns. Dann schnellt der Arzt noch mal nach vorn. Ich bekomme fast einen Herzschlag.

»Aber Sie sind erst am Nachmittag gekommen.«

»Bitte?«

»Vom Königstor bis in die Charité braucht man selbst zu Fuß höchstens anderthalb Stunden. Was haben Sie denn den ganzen Vormittag gemacht?«

»Ich war schon vormittags hier. Ihre Schwestern haben mich erst mal ins Labor geschickt. Sonst hätten Sie nie meine Leberwerte kennenlernen können.«

»Richtig«, sagt der Arzt und lässt sich wieder in den Stuhl fallen. »Richtig. Richtig.«

Er nimmt die Brille ab und reibt sich die Augen. Draußen ist es jetzt dunkel. Ich bin mir sicher, dass er seine Sprechstunde weit überzogen hat, um sich meine Geschichte anzuhören. Er ist traurig, dass sie zu Ende ist, denke ich. Er will, dass es weitergeht, damit er noch nicht nach Hause muss, wo ihn nur Geschichten erwarten, die er bereits kennt. Er sieht mich an. Er wirkt hilflos ohne Brille, so als sei er aus dem Nest gefallen.

»Das heißt, die Asche da auf Ihrem Hemd, ist wirklich …?«

Ich nicke.

»Sie wissen, dass ich das eigentlich nicht wissen darf, oder?«

Ich nicke noch mal, ein bisschen beschämt, weil er das erwartet.

»Und was haben Sie mit der Urne gemacht?«

Ich muss mich wirklich beherrschen, nicht zu lächeln, so sehr rührt mich der Mann jetzt.

»Ich habe mir bei dem türkischen Laden auf der anderen Seite vom Friedrichshain einen Blumenstrauß gekauft, hab die Urne mit Brunnenwasser gefüllt und neben die Figur von Hans im Glück auf den Rand des Märchenbrunnens gestellt.«

»Was für Blumen?«

»Tulpen. Weiße Tulpen.«

»Interessant«, sagt er. »Es gibt ein anderes Liebeslied von Brecht. Da gehts um Rosen.«

»Ja«, sage ich.

»Sieben Rosen hat der Strauch, sechs gehör'n dem Wind. Aber eine bleibt, dass auch ich noch eine find'«, sagt der Arzt, und das ist jetzt zu viel. Ich weiß das, und er weiß es, glaube ich, auch. Ich spüre wieder, wie sehr er möchte, dass es weitergeht. Aber es ist zu Ende, ich kann nicht mehr weiter.

»Ich dachte nur, dass Rosen gut gepasst hätten«, sagt der Arzt.

»Es waren Tulpen«, sage ich. »Tut mir leid.«

»Ach«, sagt der Arzt, lächelt und steht auf. »Entschuldigen Sie mich einen Moment bitte.«

Er verlässt den Raum, und ich versuche mich zu beherrschen, um nicht in seinen Schubfächern nach Anhaltspunkten für sein Leben zu suchen, Tabletten, Hefte mit Adressen und Notizen, Fläschchen, Fotos, Visitenkarten, Briefe. Irgendwann kann ich nicht mehr. Ich muss wenigstens hoch und mir das Bild anschauen, das in dem Rahmen auf seinem Schreibtisch steht. Es ist ein Mädchen auf dem Bild, vielleicht sechs Jahre alt. Es lächelt schief, und man sieht die große Zahnlücke im Oberkiefer. Es könnte seine Tochter sein, denke ich, als ich mich, ein wenig enttäuscht, wieder in den Besucherstuhl fallen lasse. Oder eine Nichte oder eine Patientin. Nein, nein, nein. Es ist seine Tochter. Er ist geschieden, denke ich, die Tochter lebt mit der Mutter in Stuttgart, bei deren Eltern, oder in Charlottenburg, beim neuen Freund der Mutter. Er darf das Mädchen nur an jedem dritten Wochenende sehen und spürt, wie er sie verliert. Die Mutter hat einen neuen Freund, beschließe ich, einen Freund, den die Tochter beim Vornamen nennt, Ulrich, Matthias oder Johannes, manchmal auch beim Spitznamen, Uli oder Mattes oder Hannes. Uli hat volle Haare und hat dem Arzt bereits das Du angeboten. Er hat irgendeinen interessanten Beruf, wahrscheinlich schreibt er, jedenfalls ist er an einer guten Beziehung zu ihm, dem biologischen Vater, interessiert, schon wegen des Mädchens. Anna oder Charlotte oder Ella. Sie ist erst sechs, aber sie spürt bereits den Druck, ihrem Vater gegenüber loyal zu sein. Sie versucht, nicht zu euphorisch zu sein, wenn sie ihm ihr neues Leben mit dem Uli beschreibt, aber sie machen eben viel zusammen, mehr jedenfalls, als sie früher zusammen unternommen haben. Ulrichs Eltern haben im Havelland ein Haus am See gekauft, wo sie ihren Lebensabend verbringen, ein Katzensprung von Charlottenburg aus. Sie sind am Wochenende oft da, es gibt einen eigenen Steg und ein altes Segelboot. Ulrichs Vater bringt der Tochter des Arztes spielerisch ein paar Sachen bei, sie kann be-

reits sieben oder acht Seemannsknoten. Der Arzt möchte nicht neugierig wirken, er möchte das bisschen Zeit, das sie haben, nicht mit Gedanken an anderes Glück vergiften, aber er kann manchmal nicht anders. Er fürchtet, dass sich seine Tochter langweilt, wenn sie zusammen sind, und nimmt sich an den Wochenenden mit ihr immer zu viel vor. Oft schaffen sie das ganze Programm nicht, was die Leere, die ihn umhüllt, wenn er sie am Sonntagnachmittag wieder in Charlottenburg abgeben muss, noch vergrößert. Seine Tochter hat das Gefühl, ihn trösten zu müssen, wenn sie im Auto in den Westen fahren. Er konzentriert sich darauf, nicht zu zerschlagen zu wirken. Ulrich umarmt seine Stieftochter nicht zu stürmisch, wenn sie wieder vor der Tür steht, weil er den Arzt nicht unnötig verletzen will. Ulrich hat einen wahnsinnig festen Händedruck. Er hat den Arzt gefragt, ob er nicht mit in die Kartenrunde will, die er mit ein paar Kollegen pflegt. Sie brauchen einen vierten Mann zum Doppelkopf, seit der Stephan in Brüssel ist, hat er ihm gesagt, so als müsse er wissen, wer der Stephan ist. Der Arzt überlegt, mitzumachen, weil er in einem der Magazine in seinem Vorzimmer gelesen hat, dass man das, worauf man neidisch ist, umarmen soll.

Wenn es so ist, habe ich eher gute Chancen mit meiner unglücklichen Liebesgeschichte, denke ich.

Der Arzt bringt einen jungen Mann mit, als er zurückkommt. Er stellt ihn als seinen Assistenzarzt vor, der hier an der Charité seine praktische Zeit absolviert und mich auf mein Zimmer bringen wird.

»Sie fliegen mit«, sagt er dann und lächelt. »Herzlichen Glückwunsch. Glückwunsch.«

»Wunderbar«, sage ich. »Ich habe alles dabei.«

»Ich weiß«, sagt der Arzt, und ich wundere mich erneut über seine exzellente Beobachtungsgabe. Umso überraschender ist, dass er nichts verstanden hat. Aber das soll mir nur recht sein. Ich

stehe auf, nehme meine Tasche und folge dem jungen Mann, der langsam aus dem Zimmer läuft.
»Ich sehe Sie dann morgen bei der Visite«, sagt der Arzt. »Erholen Sie sich.«
Ich schaue auf die Zeitungen im Vorzimmer, durch die ich mich durchgeblättert habe, als ich auf den Arzt wartete. Dann tauchen wir in die gelblichgrünen Neonflure der Charité, ein Assistenzarzt und ein Astronaut auf dem Weg zu ihrer Mission. Ich spüre jetzt schon, wie ich leichter werde, bald werde ich schwerelos sein, die Erde wird immer kleiner, Berlin verschwindet. Es wird kühl und still und einsam werden, immer kühler und stiller und einsamer, bis ich nichts mehr sehe, außer der Geschichte, auf die es ankommt.

Mäusejagd

Dr. Martin Thalheim wartete fünf Minuten, in denen er das schwarze Buch nicht aus den Augen ließ. Er fixierte es, wie eine Katze eine Maus fixiert. Es fiel ihm nicht leicht, sich zurückzuhalten. Er dachte daran, dass sein Patient das Buch vielleicht absichtlich zurückgelassen hatte, um seine ärztliche Widerstandskraft zu testen. Aber das war sehr unwahrscheinlich, so müde wie dieser Hermann am Ende ausgesehen hatte. Dr. Thalheim genoss den Moment. Er stellte sich vor, wie sich das schwarze Leder anfühlen würde, es sah weich aus von hier. Er kannte den Inhalt bereits in groben Zügen, sicher, doch er würde in den handschriftlichen Aufzeichnungen des toten Mannes versinken wie in einer verschollen geglaubten Krankenakte. Jeder Schwung, jedes Stocken des Füllfederhalters würde ihm eine Geschichte erzählen. Als er sicher war, dass sein Patient nicht mehr zurückkehren würde, zog der Doktor das schwarze Buch langsam hinüber auf seine Seite des Schreibtischs und schlug es auf.
Es war leer. Unbeschriebene, gelbliche Seiten, liniert.
Er blätterte das Buch durch, immer wieder, so wie man einen Schlüssel, den man vermisst, immer wieder an denselben Stellen sucht, weil man die Hoffnung nicht aufgeben will. Aber da war nichts. Kein einziges Wort. Thalheim schob das Buch schnell zurück auf die andere Seite des Schreibtischs, als könne

er damit ungeschehen machen, was passiert war an diesem langen Nachmittag.
Er nahm die Brille ab, rieb sich die Augen und sah auf die Uhr. Es war kurz vor zehn. Dr. Thalheim seufzte. Er zog den Kittel aus, hängte ihn in den Schrank und streifte seine graublaue Windjacke über. Dann schloss er das Fenster hinter seinem Schreibtisch, wobei ihm die große Werbung auffiel, die heute offenbar an einem Hochhaus jenseits der Invalidenstraße befestigt worden war. Ein riesige grüne Flasche vor schwarzem Hintergrund. Weiße Blasen sprudelten aus der Flasche. Er öffnete das Fenster noch einmal.
»Vipa«, stand da. »Erquickend und labend.«
Dr. Thalheim atmete tief ein und wieder aus. Er schloss das Fenster und setzte sich auf den Patientenstuhl, auch von dort sah man das Großplakat. Einen Moment lang saß er ganz still in der Dunkelheit, so wie man in einem Kino sitzen bleibt, nach einem Film, den man noch nicht verstanden hat.
Später entdeckte er im Wartezimmer einen aufgeschlagenen Spiegel, in dem über den Trend der Arbeitslosentheater berichtet wurde. Der Artikel hieß: »Wir kommen mit unserer Wut«. Thalheim hätte das Heft am liebsten an die Wand geworfen, aber er wusste, dass er sich anschließend nur noch schlechter fühlen würde. Er klappte das Magazin zu und schob es in den Zeitschriftenstapel. Er schloss die Tür und lief langsam über den Flur zu den Aufzügen. In das Metall der Fahrstuhlkabine hatte jemand ein Herz gekratzt, in dem stand: »Ulrike forever«. Offensichtlich hatte Andreas Hermann denselben Aufzug benutzt.
»Ich war die Maus«, murmelte Thalheim. »Die ganze Zeit war ich die Maus, mit der die Katze spielt.«
»Wat?«, fragte einer der beiden alten Männer, die im Fahrstuhl

standen. Sie trugen Bademäntel und hatten braune Nikotinbeutel unter den Augen.
»Sie sollten nicht so viel rauchen«, sagte Thalheim.
»Die Maus tanzt uffn Tisch«, sagte der Mann zum anderen. Sie lachten, bis sie husten mussten, und stiegen im Erdgeschoss aus.
Dr. Thalheim blieb in der Kabine, in die jetzt eine wachsbleiche alte Frau geschoben wurde, und fuhr wieder nach oben. Er war wütend. Er drückte die Neun. In der neunten Etage wurde die Langzeitstudie für den Marsflug durchgeführt. Er würde Hermann stellen, dachte Dr. Thalheim, aber als sie die neunte Etage erreichten, hatte seine Entschiedenheit deutlich nachgelassen, und er fuhr mit der alten Frau weiter in die zehnte Etage und von da zurück ins Erdgeschoss. Unten war er wieder wütend. Er stand eine Weile im Foyer herum, dann verließ er die Charité und fuhr in den Prenzlauer Berg, wo er wohnte. Es war schon kurz nach halb elf, aber weil er nicht einfach so nach Hause konnte, machte er einen Abstecher in die Käthe-Niederkirchner-Straße. Hermann hatte das Ladenbüro gut beschrieben. Es lag zwischen einem vietnamesischen Obstladen und der Kneipe Vodoo Lounge, und es war beleuchtet. Vor dem Laden stand eine japanische Kirsche, vielleicht zweieinhalb Meter hoch und schmal, auf dem Bürgersteig sah er im milchigen Laternenlicht noch eine Handvoll rosa Blüten liegen. An die Mauer des unsanierten Nachbarhauses hatte jemand gesprüht: »Totale Torpedokrise!«
Langsam gewöhnte sich der Arzt daran, durch die Geschichte zu laufen, die ihm heute Nachmittag erzählt worden war. Er fühlte sich in dem Bezirk, in dem er seit fünf Jahren lebte, weniger fremd. Im Milchglas des Ladenbüros stand in 60er-Jahre-Schriftzug »HO Schreibwaren« und darunter in kleinen eckigen Lettern »Geschichtenwerkstatt«. Als er näher trat, ent-

deckte Dr. Thalheim eine Frau, die in der Mitte des Raums auf einem Schreibtisch saß und mit leerem Blick in seine Richtung starrte. Er klopfte an die Tür, und sie erhob sich, kam näher und sah ihn an. Sie war nicht blond und hatte auch keinen Riss im Gesicht, durch den ein blondes Licht fiel. Sie sah müde aus.

»Ja?«, fragte die Frau.

»Kennen Sie Andreas Hermann?«, fragte der Arzt.

»Ist ihm was passiert?«, fragte die Frau.

Das waren drei Fragen hintereinander, und irgendwie passte es, dachte der Arzt. Dann erzählte er der Frau, dass Hermann sich heute bei ihm für das Marsflugprojekt beworben hatte.

»Marsflugprojekt«, sagte sie und lächelte verträumt.

»Ich bin Dr. Thalheim«, sagte er. »Martin Thalheim.«

»Petra Borchmann«, sagte sie.

»Paula«, sagte der Arzt.

Sie sah ihn misstrauisch an, aber auch interessiert und bat ihn, sich zu setzen. Es gab vier Schreibtische. Drei waren relativ ordentlich, auf dem vierten, der direkt vor dem Fenster stand, herrschte Chaos.

»Da sitzt Andreas«, sagte sie.

Der Arzt machte ein paar Schritte zu dem Tisch. Am Rand lag ein Stapel der schwarzen Notizbücher, die dem des toten Professors aufs Haar glichen. In der Mitte lag eine zerblätterte Zeitung, aufgeschlagen im Feuilleton. Ein langer Text, in dem Hermann ein paar Passagen unterstrichen hatte. Den Satz »Jeder Erzähler schafft sich im Laufe seiner Erzählung selbst ab« zum Beispiel. Und das Wort »Gedankentreibhaus«. Thalheim strich mit der Hand das Zeitungspapier glatt, der Autor hieß Marek Tomaczewski. Thalheim lächelte. Toma, der unglückliche malende Schlosser.

»Der Text hat ihn sehr aufgeregt«, sagte die Frau.

»Positv oder negativ?«, fragte er.
Er entdeckte auf der anderen Seite der Straße ein weiteres Ladenbüro, in dem noch Licht brannte.
»Das weiß man bei ihm nie genau, wenn er seine Phasen hat«, sagte sie.
»Phasen?«, fragte Thalheim.
»Na ja«, sagte sie. »Ich glaube nicht, dass ich mit Ihnen darüber reden sollte.«
»Ich bin Arzt«, sagte er.
»Und ich bin seine Freundin«, sagte sie. »Oder war. War seine Freundin.«
»Verstehe«, sagte Thalheim.
»Das bezweifle ich«, sagte sie.
»Er hat den Autor in seine Geschichte eingebaut«, sagte der Arzt und zeigte auf die Zeitung.
»Geschichte«, sagte die Frau und lachte.
»Ja.«
»Was für eine Geschichte?«
»Schwer zu sagen. Alles in allem wohl eine Liebesgeschichte. Eine Liebesgeschichte.«
»Oh«, sagte sie. »Spiel ich mit?«
»Ich weiß nicht genau.«
»Dann spiel ich wohl eher nicht mit.«
»Ach«, sagte er. »Was machen Sie eigentlich beruflich?«
»Ich dachte, es ist eine Liebesgeschichte«, sagte die Frau.
Der Arzt wartete.
»Ich arbeite in einer Beschäftigungsagentur«, sagte sie.
»Frau Huschke«, sagte er.
»Ist das meine Name?«, sagte sie. »Frau Huschke?«
Er zuckte mit den Schultern.
»Gibt es einen Vornamen?«
»Cathrin«, sagte er und sah ihr auf die Brüste. Sie waren klein,

soweit er das erkennen konnte. Paulas Brüste eher als die von Frau Huschke.

»Kennen Sie sich eigentlich aus Neustrelitz?«, fragte Thalheim.

»Neustrelitz?«

»Er kommt doch aus Neustrelitz?«

»Er hat sein ganzes Leben in Berlin verbracht. Er ist hier nie rausgekommen«, sagte die Frau.

»Natürlich«, sagte Thalheim.

»Er sieht überall Geschichten«, sagte sie. »Das ist gut, denn das ist ja auch das, was wir hier machen. An allen vier Schreibtischen sozusagen. Wir suchen Geschichten für Organisationen, die Geschichten brauchen, aber Andreas ist der Beste. Er sieht einen Menschen und erfindet die Geschichte hinter ihm. Sofort. Alles, was er sieht, ist Material. Am Ende hat ihn das zerstört.«

»Zerstört?«

»Verwirrt. Verunsichert. Verrückt gemacht. Nennen Sie es, wie Sie wollen. Ich weiß nicht, ob er Ihnen von Weißensee erzählt hat oder von Brock.«

Thalheim schüttelte den Kopf.

»Natürlich nicht«, sagte die Frau. »Er hat immer ein System gesucht, eine große Geschichte, in der all die anderen kleinen Geschichten aufgehen wie in einem Meer, verstehen Sie?«

»Ein Meer? Ich weiß nicht.«

»Ich ja auch nicht. Wenn ich es richtig verstehe, schreibt er, um nicht zu ertrinken. Er will ein Buch schreiben. So lange, wie ich ihn kenne, will er ein Buch schreiben.«

»Worüber?«

»Über alles, das ist ja das Problem. Darüber, was mit ihm passiert ist, wer er war, wer er ist. Was weiß ich«, sagte sie und sah an ihm vorbei aus dem Fenster.

»Und?«
»Was und?«
»Wie weit ist er gekommen?«
»Keine Ahnung. Er hat mir nie etwas gezeigt. Er hat es immer weggeworfen, zerrissen, zerschnitten, zerstört, weil es nicht das war, was er erwartet hatte. Das Letzte hat er heute Morgen dort hinten in unserer Kaffeeküche verbrannt.«
»Verbrannt?«
»Dramatisch, was?«
»Ja«, sagte der Arzt.
»Er findet das Wesentliche nicht, sagt er immer. Das Wesen in der Erscheinung. Irgendein dialektisches Gesetz, glaube ich, er hat ja Philosophie studiert.«
»Philosophie?«
»Wissenschaftlicher Kommunismus hieß es wohl, als er anfing, später wurde es dann Philosophie genannt. Es ist nur ein Name, hat er immer gesagt. Nur ein Name, Paula. Philosophie also. Was hat er denn Ihnen erzählt. Architektur?«
»Journalistik. Zusammen mit einem ziemlich erfolgreichen Filmemacher namens Bernhard.«
»Interessant. Der gute alte Bernhard. Na ja. Wie auch immer. Andreas hat sich die wildesten Projekte für meine Beschäftigungsagentur ausgedacht. Wir haben ein Projekt über den Weinanbau in Berlin und auch ein Schauspielprojekt. Es gibt ja Tausende arbeitslose Schauspieler in Berlin.«
»30 000«, sagte der Arzt.
Die Frau lachte.
»Er schlägt regelrecht Funken in diesen Momenten. Das ist eine Seite, dann schweigt er plötzlich und dann … Aber, wissen Sie, ich kenn Sie wirklich nicht gut genug dafür«, sagte sie.
Sie wandte sich ruckartig vom Fenster weg, setzte sich auf die Schreibtischkante, steckte sich eine Zigarette an und hielt ihm

die Schachtel hin. Er schüttelte den Kopf. Sie trug verwaschene, enge Jeans, weiße Converse-Turnschuhe und ein dunkelblaues Sweatshirt. Er sah die Asche auf dem Ärmel, und sie sah seinen Blick.

»Ich habe das natürlich auch gehofft«, sagte sie. »Er war sehr gründlich beim Verbrennen, aber Sie können gern nachschauen, ob Sie noch was finden, ein Wort oder einen Satz oder wenigstens einen Buchstaben.«

Sie lief in einen hinteren Raum. Er lief hinterher. Die Kaffeeküche war vielleicht vierzig Quadratmeter groß, geschnitten wie ein Berliner Zimmer mit einem Fußboden aus verblichenem Terrazzo. Er sah das Weinregal und den Drucker und die glänzende Espressomaschine. An der Wand hing ein altes gusseisernes Waschbecken, darüber ein Poster für bulgarischen Wein. In der Ecke stand ein alter Kanonenofen, um den herum notdürftig gefegt worden war. Man sah die Besenspuren auf dem Terrazzofußboden. Unterm Fenster zum Hof stand der Ascheeimer, randvoll mit grauer Asche. Er beugte sich über den Eimer und hatte für einen Augenblick das Bedürfnis, in der Asche nach einem Stück der Geschichte zu suchen. Beinahe wäre er auf die Knie gefallen.

»Das ist alles«, sagte die Frau und lief zurück in den Laden. Sie setzte sich wieder auf die Schreibtischkante und brannte sich eine neue Zigarette an. Er setzte sich neben sie.

Im Laden auf der anderen Straßenseite ging das Licht aus. Eine Frau trat auf den Bürgersteig, schloss ab und sah sich um. Sie stand im Schatten eines Kirschbaums und schien auf etwas zu warten.

»Königstorkinder«, sagte Petra Borchmann.

»Bitte?«, fragte Dr. Thalheim.

»So hieß die Geschichte, wenn ich mich nicht täusche«, sagte sie.

Er nickte.
Auf der Straße fuhr ein heller Geländewagen mit elegant geschwungenem Rücken vor. Ein Porsche Cayenne, dachte Thalheim. Der Mann am Steuer beugte sich auf die Beifahrerseite und öffnete die Tür für die wartende Frau. Sie schlüpfte hinein, ohne dass Thalheim einen Blick in ihr Gesicht hätte werfen können. Dann fuhr der Wagen in die Nacht.
»Sie haben die Geschichte gehört. Erzählen Sie sie mir?«, fragte Petra Borchmann scheinbar gleichgültig, aber ihre Augen flehten ihn an, ihr Blick zerrte an ihm.
Thalheim schaute auf die dunkle Straße, in der sich das Motorengeräusch des Porsches verlor, und für einen Moment hatte er das Gefühl, die Welt mit den Augen von Andreas Hermann zu sehen. In diesem Moment ahnte er, worum es in der Geschichte eigentlich ging. Zum allerersten Mal lichtete sich diese furchtbare Fremde, durch die er seit Jahren irrte. Er sah den Riss, er sah das Licht, ein schwaches, beinahe blondes Licht, das auf die Zeit fiel, in der sie lebten.
»Ich bin Arzt«, sagte er. »Ich bin Arzt. Arzt.«
»Ist ja gut«, sagte sie. »Dann sagen Sie mir wenigstens, wie's ihm geht.«
»Er ist müde, glaube ich.«
»Müde«, sagte die Frau.
»Ja«, sagte er. »Das ist gar nicht so schlecht für unser Marsflugprojekt. Man liegt ja drei Monate im Bett.«
Sie lächelte, es war ein höfliches Lächeln. Dr. Thalheim kannte dieses Lächeln. Frauen in seiner Nähe lächelten oft höflich.
Aber eine bleibt, dass auch ich noch eine find'.
»Und Sie sind also Brecht-Fan?«, fragte er.
»Nee«, sagte sie und lachte.
Er nahm sich eine Zigarette aus der Packung, obwohl er seit sechs Jahren nicht mehr rauchte. Das Nikotin schoss ihm so-

fort in den Kopf, ihm wurde ein bisschen schwindlig, aber das war gar nicht schlecht. Gar nicht schlecht. Er stand auf, schoss einen langen, geraden Rauchstrahl an die hohe Decke und schaute, wie er sich langsam im Raum auflöste. Er sah die Flaschen mit dem Prenzlauer-Berg-Wein, schmale, helle Flaschen mit Etiketten, die im Wein zu schweben schienen, er sah die zerlesene Ausgabe von »Endstation Sehnsucht«, er sah das Manuskript einer Kurzgeschichte mit dem Titel »Die Seele des Wassers«, er sah das Familienfoto, das auf einem der Schreibtische stand, eine strahlende Frau, ein kleines Mädchen und ein Mann mit dunklen, dicht behaarten Unterarmen, und er sah das kleine Porträt des Regierenden Bürgermeisters Ernst Reuter, das mit Tesafilm an die Wand geklebt worden war. »Schaut auf diese Stadt.« Alles war Material.

»Marsflugprojekt. Das klingt, als hätte er sich das ausgedacht«, sagte sie.

»Ich weiß«, sagte der Arzt.

Sie saßen auf der Schreibtischkante in dem weißen Büro und rauchten und redeten, und manchmal lief draußen jemand am Schaufenster vorbei und sah hinein zu ihnen und dachte sich seinen Teil über die weißgestrichenen Ladenbüros in Prenzlauer Berg, in denen mittelalte Menschen bis in die Nacht herumsaßen, beschäftigt mit irgendeinem Projekt, das kein normaler Mensch verstand.

Alexander Osang

Lennon ist tot

Roman

Band 15797

Eigentlich ist Robert Fischer aus Berlin zum Studieren nach New York gegangen. Dort aber entwickeln sich die Dinge anders als geplant. Auf einer kleinen Insel vor der Küste gerät er in ein geheimnisvolles Haus, in dem einmal John Lennon gelebt hat. Dessen Leben und Lieder ziehen Robert immer mehr in ihren Bann. Betritt er eine neue Welt oder verliert er endgültig den Boden unter den Füßen?

»Alexander Osang gibt
den alten Geschichten genauso viel Raum und
Anstand wie dem Leben.«
Die Zeit

Fischer Taschenbuch Verlag

fi 15797 / 1